Tales

Vahan Totovents

Պատմվածքներ

Վահան Թոթովենց

Tales

Copyright © 2014, Indo-European Publishing

All rights reserved.

Contact:
IndoEuropeanPublishing@gmail.com

ISNB: 978-1-60444-776-7

Պատմվածքներ

© Հնդեվրոպական Հրատարակչություն, 2014

Հրատարակված է Ամերիկայի Միացյալ Նահանգներում:

Կապ՝

IndoEuropeanPublishing@gmail.com

ISNB: 978-1-60444-776-7

Ազգին բարերարի գերեզմանը

Ա

Երկու եղբայրներ էին անոնք՝ Փորսուխենց Մարսուպ և Խաչեր աղաները, որոնք կըլլային մոտավորապես 40-50 տարեկան, մեծ ընտանիքով:

Արվեստով ոսկերիչ, հին վարպետներ:

Փորսուխենց տան փառասիրական ավանդությունն էր այն, որ քաղաքի մայր եկեղեցիի կալվածը մեկ մասն էր Մարսուպի և Խաչերի մեծ, ընդարձակ պարտեզին՝ ատենին նվիրված ազգին իրենց պապի կողմեն, որուն իբրև հոգեկան վարձատրություն, պապի գերեզմանը կը հանգչեր եկեղեցիի պատին քովիկը, փոքրիկ գերեզմանոցի մը մեջ, տեսակ մը պանթեոն, որ ամեն գավառական եկեղեցի կունենար:

Մեծ օր էր Փորսուխենց տան համար, երբ, տարին անգամ մը, հոգեհանգստի ժամանակ, ավագ քահանան պիտի հիշեր այդ նվիրատվությունը: Այդ օրը Փորսուխենց տան բոլոր մարդկային տարրը կը հավաքվեր լսելու համար այդ հիշատակությունը:

Մարսուպ աղան, երեցը, լուռ մարդ էր, խոժոռ, կախ ինկած ականջներով, կարճահասակ, կլոր, թրքական ոճով մորուքին մեջ արդեն ճերմակը ալիք կուտար: Այնքան լուռ ու խոժոռ էր Մարսուպ աղան, որ շատերուն սկսած էր ապուշության կասկածներ ներշնչել:

Իսկ, ընդհակառակը, Խաչեր աղան սարսափելի շատախոս, կռվարար, ուրիշներու գործին խառնվող, եկեղեցի և ազգ իր սեփականությունը համարող, անոնց գործերու վատ ընթացումը իր դատապարտելի անտարբերության վերագրող մարդ էր: Ֆիզիկականով նման իր եղբոր մազերու ավելի քիչ ճերմակով և գլուխը ճաղատ:

— Երկու եղբայրներն ալ իրարու քիթե են ինկեր,— կըսեին բոլոր ճանաչողները:

Կասկած չիկար, որ Մարսուպ աղան ավելի իմաստուն մարդ կը կարծվեր, քան Խաչեր, որուն ակռան ամենուն մսին և ոսկորին դպած էր:

— Խաչե՛ր,— կըսեր Մարսուպը իր եղբոր, տարին մեկ անգամ,— էդ գործերուն մեջեն պոչդ դուրս քաշե:

— Չէ՛, դուն տեղդ ձանտր նստե, ես բոլորին կը սովրեցնեմ,— կը գոռար Խաչերը:

Մարսուպը կը լռեր, կը խոժոռեր, քիթը կը կախեր և կնիկը առած կը հեռանար իր սենյակը, հազալով և գլուխը շարժելով դժկամության արտահայտությամբ:

Ապա Խաչերը կը դառնար իր կնոջը.

— Իմ պապս որ չըլլեր, էն եկեղեցին հիմա չիկար, բոլորըս պետք էր տաճիկ դառնայինք, իմ խոսքս պիտի ընեմ, ի՜մ խոսքս, վերջացա՜վ:

— Մարդոց աննամուսը շատ է, դուն գլոխ չես կրնար ելլալ, Աղան շիտակ է,— կըսեր կինը:

— Կնիկ ես, խելքիդ բան չի պառկիր,— կը կշտամբեր Խաչերը:

Այսպես ամեն օր կռիվ մը ուներ ազգին հետ:

Ովքե՞ր էին իր թշնամիները, ինքն ալ չէր գիտեր, միայն սիրտը կռիվ կուզեր, խոսք կուզեր, աղմուկ կուզեր:

Եկեղեցին ներս մտած ատենը անպայման նկատողություն մը կուննենար ժամկոչին ընելու.

— Կը թողուս, որ ագռավները նստեն զանգակատան վրա և ծրտեն ու աղտոտեն,— ամենապարզը իր նկատողություններեն:

Բ

Վերջին տարիները Մարսուպ աղայի հոգեկան վիճակը սկսավ լրջորեն մտահոգիչ դառնալ, նախ՝ տնեցիներուն և ապա՝ դուրսի մարդոց:

Իր լռակյաց բնավորության հաջորդեց համրություն, և օր մըն ալ երկու ձեռքերը դրավ երկու գրպանները և ա՛լ դուրս չհանեց մինչև իր մահը:

Աչքերը կը դարձներ չորս կողմը և ապուշի նման կը նայեր: Անվնաս, անաղմուկ, անհասկանալի հիմարություն մը սև ամպի նման իջավ վրան և մնաց:

— Հայվանի պես է,— կըսեին զինք տեսնող մոտավորները:

Խաչերը կը մոտենար Մարսուպին.

— Մարսո՛ւպ, դուրպա՛ն, բառ մը ըսէ՛, խոսէ՛:

Կը լսեր Մարսուպը, բայց չէր պատասխաներ: Եվ զարմանալին և ամենեն մտահոգիչը այն էր, բոլորը կը համաձայնեին, որ Մարսուպը եթե ուզեր խոսիլ՝ կրնար, իր արտահայտությունը այնպես կը ցուցներ, բայց չէր ուզեր խոսիլ:

Օր մը մեկ քանի հոգի հավաքվեցան և բռնի ուժով ձեռքերը գրպաններեն հանեցին, որովհետև կինը և բոլոր տնեցիները ձանձրացած էին մանուկի նման կերցնելէ: Շատ դժվարությամբ ձեռքերը գրպաններեն հանեցին, որու ատեն Մարսուպ աղան կովի նման բառաչեց և մեկ քանի ծանր հայհոյանքներ շպրտեց: Ձեռքերու ափերը փորփստեր էին, չորս կողմը բամպակ կապեր էր, ճերմկեր, նիհարեր, փափկցեր էին: Աղաչեցին, լացին, որ դուրս պահե ձեռքերը, բայց օգուտ չըրավ, երբ ձգեցին ձեռքերը՝ ամենայն արագությամբ տարավ գրպանները և սկսավ հիվանդագին ծիծաղիր: Խաչերը աչքերը թրջեց, հազիվ ինքզինքը զսպեց, դուրս ելավ սենյակեն և գալով իր սենյակը՝ բարձր ձայնով սկսավ լալ և աղաղակել.

— Վա՛յ Մարսուպ, վա՜յ, հավին քշա չէիր ըսեր, քեզ ո՞վ անիծեց:

Մարսուպի սերսեմությունները[1] այնքան ալ անակնկալ չէին, շատերը Մարսուպին շօշորթ կըսեին, այնքան քիչ կը խոսեր:

Մարսուպ աղան դուրս չէր ելլեր տունեն, բայց տանը մեջ կը պտտեր: Առաջները տնեցիք սարսափի մեջ էին, որովհետև Մարսուպը կարող էր հայտնվիլ բոլորովին անսպասելի տեղեր և անտեղի ժամանակ, բայց կամացկամաց վարժվեցան: Մարսուպի ապուշությունը դարձավ հասարակ, այնպես որ Խաչերը, երբ խանութեն գար և երբ Մարսուպը չտեսներ շուրջը, կը հարցներ.

— Խենթը ո՞ւր է:

— Պառկեր է,— կամ՝ ո՞վ գիտե ո՛ւր է,— կը պատասխանեին:

— Էսօր կերցուցե՞ր եք,— կը շարունակեր հարցուփորձել Խաչերը:

— Ի՞նչ ուտել, ի՞նչ բան,— կը պատասխաներ տկն. Խաչեր, արդեն զզված և անտանելի տոնով,— բոլորը թափեց, վրան գլուխը աղտոտեց:

Օր մըն ալ Մարսուպը ա՛լ անկողնեն վեր չկեցավ, կերպով մը ամիս մը քաշեց և մեռավ:

Այս մահը մեծ տրտմություն չպատճառեց տնեցիներուն, որովհետև Մարսուպի ողջությունը արդեն մահ էր և ավելի վատը:

Գ

Կիրակի օրը թաղումը տեղի պիտի ունենար: Բազմությունը մեծ էր եկեղեցին: Պատարագի կիսուն Խաչեր աղան դուրս ելավ եկեղեցիեն և ժամկոչը կանչելով քովը, բարձր և հրամայական տոնով պատվիրեց.

— Գնա՛, մեկ քանի աղքատ մշակներ բեր և այնտեղ, պապուս քով, Մարսուպիս համար գերեզման փորել տուր, և գրպանեն հանելով մեկ արծաթ մեճիտ՝ գլորեց ժամկոչի բուռը:

Ժամկոչը խոնարհեցավ և անմիջապես մեկնեցավ գործի անցնելու:

Մեկ քանի թաղականներ, որ այդտեղ կանգնած կը ծխեին և օրվան քաղաքականության վրա կարծիքներ կը հայտնեին, իրարու երես նայեցան:

Խաչերը եկեղեցի մտավ և գնաց կանգնեցավ դագաղի գլխուն վրա:

— Խաչերը որո՞ւ է հարցուցեր, որ այդպես ինքնագլուխ կարգադրություններ կընե,— հարցուց թաղականներեն մեկը:

— Այդ մասին ես բան մը չեմ գիտեր,— պատասխանեց երկրորդ թաղականը:

— Ի՞նչ, իր չոր գլխով կը կարծե որ խենթը այստե՞ղ պիտի թաղե, եազմա,— մրմռաց երրորդը:

Թաղականները ժամկոչի տղան կանչեցին և պատվիրեցին, որ մտնա եկեղեցի և կամաց մը Գիրգոր աղային, Պետրոս էֆենտիին և մի քանի ուրիշներու ականջներուն փսփսա, որ էֆենտիները զիրենք դուրսը կը կանչէն կարևոր գործով: Մեկ քանի րոպե հետո բոլորը, քաղաքի հայ հեղինակությունները, հավաքվեցան և մտան քովի դպրոցի մեկ սենյակը՝ խորհրդակցության:

Ամբողջ կես ժամ պոռացին, ճվացին և որոշեցին ժամկոչին արգիլել գերեզման վարելը:

Ժամկոչը դադրեցուց:

Պատարագը վերջացավ, դագաղը բերվեցավ դուրս և Խաչերը տեղեկացավ ահավոր եղելության:

— Ժամկո՛չ, քեզի ի՞նչ ըսի ես:

— Չեն թողուր, աղա՛, չե՛ն թողուր. ես ազգին ծառան եմ, անոնք ալ ազգին մեծն են,— պատասխանեց ժամկոչը շրթունքները դողալով:

— Անոնք ազգին մեծն են, ես մեծը չե՞մ,— գոռաց Խաչերը: Ժամկոչը գլուխը կախեց: Խաչերը փորձեց հարձակվիլ ժամկոչի վրա, բայց թաղականները մեջ ինկան: Եկեղեցիի բակին մեջ գտնված հասարակությունը բաժնվեցավ երկու մասի, սկիզբը թաղականները խոսեցան հանգիստ և խաղաղասիրական տոնով, բայց հետո չդիմանալով Խաչերի գոռումներուն և հայհոյություններուն, անոնք ալ ձայները բարձրացուցին: Երկու կողմերուն տիրեց գռեհիկ անկեղծություն: Աղմուկ, իրարանցում: Դագաղը մոռացան, կիները սկսան լալ և աղաղակել, իսկ աղին սկսան գլուխ ջարդել:

Այսպես է գավառներու մեջ, ազգային վիճաբանություններուն ամեն մարդ կը խառնվի, կը բռնե մեկ կամ մյուս կողմը, գրեթե առանց տրամաբանության, շատ անգամ նայած պայքարը սկսող անհատներու իրենց հետ ունեցած հարաբերության:

— Այստե՛ղ պիտի թաղվի, իմ պապուս տվածն է այս հողը, ազգին աչքը քոռնա,— կը մռնչեր Խաչերը:

— Չպիտի՛ թաղվի, շուն պապդ թաղվեցավ, հերիք է,— կը պատասխաներ ամբոխը:

Կազմվեցան կռվողներու զանազան խումբեր, իրար հրեցին, քշեցին, բերին ձգեցին դաղաղին վրա, որու ատեն մեռելի տեր կիներու կոծը բռնեց ողջ երկինքն ու գետինը:

— Պիտի թաղեմ, հո՛ս պիտի թաղեմ,— կը գոռար Խաչերը շան նման փրփրած:

Անիկա ինքզինք զսպեց և ոչ ոքի վրա ձեռք չբարձրացուց, եթե ոչ՝ ամբոխը գլուխը իրանեն կը բաժներ:

Կռիվն այնպես սաստկացավ, որ թուրք ոստիկաններ մտան Հայկական մայր եկեղեցիի բակը և դադրեցուցին:

Խաչերը ընկճված և գլխիկոր՝ պատվիրեց հուղարկավոր թափորը առաջնորդել իրենց պարտեզը:

— Մեր պաղչան շա՛տ տեղ կա, իմ եղբայրս հասարակաց գերեզմաննոցը չեմ նետեր,— հայտարարեց Խաչերը ներկա եղող հասարակության:

Փորսուխենց տան մոտիկները Խաչերի թևերեն բռնեցին, մխիթարեցին: Խաչերը այլևս չէր լար, բարկութենեն արցունքները ցամքեր էին:

Երկու րոպե հետո արդեն դագաղը պարտեզն էր: Եկեղեցին և Փորսուխենց պարտեզը բաժնող ճիշտ պատին տակը գերեզման փորել տվավ Խաչերը Մարսուպի համար և այնտեղ թաղել տվավ:

Դագաղը գոցել տալե առաջ Խաչերը ինկավ Մարսուպի վրա և ֆեսը վար առած՝ ըսավ.

— Մարսո՛ւպ, աղայի պես մարդ էիր, մարդուն ալ թեքքեն[2] էիր, շուները վրադ հաչեցին, քու հոգուդ...— ալ չկրցավ շարունակել, արցունքները նորեն սկսան հոսիլ: Թևերեն բռնեցին և վեր առին:

— Վա՛յ, վո՛ւյ, վա՛յ, վո՛ւյ,– կողբերգեր Խաչեր, մինչ հողը կիջնար ծանրորեն Մարսուպի քիթին ու բերնին վրա:

Դ

Քառասունքը լրանալե առաջն Խաչերը կանչեց դպրոցի տիրացուն և պատվիրեց, որ ծաղկագրով գրե հետևյալ տապանագիրը.

Աստ հանգչի Ազգիս Բարերար
Մարսուպ աղա Փորսուխեան
Ծնյալ յամի Տեառն... մեռած...

Քառասունքի օրը գերեզմանաքարը պատրաստ էր արդեն այդ տապանագիրով: Խաչերը շաբաթ իրիկվնե առաջ կանչեց եկեղեցիի ավագ քահանան, դրամ տվավ և ըսավ.

— Տերտեր պապա, վաղը Մարսուպ աղայի քառասունքն է, անոր հոգիին համար սուրբ պատարագ կը բռնես և կը հայտարարես սուրբ պատարագի մեջ, որ Փորսուխենց աղան իր եղբոր Մարսուպ աղայի քառասունքի առթիվ «իբրև հավերժ» կը նվիրե իր պաղչային տասննհինգ արշըն գետին և իր ծախքովը պատ կը քաշե և կը միացնե եկեղեցիի գերեզմանոցին:

— Մարսուպիս գերեզմանն ալ հետը կը նվիրեմ սուրբ եկեղեցիին,— ավելցուց անիկա:

Ավագ քահանան լսեց, շնորհակալություն հայտնեց ազգին կողմե, «Հայր մեր» մըն ալ փնթփնթաց և պիտի մեկներ ուղիղ մյուս քահանաներուն մոտ տեղեկացնելու, երբ Խաչերը ուզեց իր վերջին բաղձանքը հայտնել.

— Տե՛ր պապա, պատարագը դո՛ւն կընես:

— Շատ աղեկ, Խաչեր աղա, շատ աղեկ, բայց հերթը Տեր Գրիգորինն է,— պատասխանեց ավագ քահանան:

— Հերթմերթ չեմ գիտեր, իմ փափագս է, որ սուրբ պատարագը դուն ընես վաղը:

Ավագ քահանան գլուխը շարժելով դուրս գնաց:

* * *

Երկրորդ օրը հանդիսավոր պատարագ էր: Ավագ քահանան հայտարարեց նոր նվիրատվությունը, հիշատակեց նաև պապի նվիրատվությունը:

— Վերջը վերջը խենթին գերեզմանը բակը ձգեց,— քթերնուն տակ լուռ մռնչացին եկեղեցիեն դուրս ելողները, և բոլորովին դժգոհ:

1921 թ.

1. խենթություն, շաղվածություն
2. ընտիր

«Ամբողջ քաղաքը մատ խածավ»

Այն ատեն Կ...ը Խարբերդեն ավելի հեռու էր, քան Ամերիկան, որովհետև ո՞վ էր լսեր, որ մեր կողմերեն մեկը Կ... երթար, բայց ամեն օր Ամերիկա մեկնող մարդ կար: Ամեն շաբթու Ամերիկայեն նամակ կստանայինք, մեր սիրելիները այնտեղ կը գտնվեին: Ավելի մոտիկ կզգայինք Ամերիկայի, բայց ո՞վ էր գացեր Կ...:

Հեռավոր և անծանոթ երկիր մըն էր Կ..., թեև Խարբերդի քթին վրա բուսած:

Կ... նշանավոր էր իր մեկ պատմությամբ:

Կը պատմեին, որ երկու Կ...ցի քաղաքեն դուրս պտտած ատեննին՝ լեռան վրա սև կետ մը կը նշմարեն:

— Ղուշ է,— կըսե իսկույն անոնցմե մեկը:

— Չէ՛, էծ է,— կը հարե մյուսը:

Վիճաբանությունը կը շարունակվի բավական երկար, մեկը համառորեն կը պնդե, որ այծ է:

Այս տաք վիճաբանության ընթացքին սև կետը կուգա վիճաբանության վերջ տալու: Սև կետը կը թռչի, ուրեմն առաջին Կ...ցին ճիշտ է, ղուշ է, բայց երկրորդը չի տանելով իր խոսքին սխալը և զգալով ինքզինք ավելի հարազատ Կ...ցի, կը հայտարարե.

— Թռին տե՝ էծ է (թռչի ալ՝ այծ է):

Այս էր մեր ծանոթությունը Կ...ի և իր ինատ[1] բնակչության մասին:

Առակի կարգ էր անցեր Կ...ը:

Մեկը որ քիչ մը համառություն ցույց տար ոևէ վիճաբանության մեջ՝ իրեն կըսեին.

— Կ...ցիի պես մի պնդեր, ճշմարտությունը շատ ակներև է:

Կ...ի մասին առասպելական պատմություններ կը պատմեին, բայց տակավին մենք մեր իսկ աչքերով չէինք տեսած:

Օր մըն ալ Խարբերդ եկան հաստատվեցան Կ...ցի երկու եղբայրներ՝ Ավետիսն ու Սողոմոնը:

Ավետիսը մեծն էր, Սողոմոնը՝ փոքրը, երկուքն ալ ամուսնացած, մեկ քանի զավակներ ունեին:

— Եղբայր, Կ...ցի կըսեն ամմա, ի՛նչ ինատ, ի՛նչ բան, շենքով շնորհքով մարդիկ են, քեմիլ[2], նստվածքնի՛ն, կայնվածքնի՛ն,— կ՛ըսեին այս ընտանիքի հետ ծանոթացող Խարբերդցիները:

Իսկապես ալ համառ մարդկանց կասկածի ստվերն անգամ չկար այս մարդոց վրա:

Արշնի մարդիկ էին, ապրանք կստանային Կ...են և կը ծախեին:

Ավետիս և Սողոմոն եղբայրները պարտեզ մը ունեին տանը ետև, որ պատ չուներ, միայն ցանքսով մը բաժնված էր տան ետևի փողոցներեն:

Օր մըն ալ լսվեցավ, որ Ավետիսի և Սողոմոնի խանութը գոց է:

— Թերևս բան մըն է պատահեր,— ըսին դրացիները:

Հաճի Պաղսարը իր մեծ տղան ղրկեց Պողոսյան Ավետիս և Սողոմոն աղաներուն տունը հարցնելու, թե ի՛նչ է պատահեր:

— Հայրս բարև ըրավ, ըսավ քի ի՞նչ կա, որ Ավետիս և Սողոմոն աղաները խանութնին գոց են պահեր,— հարցուց հաճի Պաղսարի մեծ տղան դուռը բացող Ավետիս աղայի կնոջ:

— Պաղսար աղային բարև ըրե և ըսե քի բան չիկա, վաղը կը բանան:

Բայց մյուս օրը նորեն խանութը գոց մնաց:

Դրացիները նշմարեցին, որ Ավետիս և Սողոմոն աղաները պարտեզին մեջ նստած էին, մեկը խոշոր ծառի մը մեկ կողմին զարկած էր իր կռնակը և մյուսն ալ մյուս կողմը:

Օրական երեք անգամ ճաշերնին այդտեղ կստանային, հոն կը քնանային՝ գետնին վրա և տեղերն են չէին շարժեր:

Վերջապես հետաքրքրությունը այնքան բռնկվեցավ, որ դրացիները միջամտեցին և ուզեցին հասկնալ, թե ի՞նչ էր պատճառը, որ Ավետիսն ու Սողոմոնը նույն իսկ գիշերը չէին երթար անկողնո մեջ քնելու, կը մնային ծառին տակ և իրարու հետ ալ չէին խոսեր, վերջապես ի՞նչն էր պատճառը, որ երկուքին կիներն ալ կուգային մոտերը, կաղաչեին, կը խնդրեին տուն երթալ և չէին երթար:

Դրացիները կանգնած պարտեզի ցանքսին ետևը՝ կը դիտեին այս բոլորը:

Խնդիրը դուրսի մարդոց ալ պարզվեցավ:

Երեք օր առաջ Ավետիսն ու Սողոմոնը իրարու հետ վիճաբանած ատեննին պարտեզին մեջ այնքան կը տաքանան վիճաբանության մեջ, որ կը բռնվին պապենական համառության կրակեն:

Տակավին վիճաբանությունը չի լրացած, որովհետև Կ...ցիի ոչ մեկ վիճաբանություն վերջ չի գտներ, Սողոմոնը կը դառնա և կըսե Ավետիսին.

— Հա՛յտե, գնա՛, պարտեզեն դուրս գնա, աչքերս արդեն թերպթուրս կը նային:

— Ծո՛, դուն որո՞ւ կըսես քի պարտեզեն դուրս գնա,— կը պատասխանե Ավետիսը,— ես այստեղ պիտի նստիմ, մինչև որ դուն կորսվիս ասկե,— և կը նստի այդ խոշոր ծառին քով, կռնակը տալով բունին, և կըսե.— Այս տեղեն պիտի չերթամ, մինչև դուն չերթաս:

Սողոմոնին ալ համառությունը կը բռնե, ան ալ կռնակը կուտա ծառի բունին մյուս կողմին և կը հայտարարե.

— Տակը մնացողին հոգին թող դուրս գա, ես պիտի չերթամ, մինչև դուն երթաս:

Ահա թէ ինչպես Կ...ցի երկու եղբայրները երեք օրեն ի վեր կը մնային ծառին տակ, թաց հողի վրա, գիշերը այնտեղ կը քնանային և ցերեկը երեք անգամ այնտեղ կը ճաշեին, խանութնին գոց, տունը գրեթե սուզի մեջ ինկած:

Կիները կերթային և կը պաղատեին մոռնալ ամեն բան, բայց չէին շարժեր անոնք:

Սողոմոնի կինը գնաց իր տագրին քով, որովհետև անիկա շատ հարգանք ուներ իր եղբոր կնոջ հանդեպ առհասարակ:

— Մեծ տագր, ոտքիդ հողին մեռնիմ, դուն մեծ ես, պըզտիկին խուսւրին[3] մի նայիր, եկուր ներս,— կը պաղատեր Սողոմոնին կինը:

— Հարսնուկ, շանը խոսքը պիտի չըլլա, ես մեծ եմ, իմ խոսքս պիտի ըլլա,— կը կրկներ Ավետիս աղան:

Անօգուտ էին նաև Ավետիսի կնոջ պաղատանքները իր փոքր տագրին:

— Մինչև հիմա համբերեր եմ, ասկից հետո չեմ կրնար համբերել,— կը պատասխաներ Սողոմոնը:

Երեք օր հետո երկինքը բարկացավ, բերնեն կայծակներ ու անիմանալի որոտներ արձակեց գիշեր ատեն, և անձրևը սկսավ շըշռալ:

Երկինքը ամբողջ բացվեր էր, վրա կուզար:

Գիշերը Ավետիսի և Սողոմոնի կիները արթնցան, տան մեջ ինչ որ հալաթ[4] կարպետ և սփռոց կար, առին ու վազեցին պարտեզ, իրենց ամուսինները ջուրեն պաշտպանելու համար:

Բայց մինչև հասան, անոնք արդեն մինչև իրենց ոսկորները թրջած էին, տունեն բերվածները վրանին ձգեցին, տակը սկսան քրտնիլ, թացութենեն գոլորշի սկսավ բարձրանալ:

Անձրևը առավոտյան դեմ կտրելէ հետո՝ բացին վրանին, ցուրտ օդը զարկավ թաց մարմիններուն:

Հիվանդությունը անխուսափելի էր:

Ավետիսի վրա սկսավ դող գալ, հետո տաքություն մը, այն աստիճանի, որ ինքզինք կորսնցուց և սկսավ տաքության մեջ զառանցել:

Ավետիսի կինը գնաց դուրսեն մարդ բերավ և իր խեղճ ամուսինը շալկել տվավ ու տուն ձգեց:

Այն ատեն Սողոմոնը ոտքի կանգնեցավ, մեջքը շիտկեց.

— Օ՜ֆ,— հառաչեց անիկա,— ոսկորներուս վրա հալ չէ մնացեր, կնիկ՛:

— Շուտ տուն մտիր, վրադ փոխեմ,— ըսավ Սողոմոնի կինը,— Ավետիս շատ գեշ վիճակի մեջ է:

Սողոմոնը ներքնապես շատ ցավեցավ իր եղբոր համար, բայց ձայն չի հանեց:

Մտավ տուն, շորերը փոխեց և գնաց Ավետիսը տեսնելու:

Ավետիսը տաքության մեջ կը զառանցեր: Սողոմոնը նայեցավ անոր և իր աչքերու մեջ արցունքի կաթիլներ հավաքվեցան:

Անմիջապես դուրս ելավ, վազեց բժշկի:

— Եթե մինչև առավոտ տաքությունը չիջնա,— հայտարարեց բժիշկը,— ալ չազատիր, սիրտը թույլ է:

Սողոմոնը այլևս դադար չուներ, հեղ մը դեղարան կը վազեր, հեղ մը ուրիշ բժշկի կերթար:

— Եթե Ավետիսը մեռնի՝ ես ինձ կը կախեմ,— կը պոռար Սողոմոնը իր կնոջ, կարծես կի՛նը պատճառ ըլլար:

Ավետիսը երկու օր ալ ապրեցավ, բժշկին ըսածին պես, սիրտը այնքան ալ թույլ չէր:

Հոգեվարքի մեջ ալ մինչև վերջին րոպեն կը զառանցեր.

— Մինչև դուն չելլես, ես պիտի չելլամ,— կը կրկներ և անընդհատ կը կրկներ:

Ավետիսի մահեն հետո ամբողջ Խարբերդ մատ խածավ.

— Ծո՜, ատքան ալ ինատ, վա՜յ պապամ, վա՜յ...

1921 թ.

1. համառ, կամակոր
2. լուրջ, բարեկիրթ
3. թերություն
4. փալաս

Աղավնիներ

1

Կանգնած եմ Պարթենոնի մարմարների վրա, հենված խորտակված մի սյունի:

Հեռուն՝ լեղակի կապույտ ծովը, վերևում՝ երկինքը՝ փիրուզյա հսկա թասի նման:

Կարծես լսում եմ Միներվայի թևերի շրշյունը:

Հանկարծ, փիրուզյա ֆոնի վրա, Ակրոպոլիսի ստորոտից վեր է բարձրանում սպիտակ աղավնիների մի երամ:

Կաթնագույն աղավնիներն են, որոնք գալիս, թառում են Էրեքթեոնի արձանների վրա, կարծես ձուլվում են մարմարի սպիտակության մեջ, ապա նորեն թռչում են, փիրուզյա երկնքի և ծովի միջև դարձդարձիկ պար դառնալով:

Ջինջ օդում կարկաչում է նրանց մրմունջը:

Այդ կաթնագույն աղավնիները հիշեցնում են ինձ մի հի՜ն տրագեդիա:

2

Այն երկիրը, որտեղ տեղի է ունեցել այդ տրագեդիան, մի երկիր է արևի բոլոր գույներով վառվող ծաղիկներով և մրգերով, մի երկիր՝ շրջապատված կապույտ սարերով:

Ցորենավառ, անհո՜ւն դաշտից Եփրատն է անցնում վարարած:

Գիշերները լուսինը կախվում է այդ ծաղիկների, մրգերի, գետի և սարերի վրա՝ կաթով լեցուն ստինքի նման:

Ձմեռը սառնամանիք է, անգութ, անկարեկիր սառնամանիք, կատաղում է երկինքը և ոռնում օր ու գիշեր:

3

Այն հին երկրում աղավնիներ պահելը, «աղվընիկ խաղցնելը», ինչպես բնիկներն էին կոչում, համարվում էր ստոր զբաղմունք:

Ծերերն ասում էին՝ «Աղվընիկն անմեղ է, բայց մահ է»:

Մինչև անգամ, երբ աղավնի էին տեսնում երազում, սարսափում էին նրանք:

Ամեն անգամ, երբ մայրս տեսնում էր աղավնին մեր կտուրի վրա իջած, ահով էր բռնվում:

— Աղվընիկը տեներին[1] վրե է նստեր,— ասում էր և խաչակնքում դողահար:

Հին այդ երկրում որևէ մեկին անարգելու համար «աղվընիկ խաղցնող» էին կանչում, եթե մինչև անգամ աղավնիների հետ կապ էլ չունենար:

Դպրոցում մեր կրոնի վարժապետը դաս չիմացող աշակերտի երեսին թքում էր և բղավում.

— Դասդ չես գիտեր, աղվընիկ խաղցնող:

Մենք կարող էինք գանգատվել դպրոցի տեսչին, որ խոսակցության ընթացքում մի աշակերտ մի ուրիշ աշակերտի «աղվընիկ խաղցնող» ածականով է որակել: Սա ավելի ստոր հայհոյանք էր համարվում, քան մորը հայհոյելը:

Իսկ իսկական աղվընիկ խաղցնողին մատով էին ցույց տալիս, ինչպես պոռնիկին և գողին:

Ո՛չ միայն աղվընիկ խաղցնողին և նրա տղին աղջիկ չէին տալիս, այլև որոնում էին մինչև անգամ, թե տղի կամ աղջկա «ճինսին մեջ աղվընիկ խաղցնող եղե՞ր է, թե չէ»:

Եթե մեկն ու մեկն ասեր, թե՝

— Կըսեն քի՝ աղջկա (կամ տղի) մոր հորեղբոր փեսի ախպարը աղվընիկ խաղցնող է եղե՛ր,— եզրակացությունը պարզ էր. անմիջապես նշանը (եթե մինչև անգամ տվել էին) ետ էին ուղարկում, խնամիական բոլոր կապերը խզում:

Բայց մենք, մանուկներս, սիրում էինք աղավնիները, իսկ աղավնի խաղացնողները մեր աչքում հերոսներ էին:

Մանուկների համար այդ բոլորն անհասկանալի և տարօրինակ էին:

Չէ՞ որ եկեղեցում ոսկյա աղավնու բերանից էին կաթեցնում մեռոնը՝ թևաբաց ոսկյա աղավնու:

Աղավնին գովաբանվում էր, իբրև անմեղության նշան, բոլոր երգերում:

Եվ մենք սիրում էինք աղավնիները:

Մենք մի փոքրիկ մարմարյա արձան ունեինք: Դա մի մերկ, սիրուն աղջիկ էր՝ աջ ուսին մի աղավնի թառած:

Այդ արձանը հայրս Ստամբոլից էր բերել: Դրված էր իր սենյակում՝ ընկույզե փայտից շինված պատվանդանի վրա, հետևում թավշյա սև ֆոն:

Որքան որ մայրս սարսափում էր աղավնուց, բայց էլի լավ բաները նմանեցնում էր աղավնու:

Երբ մեծ եղբորս երեխա էր ծնվում, գրկում էր, սիրում, վեր-վեր թռցնում և ասում.

— Չագո՛ւկս, աղվընիկ կըմանիս:

Իսկ երբ բաղնիսում մի սիրուն, ջահել աղջիկ էր տեսնում, ասում էր.

— Լուսինկայի պես մարմին ունի, թամա՛մ ճերմակ աղվընիկ:

Ես հրճվում էի, որ մայրս այդպես բարձր էր գնահատում աղավնիները, տխրում էի, որ աղավնիները տեսնելիս՝ սարսափով խաչակնքում էր:
Ինձ այրում էր մի տենչանք, ուզում էի, որ ծնողներ չունենայի, լինեի որբ, բոլորովին ազատ և դառնայի աղվընիկ խաղցնող:
Հրդեհում էր ինձ այդ ցանկությունը:

4

Եվ ամեն օր բարձրանում էի կտուրը, որպեսզի դիտեմ Ակոբի աղավնիները: Ակոբը, աղվընիկ խաղցնող Ակոբը, մեր հարևանն էր, որ մոտավորապես հարյուր թև աղավնի ուներ:
Կտուր էի բարձրանում գաղտնի, որ ոչ ոք չիմանա: Ամոթ էր մեր ընտանիքի որևէ անդամի համար, թեկուզ ինձ նման աննշան անդամի, բարձրանալ կտուրը՝ դիտելու աղվընիկ խաղցնող Ակոբի աղավնիները: Ամոթ էր հրճվել աղավնիների թռիչքով: Բայց ես անդիմադրելի մղումով բարձրանում էի և դիտում:
Նրանք գլխկոնծի էին տալիս մաքուր, ջինջ, կապույտ օդում: Հրճվում էի խելագարի նման: Երբեմն պահվում էի կտուրի լողի հետև, որպեսզի աղավնիները չվախենան, իջնեն մեր կտուրի վրա, և ես կարողանամ, թերևս, բռնել նրանցից մեկն ու մեկը, դպցնել մատներս փետուրներին: Ո՛չ մի անգամ էլ չէի հաջողում:
Լողի ետևում պահված՝ ես տեսնում էի, որ նրանցից մի քանիսն իջան մեր կտուրի քիվի վրա: Ես միայն տասը քայլ հեռու եմ նրանցից, դիտում եմ անհանգստությամբ, այնպես զգույշ, շունչս փորս գցած, որպեսզի շուտ չթռչեն:
Ես երազում տեսնում էի Ակոբի աղավնիները: Իջել են նրանք գլխիս, ուսերիս, թևերիս: Լսում եմ նրանց մրմունջը:
Սկսում եմ ցատկել, պարել:
Նրանցից ո՛չ մեկը չի փախչում, բռնում եմ, շոյում, սիրում, զգվում համբուրում, դնում ծոցիս մեջ:
Հանկարծ զգում եմ, որ երազ է, բայց շարունակվում է երազը՝ աղավնիները գլխիս վրա են, ուսերիս, ծոցումս:
Զարթնում եմ:
Ամեն ինչ չքանում է, միայն դեռևս կարծես շարունակում եմ լսել նրանց մրմունջը: Երկար շարունակվում է սպիտակ աղավնիների երազի անիմանալի խայտանքը:
Եվ ես չէի կարողանում հասկանալ, թե ինչո՞ւ արհամարհում էին աղավնիները, ինչո՞ւ էին անարգում, անպատվում աղվընիկ խաղցնողներին, մանավանդ, աղվընիկ խաղցնող Ակոբին:

Երեկո է: Արևը դեռ չի թաղվել հեռավոր սարերի հետևը, քիչ տեղացող անձրևը մաքրել է երկրի դեմքը:

Պայծառ լույս է: Լուսամուտների ապակիները փածկլտում են:

Ակոբը բարձրացավ կտուրը, բաց արավ աղավնիների դռնակը:

Աղավնիները թռան դուրս ուրախ մրմունջներով:

Ոմանք սպիտակ են, կաթնագույն, թռչելիս մի բմբուլ է պոկվում, օրորվելով ընկնում գետնին: Մանուկները վազում են, իրար ձեռքից խլում, ձեռք բերողն ամրացնում է գդակին: Ոմանք ժայռային մուգ կապույտ գույն ունեն, ոմանք տեղտեղ սպիտակ, տեղտեղ մուգ գույնով, լուսնկայի կաթնային սկավառակի վրա մուգ գույնի թղթի կտորներ փակցվածի նման, ոմանք՝ ծխախառն բաց գույնով, արևմարի վերջին շողերի նման, ոմանք՝ դեղնավուն կարմիր, կարծես աշնան տերևներ են հագել:

Օդում, երբ կաթնագույնները հանդիպում են բամբակի կույտերի նման սպիտակ ամպերի ֆոնին, էլ չեն երևում, կարծես հալչում են. իսկ երբ ամպերը մթին են լինում, մոխրագույններն են անէանում, կարծես լուծվում են մթին ամպերում:

Ահա մի զույգ, կրծքները կլորաձև կանաչին են տալիս, բայց երբ մի ակնթարթ փոխում են դիրքերը՝ կանաչը կորչում է և մանուշակագույնին է տալիս:

Նազանքով և մրմունջներով կտուրի վրա քայլում է մի ուրիշ խումբ, ամբողջովին շագանակագույնխուրձի և շաքարի փոշու խառնուրդ, երբ թռչում են՝ պոչերը աղեղնաձև, թևերի տակն ամբողջովին լուսնային սպիտակություն: Քայլում են քիվի վրա, քչքչում, վզները հարատև շարժման մեջ ջրի նման շարժուն, այնքան թեթև, դարձդարձիկ ու լույծ, ալիքի վրա նետված գնդակի նման:

Եվ աղավնիները մահ էին, չար, սև մահ:

Ես երբեք չէի կարող հասկանալ մթին այս առեղծվածը:

«Աղվընիկ խաղցուց, տունը մոխիր դարձավ»,— ասում էին հին մի աղվընիկ խաղցնողի մասին:

5

Աղվընիկ խաղցնողները մշտական կռվի մեջ էին: Երբ նրանք տեսնում էին աղավնիներ օդում ճախրելիս՝ բաց էին թողնում իրենց լավագույն աղավնին, որպեսզի գնա, նրանցից մեկն ու մեկը քաշի, բերի:

Իրար ձեռքից աղավնիներ էին խլում— սա էր աղվընիկ խաղցնելու հիմքը:

Աղավնին չափազանց դարպասող թռչուն է, դյութող և դյութվող:

Սեռը աղավնու ամենաուժեղ բնազդն է:

Տաքացած տափակ կտուրի վրա, երբ արևի շողը կաթկթում է հեղուկի նման, աղավնիների կտուցներն այրվում են սիրուց, նրանք քչքչում են, թռվռում, կտուցներն ընկղմում իրենց փետուրների մեջ, կտցահարում մարմինները՝ խայտանքից հարբած, մոտենում են իրար, սիրուց կրակված քսվռտվում են, կտուցները զարկում իրար, թռնում իրար վրա:

Աղվընիկ խաղցնողը տեսնում է, որ կտուրից համարձակ օդ բարձրացավ մի մարի:

Գեղեցիկ է: Փոփոխակի մանուշակագույն և կանաչ կուրծքը փռփռում է շողերի տակ:

Հակառակորդ աղվընիկ խաղցնողը բաց է թողնում մի դարպասող պապի, «ձինս» աղավնի, տասնյակ հաղթանակներ տարած:

Պապին գնում էր, օդում դարձդարձիկ շարժումներ գործում, դառնում էր, դառնում, անվե՛րջ դառնում, մինչև հմայեր մյուսին, քաշեր բերեր իր բույնը:

Աղավնիների այդ պայքարի ժամանակ երկու աղավնիների տերերը, տարբեր կտուրների վրա, բռնվում էին անսահման անձկությամբ: Նրանք սրտատրոփ սպասում էին վախճանին, ներքևից ընտանի սուլոցներ բաց թողնելով՝ ոգևորելու և քաջալերելու իրենց պայքարող աղավնիները:

Մինչև պայքարի վախճանը նրանք ապրում էին կես հոգեվարք: Մութը պատում էր նրան, որի աղավնին, հմայված մյուսից՝ գնում էր նրա հետևից:

Դրանից սկսվում էր մահացու թշնամությունը, մինչև արյուն, մինչև մահ:

Պարտված աղավնու տերը զգում էր իրեն ցեխի մեջ տրորված, անպատված: Նրա համար նախընտրելի էր, որ կնոջը բռնեին բոզության մեջ, խայտառակվեր ամբողջ քաղաքում, քան թե պարտվեր աղավնիների պայքարում:

Թշնամությունը տևում էր սերնդից սերունդ, չէր մոռացվում ահավոր անպատվությունը:

Եվ հաճախ պարտված աղավնու տերը, չհամբերելով մինչև անգամ մի օր անցնի և պատահարը դառնա պատմություն, գալիս կանգնում էր հաղթանակող աղավնու տիրոջ տան շեմքին:

Փայլում էր դանակը: Հավաքվում էր աղվընիկ խաղցնողների և աղավնու սիրահարների խումբը, բաժանվում երկու մասի:

— Խարդախությամբ տարավ աղվընիկս,— գոռում էր պարտվողը:

Ի՞նչ խարդախություն կարող էր լինել անմեղ թռչունների սիրային պայքարում, այն էլ օդում:

— Ետ տի տաս աղվընիկս, չէ նե, — և ցույց էր տալիս շողշողուն դանակը:

Հաղթանակող աղավնու տերը, շողացնելով մի ուրիշ դանակ՝ հայտարարում էր.

— Ուր կուզես նե՝ գնա, չեմ տար, էրիկ մարդ ես՝ դիմացիր։

Դանակները զարկվում էին իրար, նրանց զիլ և սուր զրնգոցը ճեղքում էր օդը՝ իրարանցում, խռնվում, քաշքշոց, շորերի պատառոտում, կանանց և երեխաների լաց, և հոսում էր արյունը մեկն ու մեկից։

Եթե պարտվող աղավնու տերն էր արյուն թափողը, ամիսներով նրան չէր կարելի տեսնել քաղաքի փողոցներում։ Նա փակվում էր տանը, լուսամուտների վարագույրները քաշած։

— Կնկանը վարտիքն է մտեր, դուրս չելլար,— ասում էին նրա հակառակորդները։

Իսկ եթե հաղթանակող աղավնու տերն էր արյուն թափողը, վերքը կապելուց հետո դուրս էր գալիս փողոց, գլուխը բարձր բռնած, ֆեսը հասցրած մինչև հոնքերը և ծոպն առաջ, ամենագոռոզ և ամենալկտի ֆես դնելու ձևը, քայլում էր ոչ ոքին չբարևելով, ոչ ոքի երեսին մտիկ չանելով, ռազմի դաշտից վերադարձած արյունաքրքու հերոսի նման։

Ահա թե ինչու ծերերն ասում էին՝ աղվընիկն անմեղ է, բայց մահ է։ Աղավնու կաթնագույն թևերի տակ արյուն կար և մահ։

Բայց այդ զարհուրանքից և արյունից հետո էլ իմ հոգին ձգտում էր դեպի աղավնիները։

Երբ փողոցում դանակներն էին շողում և ատելությամբ զարկվում իրար ու շաչում, վերևում, պաղպաջուն և կապույտ երկնքում, աղավնիները շարունակում էին ճախրել և դառնալ իրենց անմեղության պարը։

Ի՞նչ կապ ունեին աղավնիները մարդկանց պատվի, դիրքի և չարության հետ։ Նրանք ճախրում էին արևի շողերի ծովում, շողերի հեշտագին ալիքներում, ի՛նչ փույթ, թե ներքևում մարդիկ արյուն էին թափում և թափված արյան հանցանքը փաթաթում իրենց սպիտակ և անմեղ վզերին։ Մեկը հմայվում էր մյուսից, իջնում նրա տաքուկ բույնը, գիշերն ամբողջ քչքչում, կտուցը կտցին զարկում, հարբում սիրուց և առավոտյան, արևի շողերի տակ, շարունակում սիրո անմեղ խաղը։

6

Մեր հարևան աղվընիկ խաղցնող Ակոբը արհեստով սափրիչ էր։

Նա այդ արհեստին օրվա քիչ ժամանակն էր նվիրում, որովհետև գրեթե միշտ կտուրի վրա էր, աղավնիներ էր թռցնում, ետ կանչում, նորեն բաց թողնում, հետևում յուրաքանչյուր աղավնու թռիչքին, հետևում սրտատրոփ, անձկագին։

Ակոբը թեև լավ ածիլող, մաքրասեր սափրիչ էր, բայց սակավաթիվ հաճախորդներ ուներ, որովհետև հաճախորդ վաստակելու ջանք չէր թափում։

Մենք, մանուկներս, գնում էինք նրա կրպակը: Ակոբը գործի վրա է, սապնել է հաճախորդի երեսը, սպիտակ փրփուրով լցրել, միայն քիթն ու աչքերն են ազատ: Ակոբը հենց փորձում էր ածելին սրել կաշվի վրա, որպեսզի սափրի, մենք սկսում էինք խոսել քաղաքում անուն հանած մի որևէ աղավնու մասին:

— Կըսեն քի Պեյրոսի չիլը երկու ձագ հաներ է,— ասում է մեզանից մեկը և գաղտագողի ժպտում:

Մենք միայն իրար հետ էինք խոսում և, իբր թե, սպասում ենք մազներս խուզելու, բայց Ակոբը չի դիմանում, թողնում է հաճախորդին և մոտենում մեզ:

— Ուրկե՞ լսեցիք, վո՞վ ըսավ,— հարցնում է անձկագին:

— Մինասն ըսավ:

— Չէ՛, ջանը՛մ:

— Հա՛, իրավ է, երկու ձագ:

— Մինասը սուտ կխոսա:

Հաճախորդը գոռում է, երեսի օճառի փրփուրները հետզհետե սմքվում են: Քթի տակը, օճառի պղպջակների պայթելուց, քորվում է:

— Ածիլե երթամ, բե՛, ջանը՛մ:

— Շատ մի խոսա, էստեղ գործ ունիմ,— պատասխանում է Ակոբը և շարունակում է վիճել չարաճճի մանուկների հետ աղվընիկ խաղցնող Պեյրոսի չիլ աղավնու մասին:

— Ծո՛, շուտ ըսե, վո՞վ ըսավ, քըզի կըսիմ,— նորեն հարցնում է Ակոբը մտահոգ:

Ակոբը տխրում է: Դա նշանակում է, որ Պեյրոսը շուտով առավելություն է ձեռք բերելու: Պեյրոսի չիլը Դիարբեքիրից են բերել, համարվում է Փոքր Ասիայի ամենաազնիվ ճիներից մեկը, երկնքից կարող է քաշել տանել որևէ աղավնի, և ահա նա աճել է երկուսով:

Մութը պատում է Ակոբին:

— Չիլի անունը մեծ է, ամա էդքան չէ,— հարում է Ակոբը իրեն մխիթարելու համար, բայց թախիծը թանձրանում է նրա աչքերում:

Հաճախորդը զայրանում է.

— Տ՛ածիլե՞ս, թե՝ չէ,— և հայհոյում է:

Ակոբի աչքերը թարսութուրս են նայում, հաճախորդը վախենում է այդ աչքերից: Ակոբը հանկարծ կարող է փոխել ածելու իսկական դերը: Ակոբը մոտենում է հաճախորդին՝ ածելին ձեռքը:

— Ի՞նչ կուզես,— հարցնում է հանգիստ, բայց սարսափելի է այդ հանգիստ տոնը, որովհետև դա զայրույթի բարձրագույն կետն է:

Հաճախորդը մեղմացնում է ձայնը և աղաչական հարում.

— Կուզեմ քի, ածիլես՝ երթամ:

Ակոբը քաշում է սրբիչը, մաքրում հաճախորդի երեսի օճառը և՝

— Վերջացավ, յալլա՛...

Հաճախորդը վեր է կենում նստարանից, ֆեսը դնում և հեռանում, եզրակացնելով, որ ազատվեց ստույգ վտանգից:

— Ուրիշ գործ չունիմ դե՝ իրեն երեսը տաճիլիմ,— մրթմրթում է Ակոբը հաճախորդի հետևից:

Մենք հեռանում էինք՝ Ակոբին թողնելով լուռ տանջանքում: Իսկ նա մի սիգարա էր փաթաթում, քաշում արագարագ, փակում կրպակը, գնում տուն, ճանապարհին աչքերը երկնքին, տեսնելու համար թե ո՞ւմ աղավնիներն են ճախրում երկնքում:

Ակոբը տուն գնալուց հետո բարձրանում էր կտուրը, դուրս բերում իր աղավնիները, մռռանում Պեյրոսի չիլը. ինքն էլ ունի փոքրասիական հռչակ վայելողներ:

Բռնում էր ոմանց, գլխները կոխում բերանը (դա նրա համբուրելու, սիրելու ձևն էր) և բաց թողնում:

Կտուրի վրա, Ակոբի գլխավերևը, զրնգում էին աղավնիների թևաբախումները: Ամեն մի թևաբախման՝ Ակոբը ներքնից հափշտակությամբ բացականչում էր.

— Օ՜խ, օ՜խ, թևերուդ դուրբան, օ՜խ...

7

Մի օր, մի պարտված աղավնու տեր կանգնեց Ակոբի դռանը, հետն առած կողմնակիցներին, գրեթե բոլորն էլ Ակոբի աղավնիներից դաղված աղվընիկ խաղցնողներ:

Եկավ կանգնեց և գոռաց,

— Դու՛րս եկուր:

Երբ Ակոբի կինը լսեց գոռոցը և փոքրիկ լուսամուտից տեսավ փողոցում կանգնած աղվընիկ խաղցնողներին, մանավանդ, երբ տեսավ փայլփլացող դանակը, գլխաբաց, նիհար, մոմի նման տժգույն ձեռքերը պարզած, վազեց դեպի կտուր տանող սանդուղքը:

Այդ ժամանակ Ակոբը դանդաղ, ծանր քայլերով իջնում էր կտուրից:

Դեմքն ամբողջովին այլափոխված էր, դողում էր զայրույթից:

Կինն ընկավ ամուսնու ոտը.

— Ոտքդ պագնիմ, մերթա:

Բայց Ակոբը հավի նման շպրտեց կնոջը.

— Էրիկ մարդ իմ, շատ մի՛ խոսա:

Նա լուռ առաջացավ դեպի պահարանը, որի բանալին միայն իր մոտն էր լինում: Բանալին ծակը խրելու հետ միասին կինն ընկավ սալահատակին՝ ուշագնաց:

Ակոբը բաց արավ պահարանը, դուրս բերեց հին, պապենական դանակը, քաշեց պատյանից, համբուրեց սառը պողպատը, նորեն դրեց պատյանը:

Աղջիկը տանը չէր, կինը մնաց սալահատակին ընկած:

Ակոբը երևաց դռան առաջ, և բոցավառվեց դանակը: Հակառակորդները նահանջեցին, որովհետև Ակոբի կողմնակիցներն էլ վրա հասան:

Քիչ անց ոչ ոք չմնաց Ակոբի դռանը: Ակոբը ներս մտավ հպարտ:

Նա տեսավ կնոջը ընկած գետնին, բարձրացրեց նրան, մի քիչ ջուր սրսկեց երեսին, և երբ կինն ուշքի եկավ, ասաց.

— Հե՛չ ջիգեր չունիս, կնիկ, մեղք, որ ի՛մ կնիկս ես:

8

Բայց Ակոբի կնոջ սիրտը ուրիշ վերք էր կրծում, նա դանակից վախեցողը չէր, շատ էր տեսել, տեսել էր և ամուսնու արյուն թափելը, շատ անգամ էր նրա վերքը կապել:

Կինը մտածում էր այն մասին, որ աղջիկը մեծացել էր, և եթե ամուսինը ձեռք չքաշեր աղվընիկ խաղցնելուց, սիրուն աղջիկը տանն էր մնալու:

Առհասարակ, երբ աղավնի խաղցնողները հասակնին առնում էին, թողնում էին աղավնիները:

Մինչև անգամ շատերը թողնում էին ամուսնությունից անմիջապես հետո: Բայց ոչ մի հույսի նշույլ չէր երևում, որ Ակոբը թողներ աղավնիները և խաղաղ զբաղվեր իր արհեստով:

— Վա՛զ անցիր աղվընիկներեն, ա՛յ մարդ,— աղաչում, պաղատում էր կինը,— աղջիկ զավակ ունիս, տունը կմնա, մեղք է:

Ակոբը ցնցվում էր, մարմինը փուշ-փուշ լինում, երբ կինն աղջիկ զավակի խոսքն էր անում: Նրա հոգու առաջ ցցվում էին կաթնագույն աղավնիները և կաթնագույն ու սև մազերով աղջիկը, չէր կարողանում ազատվել մեկն ու մեկից, մռայլվում էր, տանջվում: Թախիծը թանձր, մթին մշուշի նման իջնում էր ճակատի վրա և, չգտնելով ո՛չ մի ելք, ապտակում էր կնոջը և գոռում.

— Նորեն սկսար վռվռալ, հերի՛ք է, մաշեցի՛ր:

Կանչում էր աղջկան՝ Լիլոյին, դիտում նրա հասակը, ծմերուկի կտերի նման սև աչքերը, թշերի կարմիրը, նստեցնում ծնկանը, շոյում մազերը և արցունքոտ աչքերով շշնջում.

— Գըզը՛մ չինար բոյլի գըզը՛մ [2]...

Արցունքները չէին թողնում, որ շարունակի, վեր էր կենում, բարձրանում կտուրը, բաց թողնում աղավնիները դեպի պաղպաջուն և կապույտ երկինքը, մոռանում ամեն բան, մոռանում աշխարհն ու նրա չար օրենքները:

Երբ օդում զրնգում էին աղավնիների թևերը, մռայլը փարատվում էր

Ակոբի աչքերից, ճակատի թախիծը սրբվում, և նրա ամբողջ դեմքը փայլում էր անձրևով լվացված կանաչի նման:

Բայց կինը հանգիստ չէր տալիս նրան, կրկնում էր անդադար.

— Աղջիկ զավակ ունիս, հողը դի՛ր, ազատվի:

Բայց Ակոբն ինչպե՞ս ազատվեր աղավնիներից:

Աղավնիների ամեն մի բմբուլը կապված էր նրա հոգու հետ:

Օրվա ամեն մի րոպեին, ինչ էլ որ աներ, քնած թե արթուն, նա ապրում էր աղավնիների հետ, լսում նրանց մրմունջը:

Փողոցում քայլելիս, հանկարծ մի թռչուն էր թռչում նրա գլխի վրայով: Ակոբը ցնցվում էր և աչքերը հառում վեր:

— Ես կարծեցի քի աղվընիկ է,— ասում էր Ակոբը և ժպտում:

Թափվեց տիեզերքի ձյունը նրա գլխի վրա, դարձավ ալեխառն, նման իր մոխրագույն աղավնիներին, բայց հոգով մնաց մանուկ, ինչքան հասակն առավ, ավելի և ավելի մանկացավ:

Օրերով խանութը չէր բաց անում, որովհետև կարող էր հաճախորդին վշտացնել:

Անիլած ժամանակ աչքը լուսամուտից դուրսն էր:

Երբ օդում աղավնիներ էր տեսնում, թողնում էր հաճախորդին, գալիս կանգնում էր դռան առաջ, ածելին ձեռքը, սպիտակ խալաթը հագին, մոռացած հաճախորդին՝ հրճվում էր ամբողջական հոգով:

9

Մի օր լուր տարածվեց քաղաքում, որ Հաջի Թումաս աղայի տղան՝ Արան «սեր էր կապել» աղվընիկ խաղցնող Ակոբի աղջկան:

Լուրն ապշեցուցիչ էր. հուզվել էր ամբողջ քաղքենիությունը, աղաների ընտանիքները, մեծից մինչև փոքրը:

— Ծո՛, աղվընիկ խաղցնողի աղջիկը կսիրե, դիվանա է,— ասում էին:

— Սև մաղեցին տան վրա,— ասում էին ուրիշները:

Լուրը շրջում էր բոթի նման, ահավոր աղետի նման: Թումաս աղայի ընտանիքի հետ ոչ մի կապ չունեցողներն անգամ լուրն ընդունում էին սարսափահար: Պառավներ կային, որ ծնկներին էին խփում. «Ծո՛, էսպես բան կըլլի՞, ի՞նչ ժամանակի մնացինք»:

Հաջի Թումասի ազգականներից ոմանք եկեղեցում մոմ վառեցին և աղոթեցին:

Լուրը ճիշտ էր, համառ: Արան սիրահարվել էր Ակոբի աղջկան՝ Լիլյային:

Հաջի Թումաս աղան հարևան էր Ակոբին, նրանց տան պարտեզներն իրար կից էին, միայն մի պարսպով բաժանված:

Արան՝ Հաջի Թումաս աղայի միջնակ որդին, նոր էր եկել Ստամբոլից, մոտ քսանհինգ տարեկան մի երիտասարդ էր:

Արան մանկուց էր կապվել Լիլոյին, միասին խաղացել էին, միասին բարձրացել էին կտուրը և աղվընիկ բռնել, շոյել և սիրել:

Իհարկե, տասը տարի մնալով Ստամբոլում, Արան մոռացել էր Լիլոյին, մինչև անգամ աղջկա դիմագծերն անհետացել էին նրա հիշողությունից, բայց վերադարձից երկու օր հետո, երբ տեսել էր նրան, կրակվել էր, բռնվել այնպիսի հրդեհով, որից ազատվելն անկարելի դարձավ:

Արան, կանգնած իրենց կտուրի վրա, երբ տեսել էր Լիլոյին պարտեզի ծառերից մեկի տակը, հին, ծանոթ եղանակով շվացրել էր: Լիլոն անմիջապես գլուխը բարձրացրել, անձկագին աչքերով փնտրել էր շվացնողին և երբ տեսել էր Արային կտուրի վրա, բարձր և ուրախ ծիծաղել էր և թռել ներս: Լիլոյի ծիծաղը զրնգացել էր օդում, և Արան զգացել էր, որ բոցի մի մեծ լեզու գրկում է իրեն:

Եվ մի քանի օր հետո տեսել էին Արային իրենց պարտեզի պատերի վրայից, կես-գիշերին, Լիլոյենց պարտեզը ցատկելիս, Լիլոն ծառի տակ:

Լուսնի լույս: Խաղաղ, անհուն, կապույտ գիշեր:

Ահավոր տեսարան. Արան գրկել էր Լիլոյին, համբուրել, խոսել հետը երկար: Արան եվրոպական զգեստով, օսլայած օձիքով և թևնոցով, Լիլոն՝ գրեթե կարկատաններով, ծաղկավոր գոգնոցով, գլխին՝ մի գունավոր թաշկինակ:

Արայի ընտանիքն ամենաուշը լսեց զարհուրելի իրողությունը՝ իրենց տղան աղվընիկ խաղցնողի աղջկա հետ... Մութ, դժոխային իրողություն: Արայի մայրը փակվեց տանը, ոչ եկեղեցի գնաց և ոչ էլ բաղնիս, իսկ Հաջի Թումաս աղան երկու օր խանութ չհաճախեց: Ստեցին թե՝ «Հաջաղան հիվընդցեր է»: Այնինչ նա տանը նստած՝ երկար մտածում էր և երկար խոսում էր կնոջ հետ: Նախ որոշեցին կանչել Արային և խրատել, բայց հետո խոհեմություն համարեցին լռել միառժամանակ:

— Ինաղի չի բերենք, քիչ մի քու դամարեղ ունի,— ասաց մայրը:

— Աղջի՛, դամարի բան չէ, սարսաղցեր է, երնի կանցնի,— մխիթարեց ինքն իրեն հայրը, բայց քաղքենիական ամոթը կրծում էր նրա հոգին:

Լուրը բոցավառվում էր քաղաքում, բերանները հանգիստ չէին առնում, կարծես աշխարհում ուրիշ ոչինչ չկար, որի մասին կարելի լիներ խոսել: Հաջի Թումաս աղան՝ աղվընիկ խաղցնողի աղջիկը: Արան և Լիլոն, այս էր ամեն անկյունի խոսակցությունը:

Հաջի Թումաս աղան քաղաքում համարվում էր ամենահարուստներից մեկը, թեև մի փոքրիկ կրպակ ուներ քաղաքի շուկայում և այդ փոքրիկ կրպակում էլ ապակյա մի տուփ: Այդ փոքրիկ ապակյա տուփը մի վիթխարի շտեմարան էր ստի, խարդախության, կեղծիքի: Այդ տուփի մեջ ինչքա՜ն գյուղացիներ, փոքր առնտրականներ և արհեստավորներ խեղդվեցին: Այդ տուփը կուլ էր տվել ընտանիքներ և անուժների ու անտերների ամբողջ մի սերունդ:

Հաջի Թումաս աղան սեղանավոր էր՝ փող էր մանրում: Փող մանրելուց գրեթե վաստակ չկար, այսինքն՝ այնպիսի վաստակ, որից մեծահարուստ կարողանար դառնալ մարդ: Այդ առնտուրը նրա համար քող էր միայն: Մթնում, գաղտնի, նա վաշխառությամբ էր պարապում: Բոլոր փոքր առնտրականները նրան պարտք ունեին, պարտք, որ ամեն տարի աճում էր, բոլոր կանանց զոհարները պահ էին տրված Հաջի Թումասին, նա ձեռքի տակ ուներ հողեր, ագարակներ և տներ, իբրև գրավական:

Այդ տուփից էր կախված գրավականների տերերի գոյությունը:

Հաջի Թումաս աղայի ընտանիքն ապրում էր ճոխ, շռայլ մի կյանք: Հարսները զարդարվում էին ոսկիներով և թանկագին քարերով, որդիները ամեն տարի ճանապարհորդություն էին կատարում ծովեզերյա քաղաքներ, իսկ Հաջի Թումաս աղան ինքն ապրում էր արտաքուստ խեղճ մի կյանք, հագնում էր կարկատած, հին մի վերարկու, խունացած և ծնկները մաշված մի շալվար, ձեթոտ մի ֆես, ձեռքի գավազանը մի քանի անգամ կոտրվել էր շների վրա, բայց նորը չէր գնել, այլ թիթեղով ամրացնել էր տվել: Երբ պարտատերերը նրան մոտենում էին պաղատանքով, Հաջի Թումաս աղան կռացնում էր գլուխը մի ուսի վրա և պատասխանում.

— Ես ըլ քըզի պես ֆուխարա մարդ իմ, տե՛ս, վրես-գլուխս տես:

Իսկապես, այդ վաշխառուի արտաքինը ֆուխարայի՝ աղքատի տեսք ուներ: Ո՞վ կարող էր համարձակվել նրա երեսին տալ այդ արտաքին կեղծիքը:

— Էղպե՞ս է, ախպար, տո՛ւր փարաս, գնա քու գործիդ, նե՛ առինք, ն՛ է տվինք:

Այսպես էր պատասխանում Հաջի Թումաս աղան այն մարդկանց, որոնք հանդգնում էին երեսին տալ կեղծավորությունը:

Եվ մարդկանց արյունից ու քրտինքից կաթում էին կարմիր ոսկու կաթիլները և լցվում ապակյա փոքրիկ տուփի մեջ:

Մի գիշեր Հաջի Թումաս աղան չքնեց: Նրա քունն առհասարակ փախել էր այն օրից, երբ լսել էր զարհուրելի լուրը: Այդ գիշերը, համրիչը ձեռքին, նստել էր բազմոցի վրա, աչքերը գետնի խալիչայի հառած, քաշում էր ու տանջվում: Ամեն քաշելուն կենտ էր դուրս գալիս: Նորից էր քաշում՝ էլի կենտ: Նույնիսկ մի անգամ գիտակցաբար համրիչի հատիկներն այնպես սարքեց, որ կենտ չընկնի, բայց էլի կենտ ընկավ: Սարսափեց:

Կինը ներս մտավ և տեսավ, որ Հաջի աղան մտադրություն չունի քնելու: Հարցրեց.

— Քա՛, ինչո՞ւ լաթերդ չես հաներ, լաթերդ հանե, պառկի՛ր:

— Ինչ որ կնիմ, թաք կըյնի, կնի՛կ,— ասած սարսափած:

— Վո՛ւյ, աչքս քոռանա:

— Միտքս ուրիշ է,— շարունակեց Հաջի Թումասը,— կուզիմ աչքովս տեսնամ՝ Արայի համար խոսվածները իրա՞վ են:

Եվ կեսգիշերին Հաջի Թումաս աղան ու իր կինը, գաղտնի, գուլպաներով, բարձրացան կտուրը, պահվեցին լողի հետև:

Բավական սպասելուց հետո Հաջի Թումասը շշնջաց կնոջ ականջին.

— Աղջի՛, տե՛ս, բոզը բաղչան մտավ,— երբ տեսավ Լիլոյին տնից պարտեզ մտնելիս, վրան սպիտակ մի սավան գցած:

Լիլոն եկավ, մոտեցավ մեծ ծառին: Հաջի Թումասն ու նրա կինը միայն այդ ժամանակ նշմարեցին, որ Արան արդեն ծառի տակն էր: Լողի հետև պառկած՝ Արայի ծնողները կծկվեցին, հազիվ շնչում էին: Արան գրկեց Լիլոյին:

— Աննամո՛ւս, — շշնջաց մայրը:

— Ձանը՛դ,— սաստեց Հաջի Թումասը:

— Երթանք վար, վրաս թասա[3] էկավ,— առաջարկեց մայրը:

Եվ նրանք կտուրի վրա սողացին անասունների նման, քայլելով ծնկների և ձեռքերի ափերի վրա և կորսվեցին:

Ներքևում մայրը զարկավ ծնկներին և ողբալով լաց եղավ՝ կարծես որդու դագաղն էր դրված առաջը:

— Լացով ի՞նչ կըլլի, ուրիշ բան պետք է էնինք:

Հաջի Թումաս աղան շատ լուրջ և խոր ձայնով հայտարարեց.

— Եթե ես էս կապը չի կըյրեցի, ալեմը թող վրաս նի:

Մայրը հանգստացավ: Թող այդ կապը մի կերպ կտրվի, ինչ ուզում է լինի:

10

Ակոբը ոչ մի լուր չուներ Լիլոյի և Արայի հարաբերությունների մասին: Նրա հետ շատ քչերն էին խոսում և կապ պահում: Իսկ Ակոբն էլ միայն զբաղված էր աղավնիներով: Նա բարեկամ էր միայն աղավնիներին և մանուկներին: Բայց կինը գիտեր Լիլոյի սիրո մասին և պարտականություն համարեց ասել ամուսնուն, չթաքցնել նրանից, վերջապես հայրն էր, իրավունք ուներ իմանալու:

— Լիլոյիս բախտը վարդի պես բացվավ, աստված էրեսը նայեցավ,— վերջացրեց մայրն իր պատմությունը:

— Աղջի՛, սուտ կխոսաս, հա՛,— հարեց Ակոբն ուրախությունից:

— Լիլոյիս թաղեմ,— երդվեց մայրը:

— Փա՛ռք քըզի, աստվա՛ծ, ճերմակ աղվընկաս պահապան եղիր,— վերջացրեց Ակոբը:

Ծնողները որոշեցին այնպես ցույց տալ Լիլոյին, որ հայրը ոչինչ չգիտե այդ մասին: Լիլոն ամաչում էր հորից, բայց մորը պատմում էր Արայի բոլոր ասածները, բոլոր խոստումները:

— Մայրի՛կ, Արան կըսե քի՝ աշխարհը մեկ կողմ, դուն մեկ կողմ,— ասում էր Լիլոն:

Իսկ մայրը լաց էր լինում ուրախությունից և պատասխանում.

— Երկար ու կանաչ արև ըլլի:

Եվ մայրը կեսգիշերին զարթնեցնում էր աղջկան.

— Լիլո՛, աղջի՛, ելի՛ր, տղան բաղչան է:

Լիլոն վեր էր թռչում և վազում պարտեզ քնաթաթախ աչքերով, իսկ մայրը սրտատրոփ սպասում էր պարտեզի դռան հետև, մինչև աղջիկը վերադառնար, պառկեցներ անկողնում, ծածկեր վրան, համբուրեր և մի աղոթք մրմնջելուց հետո գնար և մտներ Ակոբի ծոցը:

Մի գիշեր Արան մի մատանի դրեց Լիլոյի մատը: Լիլոն համբուրեց մատանին և շշնջաց.

— Ստամբոլ երթանք, դնիմ մատս:

— Ինչո՞ւ հիմա չես դներ,— հարցրեց Արան:

— Հայրս կտեսնա, աղեկ չէ,— պատասխանեց Լիլոն:

Մատանիի նվերից հետո Լիլոն երեք օր նստեց տանը, սեխի կուտ փռճեց, հետո աղով բովեց և սպիտակ տոպրակի մեջ լցրած՝ տարավ գիշերը բաղչան, տվեց Արային.

— Ուրիշ բան չունիմ, — շշնջաց Լիլոն ամաչկոտ:

Արան համբուրեց նրան և միասին կերան ու խոսեցին:

Մի օր էլ Լիլոն մորը խնդրեց, որ մի աղավնի մորթի, կարմրեցնի, որպեսզի, երբ Արան գա, նրան հյուրասիրի.

— Հայրդ իմանա, մեզի կկախե,— պատասխանեց մայրը, բայց և մտքում որոշեց ասել Ակոբին, թերևս զիջի և կատարված լինի Լիլոյի ցանկությունը:

Ակոբն անմիջապես ընդառաջ գնաց.

— Իմ բյուղուն աղվընիկներս Լիլոյիս ղուրբան կենիմ:

Լիլոն կարմրած աղավնին փաթաթեց սպիտակ լավաշի մեջ, մայրը տվեց նրան իր սնդուկի մի անկյունում հնուց պահված մի մետաքսյա թաշկինակ: Լիլոն ծրարեց աղավնին ու լավաշն այդ թաշկինակի մեջ, և երբ Արան եկավ պարտեզ, բաց արավ և հյուրասիրեց նրան աղավնու թանկագին մսով:

11

Այսպես Լիլոն ապրում էր իր կյանքի երջանիկ օրերը: Նրա հետ միասին և նրա ծնողները, տեսնելով իրենց աղջկա բախտավորությունը:

Երջանկության այդ օրերին Լիլոյին տանջում էր մի բան. բոլորը, բոլորը հորն անպատվելու համար հայհոյում էին իրեն, հայհոյում էին ամենալկտի կերպով:

Երբ աղվընիկ խաղցնողն ամուրի էր, իրեն էին հայհոյում, երբ կին ուներ, կնոջն էին հայհոյում, իսկ երբ աղջիկ ուներ՝ աղջկան:

Երբ Լիլոն դեռևս փոքրիկ մանուկ էր, հայհոյողները կնոջն էին հայհոյում.

— Վա՛յ, ես քու կնկանդ...

Բայց երբ Լիլոն մեծացավ, մազերը հասան մինչև կրունկները, լցվեցին կրծքերը, թշերն ու շրթունքները նռան նման կարմրեցին, բոլորն էլ մոռացան կնոջն ու սկսեցին հայհոյել աղջկան.

— Վա՛յ, ես քու աղջկանդ...

Հաջի Թումաս աղայի որդու դեպքն առիթ դարձավ, որ հայհոյանքներն ավելի սաստկանան, ստանան ավելի թանձրացյալ գույն, ավելի գռեհիկ, ավելի լկտի, ավելի պատկերավոր:

Լիլոյի խեղճ մայրն ավելի ընկավ ամուսնու հետևից: Մոր համար անլուծելի պրոբլեմ էր հասած աղջիկը տանը:

— Ա՛յ մարդ, քիչ մը մտմտա՛, մեղք է աղջիկս: Աստված, երթայի Ստամբոլ, մուրայի ու ապրեի:

Իհարկե աղջկան ուզողներ կային, բայց բոլորն էլ աղվընիկ խաղցնողներ էին, իսկ Լիլոյի ծնողները երդվել էին, որ նրան աղվընիկ խաղցնողի չտան:

Լիլոն դպրոցը կիսատ էր թողել, որովհետև դպրոցի ուսուցիչներն անգամ նրան արհամարհում էին իբրև աղվընիկ խաղցնողի աղջկա: Երբ դասը մի քիչ վատ իմանար՝ անմիջապես բարկանում էին ուսուցիչները.

— Հը՞, հայրդ աղվընիկ կխաղցնե՞:

Ակոբն ի՞նչ կարող էր անել, ինչպե՞ս կարող էր փակել քաղաքի բերանը:

— Ես ըլ բյուղունի կնիկներն ու աղջիկները, — փոխադարձ հայհոյում էր Ակոբը և իրեն մխիթարում:

Բայց հետագայում Ակոբն ինքն էլ զգաց, որ դա ոչնչով չէր կարող թեթևացնել աղջկա զազրելի բեռը, միտք արավ և գտավ ճարը՝ մորուք թողեց, որպեսզի հայհոյողները մոռանային աղջկան և իր մորուքին հայհոյեին:

Կինը չհասկացավ մորուք թողնելու նպատակը և շարունակեց հետապնդել ամուսնուն՝ մտածելու աղջկա բախտի մասին, աղջկա պատվի մասին, իսկ Ակոբը պատասխանեց.

— Շատ մի՛ վռվռա, իշտե մորուք թողեցի:

Իհարկե, դա էլ չօգնեց, որ մարդիկ մոռանային աղջկան, նրանք շարունակեցին հայհոյել նրան, երբ տեսնում էին Ակոբին կտուրի վրա:

— Վա՛յ, ես քու աղջկանդ ...

Ակոբը երբ իջնում էր կտուրից և տեսնում աղջկան աղի արցունքներ թափելիս, հարցնում էր.

— Լիլո՛ւ, ճերմակ աղվընի՛կս, ինչո՞ւ կուլաս:

— Նորեն քֆրեցին:

Ակոբը բռնում էր մորուքը, հոգոց քաշում և հեռանում:

Ակոբը առանձին սիրով էր սիրում աղջկան: Այն օրից, երբ կնոջից լսեց նրա բախտավորությունը, ապրում էր երջանկության մեջ: Աղջկա պսակից հետո, մտածում էր նա, չկար ոչ մի արգելք իր կյանքի ճանապարհին, նա կարող պիտի լիներ ֆեսը ծռել ու ման գալ, էլ աղջիկ չուներ, որին հայհոյեին, էլ աղջիկ չուներ, որի տանը մնալը տանջանք պատճառեր, կարող էր ամբողջովին նվիրվել աղավնիներին...

Օրերով նա խանութը բաց չէր անում, որպեսզի իրեն չպատմեին Լիլոյի շուրջը պտտած բամբասանքը, որպեսզի կատարված իրողության առաջ չգտնվեր: Այդ լուրն ուրիշներից լսելուց հետո ի՞նչ էր պարտավոր անել նա. օտար տղան մտնում էր իր պարտեզը, գրկում էր իր աղջկան և համբուրում: Ի՞նչ էր պարտավոր անել տղամարդ ծնողը, մի՞թե նա պետք է տաներ այդ ահավոր անպատվությունը: Տղամարդ ծնողի համար միայն մի ելք կար. դուրս քաշել պապենական հին դանակը և շողացնել հարազատ աղջկա վզի վրա: Ակոբը սարսափում էր այդ հեռապատկերից, գիշերները կոշմարներ էր ապրում, վեր էր ցատկում անկողնից, ման էր գալիս տանը, մթնում, մի անկյունում նստած, ծխում էր ու հառաչում:

Բայց մինչև ե՞րբ խանութը փակ պահեր, հարկավոր էր ապրել: Որոշեց կարևորություն չտալ և հաջորդ օրն իսկ գնալ խանութ: Բայց եթե հանկարծ լսեր քաղաքի բամբասանքը, հենց առավոտյան մեկը տնկվեր դեմը և պատմեր: Ո՛չ, նա խանութը չի բանա:

Ակոբը որոշեց զոհել իր սրտի կեսը Լիլոյի սիրույն և հինգ կարմիր ոսկով ծախեց իր լավագույն ճինս աղավնիներից մի զույգ: Այդ զույգ աղավնիները նրա ամբողջ սիրտն էին, բայց որովհետև նրանցից ձագեր էր ունեցել, հաշվում էր սրտի կեսը:

Ակոբը, երբ ոսկին առավ և ծոցից դուրս բերեց թանկագին աղավնիները և հանձնեց գնողին, նրա աչքերից արցունքի կաթիլներ կաթեցին աղավնիների փետուրների վրա:

Աղավնիների վաճառքից հետո Ակոբը մտավ տուն տխուր և աչքերը կարմրած: Լիլոն մոտեցավ, գրկեց նրան:

— Լիլո՛ւ, աղվընի՛կս, քըզի համար բյութուն[4] աղվընիկներս դուրբան կենիմ:

Լիլոն զգաց հոր խորունկ սերը և նրան թվաց, որ թափած արցունքն ավելի թանկագին է, քան այն մատանիի ադամանդը, որ Արան էր նվիրել իրեն:

— Հայրի՛կ,— շշնջաց Լիլոն,— քու ոտքդ վլամ (լվամ), ջուրը խմիմ:

— Աղվընի՛կս ... ճերմա՛կ աղվընի՛կս ...

Նրանք փաթաթվեցին իրար:

Ակոբն էլ բաց չարավ խանութը, հինգ ոսկին բավական էր մեկ տարի ապրելու համար:

12

Հաջի Թումաս աղան որոնեց Արայի աչքին Լիլոյին վարկաբեկելու բոլոր միջոցները, երբ որդին գրոշի արժեք չտվեց Լիլոյի հոր աղվընիկ խաղցնելու հանգամանքին:

— Կերթամ Ստամբոլ, վո՞վ կգիտնա,— վճռականապես հայտարարեց Արան:

Հաջի Թումաս աղան իր մոտ կանչեց Արայի պառավ մորաքրոջը, իր քենուն, նրան տվեց մի քուրք և պատվիրեց հայտնել մի կերպ Արային, որ տեսել է բաղնիսում Լիլոյին, փորի ու մեջքի վրա ամբողջ վերք:

Արայի մորաքույրը, չար մի պառավ, չեչոտ երեսի համար ամուրի մնացած, ամբողջ կյանքում ոչ մի տղամարդ ոչ մի րոպեով չէր սեղմել նրան իր կրծքին, կրկնապատկեց իր ատելությունը դեպի ջահել և սիրուն կանայք ու, գնալով Արայի մոտ, սկսեց.

— Արա՛, հոգուդ ղուրբան, ինծի լսե, աղվընիկ խաղցնողին աղջիկը բաղնիսին մեջ չըպչըպլախ տեսա:

— Տեսա՛ր, տեսա՛ր,— արհամարհանքով և զզվանքով շպրտեց Արան և երեսը շուռ տվեց:

— Քա՛, ինծի՛ լսե, կըսիմ փորի ու մեջքի վրա յարա կար, ասքան,— շարունակեց չար պառավը՝ երկու ձեռքերի ափերն իրար միացնելով:

Պառավը տեսավ, որ ասածն ազդեց, երիտասարդ տղան ցնցվեց ահավոր հայտնությունից և գլուխը կախեց:

— Աչքովդ տեսա՞ր,— հարցրեց ի վերջո:

— Աս աչքերովս,— ստեց պառավը:

Այդ իրիկուն իսկ Արան, Լիլոյին գրկելիս, տարօրինակ կերպով ձեռքը տարավ նրա փորին և ուժգին սեղմեց մեջքը: Լիլոն իրեն վերք ունեցողի նման չպահեց, բայց նրան տարօրինակ թվացին Արայի այդ իրիկվա ձևերը:

— Ըսե, ի՞նչ կա, ի՞նչ ես լսել:

Արան հայտնեց անկեղծորեն լսածը, որից պարզվեց Լիլոյի համար, թե ինչո՞ւ սեղմեց մեջքը և ձեռքը տարավ վարին, մի բան, որ երբեք նա չէր փորձել դրանից առաջ:

Լիլոն չպատասխանեց, աչքերը տխուր հառեց Արայի վրա և սիրտը փլվեց, սկսեց հեկեկալ և, փախչելով Արայի գրկից, մտավ տուն:

Մայրը նրան սպասում էր քնաթաթախ աչքերով, պարտեզի դռան հետևում, աղորիքի քարի վրա նստած: Լիլոն ընկավ նրա գիրկը, արցունքների մեջ խեղդված: Խեղճ մայրը պատճառը հարցրեց, բայց Լիլոն ոչինչ չկարողացավ ասել, բուռն արցունքները խեղդեցին նրա կոկորդը: Մայրը վազեց դուրս: Արան դեռևս կանգնած էր ծառի տակը, մտամոլոր և տխուր:

— Աչքիս լույսը, Լիլոյին ինչո՞ւ ես լացուցեր:

Արան պատմեց եղելությունը և ավելացրեց.

— Ես չեմ հավտար, բայց Լիլոն չըսավ, թե սուտ կսեն:

Լիլոյի մայրը բռնեց Արայի ձեռքը հարազատ մոր նման, համբուրեց նրան և խաչ հանելով՝ շշնջաց.

— Օղո՛ւլ, էդպես բան չկա, լուսնկայի պես մարմին ունի, աչքս քոռնա, որ սուտ ըսեմ, թե չես հավտար՝ պսակի երթալեն առաջ չպլխցնիմ, տե՛ս:

Արան գրկեց Լիլոյի մորը և ողողեց նրան համբույրներով: Միասին առաջացան դեպի պարտեզի դուռը: Մայրը մտավ ներս և դուրս բերեց Լիլոյին: Լիլոն փաթաթվեց Արային:

— Շուտով քեզ տանիմ Ստամբոլ, խալըսինք էս կրակեն:

— Հա, օղո՛ւլ, հա՛, տար,— շշնջաց մայրը:

Բայց Հաջի Թումաս աղան սրանով չվերջացրեց իր ինտրիգները: Նա մեկին ուղարկեց Արայի մոտ՝ թե ինքը աչքով տեսել է, որ Լիլոն փոքր եղած ժամանակ ընկել է փողոցում, մի ուրիշին ուղարկեց այն մտքով, թե Լիլոյի քեռին գժվել է ու մեռել, աղջիկը կարող է ժառանգած լինել այդ հիվանդությունը, մի երրորդին՝ թե Լիլոն բարակ ցավ (թոքախտ) ունի, վերջապես հազար ու մի միջոցներով ճգնեց տան «նամուսը» փրկել, պատճառ եղավ, որ որդին օրերով տանջվի, խեղճ անմեղ աղջիկը բոլոր մարդկանց բերաններում ծամոն դառնա:

Այդ բոլորն անցան անօգուտ, որովհետև Արան եկավ ի վերջո վճռական եզրակացության.

«Ինչ կուզե ըլլի, իմ խաբուլս է»,— պատասխանեց բոլոր բամբասանքներին:

Հաջի Թումաս աղային էլ հրահրում էին, հանգիստ չէին տալիս բոլոր ազգականները, հարևանները, ծանոթները: Ով տեսներ Հաջի Թումաս աղային՝ պարտականություն էր համարում մի բան ասել.

— Եզու տես, որ նամուսդ սոխախն (փողոցը) է նետեր տղադ:

— Հա՛, չիզար բարով,— պատասխանում էր հայրը:

Հաջի Թումաս աղայի պատիվը վերջնականապես դրված էր խարույկի վրա, հանկարծ նա կարող էր կորցնել ընտանեկան համբավը՝ խնամի դառնալով աղվընիկ խաղցնող Ակոբին:

— Ես ընծի կկախիմ,— հայտարարում էր Հաջի Թումաս աղան,— ասկե ետքը ապրելը հարամ է:

— Տե՛ս, հեչ մեկս հարսնիքի չենք գար, հա՛,— սպառնում էին բարեկամներն ու ազգականները:

Եվ ատելությունը գնալով խորանում էր։

Երբ մայրը հայտնեց Արային, որ ոչ ոք, ոչ մի «շնորհով մարդ» հարսանիքի ներկա չի լինի, խայտառակություն է, որդին պատասխանեց մորը.

— Չոբաններ ու համալներ կկանչիմ, շուներ կհրավիրիմ, շուներ, հասկցա՞ր։

Մայրը հուսահատվեց և սկսեց որոնել դառն իրողության հետ հաշտվելու միջոցներ։

— Թող առնե, երթա Ստամբոլ, մենք ըլ հողը մտնենք,— ասաց նա Հաջի Թումասին։

— Կնի՛կ, թամամ սարսաղցեր ես, մտնամ հողը, շատ աղեկ, հողին տակը հանգիստ կըլլի՞մ,— հարց տվեց Հաջի Թումասը։

Բամբասանքը բոցավառվում էր քաղաքում, այրում էր Հաջի Թումաս աղայի գերդաստանի պատիվը։

13

Մի օր էլ, հուսահատված բոլոր միջոցներից՝ Հաջի Թումաս աղան իր մոտ կանչեց աղվընիկ խաղցնող Ակոբին։ Ակոբն ուզում էր չգնալ, կինն աղաչեց, որ գնա։

— Զահար հարսնիքի համար կանչեր է,— ասաց կինը։

— Հավը երազի մեջ կորեկ կտեսնա,— հեգնեց Ակոբը։

Իհարկե, այս խոսքերից հետո նա զգում էր, որ մի լավ բանի համար չէր կանչում իրեն։ Հաջի Թումաս աղան, երկար տարիներ դրացի լինելով հանդերձ՝ պատվին չէր ձգել մի օր բարևելու։ Այնուամենայնիվ, պիտի գնար։

Ակոբը միտքը դրեց համբերատար լինել, իրեն չկորցնել, թերևս Լիլոյի համար մի բարի բան դուրս գար այդ բոլորից, թերևս, ո՞վ է իմանում, այդ գոռոզ մարդը խոնարհվել էր, խորտակվել էին նրա հպարտության աշտարակները։

— Աղջի՛, մեյ մը երթամ, աչքին դպնամ, տեսնեմ՝ ի՞նչ կըսե,— հայտարարեց Ակոբը ու գնաց։

Ակոբը թեև որոշեց գնալ, բայց քայլերն առաջ չէին գնում, լավ բան չէր գուշակում։

— Ակո՛բ,— սկսեց հարուստ Հաջի Թումասը գոռոզ տոնով,— քիչ մը աղջիկդ պահե, ամո՛թ է։

Ակոբը չհամբերեց, հարուստի գոռոզությունը զայրացրեց նրան։ Մինչև անգամ ամբարտավան հարուստը աթոռ չառաջարկեց նրան, և այլևս սուտ չիմանալու ժամանակն անցել էր, բերանը բաց արավ.

— Իմ աղջիկս բոզ չէ, որ ամչնամ, դուն քու ճերմակ մազերեդ ամչցիր։

— Դուն իմ այերի (դիրքի) մարդ չես, որ հետդ խնամություն էնիմ, էս մեկը հասկցիր:

— Շիտակ ես, Հաջի աղա, դու ինձմե շատ ցած ես,— պատասխանեց Ակոբը և դառն ծիծաղեց:

— Ամո՛թ է, վերջ տուր էս խայտառակությանը,— հայտարարեց Հաջի Թումասը՝ ցանկանալով կարճ կապել:

Բայց Ակոբը չլռեց:

— Մեծ տղադ՝ Սամսոն, են բոզ բերեց, որու՞ կկլլեցնես, բոլոր արաբաջիները[5] գիտեն, բերանս բանալ մի՛ տար, փա՛ոք աստծո, աղջիկս սուրբ է, անոր վյուջուդը[6] էրիկ մարդ դահա չի տեսեր:

Մեր քաղաքից Սամսոն երթևեկող արաբաջիներն էին հայտնել այդ լուրը Ակոբին, որ Հաջի Թումաս աղայի որդու կինը Սամսոնի հանրատնից էր վերցրած:

— Է՛հ, էնքան մոտը գնացեր ենք՛, — հայտարարել էին կառապանները:

Հաջի Թումասը տեղեկություն ուներ այդ մասին, բայց քանի որ քաղաքում չէին բամբասում, լռել էր և հաշտվել իրողության հետ: Քաղքենու համար ամեն կեղտ տանելի է, եթե այդ կեղտի մասին ոչ ոք ոչինչ չի իմանում:

Հաջի Թումասը զգաց, որ աստծո կրակը կարող է թափվել ամբողջ տան վրա, Ակոբի բերանը ոչ ոք չէր կարող փակել, ուստի նրան փող առաջարկեց, որ լռի:

— Ես քեզմե հարուստ եմ, փարադ քըզի պահե, բերանս որ չեմ բանար, Արայի ազիզ խաթեր համար է, — պատասխանեց Ակոբը և դուրս ելավ:

Ակոբը հանգիստ էր, որ ոչ մի խոսք չխնայեց ամբարտավան Հաջի Թումասին:

Լիլոյի մայրը սրտատրոփ սպասում էր Ակոբին: Ակոբը խրճիթ մտավ տխուր:

— Ի՞նչ ըսավ:

— Հին դավուլը չալեց, կըսե քի դուն իմ այերես չես:

— Դուն ի՞նչ ըսիր:

— Քթին-բերնին տվի,— պատասխանեց Ակոբը և սկսեց սիգարեթը փաթաթել՝ մի երգ մրմնջալով քթի տակ:

— Թարս չխոսայիր,— վախենալով հարեց կինը:

Ակոբը մի սուր նայվածք գամեց կնոջ վրա և լռեց: Այդ նայվածքից դողահար՝ կինը քաշվեց խոհանոց և գոգնոցի ծայրով սրբեց թաց աչքերը:

Հաջի Թումաս աղան չդադարեց պայքարելուց մի անմեղ աղջկա դեմ, չէր էլ կարող դադարեցնել, որովհետև ամբողջ քաղաքը խոսակցության մի նյութ ուներ. Թումաս աղայի տղան և աղվընիկ խաղցնող Ակոբի աղջիկը:

Մի օր էլ Հաջի Թումասն իր որդուն կանչեց մոտը, երկար-բարակ պատմություն բրավ ու առակներ պատմեց և ի վերջ առաջարկեց նրան իսկույն նեթ մեկնել Ստամբոլ:

— Շատ փարա կուտամ, գնա Ստամբոլ, էնտեղ կարգվիր, երեսս մի՛ տեսնար,— հայտարարեց հայրը:

Որդին ընդդիմացավ:

— Հո՛ս պիտի կարգվիմ:

Հաջի Թումաս աղան զայրացավ, լցվել էր համբերության բաժակը, ոչ մի խրատ, ոչ մի աղաչանք չօգնեց, պետք է դիմեր ծայրահեղ միջոցի:

— Դուն իմ տղաս չես, դուն իմ ժառանգը չես,— հայտարարեց անողոք հայրը:

— Մեկ փարայի կարոտ չեմ,— պատասխանեց որդին և դուրս եկավ տնից:

Այդ օրվանից Արան այլևս տուն չվերադարձավ:

14

Քաղաքում այս դեպքից հետո բամբասանքն ավելի և ավելի բոցավառվեց, հայհոյանքներն սկսեցին տեղատարափի նման թափվել Լիլոյի հասցեին: Հաջի Թումասի սեղանից փշրանքներ կորզողները բարձրաձայն հայհոյում էին Ակոբի աղջկան, հայհոյում էին կտուրներից, փողոցից, անկյուններից, լուսամուտներից: Լիլոն վեց ամիս էր, ինչ չէր կարողանում բաղնիս գնալ, բոլորն աչքերը հառում էին նրա վրա և մինչև բաղնիս հասնելը բազմաթիվ անգամ լսում էր.

— Ես քու...

Լիլոն լսում էր ու արտասվում:

Այս բոլորն ազդեցին աղջկա ոչ միայն հոգեկան, այլև մարմնական դրության վրա, օրեցօր սկսեց մաշվել:

— Տա՛ր ընծի, ուր կուզես տար, ազատէ ընծի էս կրակեն,— աղաչում էր Լիլոն Արային:

Բայց Արայի նախկին ինքնավստահությունը չէր մնացել, փող չուներ, ապրելու դժվարություններ էր քաշում, հոր երեսից ընկած տղային ո՞վ մտիկ կտար: Տնից դուրս գալու առաջին օրերն ազգականների մոտ էր ապրում, մի օր մեկի տանը, մյուս օրը ուրիշի, բայց սրանք էլ երես դարձրին:

— Եթե աղվընիկ խաղցնողի աղջիկը չես թողուր, մեր տունը մի՛ գար,— ազդարարեցին նրանք:

Պարզ էր. դա հոր պայքարի շարունակությունն էր:

Արան ստիպված եղավ փոխադրվել բազարի կեղտոտ խանը: Նա ման էր գալիս քաղաքում կեղտոտված զգեստներով, շապիկը սևացած, մորուքը երկարած, շատերը նրան չէին էլ բարևում:

Արան հանդիպում էր իր եղբայրներին և անցնում էր անտարբեր, առանց ցույց տալու, թե մինչև անգամ մի օր ծանոթ է եղել նրանց: Մի անգամ նա հանդիպեց մորը և գլուխը կախ անցավ, իսկ մայրը հազիվ իրեն գցեց մի մոտիկ ծանոթի տուն, արտասուքների մեջ խեղդված:

Վերջապես մայրը լուր ուղարկեց, որ փող կտա նրան, թող վերցնի աղջկան և գնա հեռավոր երկիր, իրենց աչքից հեռու: Այս միտքը մայրը հայտնեց և մյուս որդիներին, նրանք էլ համաձայնեցին, որ լավ կլիներ հեռանար քաղաքից: Մայրը մարդ ուղարկեց Արային և հայտնեց այդ մտադրությունը: Արան շատ էր խեղճացել, այլևս նախկին համառությունը չշարունակեց և համաձայնեց.

— Հա՛, թող փարա տա, երթամ:

Մի օր էլ Արան եկավ Լիլոյի մոտ, թե՝

— Մայրս խոսք է տվել փարա տա, քեզ առնիմ տանիմ Ստամբոլ:

Եվ Լիլոն սպասում էր այդ խոստումի կատարման:

Իսկ Ակոբի համար կյանքը դառնում էր անտանելի: Անցնում էին օրեր ու շաբաթներ, և նա կտուր չէր բարձրանում աղավնիները թռցնելու, միայն պատվիրում էր կնոջը՝ կտուր բարձրանալ առավոտյան, բաց անել թռչունների դռնակը և կուտ տալ:

— Մեղք են աղվընիկները, ի՞նչ սունչ ունին:

Հետզհետե օրերը կապարի ծանրություն էին ստանում, աղորիքի քարի նման չոքում վզին: Փակված տանը՝ ծխում էր ու հառաչում:

Լիլոյի համար դառն էր տեսնել, որ իր պատճառով հայրը կորցրեց նախկին երջանկությունը: Արայի վիճակը մի կողմից, հորը և մորը վիճակը մյուս կողմից՝ մռայլում էին Լիլոյին, մահացու հարվածներ հասցնում նրա առողջությանը:

— Աշխարհք չի գայի բարով,— ասում էր Լիլոն և լաց լինում:

Ակոբը մի քանի անգամ որոշեց ծախել աղավնիները, ոչնչացնել տուն-տեղ, գնալ մի ուրիշ քաղաք, թերևս մի ուրիշ երկիր, որպեսզի մարդիկ մոռանային, թե ինքը եղել էր աղվընիկ խաղցնող, բայց արդեն ուշ էր, որովհետև Լիլոն պաղատում էր.

— Ընծի մի՛ մորթեր, Արան ու՞ր թողունք էրթանք:

Իսկ Արան չէր համաձայնում հեռանալ քաղաքից՝ Լիլոյի հոր անձուկ միջոցներով:

— Քիչ մալ սպասե, մայրս խոստացեր է:

Որքան որ Ակոբը որոշում էր ծախել աղավնիները և հեռանալ քաղաքից, բայց սարսափում էր այդ հեռապատկերից: Գիշերը, կես քուն, կես արթուն, տեսնում էր՝ ինչպես սարսափելի դեմքով մարդիկ բարձրացան կտուրը, բաց արին աղավնիների դռնակը և տանում են, տանում: «Չեմ տար, մի՛ տանիք»,— գոռում էր քնի մեջ, վեր էր ցատկում այսահարի նման, ոտաբոբիկ բարձրանում կտուրը, բաց անում դռնակը, մտիկ տալիս աղավնիների մրմունջին, հանգստանում և իջնում ներքև:

Սկզբում, երբ Ակոբը քնի մեջ բղավում էր, Լիլոն և մայրը շատ էին վախենում, կարծում էին, որ խենթության նախանշաններ են, ահա շուտով պետք է խենթանա, ընկնի փողոցները, բայց հետզհետե վարժվեցին։

Վերջապես Ակոբը որոշեց ոչ թե ծախել թռչունները, այլ մորթել, ոչնչացնել, որովհետև նա չէր կարող հաշտվել այն մտքի հետ, որ աղավնիներն ապրեին, լինեին ողջ, թռչեին, մրմնջեին և իրը չլինեին։

Մի առավոտ Ակոբը հայտնվեց կտուրի վրա։ Երկար ժամանակ էր նա կտուր չէր բարձրացել։ Բարձրանալիս Լիլոն տեսավ հորը։ Նրա դեմքը պարզապես զարհուրելի էր, ավելի զարհուրելի, քան երբ դանակը վերցնում էր և փողոց դուրս գալիս կովի, կարծես նա չափազանց նիհարել էր և ծերացել։ Լիլոն անմիջապես վազեց մոր մոտ, չկարողանալով ոչինչ ասել, փաթաթվեց նրան և սկսեց հեկեկալ։

— Ինչո՞ւ կուլաս։

Լիլոն հազիվ կարողացավ արտասանել.

— Հայրի՛կը…

Մայրը վազեց դեպի կտուրը։

Ակոբը բարձրացավ կտուրը, բաց արավ աղավնիների դռնակը, դուրս թռան աղավնիները, նրանց համերգը տարածվեց օդում, նրանցից շատերը թառեցին Ակոբի վրա, կարծես կարոտել էին։ Ակոբը լուռ կանգնեց պահ մի, հետո դարձավ հեռավոր կապույտ սարի հետևից բարձրացող արևին, հանեց ֆեսը, բռնեց աղավնիներից մեկը, քաշեց դանակը… արյունը ժայթքեց նրա կրծքի սպիտակ շապիկի վրա, բռնեց երկրորդ աղավնին, բայց ձեռքերը թուլացան, դանակն ընկավ գետնին։

Այդ ժամանակ էր, որ կինը բարձրացավ կտուրը, տեսավ արյունոտ դանակը գետնին, ամուսնու արյունոտ կուրծքը և սարսափահար նրա աչքերը։ Կինը չնշմարեց աղավնին, որ ընկած էր մի քանի քայլ հեռու, և կարծեց, որ ամուսինը դանակով վիրավորել է կուրծքը։

Կտուրի վրա բարձրացավ աղիողորմ ճիչ։ Լիլոն վազեց վեր, փաթաթվեց մեկ մորը, մեկ հորը։

Ներքևից դիտողները չիմացան, թե ինչ էր կատարվում, ոմանք կարծեցին, թե աղվընիկ խաղցնող Ակոբը կնոջն էր ծեծել։

Երբ Լիլոն հորը ցած իջեցրեց կտուրից, ներքևից մարդիկ աղջկան հայհոյեցին և անցան։

Իսկ աղվընիկ խաղցնողը, արցունքոտ աչքերով, սեղմեց իր մեկ հատիկ աղջկան աղավնու արյունով ներկված իր կրծքին և շշնջաց.

— Լիլո՛ս, աղվընի՛կս, իմ բյութուն աղվընիկներս ոտքերիդ ղուրբան էնիմ։

Եվ սկսեց լաց լինել այդ ալեխառն գլխով մանուկը, թափելով կոպերն այրող արցունքներ։

Այս բոլորն աղետալի կերպով անդրադառնում էին Լիլոյի հոգու վրա և ի վերջո ֆիզիկականի վրա: Նա օրեցօր տժգունում էր, աչքերի ներքևում կամարաձև կապուտցան, նիհարեց, սիրտն արագ-արագ խփում էր:

— Միրտս կուզե դուրս թռի,— ասում էր:

Իսկ մայրը նրան մխիթարում էր.

— Ջահելություն է, կանցնի, մի՛ մտմտա:

Լիլոն չէր կարող չմտածել: Հոր, մոր և Արայի թշվառությունը նրա հոգում կաթեցնում էր դառնության հեղուկը:

15

Մի գիշեր Արայի մայրը որոնեց Հաջի Թումաս աղայի գրպանները և գտավ երկաթե սնդուկի բանալին, սնդուկի, որտեղ նա պահում էր իր ինչուն դրամը, մուրհակները և առևտրական բոլոր փաստաթղթերը: Կինը դողահար, սարսափահար՝ հանկարծ Հաջի Թումասը զարթներ, վառեց լուցկին՝ տեսնելու, թե սնդուկի մեջ ո՞ր կույտն է ոսկիների կույտը: Որոնեց նա իրար վրա դարսված մի շարք, լցրեց գոգնոցի գրպանը, փակեց սնդուկը, իջավ սանդուղներից, բաց արավ ածխանոցը, պահեց ոսկիները ածուխների տակ՝ հենց գոգնոցով միասին և վերադարձավ ննջարան, մտավ ամուսնու անկողինը: Հաջի Թումաս աղան խոր քնած էր: Ստուգելու համար, թե իսկապես ամուսինը քնա՞ծ է, թե ոչ, մի քանի անգամ ձայն տվեց.

— Հա՛ջ աղա, Հա՛ջ աղա, քա՛, Հաջ աղա, քըզի կըսիմ:

Հաջի աղան չզարթնեց: Բայց կինը մինչև առավոտ չքնեց: Առավոտյան նա շուտ վեր կացավ, առաջին գործը եղավ փոխել ոսկիների թաքստոցը, և դիտմամբ չզարթեցրեց ամուսնուն, որ ուշանա խանութից և վեր կենալուն պես շտապի դեպի շուկա, որովհետև երբեմն պատահում էր, որ Հաջի աղան տան բոլոր անդամներին դուրս էր հանում, բաց անում երկաթե սնդուկը, ստուգում բովանդակությունը կամ մի որևէ փաստաթուղթ վերցնում և ապա խանութ գնում:

— Աղջի՛, ինչո՞ւ չես արթնացուցեր, առուտուրս խարաբ եղավ,— ասաց Հաջի Թումասը և, առանց նախաճաշի, աճապարեց դեպի շուկա:

Արան կեսօրից հետո թակեց պարտեզի դուռը և կանչեց մորը: Մայրը նրան համբուրեց, լաց եղավ և տվեց ոսկիները:

— Հարսնիք-մարսնիք մէներ, աղջիկը առ ու գնա՛, հայրդ ինադի է ընկեր:

Արան համբուրեց մորը մի քանի անգամ և խոր տաքություն զգաց նրա շնչից:

Մայրը լացով բաժանվեց որդուց:

Արան փողը ստանալուց հետո անմիջապես չվազեց Լիլոյի մոտ: Նա տխուր կանգնեց պարտեզի պարսպի տակ և գլուխը կախեց:

Լիլոն հիվանդ էր: Արան չէր կարող ոսկիներն անմիջապես օգտագործել. ինչպե՞ս հիվանդ աղջկան վերցներ անկողնից և հեռանար քաղաքից:

Նա քայլեց, դարձավ մյուս փողոցը և կանգ առավ Լիլոյենց պարտեզի դռան առաջ, որտեղից նա մտնում էր ներս, Լիլոյին տեսնելու:

Պարտեզից, պարսպի վրայով, փողոց էր կախվել նոր ծաղկած ծիրանու մի մեծ ճյուղ, օդում անսահման թարմություն կար, գարնան վրա կապույտ երկինքն էր կախվել, և ամպերի սպիտակ շղարշներ էին սահում:

Արան նայեց վեր և օրորեց գլուխը, ձեռքը խրեց պարտեզի դռան կողքի ծակից ներս, բաց արավ դուռը և քայլեց ներս: Պարտեզում ծաղկել էին նշենիները և ծիրանենիները, հողը փխրուն էր ու նոր տաքացած, առվի եզերքների խոտերը կանաչել էին և վառվում էին զմրուխտի նման: Գարունը հորդում էր:

Արան, գլխիկոր, կարկատած և կեղտոտ զգեստներով, մտավ Լիլոյի տունը: Մայրը չէր երևում, գլուխը կոխեց խոհանոցը, այնտեղ էլ չէր: Բարձրացավ վեր, ոտների ձայնից և սանդուղների ճռնչոցից Լիլոյի մայրը ցատկեց սենյակից դուրս:

Արան ոգևորվեց:

— Մայրի՛կ,— շշնջաց նա՝ բռնելով Լիլոյի մոր ձեռքը,— փարա ունիմ, կերթանք Ստամբոլ, բոլորս միասին կերթանք:

Մայրը չպատասխանեց և ցավագին ժպտաց:

Նրանք միասին մտան սենյակը:

Լիլոն պառկած էր բաց լուսամուտի առաջ, գարնան արևի շողերը փռվել էին առատությամբ նրա անկողնի վրա:

Արան կանգնեց Լիլոյի անկողնի առաջ, գլխարկը հանեց, նստեց անկողնու վրա և ասաց.

— Լիլո՛ս, նախշուն խուշս, փարա բերեր իմ, երթանք Ստամբոլ:

Լիլոյի մարած աչքերը բոցավառվեցին:

Արան անմիջապես ավելացրեց.

— Բոլորս միասին, հայրիկն ըլ, մայրիկն ըլ:

Լիլոն ժպտաց, թարմացավ, տժգույն շուրթերի վրա դողաց գարնան շողը:

— Աղեկնամ, երթանք,— շշնջաց նա:

Ապա դառնալով մորը՝

— Մայրի՛կ, աղեկնամ, երթանք Ստամբոլ:

Մոր արցունքները գլորվում էին այտոսկրների վրայից:

— Շատ փարա բերեր եմ, տե՛ս,— հարեց Արան և գրպանի բոլոր ոսկիները փռեց Լիլոյի անկողնի վրա:

— Հայրիկն ո՞ւր է,— հարցրեց Լիլոն:

— Գնաց աղվընիկ ծախե, հեքիմ բերե,— պատասխանեց մայրը գոգնոցի ծայրով քիթը սրբելով:

— Ես երթամ բերիմ,— հայտարարեց Արան և վազեց դուրս:

Փողոցում Արան պատահեց Հաջի Թումաս աղին, որ թիթեղի կտորներով գավազանը գետնին խփելով՝ շուկայից էր վերադառնում: Արան հորը սուտ չտեսնել արավ: Նա գարշում էր հորից: Արայի՝ տնից դուրս գնալուց ի վեր՝ Հաջի Թումաս աղան առաջին անգամն էր, որ այդ փոքրիկ քաղաքում պատահում էր որդուն: Որդու տեսքը՝ կարկատած զգեստ, կեղտոտած շապիկ և ֆես, չափրված դեմք, ազդեց հոր վրա, հազիվ կարողացավ տուն ընկնել, ոտները ծալվում էին, սրտի վրա ինչ-որ ծանր բան էր չոքում, կարծես մեկը խեղդում էր նրան: Երբ ծառան դուռը բաց արավ, Հաջի Թումաս աղան ընկավ ներս և փռվեց գետնին: Կինը վազեց, հարսները հավաքվեցին, վերցրին և փոխադրեցին սենյակ:

— Ի՞նչ ռաստ եկավ,— հարցրեց կինը, երբ Հաջի Թումաս աղան կարողացավ աչքերը բանալ:

— Արան դեմս ելավ, աղջի՛կ, խաֆաս դարձավ:

— Սիրտ չունիս, ա՛յ մարդ,— պատասխանեց մայրը և խփեց ծնկներին:

— Գնացեք, գնացեք, գերեզման փորեցեք, էրթամ պառկիմ, ռահաթ ըլլիմ:

16

Ամբողջ քաղաքում միայն երկու բժիշկ կար, մեկը հայ էր, մյուսը առնավուտ (ալբանացի):

Արան վազեց «առնավուտ հեքիմի» մոտ: Մինչև նա վերադարձավ Լիլոյի մոտ բժշկի հետ միասին, այնտեղ գտավ հայ բժշկին, որին Ակոբն էր բերել:

— Հեքիմ էֆենդի, էս աղվընիկս աղեկցուր, բյութուն աղվընիկներս ծախիմ, փարան քըզի տամ,— աղաչում էր Լիլոյի հայրը:

Երկու բժիշկներն էլ համաձայնեցին (նրանք իրար հետ ֆրանսերեն էին խոսում), որ Լիլոյի դրությունն անհույս է, ոչ դեղ հարկավոր է և ոչ էլ որևէ փորձ կատարել: Նրանք պատվիրեցին հանգիստ թողնել հիվանդին, որ իրեն- իրեն լավանա:

— Հեքիմ էֆենդի, իլաճ չե՞ս տար,— հարցրեց թշվառ հայրը:

— Չէ, հարկավոր չէ, միսի ջուր տվեք:

— Աղվընիկ էփիմ, ջուրը խմցնիմ, կըլլի՞:

— Ավելի աղեկ:

Բժիշկները հեռացան, Լիլոն նայեց ծնողներին, Արային և, տեսնելով նրանց թախիծը, մխիթարելու համար շշնջաց.

— Կաղեկնամ, հե՛չ մի վախնաք:

Եվ նրա աչքերը ժպտացին մարվող շողի վերջին ցոլքի նման:

Ակոբը մոտեցավ աղջկան, շոյեց նրա մազերը բոլորովին հուսադրված, որ Լիլոն լավանալու է, անպայման լավանալու է, բայց մոր արցունքները թափվում էին ցցված այտոսկրներից վար:

Արան էլ մոտեցավ, բռնեց Լիլոյի ձեռքը և լուռ գլուխը կախեց: Ակոբն զգաց, որ Արան քաշվում է իրենից:

— Դուք էրկուքդ ըլ իմ աղվընիկներս եք, իրարու պաչեցեք, տեսնամ,— ասաց հայրը:

Լիլոն ամաչեց: Արան գլուխը բարձրացրեց և գուրգուրանքով նայեց աղվընիկ խաղցնող Ակոբին, որ ամբողջ կյանքում դանակի հետ էր խաղացել և արյուն թափել:

— Չըզի կըսեմ, իրար պաչեցեք, տեսնամ,— պնդեց Ակոբը:

Լիլոն ու Արան լուռ էին: Ակոբը բարձրացավ տեղից, բռնեց Արայի գլուխը, մոտեցրեց Լիլոյին: Նրանք համբուրեցին իրար: Համբուրելիս Ակոբը բացականչեց.

— Օխ, աղվընիկներս...

Ակոբն անսահման երանություն էր ապրում, նրա մեջ բոցավառվեց հույս, որ Լիլոն կլավանա, անպայման կլավանա:

— Կնի՛կ, գյուլթեոքենս[7],— դարձավ նա իր կնոջը,— հեչ մի՛ լար, աղվընիկս կաղեկնա, էկուր, ես էլ քըզ պագնիմ:

Եվ Ակոբը գրկեց իր կնոջն ու համբուրեց նրան հին օրերի ջերմությամբ:

Կինը ժպտաց, կարծես կյանքը վերադառնում էր:

Ակոբը գլուխը դարձրեց և նշմարեց ոսկիները Լիլոյի վերմակի վրա: Անմիջապես գլխի ընկավ, որ Արան բերած կլինի: Նա բռնեց նրան, համբուրեց և ասաց.

— Փարադ առ, ծոցդ դիր, դուն էլ մեղք ես, էրեսդ ռանգ չէ մնացեր, չոփ ես կտրեր, մեղք ես, յավրում:

— Լիլոյի համար բերեր իմ,— պատասխանեց Արան ոգևորված:

— Ես փարա ունիմ, դահա հողը չեմ մտեր, քանի որ ջանս սաղ է, կպահիմ իմ աղվընիկս:

— Բերեր է, որ Ստամբոլ էրթանք,— մեջ ընկավ Լիլոն թույլ, մարած ձայնով:

— Դու աղեկցիր, բյութունդ ըլ մեջքիս վրեն դնիմ ու թռցնիմ:

— Ես կաղեկնամ:

— Հա՛, ճերմակ խուշս:

Գարնան թարմ օդը բաց պատուհանից լցվում էր սենյակը, օդի մեջ ծաղիկների բուրում կար:

Ակոբը մոտեցավ պահարանին, վերցրեց դանակը:

— Էրթամ աղվընիկ մորթիմ Լիլոյիս համար:

Նա դուրս եկավ սենյակից ուրախ: Լիլոյի հիվանդությունից առաջացած տարակուսանքը բոլորովին փարատվել էր: Ինչո՞ւ: Ոչ ոք չէր կարող ասել, միամիտ հայրը հուսադրում էր իրեն:

17

Երկար ժամանակ անկողնին ծառայելուց հետո Լիլոն սկսեց արագորեն հալվել: Գարնան առաջին օրերի թարմությունը միաժամանակ հույսի և վերակենդանության շողեր վառեցին նրա դալկահար աչքերում, բայց երկար չտևեց, շուտով մահվան սյուքը սուսափեց մատղաշ հոգում:

Եվ մի առավոտ, երբ դեռևս դուրսը կապույտ լույս էր տարածվում կանաչ խոտով և ծաղիկներով վարարած դաշտում, Լիլոն փակեց աչքերն այնպես, ինչպես կանթեղի ձեթը վերջանում է և պատրույգի բոցը հետզհետե փոքրանում, փոքրանում, առկայծում և հուսկ ապա՝ մարում:

Լիլոն դադարեց շնչելուց, և ոչ ոք չհասկացավ նրա վերջին խոսքերը:

Այդ առավոտ բարձրացավ աղեկտուր ճիչ Ակոբի խրճիթի վերնի փոքրիկ, արեգդեմ սենյակում:

— Ճերմակ աղվընիկս թռա՛վ, ճերմակ աղվընիկս թռա՛վ, թռա՛վ,— աղաղակում էր իր մեկ հատիկ աղջկան կորցնող հայրը և խփում ծնկներին: Արան, գրկած Լիլոյի գլուխը՝ նրա մազերը թրջում էր արցունքով, մինչդեռ մայրը, մորմոքից խելագարված, ճչում էր ու մազերը փետում:

18

Երբ փոքրաթիվ հուղարկավորները (բոլորն էլ աղվընիկ խաղցնողներ) դուրս էին բերում Լիլոյի դագաղը, Արան չկարողացավ դիմանալ, ամբողջ հասակով փռվեց սենյակի մեջտեղում, մայրը գրկեց Լիլոյի բարձը և խելագար ճիչերով ընկավ նրա անկողնի վրա, իսկ հայրը բարձրացավ կտուրը:

Կտուրից երբ Ակոբը տեսավ, որ Լիլոյի դագաղը դռնից փողոց էին հանում, բղավեց.

— Սպասեցե՛ք:

Ակոբը գլխաբաց էր, կրծքի շորերը պատառոտած, քամին տարուբերում էր նրա ալեխառն մազերը:

Փողոցում շատ մարդիկ էին խռնված, առանց խառնվելու հուղարկավորների փոքրիկ թափորին, և ապշած նայում էին, թե ի՞նչ է անելու աղվընիկ խաղցնող Ակոբը, մի՞թե նա նորեն պետք է թռցնի աղավնիները, այն պահին, երբ աղջկա դագաղն արդեն փողոցումն էր: Ոչ ոք չկարողացավ իմանալ:

Զարհուրելի էր Ակոբի տեսքը:
Նա բաց արավ աղավնիների դռնակը, բռնեց մի զույգ սպիտակ աղավնի և իջավ փողոց:
Փողոցում կանգնեց դագաղի առաջ, աչքերը խելագարի նման երկար հառեց Լիլոյին, չոքեց գետնին, թևերը բարձրացրեց մի ձեռքով աղավնիները բռնած, վեր առավ գլուխը, նայեց երկնքին, ինչ-որ շշնջաց, ապա կանգնեց, գոտուց քաշեց դանակը, դագաղի վրա մորթեց զույգ աղավնիկները, որոնց արյունը կաթկթեց Լիլոյի տժգույն և սառած դեմքի վրա և, արցունքների մեջ ողողված, բացականչեց.
— Լիլո՛ս, իմ ճերմակ աղվընի՛կս...
Մորթած աղավնիները տեղավորեց Լիլոյի զույգ քունքերին:
Փոքրիկ թափորը շարժվեց դեպի գերեզմանոց:

***

Փռվում էր իրիկնային հովը, և երկնքից մաղվում էր մանուշակագույն մոխիր աշխարհի վրա:

1930

1. տներ— կտուր
2. Աղջիկս, չինար հասակով աղջիկս
3. սառը քրտինք
4. բոլոր
5. կառապան
6. մարմին
7. անճարակ

Բաց - կապույտ ծաղիկներ

Ա

Նրա հուղարկավորությանը մի քանի հոգի հազիվ կային. քույրը՝ Թուրվանտան էր, Թուրվանտայի ամուսինը՝ Փալանճի Գիրգորն էր, ամուսնու եղբայրը՝ Սիմոնն էր, երկու հարևաններ իրենց կանանցով, տերտերը, ժամկոչը, տիրացուն չէր եկել տերտերի կարգադրությամբ, որպեսզի ստացված փողը փոխանակ երեքի՝ երկուսի միջև բաժանեին, իսկ ամուսինը մի տարի առաջ արդեն պառկել էր գերեզմանոցում և կնոջն էր սպասում:

Սառային թաղեցին ամուսնու կողքին:

Գերեզմանոցի ցանկապատից դուրս չելած՝ տերտերն իր վարձը պահանջեց, իսկ ցանկապատից դուրս բոլորն էլ բաժանվեցին իրարից:

Փալանճի Գիրգորն ասաց կնոջը.

— Է՛հ, կնիկ, ես երթամ խանութ:

Մեռելատուն վերադարձողը միայն Թուրվանտա Քորոն եղավ:

Մեռելատանը Թուրվանտա Քորոյին սպասում էր հինգ տարեկան որբ մնացած Թորիկը:

Երբ Թուրվանտա Քորոն արցունքոտ աչքերով, սև շալը գլխին, մեկ ձեռքը դրած դագաղի վրա՝ դուրս էր գնում, հիշեց Թորիկին, թողեց դագաղը, գնաց ներս, բացեց պահարանը, մի կտոր չոր հաց վերցրեց, տվեց Թորիկին, նստեցրեց դոշակի վրա և ասաց.

— Թորի՛կ, ձագու՛կս, էստեղ նստիր, հիմա կուգամ:

Թորիկը հացն առավ ու սկսեց կրծել:

Թուրվանտա Քորոն հասավ դագաղին:

Եվ երբ Թուրվանտա Քորոն վերադարձավ թաղումից, Թորիկը հացի կեսը կրծել էր, մնացած կիսովը խաղում էր փիսիկի հետ: Փիսիկը ցատկում էր, կծում հացի կտորը, Թորիկը քաշում էր, ազատում հացը և ծիծաղում:

Թուրվանտա Քորոն, տեսնելով Թորիկին բոլորովին անգիտակ աշխարհի իր ամենաթանկագին էակից զրկվելու դժբախտության, սիրտը նորից փլվեց, թաղման աղիողորմ լացը նորից բարձրացավ սևացած, աղքատ, փոքրիկ և խարխուլ խրճիթում:

Բացի Թուրվանտա Քորոյից, աշխարհում ոչ ոք, բացարձակապես ոչ ոք չկար, որ խնամեր որբին, ուստի Թուրվանտա Քորոն, առանց որևէ որոշում կայացնելու, վերցրեց Թորիկին, փաթաթեց սև շալի մեջ, տարավ տուն, անմիջապես կրակ վառեց, ջուր տաքացրեց, լողացրեց որբին և պառկեցրեց, որ քնի: Թուրվանտա Քորոն նրա շորը լվաց, փռեց թեժ արևին, չորացրեց, ձեռաց կարկատեց, և երբ որբը զարթեց, հագցրեց և սպասեց ամուսնուն:

Երեկոյան, երբ Փալանճի Գիրգորը տուն եկավ, Թուրվանտա Քորոն գրկեց որբացած մանկան, կանգնեց ամուսնու դեմը և ասաց.

— Տանը մեջ փիճ մը ըլլեր կըսեիր՝ իշղե քըզի փիճ, սեպե քի մեջքես ընկեր է:

Քսան տարի էր, ինչ Թուրվանտա Քորոն և Փալանճի Գիրգորն ամուսնացել էին, բայց հակառակ բուռն ջանքերի, մոմ չմնաց սրբերի պատկերների առաջ վառեցին, զավակ չունեցան:

Փալանճի Գիրգորը երկար նայեց Թորիկին, որ հիմար-հիմար ժպտում էր, խղճահարվեց և քթի տակ, մեծ բեղերի վրա, մի ժուժկալ ժպիտ թափելով՝ վերցրեց մանկանը կնոջ գրկից, համբուրեց և ասաց.

— Նորեն աստված մեր երեսը հայեցավ:

— Մենք չըլլեինք նե՝ ի՞նչ տըլլեր:

— Կտանեին, կնետեին քուլխանը,— պատասխանեց Փալանճի Գիրգորը:

Թուրվանտա Քորոն նորից լաց եղավ խեղճ, դժբախտ քրոջ վրա, որն արդեն հանգստանում էր գերեզմանոցում, որի վրա փռված էր թթենու մուգ ստվերը:

Բ

Թե՛ Թուրվանտա Քորոն և թե՛ Փալանճի Գիրգորը Թորիկին սկսեցին սիրել խոր սիրով: Երկուսն էլ նոր զգացին զավակ չունենալու ողջ ողբերգությունը, և հազիվ մի քանի ամիս անցած՝ նրանց թվում էր, որ ուրիշի տնից չէին բերել նրան, այլ իրենց տանն էր ծնվել և մեծացել: Թորիկն էլ մի զարմանալի երեխա էր՝ ո՛չ լաց էր լինում, ո՛չ չարություններ անում, ուր որ նստեցնեին, այնտեղ էլ մնում էր, իրիկունն ինչպես պառկեցնում էին, առավոտյան այնպես էլ զարթնում էր, տային՝ կուտեր, չտային՝ չէր ուտի:

— Ծո՛, Թորի՛կ,— ձայնում էր Փալանճի Գիրգորը, երբ տուն գար խանութից,— ինտո՞ր ես:

Թորիկը հանգիստ գլուխը դարձնում էր, հայացքը հառում Փալանճի Գիրգորին և ապուշ-ապուշ ժպտում:

— Աստծու զառն է,— ասում էր Թուրվանտա Քորոն:

— Քչիկ մի կով է,— առարկում էր Փալանճի Գիրգորը:

Թուրվանտա Քորոն խեթ-խեթ նայում էր ամուսնուն:

Եվ Թուրվանտա Քորոն նստեցնում էր Թորիկին գետնին՝ փռված մի դոշակի վրա և պատվիրում.

— Թորիկ, դուրբան հոգուդ, ես շուկա երթամ գամ, դուն դոշակի վրա խաղա:

Թուրվանտա Քորոն փակում էր տան դռները, գնում շուկա, և եթե ժամերով էլ չվերադառնար, Թորիկը դոշակի սահմաններից չէր հեռանում:

Փալանճի Գիրգորը մի օր, երբ դիտել տվեց թե՝

— Մեջը հեչ կրակ չկա:

Կինը պատասխանեց.

— Էդպես մըսեր, զաթեն[1] աստված զարկեր է գլխուն, որբ է:

Փալանճի Գիրգորը լռեց, բայց երբեք չէր հաշտվում այն գաղափարին հետ, որ իր որդին պիտի լիներ այդպես կորած-մոլորած մի տղա: Առանց որևէ լուրջ հիմքի՝ նա կարծում էր, որ եթե ինքը մի զավակ ունենար, այդպես չէր լինի, կլիներ չափազանց աշխույժ, արթուն և ուշիմ:

Ինչո՞ւ: Ոչ ոք չէր կարող ասել:

Այս ուղղությամբ և այս ոգով Փալանճի Գիրգորը շատ էր խոսում: Մի օր էլ Թուրվանտա Քորոն, չհամբերելով և արդարորեն զայրանալով, ասաց.

— Էսքան տարի անցավ, բան մը չկրցար ընել, հազըր օղլան պապասի[2] դարձար, հիմա էլ չե՞ս հավնիր, լեզո՜ւդ...

Փալանճի Գիրգորն այս մասին ընդմիշտ լռեց:

Գ

Եվ Թորիկն աճեց: Ոսկորները մեծղի էին և դիմացկուն, միայն գլուխը, համեմատաբար, փոքր մնաց:

— Ղաֆան շատ պստլիկ է,— մի օր դիտել տվեց Փալանճի Գիրգորը, թեև վաղուց որոշել էր ոչինչ չասել:

Թուրվանտա Քորոն անպատասխան չթողեց նրան.

— Թո՛ղ պզտլիկ ըլլի, ի՞նչ ընենք, գլխուն վրա ընկո՞ւզ տի կոյրենք:

— Քիչ մը մենծ ըլլի, որ մեջը բան մտնա,— քրթմնջաց Փալանճի Գիրգորը:

Թուրվանտա Քորոն չպատասխանեց թեև, բայց առանձնահատուկ մի նայվածք նետեց Փալանճի Գիրգորի գլխին:

Եվ պատահեց, որ Փալանճի Գիրգորը մի քանի անգամ Թորիկին հետը տարավ ման գալու: Երբ Փալանճի Գիրգորը մի որևէ մեկի հետ փողոցում խոսակցության էր բռնվում, Թորիկը նրա սրունքը կիսագրկում էր և հանգիստ կանգնում: Ոչ մի անհամբերություն, կանգնում էր և սպասում՝ մինչև Փալանճի Գիրգորը խոսքը վերջացներ, իսկ Փալանճի Գիրգորի խոսքը հաճախ երկար էր տևում: Այն աստիճան

Թորիկը նեղություն չէր պատճառում, որ Փալանճի Գիրգորի համար անխուսափելի սովորություն դարձավ առանց Թորիկի տեղ չգնալ:

— Թող տունը մնա,— ասում էր Թուրվանտա Քորոն,— քըզի նեղություն կուտա:

— Չէ, կնիկ, հեչ նեղություն չի տար, ճիվերս կը բռնե, կը կայնի, շատ խելոք փիճ է:

Թուրվանտա Քորոն խելահեղ ուրախության էր մատնվում:

— Թե՛ որբը տուն գտավ, թե՛ մենք ըլ զավակի տեր եղանք, թե որ Փալանճի Գիրգորին հայեինք, բան դուրս չէր գար, չո՞ր աղբյուր, — ասում էր նա:

Հետզհետե թե՛ Փալանճի Գիրգորը, թե՛ Թուրվանտա Քորոն զգացին, որ Թորիկն անհրաժեշտություն էր տանը:

— Էս փիճը չըլլեր, ի՞նչ տըներինք,— հարց էր տալիս Փալանճի Գիրգորը:

— Ի՞նչ տընեինք, քիթ քթի տի նստեինք ու իրարու անտեր երեսը տի նայեինք,— պատասխանում էր Թուրվանտա Քորոն:

— Ծո՛, Թորի՛կ,— ձայնում էր Փալանճի Գիրգորը:

— Ի՞նչ է, Գիրգոր աղա,— պատրաստակամ պատասխանում էր Թորիկը:

— Ջուր մի տուր՝ խմիմ, ծո՛:

Թորիկը ջուրը բերում էր:

Թուրվանտա Քորոյի հրճվանքին չափ չկար, մանավանդ, երբ Թորիկն ամուսնուն «Գիրգոր աղա» էր կոչում, մի բան, որ ինքն էր սովորեցրել նրան: Քանի որ աշխարհում ոչ ոք նրան աղա չէր կոչելու, գոնե Թորիկը կոչեր:

— Քա՛, Թորի՛կ, ո՞վ է դուռը կծեծե,— հարցնում էր Թուրվանտա Քորոն, հաստատ համոզված լինելով, որ պիտի լինի Փալանճի Գիրգորը:

— Գիրգոր աղաս է,— պատասխանում էր Թորիկը:

Թուրվանտա Քորոն հպարտանում էր, ուրախանում, բռնում Թորիկի գլուխը, սեղմում կրծքին, համբուրում և ասում.

— Գիրգոր աղադ քըզի դուրբան ըլլի...

Դ

Երբ Թորիկն ավելի մեծացավ, տնից դուրս էլ դարձավ պետքական:

— Ծո՛, Թորի՛կ, էս միսը տուն տար:

— Ծո՛, Թորի՛կ, էս հացը տունը ձգե:

— Թորի՛կ, օղո՛ւլ, գնա Գիրգոր աղայիդ ըսե՝ քացախ առնե, բեր:

— Թորի՛կ, դուրբան, սեփեթը (կողովը) խանութը տար:

Եվ Թորիկը ամեն ինչ կատարում էր սուսիկ-փուսիկ, առանց դժգոհելու: Միայն թե տնից խանութ, խանութից տուն գնալ-գալը շատ երկար էր տևում: Երբ Փալանճի Գիրգորը տուն գար և ճաշը պատրաստ չգտներ, զարմանում էր:

— Աղջի՛, Թուրվանտա՛, էսքան ատեն կերակուրը չե՞ս պատրաստեր, անոթի քուռակ կնետիմ:

— Ուշ ղրկեցիր միսը:

— Ի՞նչ կըսես, առտուն եմ ղրկեր:

— Քա՛, օրհարսակ էր եկավ Թորիկը:

— Ծո՛, Թորի՛կ:

Թորիկը կանգնում էր և հլու նայում:

— Միսը խանութեն դո՞ր տուն բերիր: Հեչ տեղ չի գացի՞ր:

— Չէ:

Թորիկը սուտ չէր խոսում, խանութից ուղիղ տուն էր եկել, բայց ճանապարհին շատ էր կանգ առել: Թորիկին հետաքրքրում էր փողոցում ամեն բան. արջ էին խաղացնում՝ դիտում էր, ձեռնածություն էին անում՝ դիտում էր, տեսնում էր, որ մի դռան առաջ հավերը կուտ են ուտում՝ կանգ էր առնում և երկարորեն դիտում, վա՜յ թե կցված շներ տեսներ՝ ժամերով դիտում էր զմայլանքով և հրճվանքով, առանց իմանալու, թե ինչ էր կատարվում: Եվ պատահում էր, որ դիտելիս թևի տակից հաց էին փախցնում կամ բանջարեղենի մի փունջ: Ամենաշատն ուշանում էր այն օրերը, երբ ձյուն էր գալիս խոշոր փաթիլներով: Դանդաղ և օրորուն պարող ձյան հատիկներն անսահման հրճվանք էին պատճառում Թորիկին, գլուխը վեր էր բարձրացնում և սպասում մինչև ձյան մի փաթիլ ընկնի աչքերի թարթիչների վրա:

Մի օր էլ, ինչ-որ դիտելիս, մի շուն տոպրակի միջից միսը փախցրեց: Վազեց ետևից, բայց չկարողացավ բռնել: Այդ երեկո Փալանճի Գիրգորը մի ապտակ իջեցրեց նրան և ասաց.

— Խելքդ գլուխդ ժողվե, յավրում, փարա ենք տվեր:

Թորիկը լաց եղավ:

— Գիրգոր աղա, ալ չեմ ըներ,— հեկեկաց նա:

Թորիկն այս խոսքը այնպես արտասանեց, այնպիսի խեղճությամբ, այնպես գլուխը կախ և անօգնական տոնով, որ Փալանճի Գիրգորը խղճահարվեց, աչքերը խոնավացան, երեսը շուռ տվեց, որ ցույց չտա արցունքը, բայց Թուրվանտա Քորոն չդիմացավ և Թորիկի հետ միասին կուշտ լաց եղավ:

— Ինչո՞ւ որբին զարկիր, ձեռքդ փրթի,— ասաց Թուրվանտա Քորոն:

Գիշերը, անկողին մտնելիս, Թուրվանտա Քորոն կռնակը դարձրեց Փալանճի Գիրգորին:

— Աղջի՛, Թուրի՛կ, կռնակդ ինչո՞ւ դարձուցիր,— զարմացավ Փալանճի Գիրգորը:

— Էդ ըլ շատ է,— սրտնեղեց Թուրվանտա Քորոն:

— Նորեն ի՞նչ եղավ, լուսինը նո՞ր է:

Երկար լռությունից հետո Փալանճի Գիրգորը մի կերպ հաջողեց կնոջ երեսն իր կողմը դարձնել:

— Որբին վրա ձեռք մի բարձրացներ, էնդի դեմը քուրոջս ի՞նչ պատասխան տի տամ:

— Բան մըն էր՝ էղավ, կնի՛կ, ալ չեմ ըներ,— խոստացավ Փալանճի Գիրգորը:

Քիչ անց՝ Փալանճի Գիրգորը մացառի պես բեղերը քսեց Թուրվանտա Քորոյի երեսին:

— Քունս կտանե, տեղդ պառկիր:

Եվ տիրեց լռություն:

Մի բան շատ էր զարմացնում Փալանճի Գիրգորին և Թուրվանտա Քորոյին։ Թորիկի հագուստի այնպիսի տեղն էր մաշվում, որ առհասարակ չպետք է մաշվեր, ուրիշների հագուստի այդ տեղերը երբեք չէին մաշվում։ Թորիկի արմունկը չէր մաշվում, այլ ուսերից մինչև արմունկը:

— Քա՛, խելքս կթռցնիմ, էս ի՞նչ բան է,— ապշում էր Թուրվանտա Քորոն:

— Արմունկը մաշվի, խելքիս կպառկի, ամա արմունկեն վեր ինչո՞ւ մաշվի, ջանըմ,— հարց էր տալիս Փալանճի Գիրգորը:

Մի օր Փալանճի Գիրգորը գաղտնի Թորիկին հետևեց՝ ստուգելու:

Եվ ամեն ինչ պարզվեց:

Թորիկը ամբողջ ճանապարհին պատերին քսվելով էր գնում, խանութից տուն գնալիս՝ մի կողմով, տնից խանութ գնալիս՝ մյուս կողմով։

Ե

Եվ մի օր էլ Թորիկի կրծքին կախեցին թակը[3] և տարին դպրոց՝ պարոն Աշուրի վարժատունը:

— Միսը քըզի, ոսկորը մըզի,— ասաց Փալանճի Գիրգորը:

Պարոն Աշուրն ակնոցների տակից նայեց Թորիկին։ Թորիկը, թևերը կախ, ուսերը մի քիչ վեր բարձրացրած, ուղիղ կանգնել էր:

— Խելացի կերևա,— ասաց պարոն Աշուրը:

Փալանճի Գիրգորն ուռեց:

— Ինչ որ տեսեր է աչքը, էն ըլ սորվեր է, վարժապետ,— ասաց նա:

Երեք տարի հաճախեց Թորիկը պարոն Աշուրի վարժատունը և հազիվ կարողացավ սովորել հայոց լեզվի տառերը, իսկ կարդալը՝ երբեք:

Թուրվանտա Քորոն համառորեն պնդեց, որ Թորիկը դպրոցը պետք է շարունակի:

— Խելքին բան չի պառկիր,— թեթևակի առարկեց Փալանճի Գիրգորը:

— Օր մըլ կպառկի,— հակաճառեց Թուրվանտա Քորոն:

Գրել-կարդալ որ չի սորվավ, ըսել է էշ է, մարդ չի դառնար,— պնդեց Փալանճի Գիրգորը:

Թուրվանտան Քորոն թեթև ծիծաղեց և ասաց.

— Դուն ըլ կարդալ գրել չես գիտեր, դո՞ւն ըլ էշ ես, քա՛:

Փալանճի Գիրգորը լռեց:

Եվ Թորիկը շարունակեց դպրոցը, մինչև պարոն Աշուրն ինքը վերջնագիր տվեց, թե Թորիկն այնքան դասարան չի փոխել, որ այժմ փոքրերի հետ դասընկեր է դարձել և այլևս չի կարող պահել դպրոցում:

— Կհիշե՞ս, կնիկ, հարն ըլ քիչ մը դանխաֆա[4] էր,— ասաց Փալանճի Գիրգորը:

— Մեռած մարդու վրա չեն հաչեր,— կշտամբեց Թուրվանտա Քորոն:

Ի վերջո Փալանճի Գիրգորն առաջարկեց.

— Տանիմ իմ խանութ, թող իմ արհեստս սորվի, մարդ դառնա ընծի պես:

Թուրվանտա Քորոն այս անգամ համաձայներ, որովհետև Թորիկի քթի տակ արդեն սևին էր տալիս, ձայնը հաստացել էր, և վերջնականապես պարզ էր, որ ուսման ոչ միայն սեր չուներ, այլև հարմարություն:

Զ

Առաջին օրը Փալանճի Գիրգորը խանութում Թորիկի գլխին երկար-բարակ խրատ կարդաց.

— Թորիկ, յավրում, արհեստին մենծ ու պզտիկը չի կա, ամեն արհեստ իրեն արժեքն ունի, ինչու որ ամեն արհեստ մարդս աղքատութենե կազատե, ուրիշին կարոտ չըներ, փալանճիությունն ըլ արհեստ է և շատ աղեկ արհեստ է, հըլե հարցուր թե ինչո՞ւ:

— Ինչո՞ւ, Գիրգոր աղա:

— Ինչու որ գործդ մարդու հետ չէ, իշու հետ է: Ինչո՞ւ ակռաներդ բացիր ու կծծղաս, իշու անո՞ւն լսեցիր,— վիրավորվեց Փալանճի Գիրգորը:

Թորիկը վայրկենապես լռջացավ, բայց ուզում էր ասել, թե իշու ձայն լսեց, բայց լռեց՝ վախենալով ապտակից: Փալանճին շարունակեց.

— Դուն չկարծես քի էս արհեստը դյուրին արհեստ է, չէ՛, յավրում, չէ՛, ամեն արհեստ իրեն փյուֆերին[5] ունի...
— Ունի, Գիրգոր աղա,— մեքենաբար ձայնակցեց Թորիկը:
— Հը՛, իշտե էդ փյուֆերին տի սորվիս:
— Կսորվիմ, Գիրգոր աղա, բան մը չէ:
— Մենծմենծ մի խոսա, բոյդ կտեսնանք:
Եվ Թորիկն սկսեց աշխատել:
Սկզբներում կարել, խոտ լցնել, չվան պատրաստել և այլն՝ կարողացավ յուրացնել, բայց երբ հասավ դժվարին մասին՝ փալանի արտաքին ձևավորման, Թորիկը կանգ առավ:
Սկսվեցին Թորիկի և Փալանճի Գիրգորի միջև լուրջ անախորժություններ, մինչև այն աստիճան, որ Փալանճին խանութում, ուրիշների ներկայության, Թորիկի վրա բղավում էր.
— Ծ՛ո, իշո՛ւ գլուխ, փալան մըլ քըզի համար պետք է շինել, քառասուն անգամ ըսի, բէյնդ չմտա՛վ:
— Գիրգոր աղա, էշ է, ի՞նչ գիտե,— առարկում էր Թորիկը:
— Էշը հայվան է, չի գիտեր, տե՞րն ըլ հայվան է, ծո՛:
Երբեմն վեճն այնքան էր տաքանում, որ Թորիկը թողնում էր խանութը, գնում տուն և ասում Թուրվանտա Քորոյին.
— Թուրիկ մոքուր, Գիրգոր աղաս ընծի չի հավնիր, ալ խանութ չեմ երթար:
— Ամեն մարդ ըլ արհեստը էդպես կսորվի, օղո՛ւլ, իրեն գլխուն ըլ էնքան են զարկեր...
Թորիկը, գլուխը կախ, վերադառնում էր խանութ:
— Հը՞, քըթիդ հովը իջա՞վ,— հարցնում էր Փալանճի Գիրգորը:
Թորիկը, առանց պատասխանելու, վերցնում էր մախաթը և սկսում աշխատանքը:
Անախորժություններ պատահեցին և վաճառքի շուրջը: Փալանճի Գիրգորի բացակայության Թորիկը փալան էր ծախում ավելի պակաս գնով, քան ծախս էր նստել իրենց վրա:
— Ինչո՞ւ աժան ծախեցիր,— հարցնում էր Փալանճին:
Թորիկը, սառած աչքերով, նայում էր Փալանճուն և չէր պատասխանում:
— Պատասխան տուր, հայվա՛ն:
— Բան մըն էր՝ եղավ, ալ չեմ ըներ:
— Ծո՛, էս քանի՞ երորդ անգամն է, գլխուս ցեց դարձար, շա՛ն զավակ:
Այդ օրերից մեկում Թորիկը տուն եկավ հարբած: Մի երևույթ, որ երբեք չէր պատահել:
— Քա՛, էս ի՞նչ բան էր, է՛ս էր պակաս,— գոռգոռաց Թուրվանտա Քորոն և զարկեց ծնկներին:

Բայց, առավոտյան, Թուրվանտա Քորոն շոյելով Թորիկի գլուխը, հարցրեց հարբած լինելու պատճառը:

Թորիկը պատասխանեց.

— Հորս, մորս քով երթամ պառկիմ, ավելի աղեկ է:

— Ինչո՞ւ:

— Գիրգոր աղաս ընծի շատ նեղություն կուտա,— զանգատվեց Թորիկն արցունքոտ աչքերով:

Այնուամենայնիվ, ժամանակը սրբեց ամեն բան, այսպես թե այնպես Թորիկը սովորեց փալանի արտաքին ձևավորումը, սովորեց գները, սովորեց վաճառքի գաղտնիքները:

Անախորժությունները վերջացան:

Եվ մի իրիկուն Փալանճի Գիրգորը մի քանի ծանոթներ հրավիրեց իր տունը, օղի հրամցրեց, կանչեց Թորիկին, մոտը կանգնեցրեց, մի ապտակ զարկեց և ասաց.

— Ալ վարպետ ես, խոսք չունիմ:

Թորիկը խելագարվելու աստիճան ուրախացավ:

— Է՛հ, Թորիկս ժմնեց, մեկնումեկս գլոխնիս գետինը դնենք, ալ ուրիշ մարդ չունինք, Թորիկն է,— ասաց Թուրվանտա Քորոն և համբուրեց այն երեսը, որ կերել էր ապտակը:

Է

Ժամանակը սահեց, այնպես, ինչպես միշտ:

Փալանճի Գիրգորը, ինչպես եղավ, մեռավ․ ո՛չ հիվանդ պառկեց, ո՛չ էլ ոտի վրա մաշվեց, այլ մի օր խանութից տուն եկավ թե՝

— Թուրիկ, վրաս սրսփուք եկավ:

Թուրվանտա Քորոն պառկեցրեց նրան, ոտները բրդե վերմակով փաթաթեց, տաք աղյուս դրավ, բայց հաջորդ առավոտ Փալանճի Գիրգորն այլևս չկար, իր բոլոր հաշիվները մաքրել էր աշխարհի հետ:

— Թուրիկ մոքոր, հեչ մի լար, քանի ես սաղ եմ, դուն իմ մերս ես, քեզ սուրփի պես կպահիմ,— մխիթարեց մորաքրոջը Թորիկը:

Թուրվանտա Քորոն, լալագին լաց լինելով, փաթաթվեց Թորիկին և ականջին շշնջաց.

— Լուսահոգիի ոսկի ակռան հանե, պետք կըլլի, օղո՞ւլ:

Եվ Թորիկը կարողացավ պահել խանութի հաճախորդներին, առնտրից ոչինչ չպակասեց, տարբերությունր միայն այն էր, որ առաջ երկու ձեռք էր աշխատում, այժմ՝ մեկ:

— Առաջ ըլ ուտող բերանն իրեք էր, հիմա՝ երկուք,— ասաց Թուրվանտա Քորոն:

Թուրվանտա Քորոն և Թորիկը հիշում էին Փալանճի Գիրգորին միայն այն ժամանակ, երբ մի նոր կանաչեղեն էր դուրս գալիս՝ կոտեմը, առվի կարոսը, մարիամ խոտը, վարունգը, որովհետև Փալանճին սիրում էր այդ կանաչեղենները տուն բերել, հենց որ նրանք երևում էին շուկայում:

— Ողորմած հոգին կովու պես կանաչ կուտեր,— ասում էր Թուրվանտա Քորոն:

— Խիար կա՞, յա, Գիրգոր աղաս խիարի համար կը սատկեր,— ձայնակցում էր Թորիկը:

Փալանճի Գիրգորի հիշատակն այսպես վառ էր պահվում տանը:

Իսկ խանութում բոլոր հաճախորդները հիշում էին նրան, երբ էշերը բերում էին նոր փալան շինել տալու կամ հները նորոգելու:

— Էսօր հինգ էշ բերին, հինգ փալանն ըլ Գիրգոր աղաս էր շիներ,— հաղորդում էր Թորիկը Թուրվանտա Քորոյին:

Թուրվանտա Քորոն կազմ և պատրաստ ուներ ոչ ավելի քան երկու կամ երեք կաթիլ արցունք աչքերի շատ մոտերքում և հարկ եղած ժամանակ կախում էր կոպերից:

Թորիկը երկյուղածությամբ և խոր երախտագիտությամբ վճարեց տերտերին հոդվրտիքի համար, իսկ ամեն մեռելոցի ինքն անձամբ ներկա էր լինում գերեզմանոցում և օրհնել էր տալիս Փալանճի Գիրգորի ոսկորները:

Երկար ժամանակ Թուրվանտա Քորոն սնդուկում պահում էր ամուսնու շորերը, բայց ծանոթ կանայք խորհուրդ տվին նրան, որ ամուսնու շորերը եթե Թորիկին հագցնի, Թորիկի սերն ավելի կլինի իր վրա, ուստի սնդուկից հանեց Փալանճի Գիրգորի շորերը և հագցրեց Թորիկին: Դրանց մեջ ամենից արժեքավորը շալ գոտին էր, որը Թորիկը հպարտությամբ կապեց:

— Ողորմած հոգիի արևը քըզի ըլլի, օղուլ,— ասաց Թուրվանտա Քորոն, երբ Թորիկը սենյակի մեջտեղում պտտվում էր, որպեսզի շալ գոտին փաթաթվի մեջքին:

Ժամանակը ցավի ոչ մի սուր ծայր չթողեց. Փալանճի Գիրգորի հագուստները Թորիկը մաշեցրեց, բացի շալ գոտուց, իսկ Թուրվանտա Քորոն սկսեց մտածել Թորիկին ամուսնացնելու մասին:

Ը

Ամեն մի կին, որը ձեռնարկում է իր հարազատին ամուսնացնելու, վերից է սկսում:

Թուրվանտա Քորոն էլ սկսեց վերից:

— Թորի՛կ, օղո՛ւլ, վաղը տերթամ ֆապրիկաթոռին միջնակ աղջիկը տուզիմ քըզի համար,— ասաց Թուրվանտա Քորոն:

— Հի՜, հի՜, հի, — ծիծաղեց Թորիկը:

Օրը բոլոր խռովահույզ վիճակ ապրեց Թորիկը, գիշերն էլ քուն չմտավ աչքերը, ֆապրիկաթոռի աղջկան մի անգամ տեսել էր, «լուսուկտոր»՝ ինչպես ինքն էր ասում:

Թուրվանտա Քորոն միամտորեն երկար բախեց ֆապրիկաթոռենց մեծ դուռը և համառորեն սպասեց:

«Կերևա չլսեցին »,— ասում էր մտքում ամեն մի բախելուն:

Բայց հանկարծ լսեց մի քրթմնջոց:

Մի քիչ սպասեց, հետզհետե քրթմնջոցը դիվային թվաց նրան: Աչքը վեր բարձրացրեց, տեսավ մի գլուխ, որ վայրկենաբար ետ քաշվեց դռան վրայի լուսամուտից, և լսվեց նորից քրթմնջոցը:

Սառը քրտինք պատեց Թուրվանտա Քորոյին:

— Վո՜ւյ գլխուս:

Երանի գետինք ճեղքվեր և մեջը մտներ: Ոտները շարժվեցին, ուզում էր վազել, որպեսզի շուտ հեռանա, բայց հազիվ իրեն պահում էր ոտների վրա:

Եթե Թուրվանտա Քորոն ետին դառնար, պիտի տեսներ մի քանի գլուխներ, որ դուրս էին ցցվել լուսամուտից և հռհռում էին իր վրա:

Թուրվանտա Քորոն հազիվ առաջին փողոցի անկյունը շրջվեց և հենվեց պատին:

Երբ Թորիկն իմացավ եղելությունը, ասաց.

— Արդեն սրտովս չէր, Թուրիկ մորքոր, դուն որ ըսիր, ալ չուզեցի խոսքդ կոյրիմ:

Թուրվանտա Քորոն, սակայն, չհուսահատվեց, մի քանի օր հետո նորից բռնվեց Թորիկի համար աղջիկ գտնելու եռանդով, բայց այս անգամ մի քիչ ցած իջավ:

— Աղջիկ մի կա, աչքս մտեր է, ամա դուն կուզես՝ չես ուզեր, չեմ գիտեր,— ասաց Թուրվանտա Քորոն:

— Ո՞վ է:

— Ենգոյենց Կիրակոս էֆենդիի աղջիկը:

— Պզտլի՞կը,— հարցրեց Թորիկը և զգաց, որ սրտում ինչ-որ թռչուն է թպրտում:

— Չէ՛, մենծը:

— Մենծն էլ գեշ չէ:

Ենգոյենք ընդունեցին Թուրվանտա Քորոյին, բայց այս անգամ ինքը չհամարձակվեց հայտնել, թե ինչու է գնացել, այնքան սառը և հեգնանքով ընդունեցին: Այստեղ Թուրվանտա Քորոյի համար ավելի դժվար դրություն ստեղծվեց: Ի՞նչ ասեր, ինչո՞ւ էր գնացել այն տունը, որտեղ կյանքումը ոտը չէր դրել: Ամբողջ սպիտակեղենը թրջվեց քրտինքից: Վերջապես ասաց.

— Եկեր իմ խնդրեմ, որ գործ ունենաք, որբ ունեցող կնիկ մի կա, անոր տաք, մեղք է, ձեռքն ըլ իստակ է:

Ենգոյան Կիրակոս էֆենդիի կինը խոստացավ, որ եթե գործ լինի, այդ կնոջը տա:

Թուրվանտա Քորոն շալը քաշեց գլխին և դուրս ելավ:

— Քա՛, խելք որ չընեի, ի՞նչ տըլլեր վիճակս,— եզրակացրեց նա տուն վերադարձին:

Բայց Թորիկը չկարողացավ մտնել մորաքրոջ դրության մեջ:

— Ըսեիր՝ կեփեր,— ասաց նա:

— Ենպես էրեսները կախեցին, ընծոր սև ձիթ քսեին,— առարկեց Թուրվանտա Քորոն:

Հազիվ մի շաբաթ էր անցել, Թուրվանտա Քորոն նոր աղջիկ գտավ: Այս աղջիկն արդեն ո՛չ ֆաբրիկանտի աղջիկ էր, ո՛չ էլ կալվածատերի, ինչպես Ենգոյանը, այլ միջին վաճառականի:

— Հը՛, Թորիկ, երթամ ուզի՞մ,— հարցրեց Թուրվանտա Քորոն:

— Բերանդ բուրդ չիտան, — կասկածեց Թորիկը:

— Չէ...

Այս անգամ Թուրվանտա Քորոն համարձակվեց ուզել Իգնատ աղայի աղջկան, բայց վերադարձավ խորապես վիրավորված:

— Բերանդ բուրդ տվին, հա՞,— ասաց Թորիկը:

— Էրնեկ բուրդ տային, ուրիշ բան տվին:

— Ի՞նչ ըսին,— հետաքրքրվեց Թորիկը, բայց դողում էր հավանական պատասխանից:

— Կնիկը ի՞նչ ըսե՝ աղեկ է:

Թորիկը լռություն պահեց: Ներքուստ ցանկանում էր իմանալ, բայց արտաքուստ անտարբերություն ձևացրեց: Թուրվանտա Քորոն շարունակեց.

— «Ես կարծեցի՝ եկեր ես խնդրես, որ մեր լվացքը դուն ընես» կըսե:

Թորիկը, առաջին անգամ լինելով, փողոցային մի հայհոյանք շպրտեց Իգնատ աղայի կնոջ հասցեին, որին Թուրվանտա Քորոն արձագանք տալով՝ ասաց.

— Ե՛ս էլ:

Թուրվանտա Քորոն և Թորիկն ավելի ցած իջան և եկան կանգ առան արհեստավորների վրա: Համոզված լինելով, որ քաղաքում գտնված որևէ արհեստավոր սիրով և փութկոտությամբ պիտի համաձայներ իր աղջկան Փալանճի Թորիկին կնության տալու, նստեցին և երկար ու բարակ ընտրություն կատարեցին...

— Հացագործ Սիմոյին աղջիկը:

— Աղեկ է, բոյը կարճ է,— առարկեց Թորիկը:

— Պատշարող Օղասաբին աղջիկը, պզտլիկը:

— Աղեկ է, մազը դեղին է, խոշիս չի գար[6] :

— Մսագործ Աստուրին աղջիկը:

— Քիչ մը դուրս ընկած կերևա:

— Կոշկակար Թորոսին մենծը:

— Հի՛, հի՛, հի՛, — ծիծաղեց Թորիկը:

Թուրվանտա Քորոն շալը քաշեց գլխին և ուղիղ կոշկակար Թորոսին տունը գնաց:

Մեծ աղջիկը՝ Լուսնթագը, սուրճ բերեց Թուրվանտա Քորոյին:

— Քա՛, Լուսնթագիս տես, մենծցեր, բոյը, բոսը, — գովաբանեց Թուրվանտա Քորոն և խոսքը բաց արավ:

— Թուրվանտա Քորո, ատոր խոսքը հեչ չընես, աղջիկս մինչև դպրոցը չվերջացնե՝ չեմ կարգեր,— պատասխանեց մայրը և դրանից հետո այնպիսի երես արավ, որ Թուրվանտա Քորոն մնաս բարով արավ և դուրս ելավ:

Կոշկակար Թորոսից հետո, մեկը մյուսի ետևից, Թուրվանտա Քորոն, առանց Թորիկի հետ խորհրդակցելու, մտավ մսագործ Աստուրի, պատշարող Օղասաբի, հացագործ Սիմոյի տները և բոլորից էլ մերժողական պատասխան ստացավ: Պատշարող Օղասաբը մինչև անգամ վիրավորեց,

— Թորիկդ քիչ մի կով է,— ասաց նա:

Բացի այս արհեստավորներից, նոր արհեստավորների ցուցակ պատրաստեցին, և հերթով բոլորի տներն էլ մտավ Թուրվանտա Քորոն ու բոլորից էլ մերժողական պատասխան ստացավ:

Թորիկն այս անհաջողություններից ծայր աստիճան ջղայնացավ և ով որ մերժում էր աղջիկը տալ իրեն, հայհոյում էր:

Թորիկի համար աղջիկ գտնելը դարձավ և հարևանների խոսակցության առարկա: Թուրվանտա Քորոն, միամտորեն, գնում էր և պատմում էր, թե ով ինչ պատասխան տվեց, կարծելով բոլորն էլ իրավունք պիտի տային իրեն, թե՝ պարզապես աղջկան բախտը կքոռցնեն:

Նա եկել էր մի եզրակացության.

— Որբ է, բախտ չունի,— ասում էր:

Հարևաններից մեկը մի օր եկավ ու ասաց Թուրվանտա Քորոյին.

— Քա՛, Թուրի՛կ, Թորիկիդ համար աղջիկ գտեր եմ:

— Քա՛, ի՞նչ կըսես:

— Աղջիկ, կաթը իստակ, գլուխը կախ:

— Ո՞վ է, ըսե՛:

— Օվակիմին աղջիկը:

Թուրվանտա Քորոյի մարմինը փուշ-փուշ եղավ: Նա հասկացավ, թե ում էր ակնարկում, բայց սուտ չհասկանալ տվեց:

— Ի՞նչ Օվակիմ,— հարցրեց նա:

— Քա՛, Օվակիմը չե՞ս ճանչնար:

— Աղքատ Ղազարո՞սը:

Տիրեց լռություն: Օվակիմին Աղքատ Ղազարոս էին կոչում, որովհետև ծայրահեղ թշվառ մի մարդ էր, ուներ հինգ աղջիկ, բոլորն էլ սիրուն, ապրում էր վերին աստիճանի արհամարհված արհեստով՝ արտաքնոց մաքրող էր:

— Քեզմե հեչ չէի սպասեր, — ասաց ի վերջո Թուրվանտա Քորոն՝ չծածկելով իր վիրավորված լինելը:

Նրա սրտին դպչել էր, որ հարևանը Աղքատ Ղազարոսի աղջիկն առաջարկեց Թորիկի համար:

— Թուրվանտա Քորո,— սկսեց հարևանը,— էդ ձևերը թող, Աղքատ Ղազարոսին աղջիկները ֆապրիկաթոռին աղջիկներէն ըլ աղվոր են:

— Հրեշտակ են, չըսե՞ս:

— Մի կոտրտվիր, հարս կուզես՝ ատիկից աղեկը չի կա, ամեն տեղ բերանդ բուրդ տվին:

Թուրվանտա Քորոն չպատասխանեց և անզոր հեգնությամբ նայեց նրան:

Նորից լռություն: Թուրվանտա Քորոն պարզապես սպասում էր, որ հարևանը հեռանա, և հեռացավ:

Երեկոյան Թուրվանտա Քորոն Թորիկին պատմեց այս խոսակցությունը:

Թորիկն ասաց.

— Ենքան եղա, որ Աղքատ Ղազարոսին աղջի՞կը առնիմ:

— Է՛դ ըսե ...

Թ

Բայց ժամանակը թռչում էր:

Թորիկի երազները խռովվում էին սպիտակ մի աղջկա թևերով: Նրա վերմակն իսկ զգում էր հրդեհված մարմնի ողջ տառապանքը: Նետում էր Թորիկը վրայից այդ վերմակը, նստում անկողնում, ծխում, անվերջ ծխում: Թորիկը հետզհետե համոզվեց, որ թող լիներ՝ Աղքատ Ղազարոսի աղջիկը լիներ, բայց Թուրվանտա Քորոն համառեց խոնարհվել Աղքատ Ղազարոսի առաջ: Ամեն տեղ ասել էր, որ Թորիկին կխեղդի, բայց նրա աղջկան չի բերի իր տունն իբրև հարս: Թուրվանտա Քորոն չէր զգում երիտասարդ տղայի հուրը: Ինքն այդ հրդեհը չէր ապրել: Հազիվ տասնհինգ տարեկան՝ տվել էին նրան Փալանճի Գիրգորին, առույգ, մեծ բեղերով, ձայնը խռպոտ, աչքերը կարմրած մի երիտասարդ, որ հրդեհել էր նրան, նախքան իր հրդեհին սկսվելը:

— Որ կախես, Աղքատ Ղազարոսին աղջիկը չեմ ուզի,— հայտարարեց Թուրվանտա Քորոն:

Թորիկը լռում էր: Ոչ մի տղամարդ ինքը չէր կարգադրեր իր ամուսնության խնդիրը, մինչև անգամ եթե սիրահարված էլ լիներ:

Բայց Թուրվանտա Քորոն, երբ տեսավ, որ Թորիկը ջղայնությունից ամաններ է կոտրատում, մի անգամ բռնեց երեք հավ և վիզները քաշեց, մեկ-մեկ խմում է, պատահում է, որ գիշերները տուն չի գալիս, զիջեց և խոստացավ գնալ ու խոնարհվել Աղքատ Ղազարոսի առաջ:

— Թուրվանտա Քորո,— ասաց արտաքնոց մաքրող Օվակիմի կինը,— կարգելու աղջիկ չունինք:

— Քա՛, ի՞նչ կըսես, հինգ աղջիկներեդ երեքը շատունց տի կարգեիր...

— Երեքն ըլ նշանվեր են,— պատասխանեց Օվակիմի կինը հպարտությամբ:

Թուրվանտա Քորոն կատակի տվեց.

— Հավը էրածին մեջ կորեկ կտեսնա:

Օվակիմի կինը տաքացավ.

— Էրածին մեջ կորեկ տեսնալ չի կա, վաղը մեկալ օրը դուն փախլավաները կտեսնաս:

— Քա՛, վերջնական բան մըսե:

— Վերջնակա՛ն, Թորիկիդ աղջիկ չունիմ տալու, Թորիկն ի՛նչ տղա է որ, փալանճի, թհո՛ւ ...

Թուրվանտա Քորոն գրեթե խոնավ աչքերով դուրս ելավ Աղքատ Ղազարոսի տնից: Զայրույթից և ամոթից ինքն իրեն էր կրծում: Մինչև իրիկուն երկու հարևանի հետ կռվեց, քսան տարի բերանից դուրս չեկած խոսքերն ասաց նրանց:

Հենց հաջորդ օրը Թորիկը բռնեց Աղքատ Ղազարոսին և ասաց.

— Էս քանի մի օրը եկուր, մեր արտաքնոցը մաքրե:

Աղքատ Ղազարոսը պատասխան չտվեց՝ վախենալով հավանական կռվից:

Մի քանի օր հետո մի ուրիշն առաջարկեց իրենց արտաքնոցը մաքրելու. Աղքատ Ղազարոսը գոռոզությամբ պատասխանեց.

— Ա՛ֆ կընես, քու արտաքնոցդ դո՛ւն մաքրե, քիթդ չնկնիր:

Առաջարկողն ապշեց: Խենթացե՞լ էր Աղքատ Ղազարոսը, ի՞նչ էր պատահել: Դեռևս տասն օր առաջ, երբ Օվակիմը տուն էր վերադարձել և տեսել, որ իր հարևաններից մեկը մի ուրիշ թաղից մարդ էր հրավիրել իր տան արտաքնոցը մաքրել տալու համար, Օվակիմը մոտեցել էր իր արհեստակցին և ասել.

— Չամչցա՞ր, իմ բերնիս մեջ եղած հացը դուն կերար:

Շուտով պարզվեց այդ գաղտնիքը:

Ամերիկայից եկած մի երիտասարդ նշանվել էր Աղքատ Ղազարոսի մի աղջկա հետ, մյուս երկուսին էլ նշանել էր Ամերիկայում գտնված իր երկու հորեղբորորդիների հետ և շուտով մեկնելու էր Ամերիկա, խոստանալով ոչ միայն մնացած երկու Փոքրիկ քույրերին հետը տանել, այլև ծնողներին:

Ամերիկայից եկած երիտասարդը Աղքատ Ղազարոսի ափի մեջ համրել էր երկու հարյուր դոլլար և ասել.

— Հայրի՛կ, ասկեց ետքը ոտքերդ տնկե ու պառկե, ալ գործ մըներ, մենք դրամ շատ ունինք, ամեն բան օլրայթ է:

Իսկ Թուրվանտա Քորոն համառորեն ասում էր ամեն տեղ.

— Ինչքան ոտքս ընկան, ինչքան կեռկեղցան, կերեկցան, որ մեկը Թորիկիս համար ուզիմ, չուզեցի:

Երբ Թորիկի ականջն ընկավ, որ մորաքույրն այդ տեսակ ստեր է տարածում, ասաց.

— Թուրիկ մոքոր, ինչո՞ւ սուտ կփչես, էդ սուտը որո՞ւն կօգնե, իշտե տե՛ս, կնիկ չունիմ:

Թուրվանտա Քորոն ոչինչ չկարողացավ պատասխանել: Եվ Թորիկն այրվում էր, մանավանդ երբ ամերիկահայը հազցրեց Աղքատ Ղազարոսի աղջիկներին և դուրս բերեց փողոց, ինչպես Ամերիկայում:

Իսկ Աղքատ Ղազարոսը փողոց ելավ եվրոպական կոստյումով, օսլայած օձիքով և թնևնոցով: Երբ Թորիկենց տան առաջից էր անցնում, Թուրվանտա Քորոն նախանձից ուղղակի պատռվեց.

— Բեղերը տես, աղջիկները ծախեց, ի՞նչ դարձավ,— մրթմրթաց:

— Ինչո՞ւ ծախեց,— մեջ ընկավ Թորիկը,— մարդը պարզապես աղջիկները նշանեց, դո՛ւն կտրիճ բլլեիր, դո՛ւն առնեիր:

— Քա՛, ի՞նչ կըսես,— զայրացավ Թուրվանտա Քորոն:

— Թուրիկ մորքոր, աչքիս մեջ նայիր, լեզուդ կտրե, տակդ դիր, էս գործի մեջ մենք կերանք, դե՛, հիմա հարս գտի, տեսնամ:

— Կգտնամ, հեչ մի վախնար,— պատասխանեց Թուրվանտա Քորոն, բայց հոգում ահավոր վախ էր զգում, էլ հույս չէր մնացել: Դեռևս մի օր առաջ, Թորիկից գաղտնի, նորից գնաց մի աղջիկ ուզելու և ստացավ սարսափելի պատասխան.

— Եկեր ես իշու համար աղջի՞կ կուզես, իշու տալու աղջիկ չունինք:

Ժ

Մի առավոտ Թորիկը մռայլ կանգնեց խանութի առաջ: Չէր ուզում բաց անել, ոտները դեպի գինետունն էին թեքվում, բայց անզգայաբար, սովորության ուժով բանալին խրեց կողպեքի մեջ: Հազիվ ներս էր մտել, մեկը կանգնեց դեմը.

— Թորի՛կ...

— Աղեկ կընես չխոսաս, անցնես երթաս, մախաթը սիրտս խոթես, արին չելլար,— կտրեց Թորիկը:

Բայց նորից, սովորության ուժով, նստեց մի փալանի առաջ և հազիվ մախաթը փալանի մեջն էր կոխել, երբ ընկերներից մեկը ներս ընկավ.

— Բարի լուս, Թորիկ:
Թորիկը հազիվ բարևն առավ:
— Ի՞նչ է, իշու պես նորեն անկնձներդ կախեր ես:
— Հեչ մի հարցներ:
— Էնպես բան տըսեմ, որ քեֆդ գա:
Թորիկը աչքերը վեր առավ:
— Լսե՞լ ես,— սկսեց ընկերը:
— Ի՞նչ,— հետաքրքրվեց Թորիկը մախաթը ձգելով ձեռից:
— Քաղաքը բոզ է եկեր:
— Բո՞զ...
— Իրեք հատ:
Թորիկն ինչ-որ ձայն հանեց:
— Էնպես աղվոր են, լուսո կտորներ:
— Դուն տեսա՞ր:
— Չէ, տեսնողները կըսեն:
Տիրեց լռություն:
Թորիկը չէր կարող պատկերացնել, թե բոզն ինչ տեսակ է լինում, շատ էր լսել, բայց որոշ պատկերացում չէր կարող անել:
— Էս գիշեր երթանք, ծո,— ասաց ընկերը:
Թորիկը տարօրինակ ծիծաղեց՝ ինչպես ոչխարն ուրախությունից պատռահի որ ծիծաղի:
— Փարա ունի՞ս,— հարցրեց ընկերը:
— Փարա շատ կա,— հպարտ պատասխանեց Թորիկը:
— Երթանք, ծո:
Թորիկը չպատասխանեց և խեղճ-խեղճ նայեց ընկերոջը:
— Էս գիշեր Աղանիկենց ծառին տակը սպասե, ես ըլ կուգամ, երթանք:
— Ո՞ւր տեղ են:
— Վարի թաղը:
Թորիկը գնաց խանութի ետևի կողմը, իրար վրա դարսված փալանների ետևը և ընկերոջն էլ կանչեց այնտեղ: Երկուսն էլ մի-մի գավաթ օղի տնկեցին:
— Օ՜խ, մինչև ոտքիս մատները հասավ,— ասաց ընկերը:
Ընկերը գնաց դուրս՝ կրկին խոսք վերցնելով, որ գիշերը կպատահեն Աղանիկենց ծառի տակը:
Թորիկը նստեց կիսավարտ փալանի առաջ, վերցրեց մախաթը, բայց չկարողացավ շարունակել աշխատանքը, նրա մտքի փոքրիկ աշխարհում բարձրացան տարօրինակ պատկերներ, մեկը մյուսից ավելի գունազեղ, մեկը մյուսից ավելի ահեղ:
— Թորիկ, ինտո՞ր ես:

Ոչ մի պատասխան։ Թորիկը ոչինչ չէր լսում, նա տարված էր անսովոր երևակայությամբ, որ միատեսակ չէր, երբեմն ուրախ, բարձր տրամադրություն և երբեմն մարմինը փուշ-փուշ անող սարսուռ, սարսուռն այն հեռապատկերի, որ կարող էր հանկարծ իմացվել քաղաքում։

Բոզ ... զարհուրելի էր այդ բառը։

Թորիկը հիշեց մի քանի դեպքեր․ Պոլսից եկած ուսուցիչ պարոն Բուռնազյանին փողոցները ման ածելովն թքեցին երեսին և խայտառակեցին, փաստաբան Կուլեսերյան էֆենդիի մեծ տղային բռնեցին փողոցում և, իբրև նշավակ անլուր սրիկայության, երեսին մարդկային կղկղանք քսեցին, թոփալ Արթինը կեսգիշերով ստիպված եղավ փախչել քաղաքից և էլ չվերադարձավ։ Անվերջ էր դեպքերի շարանը։ Բայց Թորիկին ոչ մի ահ չպատճառեց այդ բոլորը։

Եվ գիշերը մարդկային մի ստվեր մոտեցավ Աղանիկենց ծառին։

— Ո՞վ է,— ձայն տվեց մեկը։

— Ես եմ, Թորիկը։

— Ուշացար, ծո։

Թորիկը բռնեց ընկերոջ ձեռքը։

Լռություն։

— Երթանք, ուշացանք։

— Քիչ մի սպասե։

Թորիկն իրեն հաստատ գետնի վրա չէր զգում, նրա ամբողջ մարմնում թռիչք կար, մի անծանոթ երգի բեկորը կրկնվում էր նրա ուղեղում։

— Երթանք։

Ընկերը Թորիկին գրեթե բռնի առաջ մղեց։

Եվ կեսգիշերին Աղանիկենց ծառի տակից դուրս սողոսկեցին երկու մարդկային ստվեր և ուղղվեցին դեպի Վարի թաղը։

— Ո՞ւր։

— Վարի թաղը, բոզերը հոն են։

Թորիկին մի դող բռնեց, կանգնեցրեց նա ընկերոջը, գոտու փաթից դուրս բերեց օղու մի փոքրիկ շիշ, տվեց ընկերոջը։ Ընկերը տնկեց բերանին և տվեց Թորիկին։ Թորիկն էլ քաշեց։

— Օ՜խ, հասավ մինչև ոտքիս մատները,— նորից ասաց նա։

Շարժվեցին առաջ։

Գիշերը անսահման խաղաղ էր, թեթև։ Անցան նրանք փշենիների մոտից, նրանց մեղրաբույր ծաղիկները լայն բաց արին Թորիկի ռնգունքները, շնչեց լիաթոք, ագահ։ Այդ խաղաղության մեջ խռովահույզ էր միայն Թորիկի սիրտը, այն գետի նման, որ մռնչալով անցնում էր հենց Վարի թաղի տակով։

— Հեռո՞ւ է։

— Մոտեցանք:

Թոռիկը նայեց երկնքին, ցածացել էր, աստղերը հենց իրենց գլուխների վրա էին, ժպտում էին և կաթում:

Ընկերը կանգ առավ մի փոքրիկ խրճիթի առաջ, որի միայն երկու լուսամուտներն էին լուսավորված նվազկոտ դեղին շողով:

— Իշտե էս է բոզերուն տունը:

— Ի՛նչ կըսես:

Թոռիկը քարացավ իր տեղում:

— Արթուն են:

— Ի՞նչ գիտես:

— Ճրագը չեն մարեր:

Ընկերը մոտեցավ լուսամուտին և թեթև թխկացրեց ապակին:

Լռություն:

Թոռիկը մոտեցավ ընկերոջը:

— Ետ երթանք:

— Իշություն չուզեր:

Ընկերը նորից թխկացրեց ապակին:

— Աման, սխալ տեղ չըլլի՞:

Ընկերը, առանց ուշադրություն դարձնելու, նորից թխկացրեց, այս անգամ մի քիչ ավելի ուժեղ:

Հանկարծ, դանդաղորեն և ծայր աստիճանի զգուշությամբ, կիսաբացվեց խրճիթի դուռը:

Թոռիկի սիրտը թռավ:

Ընկերը մոտեցավ դռան: Ինչ-որ փսփսացին:

— Ծո՛, Թոռի՛կ, եկուր:

Թոռիկը չիմացավ, թե ինչպես ոտները սահեցին դեպի դուռը: Մտան մի մութ միջանցք: Դուռը փակվեց: Մթնում մեկը բռնեց Թոռիկի ձեռքը: Ընկերոջ ձեռքը չէր, փափկուկ էր, փոքր:

Հանկարծ միջանցքը կիսով չափ լուսավորվեց, երբ բացվեց լուսավոր սենյակի դուռը:

Սենյակի դուռը բաց արավ կիսամերկ մի աղջիկ, ոսկեգույն մազերով, սպիտակ, փոքրամարմին:

Սենյակում կար մի երրորդ աղջիկ, որ երկարել էր անկողնի վրա:

— Քանի հոգի են,— հարցրեց այդ վերջինը:

— Երկու,— պատասխանեց դրսի դուռը բաց անող աղջիկը:

— Է՛հ, ուրեմն, ես կրնամ քնանալ,— ասաց նա և շուռ եկավ դեպի պատը:

Թոռիկը կանգնել էր սենյակի մեջտեղը և չի կարելի ասել, որ տեսնում էր որևէ բան: Ամեն ինչ թվում էր մշուշում, քողարկված: Նրա սիրտը ճնճղուկի նման թպրտում էր կրծքի վանդակի մեջ:

Մոտեցավ ոսկեգույն մազերով աղջիկը, բռնեց թևից, տարավ և նստեցրեց իր անկողնու վրա: Ընկերը և դուռը բաց անող աղջիկը նստեցին մյուս անկողնու վրա:

Երբ Թորիկը նստեց աղջկա անկողնին, նրան թվաց, որ թռավ սպիտակ ամպի մի կույտի վրա: Աղջիկը բարձրացավ, նստեց Թորիկի ծնկներին:

Թորիկը չիմացավ, թե ինչպես գրկեց ոսկեգույն մազերով աղջկա մեջքը և սեղմեց:

Առաջին անգամն էր, որ Թորիկն այդքան մոտիկից էր հպում մի կնոջ, առաջին անգամն էր, որ մի կնոջ շունչը դիպչում էր իր երեսին, առաջին անգամն էր, որ կնոջ յուրահատուկ բուրմունքը խռովում էր նրա ռնգունքները: Այդ բուրմունքն ավելի թարմ էր, քան փշենու դեղին ծաղիկի բուրմունքը: Պինդ, կոպիտ թևերով գրկած աղջկա մեջքը՝ նա ուզում էր ասել, որ «ես քըզը կը սիրիմ», բայց նախադասությունը խեղդվեց կոկորդում և փոխանակ այդ ասելու, ասաց.

— Խնձոր կսիրի՞ս:

— Այո, կսիրեմ:

— Երթամ քըզի համար խնձոր բերիմ,— անկեղծորեն և ջերմությամբ առաջարկեց Թորիկը:

— Ոչ, ոչ, հարկավոր չէ,— կտրեց աղջիկը:

— Չէ, երթամ բերիմ:

— Կերթաս և ալ չես գար:

— Ալ չեմ գա՞ր, աշխըրքի որ ծարն ըլ երթաս, ետևեդ կուգամ,— սրտաբուխ բացականչեց Թորիկը:

Աղջիկը խորապես հավատաց նրան: Նրա խոսքերի մեջ կար և՛ պարզություն, և՛ խորություն:

— Կը հավատա՞ս,— հարցրեց Թորիկը:

— Կը հավատամ,— պատասխանեց աղջիկը և փաթաթվեց Թորիկին:

Թորիկը համբուրեց նրան:

Այս համբույրը հրդեհեց Թորիկին, այրվում էր նրա մարմնի ամեն մի մասնիկը: Ուզում էր խոսել, սրտումը շատ բան կար դուրս թափելու, բայց լեզուն սայթաքում էր, նայում էր աղջկան, նրա նվաղկոտ, կապույտ աչքերին, կարմիր ներկած շրթներին, ոսկեգույն ծամերին և խելահեղ սեղմում էր նրա մեջքը:

— Ծո՛, Թորի՛կ, ինտո՞ր է,— հանկարծ հարցրեց ընկերը:

— Ալ մի հարցներ,— պատասխանեց Թորիկը և նորից համբուրեց աղջկան:

Ընկերը և մյուս աղջիկը կոպիտ ծիծաղեցին: Թորիկը սրտնեղեց.

— Ինչո՞ւ կը ծծղաք, աստծու աղջկան հետ չեմ փոխեր էս աղջիկը:

— Աստծու աղջիկը ո՞վ է, ծո,— հեգնեց ընկերը:

Թռիկը չպատասխանեց և դարձավ աղջկան: Աղջիկը ժպտաց: Այդ ժպիտում կար և՛ համձոյակատարություն, և՛ հեզնություն: Ուրիշներն էլ, մոտավորապես, այդպես էին ասում: Բայց Թռիկը նայում էր նրան այրվող աչքերով, շրթունքները դողում էին, ուզում էր մի բան ասել, բայց չէր կարողանում:

Երկար լռությունից հետո՝ Թռիկը շշնջաց աղջկան.

— Անունդ ի՞նչ է:

— Անժել:

— Անժե՞լ:

— Այո:

Թռիկն այսպիսի անուն չէր լսել:

— Աղեկ չի լսեցի,— շշնջաց նա:

— Անժել:

Թռիկի զարմացումն զգալի եղավ աղջկան, նա կարծեց, որ Թռիկը չհավատաց իր ասածին:

— Գիտե՞ս ի՛նչ ըսել է Անժել:

— Հի՛, հի՛, հի,— ծիծաղեց Թռիկը,— հեչ չեմ լսեր:

— Անժել հրեշտակ ըսել է:

— Հրեշտա՞կ:

— Այո:

— Շիտակ է, թամամ հրեշտակ ես, հիմա հավտացի:

— Ես սուտ չեմ խոսիր:

— Չէ, յավրուս, չէ, հրեշտակները սուտ չեն խոսիր:

Անժելը սեղմվեց Թռիկին:

— Գնամ քըզի համար բան-ման բերիմ, ուտես,— նորից առաջարկեց Թռիկը:

— Ոչ, ոչ:

— Չէ, տի բերիմ,— պնդեց Թռիկը:

— Ոչ, ուրիշ անգամ:

— Ուրիշ անգա՞մ, ալ ի՞նչ ուրիշ անգամ, ես քըզի տի տանիմ մեր տունը:

— Ձեր տո՞ւնը, ինչո՞ւ:

— Կուզիմ քըզի էս ճամփայեն հանել, մեղք չե՞ս, որ բոզ մնաս:

Այդ բառից վայրկենական լցվեցին Անժելի կապույտ և նվաղկոտ աչքերը ջինջ արցունքով:

— Աղջկան ինչո՞ւ լացցնես, ծո,— կշտամբեց ընկերը:

— Դուն քու քիթդ մի խոթեր էս բանին մեջ,— սաստեց Թռիկը նրան և դառնալով Անժելին՝ շշնջաց, — մի լար, հրեշտակս, քեզի տանիմ տուն, խանըմի պես պահիմ:

Անժելն զգաց այս կոպիտ ոսկորներով մարդու անկեղծությունը և զգացումի նրբությունը, փաթաթվեց նրա վզով ջերմությամբ և գորովանքով:

Թորիկը շոյեց նրա թշերը։ Թորիկի ձեռքերը Անժելի թշերի վրա թողնում էին կարծր խոզանակի տպավորություն, բայց սիրտը թրթռում էր այդ շոյումից։

— Տունին մեջը մորքոր մի ունիմ, ուրիշ մարդ չունիմ,— շշնջաց Թորիկը:

— Իսկ եթե մորաքույրդ չուզե,— տարակուսեց աղջիկը:

— Բերնի՞ն է ընկեր,— հպարտությամբ պատասխանեց Թորիկը և շարունակեց,— տունն իմս է, ունեցածդ չունեցածդ ժողվոտե, երթանք տուն:

— Թող մնա առավոտյան:

— Չէ, էս գիշեր տիտանիմ, ալ չեմ ուզեր, որ էստեղ մնաս:

Աղջկան պաշարեց տարակուսանքը։ Ո՞ւր գնար անծանոթ մի մարդու հետ, թերևս տաներ, չարչարեր մինչև լույս և հետո բաց թողներ...

— Ձեր տունն ո՞ւր է,— հարցրեց Անժելը, որպեսզի մի կերպ կասեցնի իր ուղեղը խուժող մտքերը:

— Մենծ աղբիրը գիտե՞ս, աղբրին դեմն է:

— Առավոտ երթանք:

— Չէ, հիմա, ելիր ժողվոտե:

— Մորաքրոջդ նեղություն կըլլա գիշերը:

— Թուրիկ մորքորս քեզ տեսնա, կխենթանա, հայդե, երթանք:

Անժելը չպատասխանեց, չէր կարող վանել տարակուսանքի ալիքներն ուղեղից, թեև սրտում ոչ մի վախ չկար:

— Կուզես նը՝ էս գիշեր մորքորիս ծոցը պառկիր,— առաջարկեց Թոիկը,— առտուն ըլ, կանուխ, կերթանք տերտերին, կպսակվինք:

Անժելը վայրկենապես վեր կացավ, մահճակալի տակից քաշեց պայուսակը, մի քանի ճերմակեղեններ դրեց մեջը, վրան քաշեց երկար վերարկուն և դրեց գլխարկը:

— Քա, ո՞ւր,— հարցրեց մյուս աղջիկը:

Անժելի փոխարեն Թորիկը պատասխանեց:

— Մեր տունը:

Աղջիկը և ընկերն ապշեցին:

— Ի՞նչ ապուշ-ապուշ կնայիք, կնիկս է:

Անժելը, երբ լսեց այդ համարձակ ու անկեղծ հայտարարությունը, բռնեց նրա թևը և գլուխը դրեց նրա կրծքին:

Թորիկը գրկեց նրան, բարձրացրեց և ասաց.

— Հրեշտա՛կս, թռիր:

Անժելը վերջին անգամ մոտեցավ քնած ընկերուհուն և համբուրեց նրան։ Աղջիկը ընդոստ մոտեցավ, կարծելով, որ իր համար էլ հաճախորդ է եկել, բայց երբ տեսավ Անժելին արդեն գլխարկով և վերարկուով, զարմացավ:

— Ո՞ւր կերթաս:

— Մեր տունը,— պատասխանեց Թորիկը և վերցրեց Անժելի պայուսակը:

Անժելը համբուրվեց և մյուս աղջկա հետ:

— Եկուր, մեզի տես,— ասաց նա:

— Չէ, ալ հոս չի գար, աֆ կընես,— պատասխանեց Թորիկը:

Փողոցի մթնում Անժելը սեղմվեց Թորիկին և հարցրեց.

— Ուղիղ ձեր տո՞ւնը պիտի երթանք:

— Ըսե՝ մեր տունը:

— Մեր տունը,— կրկնեց Անժելը և ձեռքը տարավ կրծքին:

Նրա սիրտը դուրս էր թռչում: Նորից բոլորովին հակադիր զգացումներ պաշարեցին նրան՝ ուրախություն և մի տեսակ վախ, որ առաջ էր գալիս անորոշ և անծանոթ դրությունից:

— Ոչ, այս կոպիտ, անտաշ մարդն ինձ չի խաբեր,— կրկնեց Անժելը մտքում և քայլեց կպած Թորիկին:

— Խոնջենաս նե՝ ըսե, քըզի դնիմ ուսիս վրա, տանիմ մինչև տուն:

— Չէ, չեմ հոգնի,— պատասխանեց Անժելը:

Երկինքն ավելի էր ցածրացել, աստղերը կարծես թափվում էին աչքերի մեջ. Թորիկին թվաց, որ փշենիների ծաղիկների բույրը Անժելի բույրն էր՝ թարմ ու խռովիչ:

ԺԱ

Թուրվանտա Քորոն քնել էր, երբ Թորիկը վառեց ճրագը և ձայն տվեց.

— Թուրիկ մորքոր, ելիր, կնիկ եմ բերեր:

Թուրվանտա Քորոն ցատկեց անկողնուց և քնաթաթախ աչքերով տեսավ Անժելին, որ դողդոջուն կանգնել էր սենյակի դռան մոտ:

— Քա՛, ի՞նչ կըսես,— բացականչեց Թուրվանտա Քորոն և ճմռեց աչքերը քունը փախցնելու համար:

— Տե՛ս, կնիկս տե՛ս:

Անժելը, վախից բռնված թռչունի պես, նվաղկոտ և կապույտ աչքերով, նայեց Թուրվանտա Քորոյին:

— Քա՛, հրեշտակ կնմանի:

— Անունն էլ հրեշտակ է,— հպարտությամբ հայտարարեց Թորիկը:

Թուրվանտա Քորոն գրկեց Անժելին և չափչուփ համբուրեց.

— Թուրիկ մորքոր, անոթի ենք, բան-ման բեր՝ ուտենք:

Թուրվանտա Քորոն փութկոտությամբ վազեց դուրս:

— Նստե, հրեշտակս, իշտե էս տունը քուկդ է, բոլորը քուկդ է, բոլորը,— ասաց Թորիկը:

Անժելը դիտեց մաքուր, անպաճույճ շրջապատը և սկսեց լաց լինել:

— Ինչո՞ւ կուլաս,— հարցրեց Թորիկը կոպիտ ձեռքերով շոյելով նրա ոսկեգույն ծամերը:

— Ուրախ եմ, ատոր համար կուլամ,— պատասխանեց Անժելը հեկեկալով:

— Մի՛ լար, զառնուկս, մի՛ լար, ասկե ետքը ալ մի լար, քանի ես սաղ իմ, աչքերդ արցունք չպիտի տեսնան:

Թուրվանտա Քորոն ներս մտավ, տեսավ Անժելի լացը և նայելով Թորիկին՝ կշտամբեց.

— Բան-մա՞ն ըսիր աղջկան:

— Չէ, Թուրիկ մորքոր, բան չըսի, կըսե՝ «ուրախ եմ, ատոր համար կուլամ»:

Թուրվանտա Քորոն մոտեցավ Անժելին, գրկեց նրա գլուխը, սեղմեց կրծքին և ասաց.

— Մի՛ լար, ձագուկս, մի՛ լար, կերևա որբ ես, Թորիկս ըլ որբ էր, ես անոր մեր եղա, քըզի ըլ կըլլիմ:

Եվ կեսգիշերից հետո՝ Թորիկը և Անժելը կերան պանիր-հացը, խաշած ձուն, մածունը, կանաչեղենը, իսկ Թուրվանտա Քորոն, նրանց դիմացը նստած, ձեռքերը ծալած փորի վրա, նայում էր Անժելին հիացմունքով և մայրական գորովանքով:

— Թուրիկ մորքորիս պես աշխըրքի մեջ երկուք չի կա, մեկ հատիկ է,— ասաց Թորիկը:

— Այդպես կերևի,— արձագանքեց Անժելը, նայելով Թուրվանտա Քորոյին և ժպտալով հակինթյա շողերով:

Ապա Թուրվանտա Քորոն վեր կացավ, Թորիկի անկողնի սպիտակեղենները փոխեց, իր անկողինը տարավ մյուս սենյակը, վերադարձավ, հավաքեց սեղանը և ասաց.

— Թորիկ, օղուլ, հրեշտակդ խոնջացած կերևա, պառկեք:

— Հա, հրեշտակս հոգնած է:

Քիչ անց Թորիկը ճրագը մարեց, մթնում լսվեց կանացի շորերի շրշյուն, որից Թորիկը հազիվ կարողացավ բռնել սրտից դուրս փախչող թռչունը:

ԺԲ

Առավոտյան Թորիկը շուտ զարթնեց, տեսավ Անժելին, որի ոսկեգույն ծամերը թափվել էին բարձի վրա, ինչպես առավոտյան արևի շողերը, երկար դիտեց նրա բաց և վարդագույն թևերը: Անժելը բաց արավ աչքերը, որ շողացին՝ ինչպես լեռնային զով լճակներ:

— Հըլե, շուտ է, քնացիր, աղվորս:

Անժելը շուռ եկավ և փակեց աչքերը: Ոտների մատների վրա

քայլելով, Թորիկը դուրս եկավ սենյակից, թողնելով որ կինը քնի, ինչքան ուզենա:

Խոհանոցում Թուրվանտա Քորոն զբաղված էր:

— Թուրիկ մորքոր, ի՞նչ կընես,— հարցրեց Թորիկը:

— Հալվա կեփեմ, օղուլ, կապույտ աչքերով կնկանդ համար հալվա կեփեմ:

Թորիկը խելահեղ գորովանքով գրկեց Թուրիկ մորաքույրին և սեղմեց կրծքին:

— Տեսա՞ր ինչ աղջիկ գտա:

— Քա, ո՞ւր տեղեն գտար էդ հրեշտակը:

Թորիկը կարող էր երբեք չասել, թերևս Թուրվանտա Քորոն երբեք էլ չիմանար այդ մասին, բայց Թորիկը ոչինչ չծածկեց և ուղղակի, կոպիտ կերպով ասաց:

— Վո՜ւյ, աչքս քոռանար՝ չի տեսնայի,— բացականչեց Թուրվանտա Քորոն և զարկեց ծնկներին:

Թորիկը ցնցվեց:

— Ի՞նչ եղար, Թուրիկ մորքոր,— հարցրեց ընկճված:

— Թորիկ, օղո՛ւլ, ընծիս մորթեիր, ետքեն էդ բանն ընեիր,— լաց լինելով պատասխանեց Թուրվանտա Քորոն:

Թորիկը ոչինչ չհասկացավ, բոլորովին կուրացած իր սիրուց։

— Ֆապրիքաթոռին աղջիկը իմ կնկանս եղունգին հետ չիմ փոխեր:

— Մըսեր, օղո՛ւլ, մըսեր, ես ինչպե՞ս մարդոց երեսին տի նայիմ, երթամ պառկիմ Գիրգոր աղայիդ ծոցը:

— Թուրիկ մորքոր, ընծի պես որբ է,— շշնջաց Թորիկը խորապես հուզիչ և դողդոջուն ձայնով:

Անժելը զարթնեց, դուրս եկավ և տեսավ Թուրվանտա Քորոյին և Թորիկին միջանցքում նստած՝ տխուր և մռայլ։ Նա վազեց, գրկեց Թորիկի գլուխը։ Թուրվանտա Քորոն խեթ նայեց Անժելին, բայց Թորիկը գրկեց կնոջը, բարձրացրեց, դրեց ուսին և սկսեց ման ածել միջանցքում:

— Գիտես քի թռչուն է, էնպես թեթև է:

Անժելը ցատկեց Թորիկի ուսից, մոտեցավ Թուրվանտա Քորոյին, գլուխը դրեց նրա կրծքին և շշնջաց.

— Թուրիկ մայրիկ, դուն Թորիկին մորաքույրն ես, բայց իմ մայրիկս ես:

Այդ խոսքն ազդեց Թուրվանտա Քորոյին, համբուրեց նա Անժելին, բայց ոչինչ չկարողացավ ասել:

Քիչ անց Թորիկը և Անժելը երբ հալվան կերան, վերջացրին, Թորիկն ասաց.

— Երթանք, պսակվինք:

Անժելը լուռ հետևեց Թորիկին:

— Վկայական հարկավոր է, օրհնած,— ասաց տերտերը:

— Աման, տերտեր պապա, բարակները մերթար,— ասաց Թորիկը և մի մեջիտիե դրեց նրա ափի մեջ:

—... և եղիցին երկոքյան մի մարմին և մի հոգի, — կարդաց տերտերը:

— Մեկ մարմին և մեկ հոգի, իշտե շիտակ է,— բացականչեց Թորիկը, իսկ Անժելը լռությամբ և երկյուղածությամբ համբուրեց արծաթյա խաչը:

Երբ վերադարձան տուն, Թուրվանտա Քորոն ասաց Թորիկին.

— Քա՛, օրհարսակ է, խանութ չպիտի՞ երթաս:

— Չէ, չպիտի երթամ,— պատասխանեց Թորիկը և կարոտագին նայեց Անժելին:

— Խանութեղ ետ մի մնար,— ասաց Անժելն ընկերական տոնով:

— Յա դո՞ւն:

— Թուրիկ մայրիկին կօգնիմ՝ մինչև դուն գաս:

— Ուրիշ տեղ չե՞ս երթար,— հարցրեց Թորիկը սրտի խոր վախով:

Անժելը հասկացավ նրա միտքը, մոտեցավ Թորիկին, համբուրեց և ասաց.

— Մինչև մահ ոչ մեկ տեղ չեմ երթար, ես քոկդ եմ:

— Հրեշտակս, զառնուկս, աղվորս...

Թորիկը վազեց խանութ:

Երբ Թուրվանտա Քորոն և Անժելն սկսեցին տան աշխատանքը, Անժելը հարցրեց.

— Թորիկն ի՞նչ գործ կընե:

— Փալանճի է,— պատասխանեց Թուրվանտա Քորոն և ուշադրությամբ նայեց Անժելին՝ իմանալու համար, թե ինչ տպավորություն է գործում:

Անժելը լսեց անտարբեր:

— Կը հավնի՞ս,— ի վերջո հարցրեց Թուրվանտա Քորոն:

— Ինչո՞ւ չէ:

Թուրվանտա Քորոն չհավատաց: Անժելը նշմարեց նրա տարակուսանքը դեմքի վրա:

— Թուրիկ մայրիկ, ամեն արհեստ պատվավոր է,— ասաց նա:

Թորիկը խանութում երկար չկարողացավ մնալ, խնդրեց հարևանից՝ նայել իր խանութին, ինքն շտապեց տուն:

— Տեսնամ հրեշտակս ի՞նչ կընե,— մտածեց նա:

Անժելը սենյակի բոլոր իրերը թափել էր դուրս և, բոբիկ ոտներով, լվանում էր հատակը ոսկեգույն մազերը փաթաթած մի սպիտակ շորով:

— Հրեշտակս, ի՞նչ կընես,— հարցրեց Թորիկը ներս մտնելով:

— Մեր սենյակը կլվանամ,— ասաց Անժելը և ժպտաց:

— Ես քուկին ոտքերը սիրեմ,— ասաց Թորիկը, կռացավ և համբուրեց նրա ոտները:

Անժելը վեր քաշեց նրան, փարվեց նրա շրթներին և ասաց.

— Թորիկ, հոգիս:

Երբ Թորիկը նորից դեպի դուռն ուղղվեց խանութ գնալու, Անժելը նայեց նրան և շշնջաց.

— Դուն դեմ չե՞ս, որ ես քիչ մը սենյակի ձևը փոխեմ:

— Էս բոլոր տունը քուկդ է, ինչպես կուզես, էնպես ըլ ըրե, ինչ ընես՝ իմ ընդունակս է:

Անժելը թռչկոտեց:

Երեկոյան, երբ Թորիկը տուն վերադարձավ, գրեթե չճանաչեց իր տունը, բոլոր կահկարասիների տեղերը փոխված էին, ավելի հարմար և ավելի ճաշակով դասավորված, հակառակ այն իրողության, որ ոչ մի նոր կարասի չէր ավելացած, ոչ մի առարկա ուրիշ առարկայով չէր փոխարինված:

Թորիկը երկար և զմայլանքով դիտեց տունը և զգաց, որ իր հոգում ծագած երեկվա լույսն այսօր ավելի է լայնացել:

— Հրեշտակս,— ասաց Թորիկն անկեղծորեն,— խոնջեցեր ես, էս գիշեր շուտ պառկիր:

Անժելը, առանց կեղծելու, հավաստիացրեց, որ երբեք չի հոգնել և եթե աշխատանք լինի, ողջ գիշերը կանի: Թորիկը չհավատաց նրան, որովհետև երբեք չէր կարող երևակայել այն մաշող հոգնությունը և այն հոգու մռայլությունը, երբ ամեն գիշեր ստիպված էր նա նոր հաճախորդներ ընդունելու:

ԺԳ

Օրերը թռչում էին աղավնիների նման Անժելի և Թորիկի համար, բայց քաղաքում ծայր առավ և աճեց զարշելի բամբասանքը:

— Տո՛, լսե՞ր ես, փալանճի Թորիկը բոզ է բերեր տունը:

Եվ Թորիկին մատով էին ցույց տալիս: Մինչև անգամ այն ընկերը, որ պատճառ եղավ, որ Թորիկը ծանոթանա Անժելի հետ, կապերը խզեց Թորիկից:

— Տո՛, բոզը տեսավ-չտեսավ, կատվի ձագի պես խածավ, տուն տարավ,— պատմում էր նա բոլորին:

Թուրվանտա Քորոն թեև լռեց, «լեզուն տակը դրավ»՝ ինչպես ինքն էր ասում, բայց չկարողացավ հաշտվել ահավոր եղելության հետ՝ իր հարսը բո՛զ: Սարսափելի: Ամիսներով ո՛չ բաղնիս գնաց, ո՛չ շուկա, ո՛չ եկեղեցի և ո՛չ էլ որևէ ծանոթի տուն:

— Մնամ տունը, մինչև աստված կանչէ, երթամ քովը,— ասում էր Թուրվանտա Քորոն:

Անժելն էլ տնից դուրս չէր գնում, զբաղվում էր գիշեր և ցերեկ տան գործերով, որպեսզի բամբասանքն ավելի չկատաղի, բայց Թորիկի փույթը չէր, նա հպարտությամբ ման էր գալիս քաղաքում՝ ֆեսը ծռած ճակատի վրա:

— Որո՞ւն աղջիկը բոզ չէ, ըսե՛ք,— ասում էր նա,— Ենգոյենց միջնակ աղջիկը չափան օինը հանե՞ց, Դեմիրճօղլոնց աղջկան փորը չի լեցուցի՞ն, ո՞ր մեկն ըսեմ, ծո, Սըրմա հանմին աղջիկը տանը ծառայեն փիճ չունեցա՞վ, Չավուշյան Քերոբ աղայի հարսը կառապանին հետ չի փախա՞վ, ծո՛, ո՞րը բոզ չէ, ըսե՛ք:

Այդ բոլորն իրողություն էր, բայց նրանցից ոչ մեկը չէր անվանարկվում:

Մի օր Անժելը լաց եղավ և ասաց.

— Թորիկ, իմ անգինս, ես երթամ ուրիշ քաղաք, դուն ազատվե այս բամբասանքեն:

— Ի՞նչ կըսես, խենթեցա՞ր, դուն ընծի համար սուրբ ես, մայրիկ աստվածածինեն ըլ սուրբ ես:

Անժելը փարվեց Թորիկին:

Կարճ ժամանակի ընթացքում Թորիկի տունն ավելի ու ավելի կերպարանափոխվեց՝ լուսամուտներին վարագույրներ կախվեցին, բոլոր աթոռները և թախտերը սպիտակ սավաններով ծածկվեցին, պատերն սպիտակ ներկվեցին, ներկվեցին դռների ու լուսամուտների փեղկերը, միջանցքի հատակը տախտակվեց, տան ամեն մի անկյունում թաղարներ դրվեցին, և ամեն առավոտ շողացին նրանք գույնզգույն ծաղիկներով, տան ետևի փոքրիկ, շատ փոքրիկ և անխնամ պարտեզում մարգեր շինվեցին և ծաղիկներով վառվեցին, Թորիկի վրագլուխը հիմնականորեն վերափոխվեց՝ բեղերը կանոնավոր ստորակետների նման տնկվեցին քթի երկու կողմերին, փոխանակ թափվելու բերանի վրա, փոթփոթ շալվարին փոխարինեց եվրոպական փանթալոնը, վառվռուն գույներով ծաղկանկարված ժիլետին փոխարինեց սպիտակ շապիկը՝ օձիքով և թևնոցով:

Այս բոլորը կատարվեց Անժելի ձեռքով, նրա հնարամտությամբ ու ճաշակով:

Անժելն առաքինի էր բառի լայնագույն իմաստով. ոչ մի կին այս աշխարհում այնքան հավատարիմ չէր եղել դեպի իր ամուսինը, որքան Անժելը, կապույտ ու նվաղկոտ աչքերով և ոսկեգույն ծամերով այս աղջիկը:

Որքան դուրսը բամբասանքն աճում էր, այնքան խորանում էր Անժելի մեջ երախտագիտության զգացումը դեպի փալանճի Թորիկը, այդ կոպիտ և անտաշ մարդը:

— Ես քեզի համար ամեն բան կընեմ, Թորիկ, հոգիս, դուն ինձ ազատեցիր այդ ճամփայեն,— ասում էր Անժելը, գրկում Թորիկին և ցողում իր հրճվանքը մի քանի կաթիլ զով արցունքով, որ վազում էր կապույտ և նվաղկոտ աչքերից:

— Էդ ճամփան ալ մի հիշեր,— ասում էր Թորիկը և շոյում նրա ոսկեգույն ծամերը կոպիտ ձեռքերով, ձեռքեր, որոնք հպել էին միայն մախաթին, չոր խոտին և էշի կռնակին:

Ամեն օր Թորիկը Անժելին մի նվեր էր բերում, թեկուզ շատ աննշան մի իր: Մինչև անգամ եթե, ըստ սովորության, տունը միրգ բերեր, մի բան, որ անում էր երբ կին չուներ, բերում-դնում էր Անժելի առաջ և ասում.

— Քըզի համար եմ բերել, կեր, զառնուկս:

Թորիկը ճարտար չէր լեզվում: Նրա ածականները «հրեշտակ» և «զառնուկ» բառերից դենը չանցան, բայց Անժելն զգում էր այդ սովորական բառերի մեջ անսահման ջերմություն և գորովանք:

Ժամանակի ընթացքում բամբասող բերանները հոգնեցին: Թորիկի և նրա տան կերպարանափոխվելը, Անժելի աչք ծակող առաքինությունը, նրա ճաշակը, նրա շնորհքները հեղաշրջեցին մտքերը:

— Քա՛, կը տեսնա՞ք, բոզեն սուրբ ելավ,— ասում էին:

Մի անշնորհք հարսի սկեսուրը բղավում էր վրան և ասում.

— Թուրվանտային բոզ հարսին չափ ըլ չի կաս, մեկ մատը քեզ արժե:

Եվ ժամանակի ընթացքում Թուրվանտա Քորոյի մեջ ծնունդ առավ խոր խղճահարություն դեպի մի անմեղ, հավատարիմ, հնազանդ և հազար ու մի հունարներով օժտված այս աղջիկը, և այդ խղճահարությունը փոխվեց անսահման մայրական սիրո:

Անժելը մի օր Թորիկի գուլպաներն էր լվանում, երբ Թուրվանտա Քորոն ներս մտավ, մոտեցավ Անժելին, բռնեց նրա օճառոտ ձեռները, քաշեց, փաթաթեց իր մեջքին, ինքն էլ գրկեց նրան և սկսեց լաց լինել: Անժելը գլխի ընկավ, թե ինչու լաց էր լինում և զգաց, որ այդ արցունքները զովացնում էին նրա հոգին:

— Հարսնուկս, աղվոր հարսնուկս, քըզի պեսը չի կա աշխըրքի մեջ, ես քեզ մեղա, ձագուկս...— հեկեկաց Թուրվանտա Քորոն:

Անժելը ոչինչ չպատասխանեց, ավելի սեղմորեն փաթաթվեց նրան և իր արցունքներն էլ խառնեց նրա արցունքներին: Թորիկը, լսելով այս, խելահեղ ուրախության մատնվեց:

— Աշխըրքի մեջ կնիկ մի ունիմ ու մեկ հատ ըլ մորքոր, մնացած աշխըրքին...

Երջանկությունից հայհոյում էր Թորիկը, վեր-վեր ցատկում, մեկ կնոջն էր գրկում, մեկ՝ մորաքրոջը:

Հաջորդ օրը, առավոտյան, Թուրվանտա Քորոն ասաց Թորիկին.

— Թորիկ, ձագուկս, էսօր հարսնուկս բաղնիք տի տանիմ:

Թորիկը հրճվանքից չկարողացավ խոսել, երկար և գորովագին նայեց մորաքրոջը, ձեռքը տարավ նրան և ասաց.

— Օդային մեջը լողցուր:

Բաղնիսում երբ Անժելը մերկացավ, կարծես լույս արձակվեց նրա մարմնից, այնքան մաքուր և սպիտակ էր նրա մարմինը:

Բոլորը նայում էին նրան զմայլանքով: Չէ՞ որ գեղեցկությունը չունի թշնամի: Մինչև անգամ մի կին շշնջաց կնոջ ականջին.

— Կնիկ ասածդ թող աղվոր ըլլի, բոզ ըլլի, քնծոր մենք ըլ կնիկ ենք, թհո՛ւ...

Թուրվանտա Քորոն ինքը քանդեց Անժելի ոսկեգույն ծամերը, որ թափվեցին նրա մարմարյա ուսերի վրա, կարծես արևը փաթաթվեց նրան: Երբ Թուրվանտա Քորոն տեսավ, որ բոլորն էլ իր հարսին են նայում, զաղտնի կմշտեց նրա փափուկ տեղը: Անժելը չհասկացավ այդ: Երբ մտան բաղնիքի ներքնակողմը, Անժելը հարցրեց.

— Թուրիկ մայրիկ, ինչո՞ւ կսմթեցիր:

— Կսմթեցի, որ աչք չի տան, ձագուկս,— պատասխանեց Թուրիկ մայրիկը:

Անժելը ժպտաց նրա միամտության վրա:

Երբ նրանք մեկնեցին, Թորիկն ուղիղ գնաց շուկայի հրապարակը, մոտեցավ մի ծանոթ կառապանի և հարցրեց.

— Թուրիկ մորքորս կճանչնա՞ս:

— Թուրիկ մորքուրը ո՞վ չի ճանչնար:

— Փայթոնդ կտանես Հաշի Տուրսունին բաղնիքը, դուռին առաջը կկենաս՝ մինչև Թուրիկ մորքորս ու կինս դուրս ելլան, կնստեցնես, տուն կտանես, հայդե, էվել էվելոք կը վճարեմ:

Կառապանը սանձերը շարժեց, և ձիերը թռան:

Բաղնիսից դուրս եկողները տեսան, որ Թուրվանտա Քորոն և Անժելը կառք նստան: Մի չարամիտ կին, որի երկու աղջիկները տանն էին մնացել, մրթմրթաց.

— Բոզու բախտ է:

Եվ սև քողի տակ նրա դեմքը դեղնեց նախանձից:

Թուրվանտա Քորոն կառքում, գլուխը հպարտորեն բարձր բռնած, ուզում էր, որ ամեն մարդ տեսնա իրեն:

Թորիկը, առաջին անգամ իր կյանքում, տանը թեյ էր պատրաստել, շուկայից կարմրած հավ էր բերել, բերել էր կանաչեղեն և Անժելի համար նոր զգեստ:

Երբ Թուրվանտա Քորոն ու Անժելը կառքից իջան և մտան փոքրիկ տունը, որի դռան առաջ առաջին անգամն էր կառք կանգ առնում, Թորիկը դուրս ելավ, վճարեց կառապանին, ճանապարհ դրեց և հպարտությամբ փողոցի մեկ վերի կողմը և մեկ վարի կողմը նայեց:

Երբ ներս մտավ Թորիկը, տեսավ Անժելին դեռ թաց ծամերով, մի քիչ կարմրած տաք ջրից՝ ինչպես դժգույն մեխակը, գրկեց նրան, բարձրացրեց, դրեց ուսի վրա և ման ածեց տան բոլոր մասերում հոգու խորագույն երջանկությամբ:

Թուրվանտա Քորոն, ձեռքերը ծալած փորի վրա, դիտեց զմայլանքով ու անսովոր հրճվանքով և ասաց.

— Գիրգոր աղադ սաղ ըլլեր, տեսնար...
— Ցա չես ըսեր՝ մերս տեսնար,— շշնջաց Թորիկը:
Թուրվանտա Քորոն հանկարծ հեկեկաց՝ հիշելով խեղճ, դժբախտ քրոջը, որի հողակույտի վրա դեղին կոճակով ապրեմ-չապրեմ էր աճում:

ԺԴ

Օրերը թռչում էին:
Կյանքը Թորիկի և Անժելի համար հոսում էր ուրախ առվակի նման:
Ֆապրիկաթոռի այն աղջիկը, որին ուզելու համար Թուրվանտա Քորոյին վիրավորել էին, ամուսնու հարբեցողությունից և լկտիությունից բարակ ցավ ընկավ ու մեռավ:
Երբ դագաղը տանում էին փողոցից, Թորիկը հարցրեց.
— Ո՞վ է ատ մեռնողը:
— Իշտե էն է,— պատասխանեց Թուրվանտա Քորոն:
— Մե՛ղք,— շշնջաց Թորիկը և տխուր ետ քաշվեց լուսամուտից:
— Քըզի տային, հիմա...
— Չէ՛,— կտրեց Թորիկը,— աղեկ որ չի տվին:

***

Թորիկը ամեն առավոտ, խանութ գնալուց առաջ, պատվիրում էր Թուրվանտա Քորոյին:
— Թուրիկ մորքոր, գառնուկիս չի թողուս որ ծանտր բան վերցնե, հա՛:
— Չէ, դուրբան, չէ:
Իսկ Անժելը, հուլիսի կեսերին, նստած տան ետևում, երկու-երեք սավան մեծությամբ պարտեզում, իր խնամած բաց կապույտ ծաղիկների դիմաց, փոքրիկ շապիկներ էր կարում իր մանուկի համար, որ արդեն թպրտում էր սրտի տակ և հաճախ ուժգին հարվածներով խփում էր մոր փորի պատերին, որից մայրը ժպտում էր կապույտ և նվաղկոտ աչքերով: Կյանքը Անժելի համար բաց կապույտ ծաղիկների բույրն էր և բաց կապույտ ծաղիկների շողը:
«Եվ այդ բաց կապույտ ծաղիկների մեջ», մտածում էր Անժելը, կը ոստոստի և կը թռչկոտի իր մանուկը, ինչպես ուլիկը պայծառ աչքերով, առավոտյան զով ցողը կը թրջի իր մանկան վարդագույն կրունկները և գիշերն աստղերը նրա աչքերի խորության մեջ կխաղան որպես լեռնային կապույտ լճակներ:
Իսկ Թուրվանտա Քորոն բոլոր այն մայրերին, որոնք դեռ իրենց որդիներին չէին ամուսնացրել և աղջիկ էին որոնում, խրատում էր.
— Թե որ աղեկ հարս կուզեք, բոզ բերեք:

1. արդեն
2. պատրաստի տղայի հայր
3. տախտակի կտորը, որի վրա գրվում էր այբբենարանը
4. բթամիտ, տխմար
5. գաղտնիքի իմաստով
6. ինձ դուր չի գալիս

Գավառական ողբերգություն

Նվեր Դ. Դեմիրճյանին

Ա

Խամբուրենց Հաջի աղան մի առավոտ, տնից դուրս գալուց հետո, փոխանակ քայլելու Մեմեդ Փաշայի պարտեզի առջևով, Փոքր Աղբյուրի կողքով, Հին Ժամի պատի տակով՝ դեպի Մեծ Հրապարակը և այնտեղից էլ, հազիվ հիսուն քայլ, իր խանութը, ինչպես արել էր երեսուն և հինգ տարի, իբրև անխախտ օրենք,Մեմեդ Փաշայի պարտեզի առաջից ծռվեց դեպի Բոշայենց փողոցը, հետո՝ Ջինանոցի առաջով իջավ Մեծ հրապարակը և այնտեղից էլ խանութը։

Բոշայենց փողոցում, ինչպես եղավ, Հաջի աղան մեջքն ուղղեց, գլուխը վեր առավ, նայեց մի լուսամուտի և անցավ, դարձյալ գլուխը կախ, մինչև հասավ խանութը։

Երբ խանութի դուռը բաց արավ ներս մտավ, հանկարծ Հաջի աղան ինքն էլ անդրադարձավ իր արածի անսովորությանը և զարմացավ՝ ինչո՞ւ Բոշայենց փողոցից եկավ և ոչ թե ամեն օրվա ճանապարհով։ Չկարողանալով որևէ պատճառաբանություն գտնել, քթի տակեն թեթև ծիծաղեց, կես սպիտակացած բեղը շոյեց և սկսեց բաց անել խանութի փեղկերը։

Երեսուն և հինգ տարի անցած չլինելով Բոշայենց փողոցից, Հաջի աղային բոլորովին անծանոթ էր, թե ինչ փոփոխություններ էին տեղի ունեցել այդտեղ, ո՛վ էր հեռացել այնտեղից և ո՛վ էր փոխադրվել այնտեղ։

Մինչդեռ Հաջի աղան, ըստ ամենօրյա սովորության, հաճախորդներին էր սպասարկում, Բոշայենց փողոցում ծնունդ էր առնում մի դեպք։ Երբ Հաջի աղան Բոշայենց փողոցում մեջքն ուղղեց, գլուխը վեր առավ և նայեց մի լուսամուտի, հենց այդ լուսամուտի դիմացը գտնված մի ուրիշ լուսամուտից մի կին տեսավ Հաջի աղային և, քաշվելով լուսամուտից, ապշահար բացականչեց.

— Քա՛, է՞ս ինչ էր, հա՛ տեր Աստված...

Լսողները ավելի ապշահար, անմիջապես և ինքնաբերաբար, խաչակնքեցին և հարցրին.

— Ի՞նչ եղավ, էլմա՛ս խաթուն։

Էլմաս խաթունը, առանց ուշադրություն դարձնելու իրեն եղած հարցումներին, շարունակեց.

— Տե՛ր, անուշիկ մայրի՛կ Աստվածածին, չիիշե՛ս մեր մեղքերը։

Էլմաս խաթունը, թևերը բանալով, կանգնեց սենյակի մեջտեղում և «ՏԵՐ ՋԻ ԲԱԶՈՒՄ»-ից երկու տուն մրթմրթաց։

— Էլմաս խաթուն, ի՞նչ եղավ, քա՞,— հարց տվեց նրա ամուսնու եղբոր կինը։

— Չոջուխներր[1] դուրս հանեցեք, ըսեմ,— հայտարարեց Էլմաս խաթունը և խորհրդավոր շարունակեց,— Տեր Քրիստո՛ս, աղա՛, չհիշես մեր մեղքերը։

Երեխաներին անմիջապես դուրս հանեցին սենյակից և չորս հարս, ամենամեծը՝ Էլմաս խաթունը, նստեցին սենյակի անկյունի ջեջիմի վրա։

Էլմաս խաթունն սկսեց.

— Խամբուրենց Հաջի աղան մեր տոխախեն[2] անցավ...

— Քա՛, ի՞նչ կըսես,— բացականչեցին մյուս հարսները, ավելի մոտենալով Էլմաս խաթունին, իսկ Էլմաս խաթունը շարունակեց,— Կանգներ էր ու աչքերը տնկեր էր Աղքատենց հարսին։

Բոլորը միասին բացականչեցին.

— Քա՛...

— Աղքատենց հարսն ըլ,— շարունակեց Էլմաս խաթունը,— զահար[3] գիտեր պռստվածը, փենջիրեին ետևն էր։

— Քա՛, մեղա՛...

— Հաջի աղայի պես մարդը որ ճամփուց ելավ,— շարունակեց Էլմաս խաթունը,— հա՛ տեր Աստված, խաչ հանեցեք։

Բ

Երբ երիտասարդ ոսկերիչ Տիգրանն ապրում էր ուրիշ թաղում, նրան անվանում էին ղույումճի Տիգրան, բայց երբ ամուսնացավ և իր խնայած գումարով տուն մը գնեց Բոշայենց փողոցում, որը մի քիչ ավելի բարձր տեղ էր համարվում, Բոշայենց փողոցի բնակիչները Տիգրանին չներեցին այդ բարձրացումը և սկսեցին նրան «Աղքատենց» անվանել, իբրև արհամարհանք։

Տիգրանն ամուսնացավ մի թշվառ, բայց գեղեցիկ աղջկա հետ։ Նրա անունը Փայլուն էր, և բոլորը միաբերան ասում էին.

— Ինքն էլ անունին պես է, փայլուն, արևի կըլմանի։

Փայլունի ծնողները մի շաբաթվա մեջ, իրարից յոթն օրվա տարբերությամբ, մեռան. պարտատերերը ոչինչ չթողեցին տանը, քաշեցին տարան և վաճառեցին նոր պարտքերի դիմաց, Փայլունը մնաց կատարելապես թշվառ։ Այդ օրերին էր, ծնողների մահից հազիվ քառասուն օր անց, ոսկերիչ Տիգրանը, առանց որևէ մի ուրիշի միջնորդության, գնաց Փայլունի մոտ, խնդրեց նրա ձեռքը։ Թշվառ աղջիկը, հուսահատ և ահաբեկված, բռնեց ոսկերիչի ձեռքը ու առանց տատանման գնաց նրա հետ։ Ամուսնությունից երկու ամիս հետո էր, որ Տիգրանը գնեց Բոշայենց փողոցի տունը և մոտ մի տարի էր, որ ապրում էր այդ տանը Փայլունի հետ, խաղաղությամբ և սիրով։

Այն առավոտ, երբ Խամբուրենց Հաջի աղան անցավ Բոշայենց փողոցից և ոսկերիչ Տիգրանի դռան առաջ կանգ առավ, նայեց լուսամուտին, Փայլունը տանը չէր: Հաջի աղայից կես ժամ առաջ Փայլունը Տիգրանի հետ դուրս էր եկել, միասին գնացել էին Տիգրանի հորաքրոջ տունը: Տիգրանը և Փայլունը կեսօրվա ճաշին հրավիրված էին: Հորաքույրը խնդրել էր Տիգրանից, որ Փայլունին առավոտվանից բերի իրենց տունը, ինքն էլ մինչև կեսօրին խանութը փակի ու գա: Տիգրանն այդպես արավ:

Ուրեմն, երբ Խամբուրենց Հաջի աղան կանգ առավ Բոշայենց փողոցում և նայեց ոսկերիչ Տիգրանի լուսամուտին, տանը ոչ ոք չկար, բայց Էլմաս խաթունին թվացել էր, որ մի ստվեր կար «փենջիրեին ետևը», և այդ ստվերը պետք է որ լիներ մանկամարդ հարսի ստվերը:

Էլմաս խաթունը և նրանից փոքր երկու հարսները, տան մաքրությունը և ճաշի պատրաստությունը թողնելով ամենափոքր հարսին, լաչերը նետեցին գլխները և դուրս եկան տնից, ամեն մեկը՝ տարբեր ուղղությամբ:

Էլմաս խաթունը, հիսուն քայլ հեռու, հենց նույն Բոշայենց փողոցում, մտավ մի տուն, և սկսեց.

— Քա՛, Լուսնթագ խաթուն, լսե՞ր ես ի՞նչ է եղեր:

Լուսնթագ խաթունը, բամբասանքի ծարավից տոչորված, անմիջապես գործը թողեց և երեխաների հանդեպ զայրացած, բացականչեց.

— Քա՛, փիճերս կթողո՞ւն, որ ոտքս դուրս դնիմ ու բան մի լսիմ, ըսե՛, ի՞նչ է եղեր:

— Խամբուրենց Հաջի աղան մեր սոխախեն անցավ:

— Քա՛,— ապշեց Լուսնթագ խաթունը:

Էլմաս խաթունը վրա տվեց.

— Աչքերը ձգեր էր Աղքատենց հարսին:

— Փայլունի՞ն:

— Պոստվածին: Փենջիրեին ետևն էր:

— Դահա տարի մի չիկա կարգվիլը, էդ ի՞նչ շուտ էրկանը ծոցեն դուրս թռավ,— արձագանքեց Լուսնթագ խաթունը:

— Դուն էս կըսես, յա Հաջի աղա՞ն, ճերմակ մազերեն չամչընա՞ր,— շարունակեց Էլմաս խաթունը:

— Ամա՛ն, ամա՛ն ժամանակը փոխվեր է,— ասաց Լուսնթագ խաթունը և ապշահար կանգնեց, ձեռքերը ծալելով փորի վրա:

Էլմաս խաթունը երկար չարավ, դուրս ելավ, քայլեց, դարձավ առաջին անկյունը և մտավ մի ուրիշ տուն:

— Թերեզա խաթուն, լսե՞ր ես:

— Չէ՛:

— Քա՛, դեվեին[4] անկճին մե՞ջ ես քնացել, ի՞նչ է:

— Թե՛ գ ըսե, Էլմաս խաթուն, հիմա կճաթիմ։

— Խամբուրենց Հաջի աղան։

— Էս ի՞նչ օրի հասանք,— բացականչեց Թերեզա խաթունը։

Էլմաս խաթունը շարունակեց թափառումը։ Թերեզա խաթունը, մնալով մենակ, նորից բացականչեց.

— Հիմիկվան հարսները, վո՜ւյ, վո՜ւյ, վո՜ւյ...

Էլմաս խաթունը մտավ երրորդի, չորրորդի և դեռևս տասներորդի դուռը, հաղորդեց սարսափելի լուրը և հազիվ ճաշին տուն հասավ բոլորովին հոգնած։

Մյուս հարսներն էլ իրենց կարգին մտել էին զանազան դռներ և դուրս եկել։ Նրանցից լուր ունեցողներն էլ իրենց կարգին մտել էին ուրիշ դռներ։

— Քա՛, չե՞ս լսեր, Բոշայենց փողոցը ...

— Ե՞րբ։

— Այս առավոտ ...

Գ

Յուրաքանչյուր լսող ուրիշին պատմել էր մի քիչ այլ բովանդակությամբ, այնպես որ՝ երեկոյան, երբ կանայք հաղորդեցին Բոշայենց փողոցի պատահած արտակարգ դեպքը իրենց ամուսիններին, ստացել էր հետևյալ բովանդակությունը. տեսել էին Խամբուրենց Հաջի աղային երիտասարդ ոսկերիչ Տիգրանի տնից դուրս ելնելիս և տեսել էին նաև, որ մանկամարդ հարսը նրա ետևից կամացուկ դուռը փակել է։

Դ

Հաջորդ առավոտ, խաղաղ և արևոտ մի մայիսյան առավոտ, երբ Թանկազին խաթունը մեծ մաղն ամբողջ վարդ լցրած պարտեզից տան բակն էր մտնում, լսեց սարսափելի լուրը։ Թանկազին խաթունի ոտները կքստեցին. մաղը ձեռքից նետեց, որի վարդերը թափվեցին սալահատակի վրա, հազիվ կարողացավ ձեռքը երկարել պատի վրայի ցցին և ազատվել գետին փռվելուց։

Թանկազին խաթունը Հաջի աղայի կնոջ՝ Մեմիկ խաթունի քույրն էր։

— Ուրկի՞ց լսեցիր,— կարկամելով, հարց տվեց Թանկազին խաթունը։

— Սաղ քաղաքը կխոսա, քա՛...

Մոտ կես ժամ անցավ, երբ Թանկազին խաթունը կարողացավ գտնել իր սառնասրտությունը։ Երբ գտավ սառնասրտությունը, շալը քաշեց գլխին և վազեց քրոջ մոտ։

Ներս մտավ-չմտավ՝ բացականչեց.

— Ամա՜ն, քո՛ւրս, էս ի՞նչ բան էր լսեցի, ականջս էրվավ:

Մեմիկ խաթունն այլայլվեց:

— Քա՛, Թանկո՛ւկ, ի՞նչ կըսես:

— Ամա՜ն, Մեմի՛կս, աշխարիք չմտնեիր...

Մեմիկ խաթունի մտքից չէր անցնում, որ քրոջ լսածը կարող էր որևէ կերպ առնչություն ունենալ իր երկարամյա ամուսնական կապի հետ. ունեցել էր աղջիկ զավակ, ամուսնացրել և արդեն մի թոռնիկի էլ տեր:

— Վրաս մարելիք կուլգա, շո՛ւտ ըսէ,— խնդրեց Մեմիկ խաթունը՝ ամբողջ մարմնով դողալով:

Թանկագին խաթունը չէր կարող սկսել, դառնում էր սենյակում, ձեռքերը տրորելով:

— Սաղ քաղաքը կրակ է կտրեր, քո՛րս:

— Քա ըսէ՛:

— Մեր փեսային հեչ ատանկ բան չէի սպասեր, վայ գլխո՛ւս:

Մեմիկ խաթունի համբերությունը հատավ.

— Թեզ ըսէ, չէնե մեծ ձայնս կիանիմ, հա՜:

Թանկագին խաթունը պատմեց եղելությունը:

— Քա՛, վո՛ւյ, — ճչաց Մեմիկ խաթունը և ընկավ թախտին:

Թանկագին խաթունը գրկեց նրան, նստեցրեց:

— Շիտա՛կ ըսիր, քո՛րս, աշխարիք չմտնեի բարով, ոտքս կոտրեր՝ ժամ չերթայի ու չպսակվեի, վայ գլխո՜ւս, վայ գլխո՜ւս...

Երկու քույր իրար գրկած, արցունքները խառնելով իրար, երկար լաց եղան:

Թանկագին խաթունի պատմածն արդեն բավականին տարբեր էր: Նախ՝ Հաջի աղան ոչ միայն առաջին անգամ էր անցել Բոշայենց փողոցից, այլ շատ անգամներ, երկրորդ՝ երբ Հաջի աղան դուրս էր եկել ոսկերիչ Տիգրանի տնից, Փայլունը նրա վզովը փաթաթված է եղել, երրորդ՝ փողոցում, երբ երեխաները տեսել են Հաջի աղային այդ վիճակում, ընկել են նրա ետևը, եուհա՜ կանչել և, խայտառակելով, հասցրել մինչև խանութ:

Ե

Հաջի աղան, ըստ տարիների սովորության, երեկոները փակում էր խանութը, բանալին կողպեքի մեջ վերջին անգամ դարձնելուց հետո, խաչակնքում էր երեսը, հետո, ըստ տարիների սովորության, հագնում, կոկորդը մաքրում, ֆեսի դրվածքն ստուգում և սկսում քայլել: Քայլելիս՝ գլուխը կախում էր, մտքում ունենալով օրվա անհաջող առևտուրներից մեկը: Նա անցնում էր միևնույն փողոցով, խանութից Հրապարակը, Հրապարակից Հին Ժամի պատի տակով Փոքր Աղբյուրի կողքով, Մեմեդ Փաշայի պարտեզի առաջով՝ տուն: Տան դռան առաջ, ըստ տարիների սովորության, մի պահ կանգ էր առնում, մի սիգարեթ փաթաթում, վառում, քաշում, մեկ՝ փողոցի վերն է նայում, մեկ՝ վար, բարևներ էր ընդունում, բարևներ տալիս, ըստ տարիների սովորության, դուռը թակում երեք անգամ: Կինն անմիջապես բախման հարվածների թվից և ուժգնությունից իմանում էր, որ Հաջի աղան է, վազում էր, բաց անում դուռը և, ժպտալով, մեղմորեն շշնջում.

— Քա՛, Հաջաղա՞:

Հաջի աղան էլ՝

— Մեմի՞կ:

Հաջի աղան հանում էր կրկնակոշիկը: Նա հագնում էր կրկնակոշիկը ամառն էլ, ձմեռն էլ: Ապա բարձրանում էր, որ կինը, ըստ տարիների սովորության, բերի մի փոքրիկ սինու վրա դրած 50 գրամ օղի և մի փոքրիկ պնակ թթու: 50 գրամ օղին խմելը տևում էր ավելի քան մի ժամ. խմում էր պուտ-պուտ, յուրաքանչյուր կաթիլն ըմբոշխնելով: Հետո Մեմիկ խաթունը բերում էր ճաշը և միասին ուտում էին: Ճաշի ժամանակ Հաջի աղան անպայման մի փոքրիկ պատմություն կպատմեր օրվա առևտրից, պատմություն, որ նախորդ օրվա պատմությունից հազիվ մազաչափ տարբերություն կունենար, բայց կինն ունկնդրում էր իբրև բոլորովին նոր պատմություն:

Այս բոլորը կատարվում էր երեսուն և հինգ տարուց ի վեր անխախտ միօրինակությամբ, և եթե մի որևէ կետ փոխվեր այս բոլորի մեջ, նման կլիներ այն բանին, որ մի առավոտ, հանկարծ, մարդիկ տեսնեին մի շենքի ճակատի քարերի, լուսամուտների և դռան բոլորովին այլ դասավորություն:

Զ

Բոշայենց փողոցից անցնելու հաջորդ օրվա երեկոյան, երբ Հաջի աղան փակեց խանութի փեղկերը, դուրս ելավ և դուռը վրա բերեց և կախեց կողպեքը, կարծես օդում տարօրինակություն զգաց. անցնող մարդկանցից մի քանիսը զարմանալի, բոլորովին անսովոր նայվածքներ նետեցին նրան: Այնուամենայնիվ, Հաջի աղան բանալին կոխեց կողպեքի մեջ, դարձրեց և, դուրս քաշելուց հետո, ըստ տարիների սովորության, ֆեսի ստուգումը արավ, և գլուխը կախելով, սկսեց քայլել: Հրապարակից անցնելիս մի անգամ գլուխը վեր առավ և նայեց: Հաջի աղայի համար պարզ եղավ այլևս, որ մարդիկ իրեն նայում էին տարօրինակ հետաքրքրությամբ:

«Տունը բան մը պատահած չըլլի՞»,— հարցրեց նա իր մտքում և քայլերը արագացրեց:

Քայլերի արագացնելը խախտումն էր տարիների օրինաչափության, և տեսնողները նշեցին այդ իրենց մտքում: Ժամի պատերի տակով անցնելիս Հաջի աղան մի անգամ ևս գլուխը վեր առավ և չորս կողմը նայեց: Այս անգամ նա զգաց, որ մինչև անգամ եկեղեցի աճապարող կանայք քողերի տակից իրեն էին նայում անսովոր նայվածքներով:

— Աճայի՛բ[5], — մրթմրթաց Հաջի աղան և քայլերն ավելի արագացրեց:

Մինչև տուն նա հանդիպեց շատ տարօրինակ նայվածքների:

Մինչև անգամ կարծես մի խոսք նետեցին իրեն: Հաջի աղան թեև չհասկացավ, բայց զգաց, թե այդ խոսքը ինչ-որ կշտամբանքի շեշտ էր կրում իր հասցեին:

Հաջի աղան, վերջապես, հասավ տան դուռը: Ըստ տարիների սովորության, կանգ չառավ դրան առաջ և սիգարեթ չփաթաթեց, այլ ուղիղ թակեց դուռը: Ըստ տարիների սովորության, նա պետք է թակեր երեք անգամ, բայց թակեց երեք անգամից ավելի, մի գործողություն, որ կատարվեց անգիտակցորեն, իբրև արդյունք ջղային տրամադրության:

Երբ դուռը թակեց երեք անգամից ավելի, Մեմիկ խաթունը կարևորություն չընծայեց, քանի որ չէր կարող Հաջի աղան լինել, մի քիչ ուշ էլ կարող էր բաց անել, բայց Հաջի աղան դրսում ապշեց և մինչև անգամ սարսափեց:

«Ի՞նչ է եղել, որ դուռն էլ չեն բանար»,— շշնջաց նա և, անհամբերությամբ և իրեն համար անսովոր անձկությամբ, նորից թակեց:

— Էն ո՞վ է, քա՛,— սրտնեղեց Մեմիկ խաթունը, դանդաղորեն շարժվեց դուռը բաց անելու:

Երբ Մեմիկ խաթունը տեսավ Հաջի աղային, ապշությամբ ճչաց.

— Քա՛, Հաջաղա՞...

Հաջի աղան ևս ապշեց և աճապարանքով, կարծես դրսից մեկը հրեր, ընկավ ներս:

— Մեմի՞կ:

Ձայնը Հաջի աղայինը չէր, կորցրել էր բնական շեշտը, դողում էր:

Մեմիկ խաթունի լեզուն էլ փաթաթվեց, չկարողացավ անմիջապես պատասխանել և, հազիվ կռնակը տալով պատին, ապուշացած աչքերով քարացավ:

Այր ու կին երկար իրար երես նայեցին, կարծես ուզում էին իրար ճանաչել:

— Գնա՛, վե՛ր գնա,— հանկարծ շշնջաց Մեմիկ խաթունը:

Հաջի աղան, դողդոջուն, բայց արագ քայլերով վեր բարձրացավ, կարծելով, թե ինչ-որ պատահել է՝ այնտեղ պիտի տեսնի, բայց սենյակում ոչինչ չկար, ամեն օրվա սենյակը, ամեն ինչ իր տեղում:

Մի քիչ հանգստացավ և, նստելով անկյունը դրված և արևելյան

գորգերով ծածկված թախտի վրա, սպասեց, որ, ըստ տարիների սովորության, կինը բերի սինին, վրան 50 գրամ օղի և մի պնակ թթու:

Բավական սպասեց: Կինը չերևաց:

«Ջանըմ, բան մի կա»,— ասաց Հաջի աղան մտքում և մոտենալով սենյակի դռանը, կանչեց.

— Մեմի՛կ...

Մեմիկ խաթունը երևաց սանդուղների վրա, սինին ձեռքը:

Ըստ տարիների սովորության, Մեմիկ խաթունը պետք է նստեր Հաջի աղայի կողքին և օրվա առևտրի մասին մի պատմություն լսեր: Նստեց, բայց Հաջի աղան, հակառակ տարիների սովորության, չպատմեց: Հանկարծ ջղային թակեցին տան դուռը:

Մեմիկ խաթունն անմիջապես ցատկեց և գնաց դուռը բաց անելու: Նա լսեց, որ Հաջի աղան ինքն իրեն ասաց.

«Աճայի՛բ...»:

Մեմիկ խաթունը դուռը բաց արավ և հազիվ կարողացավ գրկել իր աղջկան, որ լալով ընկավ մոր գիրկը և բացականչեց.

— Մարի՛կ, չլսեի բարով...

Պարզ էր, որ աղջիկը ևս լսել էր հոր մասին եռացած բամբասանքը և վազել էր մոր մոտ:

Մայր ու աղջիկ, գրկելով իրար, լաց եղան:

Հաջի աղան լսեց լացի ձայնը, լսեց և սպասեց, բայց երբ տեսավ, որ ողբը չի դադարում, ինքն էլ իջավ ներքև:

Մայր ու աղջիկ ապշեցին, տեսնելով նրան, որովհետև շատ անգամ էր նա լացի ձայն լսել, բայց տեղիցը չէր շարժվել:

— Մեմի՛կ, Մայրանո՛ւշ, էս ի՞նչ է,— հարցրեց Հաջի աղան խուլ ձայնով:

Մայր ու աղջիկ լռություն պահեցին, սրբելով արցունքները:

Հաջի աղան ցասումով գոռաց.

— Հը՜...

Մայրանուշն սպասում էր, որ մայրը պայթեր և ամբողջ մաղձը թափեր հոր գլխին, բայց Մեմիկ խաթունը խոհեմություն համարեց առայժմ ոչինչ ասել և տեղնուտեղը սուտ հնարեց.

— Փեսան Մայրանուշին վրա հաչեր-մաչեր է:

— Աղե՛կ,— մռթմռթաց Հաջի աղան:

Այս մռթմռթոցը մայր ու աղջիկ թարգմանեցին՝ իբր թե Հաջի աղան հասկացավ, որ սուտ է:

Հաջի աղան շարունակեց.

— Էրիկ մարդ է, կհաչե ըլ, կսիրե ըլ, մենծ գործ մի դարձնեք, դուն էլ աղջկանդ ֆիթ մի տար:

— Հաջաղա՞,— կշտամբանքով բացականչեց Մեմիկ խաթունը:

Հաջի աղան, որ սկսել էր վեր բարձրանալ, ետ դարձավ և կտրուկ արտաասանեց.

— Էրիկմարդ է:

Մայր ու աղջիկ լռեցին, որովհետև խեղճ փեսան հանցավոր չէր և լավ, որ Հաջի աղան այդպես էր մտածում, այլապես կարող էր փեսային բռնել և անպատվել:

Հաջի աղան վեր բարձրացավ, դեռևս ոտի վրա մի հատ օղի լցրեց, խմեց և մռթմռթաց.

— Հաչեր է... Մեկ ըլ կհաչե...

Նստեց:

Մեմիկ խաթունը ժամանակին ճաշը բերեց, բայց ինքը չկերավ: Հաջի աղան վերագրեց այդ փեսայի վարմունքից առաջացած անտրամադրության և ոչինչ չասաց, միայն հարցրեց.

— Մայրանուշը գնա՞ց:

— Գնաց:

Մեմիկ խաթունը մի քանի անգամ ուզեց խոսք բաց անել և պարզել ամեն ինչ, բայց չհամարձակվեց:

Հանկարծ, լուսամուտի տակ, մի փողոցային տղա սուր կանչեց.

— Փայլո՜ւն...

Մեմիկ խաթունը լսեց, հասկացավ ու գունատվեց:

Փողոցային տղան նորից կանչեց ավելի սուր ձայնով.

— Աղջի Փայլո՜ւն...

Մեմիկ խաթունը, երկրորդ անգամ լսելիս՝ էլ չկարողացավ համբերել:

— Վո՜ւյ, անկած չունենայի՝ չլսեի,— ասաց և երեսն ի վար պառկեց գորգի վրա:

Հաջի աղան ոչինչ չհասկացավ, մինչև անգամ բառը լավ չէր լսել, վեր վերցրեց կնոջը, ջուր խմցրեց և ասաց.

— Էս ի՞նչ է, բոլորդ ըլ սարսախցա՞ք:

Մեմիկ խաթունը լռեց և սրբեց արցունքները, ապա բավական ուժ զգաց՝ վեր կենալու, ընթրիքը հավաքելու և անկողինները փռելու: Հաջի աղան էլ երեկոները շուտ էր պառկում, վեր կեցավ. մի ծունկ աղոթք արավ և քնեց, իսկ Մեմիկ խաթունը երկար աղոթեց: Աղոթելուց հետո պառկեց, բայց չքնեց, նստեց անկողնում. ուզում էր իմանալ, թե Հաջի աղան որևէ բան կխոսի՞ քնի մեջ: Մեկ հատիկ բառ բավական էր՝ ինքը հասներ հաստատ եզրակացության:

Հաջի աղան մինչև առավոտ քնեց առանց խոսելու և գրեթե առանց շարժվելու և առավոտյան էլ ճիշտ ժամին, ըստ տարիների սովորության, վեր կացավ, բայց խանութ գնալուց առաջ, հակառակ տարիների սովորության, երկու գավաթ օղի խմեց: Մեմիկ խաթունը հիշեց, որ իրենց ամուսնությունից հետո դա մի անգամ էր միայն պատահել, մոտ տասը տարի առաջ և դա ունեցել էր իր հզոր պատճառը, որովհետև Հաջի աղան լուր էր ստացել, որ Ամերիկայում ապրող իր մեկ հատիկ քույրը վախճանվել էր:

«Ինչո՞ւ էս օր ըլ խմեց»,— հարց տվեց Մեմիկ խաթունը իր մտքում, իբրև պատասխան իր աչքերի առաջ պատկերացնելով ոսկերիչ Տիգրանի երիտասարդ կինը՝ Փայլունը:

«Ղոլստվա՛ծ»,— ասաց մտքում և, ծայրահեղորեն չարացած՝ իջավ ներքև, անմիջապես շալը քաշեց գլխին և, պարտեզի դռնից դուրս ելնելով փողոցը, քայլեց դեպի վար:

Նա գաղտնորեն ուզում էր ստուգել, թե Հաջի աղան այսօր ո՞ր փողոցով պիտի գնար խանութ:

Հաջի աղան, ըստ տարիների սովորության, քալեց Մեմեդ Փաշայի պարտեզի առաջով, Փոքր Աղբյուրի կողքով, Հին Ժամի պատերի տակով դեպի Մեծ Հրապարակը և այնտեղից էլ՝ խանութը:

Բայց Հաջի աղայի այդ օրվա խանութ գնալը մի բանով տարբերվում էր տարիների սովորությունից, շուտ,-շուտ չորս կողմն էր նայում, կողքով անցնող մարդկանց էր դիտում, որովհետև, նախորդ օրվա պես, նա հանդիպեց տարօրինակ նայվածքների, այնքան տարօրինակ, որ մինչև անգամ ուզում էր բռնել մեկին և հարցնել պատճառը, բայց գերագույն ճիգով զսպեց իրեն:

Բաց արավ խանութը և սկսեց տնտղել ապրանքները, ծալեց, շոյեց և դրեց տեղերը և սպասեց հաճախորդի: Հակառակ տարիների սովորության, ապրանքի հետ զբաղվելուց հաճույք չզգաց: Ներս մտավ մի գյուղացի հաճախորդ, որի հետ Հաջի աղան սկսեց եռանդուն զբաղվել, սովորականից շատ ավելի ապրանք բաց արավ և թողեց, որ ընտրություն կատարի, ինքը նայեց դուրսը: Նա ականատես եղավ չափազանց անսովոր մի երևույթի. մի քանի հոգի կանգնել էին խանութից մի քիչ հեռու, նրանցից մեկը մատով իրեն էր ցույց տալիս մյուսներին: Հաջի աղայի աչքի տեսությունից կորսվեց գյուղացի հաճախորդը, ողջ խանութը մշուշվեց, բայց մի ցնցում անելով, վերադարձրեց տեսողության պայծառությունը և էլի սկսեց զբաղվել հաճախորդի հետ:

— Ապրա՛նք է, խոսք չուզեր,— արտասանեց մեքենայորեն:

Գյուղացու պատասխանը Հաջի աղան չլսեց, որովհետև ճիշտ այդ պահին քաղաքացիներից մեկը, որին Հաջի աղան լավ էր ճանաչում,— իրենից առևտուր անողներից էր,— եկավ կանգնեց խանութի առաջ և հեգնորեն և կշտամբանքով ասաց.

— Մաշալլա՛հ, Հաջի աղա՛, մաշալլա՛հ...

Հաջի աղան ուզում էր կանչել և հարցնել, թե ի՛նչ էր ուզում ասել, բայց դանդաղ վճռող մարդ էր. մինչև վճռեց քաղաքացին անցավ:

Հաջի աղան գյուղացու հետ այս անգամ կարճ կապեց: Գյուղացին

զարմացավ. մի րոպե առաջվա սիրալիրությունը ինչո՞ւ հանկարծակի փոխվեց:

— Ինչ որ կուզես՝ առ ու գնա, գլուխս մի՛ ցավցներ,— ասաց Հաջի աղան թթված, մի մարդ, որի գլուխը ոչ մի հաճախորդ չէր հաջողել ցավացնել:

— Քաղաքին մեջ ապրանք շատ կա, Հաջի աղա,— ասաց գյուղացին:

— Է՛հ, աղեկ որ կա, գնա՛ առ,— կոպտորեն պատասխանեց Հաջի աղան և սկսեց ապրանքը հավաքել:

Հաճախորդը հեռացավ:

Ապրանքը հավաքելիս Հաջի աղան մեկ-մեկ դուրս էր նայում: Թեև իրեն դիտողներ չեղան, բայց սկսեց կարծել, որ ամեն մի անցնող մի անգամ ներս է նայում և ապա անց կենում: Վերջին կտոր ապրանքը տեղն էր դնում, ներս մտավ Մարգար աղան: Հաջի աղան չափազանց մտահոգվեց: Այդ ժամին ինչո՞ւ Մարգար աղան իր խանութը պիտի գար: Նա էլ այն մարդկանցից էր, որ անում էր այն, ինչ որ տարիների ընթացքում անում էր: Մարգար աղան տարիների ընթացքում այդ ժամին Հաջի աղայի խանութը ոտք չէր դրել:

Մարգար աղան ներս մտավ չմտավ, հարեց.

— Տեսնամ Հաջի աղայիս քեֆն ինտո՞ր է:

Հաջի աղան ոչինչ չպատասխանեց. լեզուն վայրկենապես չորացավ, որովհետև մտածեց, որ Մարգար աղայի գալն էլ վերջին տարօրինակ երևույթների մի օղակ է:

— Կըսիմ Հաջի աղայիս քեֆն ինտո՞ր է,— կրկնեց Մարգար աղան:

Հաջի աղան կարծեց, որ դիմացինը հեգնում է իրեն:

— Ասվածդ կսիրես, հերիք է, Մարգար աղա, քեֆի վախտ չէ:

Մարգար աղան էլ ապշեց: Նա ոչնչից լուր չուներ և զարմացավ, որ Հաջի աղային դուր չեկավ ոչ միայն իր հարց ու փորձը, այլ՝ ներս մտնելը:

— Ի՞նչ է եղեր, մախմո՞ւր ես,— հարցրեց Մարգար աղան, այս անգամ կես հեգնանքով և ավելացրեց,— անկաճ մի՛ կախեր, քեֆ ըրե, ի՛նչ կուզեն ըսեն:

— Մարգար աղա՛, քըզի բան մի ըսի՞մ,— հարցրեց Հաջի աղան:

— Մեկ ըլ ըսե՛, երկուք ըլ ըսե՛:

— Չէ՛, միակ մեկ բան:

— Ըսե՛:

— Լեզվիդ տակն ի՞նչ կա:

— Ի՞նչ տըլլի, ջանըմ:

— Չէ՛, բան մի կա:

Մարգար աղան երդում արավ, որ լեզվի տակ ոչինչ կա:

— Սրտի՞դ մեջ ինչ կա, սրտի՛դ մեջ:

— Սրտիս մեջ ըլ բան չկա, Հաջի աղա:

Մարգար աղան նշմարեց, որ Հաջի աղան ապշահար դուրս է նայում: Ինքն էլ նայեց: Մի քանի հոգի, ֆեսները լկտիորեն ճակատների վրա իջեցրած, աչքերը կկոցած, նայում էին Հաջի աղային: Բավական նայելուց հետո հեռացան, ին-որ իրար հետ փսփսալով և քրքջալով:

— Մարգար աղա,— դողահար ձայնով հարեց Հաջի աղան,— էս ի՞նչ բան է:

— Ի՞նչը, Հաջի աղա:

— Բոլորը ինձի կնային:

— Ի՞նչ կըլլի, թող նային,

— Թող նայի՛ն,— երկարեց Հաջի աղան:

— Մարգար աղա,— սրտնեղած դարձավ Հաջի աղան, — չոչո՞ւխ ես, թե՞ էշ ես:

— Նե չոչուխ իմ, նե էշ իմ, հայվա՛ն,— վշտացած բացականչեց Մարգար աղան:

Տիրեց լռություն, Հաջի աղան մի ակնթարթում զգաստացավ և զգաց, որ ավելորդ հարց տվեց:

— Բան մըն էր, ըսի, ներե՛:

— Ինչ ներելու բան է, ես եկեր իմ քեֆդ կհարցնեմ, դուն ինձի ինչ կըսես,— պատասխանեց Մարգար աղան և լռությամբ հեռացավ խանութից:

Հաջի աղան եկավ այն եզրակացության, որ կոպիտ վարվեց Մարգար աղայի հետ, բայց, ի վերջո, համոզեց իրան, որ նրա լեզվի տակ մի բան կար և չասաց: Սկսեց զբաղվել խանութի ապրանքներով մեծ ճիգով, ներքին հզոր պայքարով, որպեսզի դուրս չնայի: Դարսած ապրանքները վերստին դասավորեց, բայց չկարողացավ ներքին բուռն ցանկությունը հաղթահարել և նորից դուրս նայեց: Դրսում էլի մի քանի հոգի կանգնած էին և իրեն էին նայում, նայում էին տարօրինակորեն: Տեսավ չի կարող ազատվել նայվածքներից՝ մի միտք հղացավ, փակել խանութը և գնալ տուն:

Այս անգամ զարմանալիորեն արագ վճռեց, արագ փակեց խանութը և սկսեց քայլել գլխիկոր:

Մեկը կողքից ասաց, բայց չլսեց.

— Հարսին քով կերթա:

Եվ հետևեց նրան:

Հաջի աղան, Հրապարակից անցնելուց հետո, սկսեց քայլել Հին Ժամի պատերի տակով և հանկարծ լսեց.

— Աղջի՛, Փայլո՛ւն...

Էլի ուշադրություն չդարձրեց այդ կանչերին, ինչպես երբ լսեց միևնույն կանչը իր տան լուսամուտի տակից.

— Աղջի՛, Փայլո՛ւն...

Ձայնը սուր էր և սարսափելի հեգնական: Կանչողը միևնույն

փողոցային պատանին էր, սև աչքերով, կարճ կտրված, ստևի նման ցցված մազերով։

Հաջի աղան շարունակեց քայլել։

Այս անգամ պատանին կտրեց նրա առաջը, երկու մատը կոխեց բերանը, զիլ սուլեց և կանչեց.

— Աղջի՛, Փայլո՛ւն...

Զարմանալի արագությամբ, ինչպես կայծակի մտրակը, որ կտրում անցնում է ողջ երկինքը մի ակնթարթում, Հաջի աղայի միտքը կապվեց այն կանչի հետ, որից կինը գրեթե ուշաթափվեց։

«Ուրեմն այդ «աղջի Փայլունը» ինձ հետ կապ ունի»,— մտածեց նա, բայց ոչինչ չհասկացավ, ընկավ տանջալից, մտածմունքի մեջ։

Երբ պատանին մի անգամ էլ կանչեց և փախավ, այլևս ոչ մի տարակույս չմնաց Հաջի աղայի հոգում։

Երբ կինը դուռը բաց արավ և տեսավ իր ամուսնուն, բացականչեց.

— Քա՛, Հաջաղա՞։

Հաջի աղան քշեց ներս։

— Հիվա՞նդ ես,— հարցրեց կինը։

— Չէ՛։

— Քա՛, ինչո՞ւ եկար տուն։

— Կնի՛կ, բան մի կըլլիմ, քաղաքը գլխուս կդառնա։

— Մարդ որ քառասուն տարվան չըրած բանն ընէ՝ էդպես կըլլի։

— Ի՞նչ,— անձկագին հարց տվեց Հաջի աղան։

Մեմիկ խաթունը լռեց։

Հաջի աղան ետ դարձավ, սուր նայեց կնոջ աչքերին և հարցրեց.

— Լեզվիդ տակն ինչ կա նե՝ ըսէ՛։

Մեմիկ խաթունը պատրաստված էր ամեն ինչ ասելու, բայց փողոցից մի խոսք լսեց և ամբողջովին այլայլվեց։

Փողոցից ասացին.

— Փայլունը քըզի կսպասէ։

«Նորի՞ց Փայլուն անունը»,— մտածեց Հաջի աղան, իսկ Մեմիկ խաթունը պիտի փռվեր գետին, եթե ամուսինը չբռներ նրան։

Հաջի աղան ոչ մի եզրակացության չէր կարող հանգել, որովհետև Փայլուն անունով ոչ ոքին չէր ճանաչում ողջ կյանքում և ողջ աշխարհում։

— Մեմի՛կ, ինչ կա նե՝ ըսէ՛,— խեղճուկ ձայնով ասաց Հաջի աղան։

Մեմիկ խաթունը չկարողացավ խոսել, արցունքը խեղդեց նրան։

Հաջի աղան լուռ և գլխիկոր վեր բարձրացավ, երկու գավաթ օղի տնկեց և սկսեց երթևեկել սենյակում։ Ոչինչ չէր կարող գուշակել, հազար ու մի բաներ էր միտքը բերում, չափչփում, վեր-վար էր անում։ Ո՛չ մի կաթիլ լույս։ Երկար երթևեկելուց և մտածելուց հետո իջավ ներքև։ Կինը խոհանոցումն էր։ Մտավ ներս, տնկվեց կնոջ առաջ և հարեց.

— Մեմի՛կ, ըսէ, է՞ս եմ խելքս թռցրեր, թէ՞ դուք։

— Դո՛ւն ես խելքդ թռցրեր:

Հաջի աղան քարացավ: Այդպիսի պատասխանի չէր սպասում: Հանկարծ բղավեց.

— Ինչ կա նե՝ ըսե՛...

Մեմիկ խաթունը լռեց:

Հաջի աղան զայրացավ, մոտեցավ կնոջը, բռնեց ուսերից և սպառնագին բղավեց.

— Ըսե՛, ըսե՛, ըսե՛...

Մեմիկ խաթունը պատմեց ինչ որ լսել էր:

— Մեմի՛կ, դուն կհավատա՞ս,— հարցրեց Հաջի աղան ամբողջովին գույնը գցած:

— Աչքերով տեսեր են:

— Ես քեզի կհարցնեմ՝ դուն կհավատա՞ս:

Մեմիկ խաթունը մտածեց. «Արդյոք այդ բոլորը կարող են սո՞ւտ լինել»:

Հաջի աղայի աչքերը պատասխանի էին սպասում:

Մեմիկ խաթունը կրկնեց.

— Աչքերով տեսեր են:

Հաջի աղան լուռ դուրս եկավ խոհանոցից և բարձրացավ սենյակը: Մեմիկ խաթունը ճիշտ ժամանակին ճաշը բերեց: Հաջի աղան նստած էր անկյունը, թախտի վրա, և համրիչ էր քաշում: Արտաքնապես չափազանց խաղաղ էր: Մեմիկ խաթունը ճաշը դրեց առաջը և իջավ ներքև: Հաջի աղան ճաշի վրա չնայեց, այնպես որ, երբ մի ժամ անց Մեմիկ խաթունը եկավ ճաշը հավաքելու՝ տեսավ որ ոչ մի ձեռք չէր դիպած ճաշին:

Է

Քաղաքում տարածվող շշուկը հասավ ոսկերիչ Տիգրանի ականջը:

Սկզբում շատ տարտամ, ինքն էլ չիմացավ, թե որտեղից լսեց և ինչպես, առաջին անգամ ով ասաց, բայց հետզհետե նրա համար պարզ եղավ, որ մի օր Խամբուրենց Հաջի աղան մտել էր իր տունը, փաթաթվել էր իր կնոջը և Հաջի աղան և իր կինը եղել էին այնքան համարձակ և լիրբ, որ խոսածները դուրսը լսողներ էին եղել, իսկ իր կինը Հաջի աղայի վզովը փաթաթված եկել էր մինչև դրսի դուռը և նրան համբուրելով էր ճանապարհ գցել: Եվ այս բոլորը շատերն իրենց աչքերով տեսել էին: Ոսկերիչ Տիգրանն ինքը, Հաջի աղայի նման, ընկավ տարօրինակ նայվածքների տակ: Այդ նայվածքները չէին թույլ տալիս, որ աշխատի. մի քանի մատանիներ փչացրեց, հալած ոսկու անոթն ընկավ ձեռքից և ամբողջը թափվեց մոխրի մեջ: Նա դարձել էր միակ եղջյուրավոր մարդը քաղաքում:

Տարօրինակ նայվածքներից մտրակված՝ Տիգրանը վեր էր թռչում,

հանում կաշե գոգնոցը, փակում աշխատանոցը և գնում տուն: Փայլունը ջերմագին սիրով դիմավորում էր նրան, փաթաթվում և սիրում: Տիգրանը չկասկածելով դույզն չափով իր մանկամարդ կնոջ անկեղծության և առաքինության, վերադառնում էր աշխատանոցը, նստում և եռանդուն աշխատում, բայց ապակե փեղկի միջից նայող աչքերը հանգիստ չէին տալիս:

Որպեսզի կարողանար հաստատել իր կնոջ դավաճանությունը, նա հանկարծակի գնում էր տուն, որպեսզի Հաջի աղային բռնի: Մի քանի անգամ քաղաքից գյուղ գնալ կեղծեց, հանկարծակի վերադարձավ և ոչինչ չկարողացավ տեսնել: Հսկեց Խամբուրենց Հաջի աղային, որ այլևս տնից դուրս չէր գալիս, և խանութը մնում էր փակ: Տիգրանն սկզբում կարողանում էր առողջ տրամաբանել. ի՞նչ պատճառ կարող էր ունենալ երիտասարդ կինը Հաջի աղային սիրելու, ի՞նչ էր պակաս իրեն, ինքը երիտասարդ, տունը տեղը՝ լեցուն: Միթե Հաջի աղան կարո՞ղ էր որևէ առավելություն, թեկուզ ամենաչնչին չափով, ունենալ իր վրա, որ կինն իրեն դավաճանի և նրան սիրի, և այն էլ ա՛յն աստիճան, որ փաթթվելով մինչև դրսի դուռը գնա և նրան ճանապարհ դնի:

Այսպես էր մտածում և տրամաբանում ոսկերիչ Տիգրանը առաջին օրերը, բայց գնալով մթագնեց նրա գիտակցությունը, սկսեց խենեշ պատկերներ տեսնել՝ Հաջի աղան և կինը միասին, իր անկողնում, կամ անկյունում, թախտի վրա, թերևս և խոհանոցում...

Ը

Մի օր Տիգրանը շինեց մի արծաթյա ապարանջան և տուն ուղարկեց իբրև նվեր կնոջը:

— Չըսես, թե ո՛վ ղրկեց, ըսե մեկը քեզի նվեր ղրկեց,— պատվիրեց նա այն տղային, որի միջոցով ուղարկեց ապարանջանը:

Տիգրանը մտածում էր ոչինչ չասել, որպեսզի, երբ իրիկունը տուն գնար, տեսներ, թե Փայլունն ինքը պիտի հայտնե՞ր, որ նվեր է ստացել:

Երեկոյան հենց որ Տիգրանը ոտը դրեց տան շեմի վրա, Փայլունը դիմավորեց նրան ու մանկական ուրախությամբ թևը ցույց տվեց ամուսնուն: Տիգրանը տեսավ ապարանջանը և խորհրդավոր հարցրեց.

— Հորաքո՞ւյրդ տվեց:

— Չէ՛:

— Յա՛, վո՞վ տվեց:

— Դուն չե՞ս ղրկեր:

— Քա՛, — բացականչեց Փայլունը,— ես ըլ ըսի Տիգրանս ղրկեր է:

— Վո՞վ բերեց:

— Տղա մի բերեց:

— Ի՞նչ ըսավ:

— Ըսավ նվեր է:
— Դուն չի հարցուցի՞ր քի ո՞ւրկեց է նվերը:
— Չէ՛:
— Ինչո՞ւ:
— Քա՛, ի՞նչ պիտի հարցնեմ: Գիտեմ, որ դուն ես ղրկեր:
— Եկուր տեսնամ,— ասաց ոսկերիչ Տիգրանը և միասին գնացին սենյակ:
Տիգրանը սենյակում վերցրեց ապարանջանը կնոջ թևից, լավ քննեց և ասաց.
— Աղջի՛, Փայլո՛ւն իմ շինածն է:
— Ես գիտեմ, որ քու շինածն է, քու ձեռքդ է:
— Հա՛, ամա ե՛ս չեմ ղրկեր:
— Որո՞ւ համար ես շինել, միտքդ բեր,— հարցրեց Փայլունը:
Ոսկերիչը շեշտակի նայեց կնոջ աչքերին և ասաց.
— Շիներ եմ Խամբուրենց Հաջի աղայի համար:
— Խամբուրենց Հաջաղա՛ն:
— Հա՛:
Փայլունը բարձր և միամիտ ծիծաղեց:
— Ինչո՞ւ կխնդաս,— զայրույթով հարեց Տիգրանը:
— Ի՛նչ չի խնդամ, քա՛... Խամբուրենց Հաջի աղա՞ն, — երկարացրեց Փայլունը և նորից բարձր ծիծաղեց և հարցրեց.
— Ե՞րբ ես շիներ:
— Երկու օր առաջ:
— Խելքս հեչ բան չի պառկիր,— զարմանքով ասաց Փայլունը և դուրս գնաց:
Տիգրանը մտածեց. «Մեջտեղն էշը ես մնացի»: Եվ լսեց, որ կինը երգում է և սուլում: Երգելը նրան զայրացրեց, դուրս գնաց և կոպիտ ասաց.
— Փայլո՛ւն, բիլեզիկը ետ ղրկե:
— Որո՛ւն ղրկեմ:
— Հաջի աղային:
— Խենթ-խենթ մի՛ խոսար:
— Խենթը դո՛ւն ես:
Փայլունը լռեց: Առաջին անգամ էր, որ իրենց միջև կոպիտ խոսակցություն էր տեղի ունենում:
— Հիմա՛ ետ ղրկե:
— Թերևս Հաջի աղան չէ ղրկեր:
— Մի՛ հակաճառեր,— բղավեց Տիգրանը և դուրս գնաց:
Փայլունն ապշած մնաց իր կանգնած տեղում, ավելն ընկավ ձեռքից, աչքերը թացացան, գոգնոցի ծայրով սրբեց արցունքները և գնաց

հարևանի փոքրիկ տղային խնդրեց՝ ապարանջանը տանելու և հանձնելու Խամբուրենց Հաջի աղային:

Երբ Մեմիկ խաթունը բաց արավ դուռը, փոքրիկ տղան, թղթի մեջ փաթաթված ապարանջանը երկարեց նրան և ասաց.

— Ղույումճի Տիգրանի կնիկը ղրկեց:

Մեմիկ խաթունը բացականչեց.

— Վո՜ւյ...

Տղան թռավ: Մեմիկ խաթունը բաց չարավ ծրարը, ուղիղ բարձրացավ վեր, ծրարը դրեց Հաջի աղային առաջ և ասաց.

— Տե՛ս, ինչ աստիճան լկտի տըլլի, որ քըզի նվեր ղրկե:

— Ո՞վ, կնի՛կ,

— Միրեկանդ:

Հաջի աղան ցնցվեց: Տիրեց լռություն:

Ծրարը մնացել էր մեջտեղում և ոչ ոք չէր մոտենում բաց անելու:

— Լեզուդ չորացա՞վ,— կոպիտ ճչաց Մեմիկ խաթունը:

Հաջի աղան մեղմ ձայնով ասաց.

— Մեմի՛կ, էս ի՞նչ է, ո՞վ է, ե՞ս, թե՞ դուն, թե՞ աշխարքը:

— Դո՛ւն,

— Է՛, աղեկ որ մինակ ես եմ խենթեցեր, աշխարքը խելոք է, դո՛ւն ըլ խելոք ես:

Հաջի աղայի ձայնի մեջ կար դողդոջուն մի ալիք, որ Մեմիկ խաթունի մեջ առաջացրեց խղճահարություն, աչքերը լցվեցին արցունքով, մոտեցավ, փաթաթվեց ամուսնուն և ողոքիչ ձայնով ասաց.

— Հաջի աղա, ո՛տքդ պագնեմ, ըսե՛, էս բոլորը սո՞ւտ է:

— Սո՛ւտ է, Մեմի՛կ, սո՛ւտ է, թե որ սուտ չէ, մինչև առտու անկողնես չէլլամ, տունեն դագաղով դուրս տանեն:

Մեմիկ խաթունը կարծես հավատաց, բայց հարկավոր էր ծրարը բաց անել, և արին՝ ապարանջա՛ն: Հաջի աղան և Մեմիկ խաթունը ապշահար, զրեթե խելազարված, իրար երես նայեցին՝ ապարանջա՛ն:

— Մեղա՛ Աստված, — շշնջաց Հաջի աղան:

Մեմիկ խաթունը երկար մտածեց և բացականչեց, ըստ երևույթին նա եզրակացության հասել էր.

— Քա՛, Հաջաղա՞...

— Մեմի՛կ, ալ բան մի՛ հարցներ, քիչ առաջ դուն կըսեիր՝ ես եմ խենթցեր, շիտակ է, ես խենթ եմ:

— Քա՛, էս ի՞նչ բան է, բիլեզիկը էրիկմա՞րդը կղրկե հարսին, թե՞ հարսը կղրկե էրիկմարդուն:

— Քանի որ աշխարքը տակն ու վրա եղավ, էղպես էլ կըլլի, Մեմի՛կ, վնաս չունի,— պատասխանեց Հաջի աղան, բայց նրա աչքերի լույսի մեջ արդեն առկախ էին իսկական խելազարության նշանները:

Մեմիկ խաթունն ինքնիրեն շշնջաց, այնպես, որ Հաջի աղան էլ լսի.

— Ղոստվածի՛ն տես, չի՛ հավնիր, ե՛տ ղրկեր է:

Հաջի աղան խայթվածի պես ետև դարձավ, զայրացած նայեց կնոջը և հարցրեց.

— Դուն էդպե՞ս կկարծես:

— Ալ ուրիշ բան կա՞:

Հանկարծ Հաջի աղան բղավեց, մի բղավոց, որ չէր լսել Մեմիկ խաթունը նրա հետ ամուսնանալու առաջին օրից մինչ այդ պահը.

— Խենթը դո՛ւն ես, խենթը աշխա՛րքն է, դո՛ւրս, դո՛ւրս, դուրս:

Մեմիկ խաթունը, վախենալով նրա զայրույթից, դուրս գնաց և հազիվ երկու աստիճան վար էր իջել, նստեց, զգալով, որ կորցնում է մարմնի հավասարակշռությունը: Բարեբախտաբար, վրա հասավ աղջիկը, որին պատմեց ապարանջանի պատմությունը: Աղջիկն էլ համոզվեց մոր եզրակացության, որ հայրը ապարանջանը ուղարկել էր ղույումճի Տիգրանի կնոջը, կինը չէր հավանել և սրտնեղած ետ էր ուղարկել:

Մեմիկ խաթունի լացը չկտրվեց, հակառակ, որ աղջիկը նրան գրեթե գրկելով, իջեցրեց ներքև, երեսները լվաց և ամենաքնքուշ խոսքերով ջանաց մխիթարել նրան:

— Էս ի՞նչ սև ձյուն էր մաղվավ գլխուս, — ասում էր Մեմիկ խաթունը և զարնում ծնկներին:

Աղջիկը տեսնելով, որ մայրը չի հանգստանում, առաջարկեց գնալ իր տունը և մի քանի օր այնտեղ մնալ:

— Քանի մը օր մեր տունը կեցիր, տեսնենք ինչ կըլլի, ինչ չըլլիր,— ասաց աղջիկը:

— Ի՞նչ տըլլի, Սոդոմ Գոմոր տըլլ, բոլորս ըլ մեջը տի վառինք,— պատասխանեց մայրը և, շալը քաշելով գլխին, հետևեց աղջկան:

Երբ երեկոյան Մեմիկ խաթունը պատմեց ամբողջ եղելությունը փեսային, փեսան վճռականորեն հայտարարեց.

— Այդ բոլորը սո՛ւտ է, ես չե՛մ հավտար:

Փեսան լսեր էր դրսի բամբասանքը, նա միայն չէր իմանում ապարանջանի դեպքը, որ նույնպես նրան թվաց բոլորովին անհավանական:

— Քա՛, փեսա՛,— ասաց Մեմիկ խաթունը,— բերող տղան ըսավ քի բարև ըրե Հաջի աղային և ըսե քի Փայլունը ղրկեց:

— Այս բոլորին մեջ օյին մի կա, քիչ մը համբերեցեք, տեսնանք ի՞նչ կըլլի,— եզրափակեց փեսան, և պատրաստ էր գնալու աներոջ մոտ և պարզելու խնդիրը, բայց ո՛չ իր կինը, և ո՛չ էլ զոքանչը թույլ չտվին:

Թ

Հաջի աղան ամբողջ գիշերը մենակ մնաց տանը և ոչ մի վայրկյան

չքնելով, մինչև անգամ շորերը չհանելով, մտածեց: Նրա մտքից երբեք չանցավ, թե կինը տանը չէր. նա կարծեց, որ մյուս սենյակում քնեց և չուզեց իր երեսը տեսնել:

Ամբողջ գիշերը, լռության և մենակության մեջ, հազար ու մի բաներ անցան նրա մտքով, բայց ոչ մի եզրակացության չկարողացավ հանգել. երբեմն հաստատապես համոզվում էր, որ ինքը խելագարված է, բայց երբ գալիս էր այդ համոզման, ակամա մի թեթև ժպիտ էր ուրվագծվում դեմքի վրա, և ինքն իրեն մրթմրթում էր. «Շա՛տ աղեկ, խենթցեր եմ, ջանը՛մ, խենթ մարդը ինքը կգիտնա՞, թե խենթցեր է»:

Կեսգիշերից հետո մի կամ երկու անգամ տան մեջ ձայն լսեց, առաջացավ սենյակի դուռը, ունկնդրեց և, հանդիպելով լռության թանձր պատերին, վերադարձավ իր անկյունը, նստեց և, անվերջ ծխելով, մտածեց: Առավոտյան դեմ հանկարծ որոշեց գնալ դույումճի Տիգրանի մոտ և խոսել նրա հետ ու պարզել ամեն բան: Երբ այս որոշումը տվեց, թեթևացավ նա, մինչև անգամ թեթևացավ նրա մարմինը, որ կարծես ծանրացել էր, ինչպես դիակ:

Առավոտյան կիրակի էր, Տիգրանը տունը կլիներ, կարող էր գնալ և տունը, կինն էլ կլիներ տանը, կարող էր խոսել մինչև անգամ կնոջ ներկայության և ամեն թյուրիմացություն վերացնել:

Երկար սպասեց Մեմիկի ներս մտնելուն, բայց Մեմիկը չերևաց, որոշեց գնալ, էլ սպասելու կարիք չկար: Մեմիկը, երևի, եկեղեցի է գնացել, մտածեց նա և, ապարանջանը դնելով գրպանը, իջավ սենյակից: Տանը բացարձակ լռություն էր, մտավ խոհանոցը, ոչ ոք կար: Երբ դրսի դուռը պիտի բաց աներ, կանգ առավ դրան ետև՝ գնա՞ր, թե՞ չգնար, գնար ի՞նչ ասեր, ինչի՞ց սկսեր, ի՞նչ կար որ ինչից սկսեր, ապա՝ որոշեց սկսել ապարանջանից և վճռականորեն նրա քայլերն ընկավ դուրս:

Փողոցում ոչ ոքի չէր նայում, խուսափելու համար ջղայնացնող նայվածքներից: Նրան տեսնողները, մինչև Մեմեդ Փաշայի պարտեզը՝ այնքան էլ ուշադրություն չդարձրին, կարծեցին, թե եկեղեցի է գնում, բայց, երբ Մեմեդ Փաշայի պարտեզից ծռվեց դեպի Բոշայենց փողոցը, այլևս ոչ մի անուշադիր նայվածք չմնաց, մի քանի հոգի մինչև անգամ ետ դարձան տեսնելու համար, թե Խամբուրենց Հաջի աղան ինչո՞ւ ծռվեց Բոշայենց փողոցը: Հաջի աղան գնաց ու կանգ առավ ոսկերիչ Տիգրանի դռանը և առանց վարանելու թակեց դուռը և սպասեց: Եթե մեկը նրան մոտիկից դիտեր՝ կտեսներ նրա ճակատի բարակ քրտինքը և տերևի նման ողջ մարմնով դողալը: Նրա գլուխը կախ էր, նայում էր գետնին, առանց նայվածքը վեր բարձրացնելու:

Եթե նա մի անգամ նայվածքը բարձրացներ, կտեսներ հեռուն կանգնած 25—30 հոգի, որոնք անհամբեր սպասում էին, թե ինչ պիտի պատահեր, կտեսներ Էլմաս խաթունը և մյուս հարսները, որոնք դիմացի լուսամուտից, գրեթե իրար վրա հենվելով, դիտում էին իրեն: Նրանք սպասում էին, որ Փայլունը դուռը բանա, հրավիրի Հաջի աղային ներս և փաթաթվի վզովը, և իրենք էլ երկրորդ անգամ ականատես լինեն:

Հանկարծ Փայլունը երևաց պատշգամբը և ձայնեց.

— Ի՞նչ կուզեք:

— Պարոն Տիգրանը կուզիմ:

— Տիգրանը տունը չէ:

— Ե՞րբ կուգա,— հարցրեց Հաջի աղան, բայց այլևս գրեթե բան չէր տեսնում, որովհետև, նայվածքը վեր բարձրացնելով, տեսել էր դիմացի կանանց և փողոցում կանգնողներին:

— Չեմ գիտեր,— պատասխանեց Փայլունը և դողահար ներս քաշվեց պատշգամբից:

Հաջի աղայի քայլերը մեքենայորեն ետ դարձան: Գլուխը կախ՝ նա շարունակեց ճանապարհը, հազիվ ջոկելով փողոցի քարը առվից: Նա լսում էր բացականչություններ, որոնք ծակում էին նրա ականջը:

— Տեսավ, որ մարդ կա՝ «Պարոն Տիգրա՛նը կուզիմ», — ծամածռելով կանչում էր մեկը:

— Հաջաղա՛, Փայլունը քեզ կկանչի...

— Հաջաղային քեֆը եկե՛ր է...

Հաջի աղան հասավ տուն, սառը քրտինքի մեջ ողողված, մտավ ներս, դուռը փակեց և հենց դռան ետև նստեց և ինքնիրեն ասաց. «Մահվան թասս է»:

Մեմիկ խաթունը չէր երևում: Մի կերպ հավաքեց իր ուժերը, բարձրացավ սենյակը և, մոտենալով լուսամուտին, դիտեց դուրսը գաղտագողի: Ոչ ոք չկար փողոցում, իրեն հետևողները ցրված էին: Այս իրողությունը կազդուրեց նրան, և թեթևացավ: Մարմնի դողը դադարեցնելու համար մեկ երկու գավաթ օղի քաշեց և նստեց անկյունը և սկսեց մտածել մի ելք գտնելու համար:

Որքան մտածում էր, այնքան մթնում էր իր աչքերի առաջ ողջ աշխարհը: Ինչի՞ց սկսվեց այս բոլորը, ի՞նչ է պատահել, ինչո՞ւ է այդ աղջիկն իրեն ապարանջան ուղարկել: Արդյոք ճի՞շտ կաներ, եթե ապարանջա՞նը ներքևից նետեր պատշգամբը, որպեսզի բոլորը տեսնեին, թե ինքը չի ընդունում այդ նվերը. թերևս սխալ արավ, որ չարավ, թերևս անհրաժեշտ էր գնալ և ապարանջանը շպրտել պատշգամբը և վերադառնալ:

Գնալով մտքերը դառնում էին կիզիչ, կարծես տաք, շիկացած շամփուրներ էին կոխվում գանգի մեջ և անգթորեն դուրս քաշվում, կարծես մի հզոր և կոպիտ ձեռք բռնում էր իր սիրտը և ճմլում, ինչպես մի բուռ մսի կտոր: Հանկարծ վեր կացավ, մոտեցավ սենյակի դռանը և կանչեց.

— Մեմի՛կ...

Կանչեց և անմիջապես լռեց, որովհետև ձայնը սայթաքեց, կորցրեց

իր բնական շեշտը, կարծես մի օտարոտի մարդ էր կնոջը կանչում, ետ քաշվեց, մոտեցավ հայելուն, հազիվ կարողացավ իր դեմքը ճանաչել, քայլեց դեպի անկյունը, բայց սկսեց պտտվել ողջ մարմնով, օրորվում էր սենյակը, առաստաղը ծռվեց, նորից ուղղվեց, պատից կախված լամպը հպավ հատակի գորգին և նորից կախվեց իր տեղը: Որքան ջանաց մի սիգարետ փաթաթել, չհաջողվեց, որովհետև մատներն իրար չէին հասնում, նայում էր մատներին և տեսնում էր ահավոր տարածություն իր երկու մատների միջև. վերջապես հասավ անկյունը, մարմինը ձգեց հատակին, գլուխը դրեց բարձի վրա և փակեց աչքերը:

Ժ

Երբ պատարագը վերջացավ և ոսկերիչ Տիգրանը դուրս եկավ եկեղեցուց, նա ևս ենթակա եղավ տարօրինակ նայվածքների տարափի:

Դեռ եկեղեցու բակումն էր, երբ լսեց.

— Ժա՛մ է եկեր, տո՛ւն գնա, տե՛ս ո՞վ կա էնտեղ:

Լսեց, թեև հաստատ համոզված չլինելով, որ իրեն է վերաբերում, այնուամենայնիվ, ետ դարձավ: Մարդկանց երեսին տեսավ հեգնական ժպիտ: Ցնցվեց: Եկեղեցու բակից դուրս ելնելիս մեկը,— այս անգամ արդեն պարզ էր ակնարկությունը,— ասաց.

— Հաջաղա Փայլունին քով էր գացեր...

Այս լսելուց հետո ոսկերիչ Տիգրանը միայն բնազդորեն գտավ իր տան ճանապարհը:

Տուն մտնելուն պես կատաղած բարձրաղաղակ պոռաց.

— Ո՞վ էր եկեր հոս:

Փայլունը նայեց Տիգրանի աչքերին, և՛ սարսափեց, և՛ սարսափից ամեն ինչ մոռացավ, հենվեց պատին և բյուրեղացած աչքերով սկսեց նայել անգույն տարածության մեջ: Տիգրանը մոտեցավ նրան.

— Ո՞վ էր եկեր քովդ,— հարցրեց ահռելի ձայնով:

Փայլունը ոչինչ չկարողացավ պատասխանել: Տիգրանը քաշեց ուսից և շպրտեց նրան հատակին:

— Ո՞վ էր եկեր հոս, կըսիմ, բերանդ չի՞ բացվիր, հա՞, — բղավեց զայրույթի գագաթնակետին հասած և բարձրացնելով ջրի կուժը՝ շպրտեց նրան:

Փայլունը դարձյալ բնազդորեն և մեքենայորեն խուսափեց հարվածից: Կուժը զարնվեց պատին և շառաչյունով փշրվեց:

— Տիգրա՛ն, — հազիվ կարողացավ արտասանել անմեղ կինը:

— Դահա անո՞ւնս կուտաս, լի՛րբ,— պոռաց Տիգրանը և նորից մոտեցավ կնոջը:

Ոչ մի աղերսական նայվածք չազդեց խելագարված ամուսնու վրա:

— Ժամ չեկար, որ Հաջի աղայի հետ քեֆ ընես, հա՞, հիմա քեֆը ես քըզի սովրացնիմ:

Փայլունը ուզում էր ասել, թե Հաջի աղան եկել էր և միայն իրեն էր հարցնում, բայց Տիգրանը չթողեց, որովհետև կատաղությամբ հարձակվեց վրան, երկու ձեռքերով բռնեց վիզը և սկսեց սեղմել: Փայլունի աչքերն ընկան դուրս և արյունակալվեցին, մատներովը ճանկռոտեց Տիգրանի երեսը, որից Տիգրանն ավելի կատաղեց և ավելի ուժգնությամբ և խելագարվածի ֆիզիկական ուժով շարունակեց կոկորդի սեղմումը: Հանկարծ Փայլունը թուլացավ, կորավ վզի դիմադրականությունը, այնպես, որ Տիգրանի մատները խրվեցին կնոջ մսի մեջ: Ինչպես ձեռքերի արանքում լիներ խմորի մի կույտ, մարմինն ամբողջ կորցրեց իր պնդությունը և շորի կտորի նման ընկավ Տիգրանի ծնկների վրա: Տիգրանը վայրկենապես սթափվեց և սարսափեց, ձգեց Փայլունի մարմինը հատակի վրա և սկսեց կանչել.

— Մեռա՛վ, մեռա՛վ, մեռա՛վ...

Ձայնն այնքան բարձրաղաղակ և աղիողորմ էր, որ բոլոր հարևանները լսեցին և թափվեցին դռան առաջ: Տիգրանն ուզում էր մոտենալ դռան և բաց անել, բայց դողում էին ծնկները և չկարողացավ ոչ մի քայլ անել: Դռան առաջ հավաքվողները լսում էին, որ Տիգրանն ինչ-որ ձայներ էր հանում, կարծես լացի ձայն էր, բայց անասնական:

Դռան առաջ հավաքվողների մեջ երկու երիտասարդ, տեսնելով, որ Տիգրանը դուռը չի բաց անում և զգալով ինչ-որ զարհուրելի ոճրի առկայությունը տան ներսում, քայլեցին տան ետևը, բարձրացան պատի վրա և, ցատկելով պարտեզը, ներս մտան և բաց արին տան դուռը: Բազմությունը լցվեց ներս: Փայլունի դիակն ընկած էր հատակին անշնչացած: Տիգրանը քաշված մի անկյունում, հատակի վրա ծնկի չոքած, գլուխը հենած պատին՝ հեկեկում էր:

Ավելի արագ, քան կայծակի սլացումը՝ ամբողջ քաղաքում տարածվեց ոճիրի լուրը:

— Ոսկերիչ Տիգրանը կնիկն է խեղդե՛ր:

— Վա՛յ Հաջաղա՛, վա՛յ...

ԺԱ

Ոճիրի լուրը լսեց և Մեմիկ խաթունը հենց աղջկա տանը, լսեց նա մանրամասնորեն՝ Հաջի աղան գնացել է Փայլունի մոտ այն ժամանակ, երբ ամուսինը եկեղեցումն է եղել՝ Փայլունը ներս է առել Հաջի աղային, ոսկերիչը տուն վերադարձին իմացել է, բացատրություն է պահանջել կնոջից, կինը լռել է և...

— Աս մարդը խելքը թռցրե՛ր է,— բացականչեց Մեմիկ խաթունը և վազեց տուն:

Հաջի աղան ոչինչ չէր լսել ոճրի մասին:

Մեմիկ խաթունը տուն մտնելուն պես ձեռքերը խփեց ծնկներին և կանչեց.

— Հաջի աղա՛, Հաջի աղա՛, նամուս չի մնաց, ալ բան չի մնաց...

Հաջի աղան լսեց այդ կանչը, բայց կարևորություն չընծայեց, որովհետև նոր բան չգուշակեց, նա կարծեց, թե միևնույն դեպքի շարունակությունն էր, բայց լուսամուտի տակ ձայներ սկսեցին լսվել, լսեց իր անունը, Փայլունի անունը, ոսկերիչի տունը: Նախ և առաջ Հաջի աղան որոշեց պահել իր սառնասրտությունը: «Կհաչեն՝ կհաչեն՝ կերթան»,— եզրակացրեց նա մտքում և փաթաթեց սիգարեթը, բայց ձայներն ավելի բարձր և ավելի համառ դարձան:

— Նազենիմ հարսին գլուխը կերավ...

— Դատաստանին օրը ի՞նչ պատասխան տի տա:

— Լուս-լուս գնացեր է հարսին քովը...

Հաջի աղան չկարողացավ դիմադրել, մոտեցավ լուսամուտին:

Փողոցում լիքը բազմություն կար, բոլորն էլ դեպի լուսամուտն էին հառել իրենց աչքերը:

Հաջի աղան ետ քաշվեց և սկսեց ունկնդրել: Ոչ մի բացականչությունից չկարողացավ իմանալ, թե նոր ի՞նչ է պատահել, բայց նրա ներքին աշխարհում չոքեց մռայլությունը: Երկար ունկնդրելով ձայներին և չկարողանալով որևէ եզրակացության գալ, երկու գավաթ նորից օղի տնկեց և իջավ ներքև՝ Մեմիկից մի բան իմանալու:

— Մեմի՛կ...

Մեմիկ խաթունը գլուխը վեր բարձրացրեց և սարսափահար աչքերով նայեց ամուսնուն: Նա սարսափեց նախ և առաջ նրա ձայնից, բոլորովին օտարոտի էր այդ ձայնը, չկար այդ ձայնի մեջ երեսունհինգ տարվա հարազատությունը, և ապա Հաջի աղան փոխվել էր դեմքով, զգալիորեն ծերացել էր, մռայլվել, հոնքերը կախվել էին աչքերի վրա, ինչպես քիվը՝ փլատակ տան կույր լուսամուտների վրա:

— Մեմի՛կ... — նորից ձայնեց Հաջի աղան:

— Մեմիկ գետնին տակ անցներ, աս բանը չտեսնար,— պատասխանեց Մեմիկը:

Հաջի աղան լռեց, կարծես թանձր պատերի միջից տեսնում էր դռան առաջին բազմությունը:

— Մեմի՛կ, ի՞նչ է եղեր, ըսե՛,— ասաց Հաջի աղան:

Մեմիկ խաթունը խղճաց Հաջի աղային, նրա ձայնում այնքան աղերսական շեշտ կար, որ ամենաանտարբեր մարդն անգամ կզգացվեր:

— Հաջի աղա՛, ո՛տքդ պագնիմ, աս բաներն ինչո՞ւ ըրիր,— լացով արտասանեց Մեմիկ խաթունը:

— Ջանըմ, ի՞նչ ըրի, ի՞նչ եմ ըրեր...

Մեմիկ խաթունը պատմեց ահավոր եղելությունը...

— Խեղդե՞ց,— հարցրեց Հաջի աղան:
— Հա՛, խեղդեր է:
Հաջի աղան մի քիչ օրորվեց, բռնեց սանդուղների հենարանը, ձեռքը տարավ ճակատին՝ վայրկենապես կուտակված պաղ քրտինքի կաթիլները սրբելու, և դանդաղորեն բարձրացավ իր սենյակը: Սանդուղից վեր բարձրանալիս նրան թվաց, որ քայլում է դեպի ավելի և ավելի մութը, կարծես մթնոլորտը սևացավ, խտացավ և դարձավ կուպր: Սենյակ մտնելիս նա մինչև անգամ ժպտաց, ինչ-որ չճանաչեց, տարիների հարազատ սենյակը կորցրել էր իր արտաքին տեսքը: Դեռևս փողոցի ձայները լսվում էին, բայց ոչ քիչ առաջվա պարզությամբ, որովհետև Հաջի աղան սուզվում էր անել քաոսի մեջ: Գրեթե խարխափելով, նա գտավ պահարանը, բնազդորեն բաց արավ և, կույրի նման շոշափելով, ձեռք բերեց օղու շիշը, քաշեց բերանին, խմեց մինչև հատակը: Շիշը չկարողացավ իր տեղը դնել, բաց թողեց պարապության մեջ, շիշն ընկավ հատակին և ջարդվեց: Մեմիկ խաթունը լսեց այդ աղմուկը և շշնջաց.
— Շուշա՞ կկոյրե, կոյրե (կոտրե), գլո՛ւխդ ըլ հետը կոյրե, աննա՛մուս...
Հանկարծ մի միտք, ինչպես մթան մեջ վառվող փոքրիկ լուցկին, լուսավորեց Հաջի աղայի տեսողությունը: Ինչքան այդ միտքը լայնացավ նրա ուղեղում, այնքան պայծառացավ շրջապատը, իրերը ստացան իրենց նախկին ձևը, սենյակը լուսավորվեց, ջարդված շշի բեկորները հատիկ-հատիկ երևացին նրա աչքին, նա մինչև անգամ ժպտաց, ինչ-որ շշնջաց, կարծես մի գաղտնի բան ասաց ինչ-որ մեկին, քայլերն ուղղեց դեպի դուռը, դուրս ելավ, իջավ սանդուղից, մտավ կրակատունը, բաց արավ պահարանը, վերցրեց լվացքի թոկը, որ Մեմիկ խաթունը խնամքով փաթաթել էր, թոկը դրեց ժակետի տակը, որ ոչ ոք չտեսնի, բարձրացավ նորից սենյակը: Կարծես ուրախ տրամադրություն ուներ, ուզեց օղի խմել, բայց ոչ մի կաթիլ չկար:
Մեմիկ խաթունը լսեց սեղանի անկման աղմուկը, բայց ոչինչ չկարողացավ գուշակել, նորից շշնջաց.
— Աննա՛մուս...
Ապա ողջ տանը տիրեց լռություն, ինչպես փակված գերեզմանում:
Փողոցի բազմությունը դեռ ամբողջովին չէր հեռացել, երբ Մեմիկ խաթունը որոշեց վեր բարձրանալ, խոսիլ ամուսնու հետ, թքել նրա երեսին և պահանջել, որ մի բան անի՝ բազմությունը հեռացնելու:
Մինչև Մեմիկ խաթունի սենյակ մտնելը Հաջի աղան ավանդել էր իր հոգին, նրա մարմինը երկարել էր, ոտները գրեթե հասել էին սենյակի հատակին: Երբ Մեմիկ խաթունը տեսավ Հաջի աղային՝ սյունի պես երկարած հատակեն մինչև առաստաղը, սարսափելի ճիչ արձակեց և ընկավ հատակին, հազիվ մի քանի անգամ կարողանալով կանչել՝ հասե՛ք...

Փողոցում կանգնողները լսեցին ճիչը և ապշահար դարձան դեպի լուսամուտը: Մեկն աղաղակեց.

— Հիմ ըլ կնիկը կխեղդե:

— Հաւե՛ք, տո՛...

Մի քանի հոգի մոտեցան դռան, հրեցին, բաց արին: Բազմությունը լցվեց ներս և տեսավ Մեմիկ խաթունին՝ ընկած սենյակի հատակին, ուշաթափ, իսկ Հաջի աղայի հասակը, ինչպես մի սյուն, տնկված էր սենյակի մեջտեղում:

1935 թ.

1. երեխաներին
2. փողոց
3. երնի
4. ուղտ
5. զարմանալի

Երկու գերեզման

Ա

Մենք ունեինք մի հեռավոր ազգական, որին Ավետիս Ամուձա[1] էինք կանչում: Ո՛չ միայն մենք, այլև ամբողջ քաղաքը նրան Ավետիս Ամուձա էր կանչում, մինչև անգամ թուրքերը:

Թե ի՛նչ ազգական էր նա, ես մինչև հիմա էլ չգիտեմ:

Ավետիս Ամուձան և Գուվար Քորոն[2] քառասուն տարուց ավել էր, ինչ ամուսնացած էին: Նրանք ո՛չ իրար էին տեսել նախապես, ո՛չ էլ իրար հավանել, այլ ծնողներն էին հավանել և պսակել, ինչպես սովորություն էր հի՛ն, անհետացա՛ծ երկրում:

Ամուսնությունից հետո միայն մի երկու տարի նրանք ապրել էին իրար հետ առանց վեճի և կռվի, մնացյալ տարիների ամեն մի օրը գոյություն էր ունեցել մի փոքրիկ, շա՜տ փոքրիկ առիթ, որ վիճեին նրանք և վեճը փոխվեր կռվի:

— Աղջի՛, չըլլելիք, հավերը կինե[3] մտան օղան,— գոռում էր Ավետիս Ամուձան և դուրս չէր քշում հավերը, կանչում էր կնոջը, որ նա՛ քշի:

— Մեյ մը քը՛շ ըսես, կերթան, ա՛յ մարդ,— բարկանում էր Գուվար Քորոն և՝

— Քը՛շ, քը՛շ, քշա՜, քշա՜...

Ավետիս Ամուձան հակաճառում էր.

— Ես հավ քշող չի՛մ:

— Հավ քշող չես, ի՞նչ ես:

— Էրիկ մարդ իմ, գլխուս վրա ֆես կա,— ազդարարում էր Ավետիս Ամուձան:

Սկզբները Գուվար Քորոն սրանով վերջացնում էր վեճը:

Բայց կամաց-կամաց եկավ այն եզրակացության, որ գլխի վրա ֆես ունեցողն էլ կարող էր և պարտական էր հավեր քշել: Եվ երբ Ավետիս Ամուձան կարգադրում էր նրան հավերը քշել, Գուվար Քորոն պատասխանում էր.

— Դո՛ւն քշե, բերանդ չի ծռի:

— Աղջի՛,— գոռում էր Ավետիս Ամուձան սպառնազին:

— Շատ մի՛ վռվռա:

— Աղջի՛,— գոռում էր ավելի բարձր ու կոպիտ:

— Մի՛ պոռա, փնթի՛:

— Աղջի՛, քեզի կըսիմ:

— Ուրիշի՛ն ըսե:

Եվ գիշերը, անկողին մտնելիս, նրանց շնչերն իրար չէին խառնվում, իրարից խռոված՝ մեջք-մեջքի էին պառկում:

Առավոտյան, առանց իրար հետ խոսք փոխանակելու, Ավետիս Ամուճան շուկա էր գնում, բաց անում իր թիթեղագործի խանութը և աշխատում մինչև երեկո, առանց կեսօրին տուն գալու՝ ճաշելու համար:

Գուվար Քորոն մի քանի անգամ ճաշը տաքացնում էր, թե հիմա ուր է, ուր չէ՝ կգա զխտվելու, բայց, ի վերջո, համոզվելով, որ հերսը դեռ չի իջել, ճաշը դնում էր պահարանը և գնում հարևանուհու մոտ զանգատելու.

— Ավետիս Ամուճան (Գուվարն էլ նրան Ամուճա էր կանչում) չոջուխի պես քեն ըրավ ու օրհարսակին ճաշի չեկավ:

— Բոլոր էրիկ մարդիկն ըլ էդպես են, անկաճ մի կախեր, մինչև իրիկունը քիթը գետինը կքսվի, կուգա,— խրատում էր հարևանուհին:

Գանգատվելուց հետո՝ Գուվար Քորոյի սիրտը հանգստանում էր, վերադառնում էր տուն և սկսում եռանդուն տնային աշխատանքը:

Տունը բաղկացած էր գետնի հավասար և հողե հատակով երկու սենյակից, երկու սենյակի երկարությամբ մի հաշտով[4], ծայրում՝ մի օջախ, որտեղ Գուվար Քորոն կերակուր էր եփում, իսկ տան ետևի կողմը կար մի փոքրիկ տարածություն, տան տարածության չափ, որտեղ բարձրանում էին երկու թթենի: Այդ թթենիների ստվերների տակ կչկչում էին մի քանի հավ և մեծ բոցագույն մի աքլոր՝ կարմիր կատարով, խռպոտ ձայնով, որի կանչած ժամանակ Գուվար Քորոն միշտ ասում էր.

— Քա՛, հիմա կոկվըները[5] վար կուգան:

Գուվար Քորոն միայն մի կիրք ուներ. դա տան մաքրությունն էր: Գրեթե երկու օրը մի անգամ սենյակների և հաշտի հողե հատակները սպիտակ կավ էր քսում, բոլոր կլայված ամաններն ամեն օր սրբում, փայլեցնում էր, առաստաղի և պատերի փոշիներն առնում, լուսամուտների փեղկերն օճառով լվանում, օճառով լվանում էր մինչև անգամ դրսի դռան շեմքը և դռան առաջը նստելու համար դրված քարը: Ամեն րոպե շոյում, շփում էր տան առարկաները: Խորովածի շիշերը ոչ միայն խորոված եփելուց հետո էր մոխրով մաքրում և փայլեցնում, այլև ամեն օր: Նրանց տունը մտնողն անկողիններից, պատերից, հատակից, ամաններից և յուրաքանչյուր առարկայից ստանում էր գերազանց մաքրության հաճույքը: Ավետիս Ամուճան այս բոլորին արժեք չէր ընծայում: Երբ ուրիշները նրան դիտել էին տալիս, թե՝ կնիկդ տուն մը կպահե, որ կծծղա, նա պատասխանում էր.

— Հելբեթ դե՛, կնի՛կ է:

Եվ պատահում էր, որ կեսօրին, ճաշի չգալով հանդերձ, Ավետիս Ամուճան գալիս էր տուն կարմիր մենդիլին[6] մեջ մի բան փաթաթած, որը լուռ հանձնում էր Գուվար Քորոյին: Այդ բերածը անպայման Գուվար Քորոյի շատ սիրած մի բանը կլիներ: Վերցնելով թաշկինակը Ավետիս Ամուճայի ձեռքից, Գուվար Քորոն մոռանում էր ամեն բան, կռանում էր, կոշիկները հանում և տանը խռիկը տալիս, որ հագնի: Խռիկը հին մի կոշիկ էր, կարկատաններով ծանրացած, բայց լայնացած էր և հեշտությամբ ոտը մտնում էր և ելնում:

Երբ Գուվար Քորոն պպզում էր, որ կոշիկները հանի, Ավետիս Ամուճայի երիկմարդությունն իր խորագույն գոհացումն էր գտնում և հանգստացած, հոգով խաղաղ, ժպիտով և քաղցրությամբ, ակնարկելով թաշկինակով բերածը, ասում էր.

—Քըզի համար բերեր իմ:

Գուվար Քորոն ընկնում էր խելահեղ երանության մեջ, կանգնում էր դիմացը և բացականչում.

— Անուշի՞կ խուշիկս...

«Անուշիկ խուշիկս» անվանում էր մի մարդու, որ մինչև ականջները հասնող բեղեր ուներ, չեչոտ, սև և տափակ մի քիթ, ներքևի շրթունքը հաստ և մեջտեղից ճաքած, ցցված այտոսկրներ, թթի տերևի չափ մեծ ականջներ՝ ծածկված խիտ մազերով, որը սափրիչը խուզում էր գլխի հետ միասին:

Բայց այս սիրալիրությունը երկար չէր տևում, Ավետիս Ամուճան ամուսնու դերը հասկանում էր այն, որ ամեն րոպե պետք է կշտամբեր կնոջը:

— Առտըվան ճնճղուկները չեն թողուր քնանամ:

— Ես ի՞նչ էնիմ:

— Ի՞նչ տենես, կնիկ ես, գնա՛, փախցո՛ւր:

— Ամա՛ն, բան, գործ չունիմ դե՝ ճնճղուկ տի փախցնի՞մ:

— Սկսար պռչդ խաղցնել, հա՛...

— Նորեն չեյնեիդ տվիր, փնթի՛:

— Մի վռվռա, պռչդ կկըյրիմ[7]:

— Չե՞ս ամչնար, ամեն իրիկուն բայրախ կբանաս[8]:

Պատահում էր՝ Ավետիս Ամուճան այնքան զայրանար, որ անկողին չգնար և սենյակի մի անկյունը երկարեր ու քներ առանց վրան ծածկելու, բայց Գուվար Քորոն վերցնում էր վերմակը և ծածկում նրան, որ չմրսի:

— Սատանան կըսե՝ մի՛ ծածկեր, հա՛,— մրթմրթում էր Գուվար Քորոն և ծածկում:

Կեսգիշերին, երբ Ավետիս Ամուճան զարթնում էր և տեսնում կնոջ հոգատարությունը՝ հակառակ իր վիրավորական և անտեղի խոսքերին, զղջում էր իր ասածների համար, խղճահարվում, վեր էր կենում, շորերը հանում և գնում մտնում Գուվար Քորոյի ծոցը, փաթաթվում նրան և ասում.

— Արունը ջուր չի դառնար:

— Մեջքս աղեկ զոցե՛:

— Արթո՞ւն ես:

— Ատ խոսքերեդ ետքը քո՞ւն կմտնա աչքերս:

— Մնեցա, գիտե՞ս,— խոսքը փոխում էր Ավետիս Ամուճան:

Այս անգամ Գուվար Քորոն էլ փաթաթվում էր նրան, և ամեն ինչ հարթված էր համարվում:

Ավետիս Ամուճայի պահանջն այն էր, որ երբ իր կնոջը մի բան ասի՝ կինը պատասխան չտա: Պատահում էր, որ Գուվար Քորոն պատասխան չէր տալիս, Ավետիս Ամուճան այլևս չէր շարունակում, և ոչ մի վեճ էլ չէր պատահում:

Ավետիս Ամուճան միշտ ասում էր.

— Աղջի՛ես որ բան մի կ՛րսիմ, ջուղաբ մի՛ տուր, չե՛ս սատկիր:

— Քա՛, ինչո՞ւ:

— Կնի՛կ ես,— վերջացնում էր Ավետիս Ամուճան:

Եվ Գուվար Քորոն ողբում էր.

— Կատվի ձագ ըլլեի՛, կնիկ չըլլեի՛:

Երբեմն նա ուրիշ մարդկանց էր օրինակ բերում:

— Տե՛ս,— ասում էր,— Ազնավուր էֆենդի՛ն տես, էն ըլ էրիկ մարդ է, էդպե՞ս կենե:

— Էն ի՛նչ էրիկմարդ է որ, — հեգնում էր Ավետիս Ամուճան:

Գուվար Քորոն չէր կարողանում հասկանալ, թե ո՛րն էր իր ամուսնու էրիկմարդությունը: Ազնավուր էֆենդին հարուստ էր, քաղաքի ամենագեղեցիկ մարդկանցից էր, հրաշալի ձի նստել գիտեր, մինչդեռ Ավետիս Ամուճան կառք չէր նստում, թե՝ յա՛ որ ձիանը առնեն փախի՞ն, Ազնավուր էֆենդին հին տունը չհավանեց, նորը կառուցել տվեց, կնոջ և աղջիկներին մուշտակների մեջ էր պահում, ամեն ամառ գյուղ էր ուղարկում նրանց՝ հանգստանալու: Ինչո՞ւ Ավետիս Ամուճան էրիկմարդ էր, ու Ազնավուր էֆենդին՝ ոչ:

Եվ Գուվար Քորոն պահանջում էր, որ բացատրի:

— Իշտե էդ մեկը դուն չես հասկնար:

— Ինչո՞ւ չեմ հասկնար, շատ աղեկ ըլ կիհասկնամ:

— Դե որ կիհասկնաս, ինչո՞ւ կիհարցնես:

— Ես կուզիմ, որ դո՛ւն ըսես:

— Կնիկությունդ սկսա՞ր նորեն:

— Քա՛, խե՛նթ ես,— եզրակացնում էր Գուվար Քորոն:

Մեկ-մեկ պատահում էր կռիվ չէր լինում: Երկուսն էլ զարմանում էին:

— Քա՛, ասօր կռիվ չէղավ, մա՛րդ,— ասում էր Գուվար Քորոն:

— Հա՛, չէղավ, ինտո՞ր եղավ, որ չէղավ:

— Կերևի քի՝ սատանան ծուռ չէր նստեր:

— Ա՛խ, էդ սատանան իշտե դու՛ն ես:

— Ես չի՛մ:

— Դո՛ւն ես:

Սկսվում էր կռիվը:

Եթե պատահեր, որ կռիվ չլիներ, այդ գիշերը նրանք պառկում էին շնչներն իրար խառնելով:

Երբ այսպես շունչ շնչի պառկում էին, Գուվար Քորոն երանությամբ, ուրախության արցունքներով ասում էր.

— Ա՛յ մարդ, ի՞նչ կըլլի, որ ամեն օր ըլ էսպես ըլլի:

— Հա՛, աղեկ կըլլի:

— Է, որ աղեկ կըլլի ինչո՞ւ կէնես:

— Ե՞ս կէնեմ, թե դուն կէնես:

Գուվար Քորոն, տեսնելով նորից վեճ պիտի սկսվի, լռում էր, որպեսզի չպղտորվի պահը: Ավետիս Ամուճան շատ գոհ էր մնում, երբ կինը չէր պատասխանում, այն ժամանակ գրկում էր նրան, բեղերը քսում կնոջ երեսին և ասում.

— Հոգի՛դ սիրիմ:

Տարիներ անցկացան, բայց նրանց չորս ոտը չդարձավ վեց:

Գուվար Քորոն մնաց անպտուղ:

— Է՛հ, էդ կողմեն ըլ բան մը չես,— մի օր ասաց Ավետիս Ամուճան իր կնոջը, այս անգամ ոչ թե արհամարհական կամ կշտամբանքի շեշտով, այլ խորը թախիծով և ապաշավով:

Իսկ Գուվար Քորոն պատասխանեց.

— Ի՞նչ էնիմ, կյոյա[9] էրիկմարդ ես, իշտե էրիկմարդու բոյդ տեսանք:

Կարծես մեկն ապտակեց Ավետիս Ամուճային, կարծես մի հսկա ձեռք բարձրացրեց նրան և խփեց գետնին: Ծանր էին Գուվար Քորոյի խոսքերը:

Ամբողջ մի շաբաթ ո՛չ մի վեճ չեղավ նրանց միջև, Ավետիս Ամուճան խոսում էր ցածր և քաղցրագին, գիշերները չէր քնում, ծխում էր անընդհատ, ախուվախ էր քաշում:

Գուվար Քորոյի խոսքերը խորապես վիրավորել էին Ավետիս Ամուճային:

— Մա՛րդ, ի՞նչ կմտմտաս,— մի օր ասաց Գուվար Քորոն,— մեյ մը դուն քեզ հեքիմին ցուցուր:

Ավետիս Ամուճան չպատասխանեց, բայց մյուս օրը դիմեց:

Բժիշկը երկար քննություն կատարեց և, ի վերջո, ասաց.

— Բան մը չունիս, մեյ մը կնի՛կդ բեր տեսնամ:

— Կնիկս ի՞նչ պիտի տեսնաս, ջանը՛մ:

— Կերևա կնիկեդ է:

— Հա՞, հա՞:

— Այդպես կերևա կոր:

— Փե՛ք աղեկ, բերիմ:

Ավետիս Ամուճան դուրս եկավ բժշկի մոտից և փողոցում կանգնած շշնջաց ինքնիրեն.

— Կնիկդ բեր՝ տեսնա՛մ... մենք քեզպեսները շատ տեսեր ենք, հեքի՛մ էֆենդի, քու միտքդ հասկցանք, դուն իմ կնկան վարտիկին ծարն ըլ չես տեսնար, հայդե՛...

Երբ Գուվար Քորոյին խրատեցին, թե երեխա ունենալու համար հարկավոր է ջերմուկ գնալ, Ավետիս Ամուճան հնարավորություն ստեղծելու համար ոչինչ չխնայեց:

Գուվար Քորոյի անպտուղ մնալը ջարդուփշուր էր անում Ավետիս Ամուճայի էրիկմարդությունը:

Բայց ջերմուկն էլ չօգնեց:

Գուվար Քորոն մնաց անպտուղ, իսկ Ավետիս Ամուճան մինչև վերջն էլ համառեց կնոջը բժշկին ցույց տալու:

— Նամուսս սոխախը չիմ դրեր,— ասում էր նա:

Երեխա ունեցող կանայք, սակայն, երանի էին տալիս Գուվար Քորոյին:

— Երնեկ քըզի,— ասում էին նրան,— չոջուխ-մոջուխ չունիս, շալդ քաշե գլուխդ, ուր կուզես նե՛ հոն գնա օ՜խ...

Բայց Գուվար Քորոյին այրում էր զավակ ունենալու մորմոքը, մանավանդ նրան համոզել էին, որ եթե երեխա ունենար, ամուսինը բոլորովին կփոխվեր, վրան կտաքնար և ոչ մի վեճ չէր լինի: Բռնում էր նա ուրիշների երեխաները, գրկում, շաքարեղեն տալիս և բուռն ցանկությամբ սեղմում կրծքին:

Ավետիս Ամուճան երբ տեսնում էր կնոջը ուրիշ երեխաներ սիրելիս, ասում էր.

— Ուրիշների փիճերը ի՞նչ կգրկես, կսիրես, ջանը՜մ:

Երբ Գուվար Քորոն չէր պատասխանում, այլ խեղճացած նայում էր Ավետիս Ամուճային, կարծես նրանից հայցելով մի զավակ, Ավետիս Ամուճան ավելացնում էր.

— Ինչ էլ աղվոր է լակոտը:

— Հա՜, աղվոր է, փամբող[10] կըլմանի,— շշնջում էր Գուվար Քորոն և գոգնոցի ծայրով սրբում արցունքոտ աչքերը:

Տարիներն անցնում էին, Ավետիս Ամուճայի և Գուվար Քորոյի հարաբերությունները չէին փոխվում, կռիվները շարունակվում էին, բայց արդեն սովորական դարձան, դարձան մինչև անգամ զվարճախոսության և կատակի առարկա: Երբ կռիվը վերջ էր գտնում, նրանք ծիծաղով սկսում էին հիշել, թե կռիվն ինչպե՛ս սկսվեց, ի՛նչ վախճան ունեցավ, « դուն որ էսպես ըսիր, ես ըլ էսպես ջուղաբ տվի» և սկսում էին ծիծաղել, թե ով ավելի սուր պատասխան տվեց, ով տակ մնաց և ո՛վ վրա:

Երբ Գուվար Քորոն հանդիպում էր հարևաններին, ասում էր.

— Փեսիդ հետ բայրախ բացի, ելա դուրս:

Շատ անգամ Ավետիս Ամուճան շուկայից տուն վերադառնալուց հետո մոտենում էր Գուվար Քորոյին, բեղերի տակ մանր ժպտալով և ցածր ձայնով ասում.

— Աղջի՛, կնի՛կ, ի՞նչ կ'ըսես, արաղս խմեմ, վե՞րջը բայրախ բանամ, թե առաջ բայրախ բանամ:

Գուվար Քորոն համաձայն էր, որ նախ և առաջ կռվեն, վերջացնեն, հետո արաղ խմի:

Իսկ կռվի առիթը պատրաստ էր:

— Էն շունը կինե՞ եկեր էր հոսիկ[11]:

— Հա՛:

— Ոտքերը հլոս-հլոս[12] կենիմ,— անմիջապես գոռում էր Ավետիս Ամուձան:

— Ձա՛յնդ, փնթի՛:

— Կինե էրիկմարդու ջուղաբ տվիր, շա՛ն աղջիկ:

— Տարիքեդ ամչցիր:

— Ամոթը կնկան համար է:

— Մուրս գլխո՛ւդ...

— Շատ մի՛ վռվռա, արաղս բե՛ր:

Գուվար Քորոն անմիջապես արաղը բերում էր:

Իսկ ո՞վ էր շունը:

Դա Գուվար Քորոյի մի ազգականն էր, որ տարիներ առաջ Ավետիս Ամուձայի խանութից մի նավթի աման էր գնել և փողը չէր վճարել: Չէր վճարել ոչ թե նրա համար, որ չէր ուզել վճարել, այլ Գուվար Քորոն, առանց Ավետիս Ամուձայի հետ խորհրդակցելու, ասել էր այդ ազգականին, թե փեսադ էդ ամանը քըզի հեդիյե[13] կենե: Գուվար Քորոն այդ ասել էր ազգականին, բայց Ավետիս Ամուձային հետագայում էլ չէր հայտնել և մինչև վերջն էլ չհայտնեց, իսկ Ավետիս Ամուձան կարծել էր, որ «էն շունը» փողը կերել էր:

Բ

Տարիներ և տարիներ անցան:

Երկուսի գլուխների վրա էլ բարակ ձյուն մաղվեց: Կռիվների սուր ծայրերն էլ մաշվեցին, տան մեջ շատ չնչին փոփոխություններ եղան՝ առաստաղի մի գերանը ճեղքվեց ու չոքեց, լուսամուտներից մեկի ապակին կոտրվեց և ժամանակավորապես թուղթ փակցրին և ընկույզի միջուկով յուղոտեցին, հակառակ այն իրողության, որ Ավետիս Ամուձան, իբրև թիթեղագործ, ապակի անցկացնող էր: Երկու թթենու մեջտեղում ինքնիրեն մի ծիրանի կուտ էր ընկել, բուսավ, աճեց և սկսեց պտուղ տալ:

Մի օր, երբ Գուվար Քորոն Ավետիս Ամուձայի առաջը մի աման հորի սառը ջրով լվացված ծիրան դրեց ուտելու հենց տան ետևում ինքնիրեն բուսած ծիրանի ծառից, Ավետիս Ամուձան նորից հիշեցրեց կնոջն անպտուղ մնալը՝

— Սա ծառին չափ ըլ չեղար, պտուղ մի չունեցար:

Նա հիշեցնում էր այդ այն ժամանակ, երբ կինը հիսունհինգն անց էր և ոչինչ չէր օգնի նրան զավակ ունենալու, ինչպես արմատից չորացած բույսը, որին չի կարող զարթեցնել կանաչահիուր ոչ մի գարուն:

Գուվար Քորոն պատասխանեց նրան.

— Մերեֆեթը[14] էրիկմարդունն է, կնկանը չէ:

Ավետիս Ամուճայի հոգու վրա նորից իջավ թախիծը, ինչպես սև, ծանր ամպը՝ հողի վրա, նա սուտ չլսել արավ և շարունակեց.

— Տղա մի ունենայի՜, դուդուկ առնեի՜, փչե՜ր... Բունկալ մի չունեցանք... Աստծո շիշին շուշուլ[15] ծարը մըզի դպավ...

Գուվար Քորոն ավելի զգացվեց և լալով ու բարձրաձայն ասաց.

— Թակը[16] սրտին կախեի, դպրոց ճամփեի՜ առտըվները...

Զավակ չունենալու թախիծն Ավետիս Ամուճային ավելի ու ավելի սկսեց այրել, երբ տեսնում էր, որ իր հասակակից ծերունիները, հոգնած աշխատանքից, կամ քիչ էին աշխատում և կամ թողնում աշխատանքը, խանութները ծախում, համրիչը ձեռներին, գնում, նստում արեգդեմ պատերի տակը, և զրույց անում հնից, հեքիաթներ պատմում, և երբ ժամուն զանգը ղողանջում էր, վեր էին կենում և գնում իրիկնային աղոթքի, որովհետև այդպիսիների որդիները մեծացած էին լինում, տանը տնտեսության ծանրությունը իրենց ուսերի վրա վերցրած և հայտարարած ծնողներին՝ «Դուք բռահաթ տունը նստեցեք, քեֆ ըրեք, ասքան տարի դուք աշխատեր եք, հիմա ըլ մենք կաշխատինք, միասին կուտենք»: Գուվարն էլ իր կարգին գնում էր հարևանների մոտ և անպտղության մասին էր խոսում ու լաց լինում:

— Քա՜, աղջի՜, ի՞նչ եղավ, որ լակոտ մի չկրցար ունենալ,— հարց էին տալիս հարևանուհիները:

Գուվար Քորոն պատասխանում էր.

— Ես ի՜նչ գիտնամ անտերիս ի՞նչ եղավ...

Ավետիս Ամուճան սիա վաթսուն և հինգ տարեկան էր, ամբողջովին սպիտակած, ստիպված էր ամեն առավոտ գնալ խանութ, թիթեղները ծալել, կլորացնել, ծեծել, փուքսը փչել և կլայել, որպեսզի ինքը և Գուվար Քորոն ապրեին:

Երբեմն այնքան կանուխ էր գնում, որպեսզի գործը ետ չմնա, Գուվար Քորոն ասում էր.

— Մա՛րդ, ի՞նչ էսպես մութնուլուսուն կերթաս, դահա գելերը քաղաքեն չեն փախեր:

— Գել մըլ ես, անկած մի՛ կախեր:

Վերջին տարիները, երբ Գուվար Քորոն տեսավ խանութի եկամուտը մի քիչ պակասեց, ինքն էլ որոշեց փող վաստակել: Այս մասին խոսեց Ավետիս Ամուճայի հետ:

— Խենթ-մենթ մըլլիր, ի՞նչ տեսնես, ձեռքեղ ի՞նչ կուգա,— հարց դրեց Ավետիս Ամուճան:

— Խալի ու բուրդ տանիմ առուն, վլամ,— ասաց Գուվար Քորոն:

— Տեղդ ծանտըր նստիր, դահա վլուճյուտս[17] տեղն է,— վերջացրեց Ավետիս Ամուճան:

Բայց Գուվար Քորոն չլսեց իր ամուսնուն, պարզապես խիղճը չտարավ, ծերունին շատ էր հոգնում: Նրանից զաղտնի մի քանի օր գորգ տարավ քաղաքի պոնկին հոսող մեծ առուն, լվաց և փող ստացավ, երկրորդ անգամ բուրդ վերցրեց և երկար ժամանակ թակելով, սպիտակացնելով և ազնվացնելով բուրդը, չդիմացավ առվի սառը հոսանքին, հիսուն և ութ տարեկան պառավը մրսեց, պառկեց մի քանի օր և մեռավ:

Այս մահը Ավետիս Ամուճայի վրա զրեթե ոչ մի ազդեցություն չարավ, մանավանդ՝ իր խոսքը չլսելու պատճառով էր եղել, հանգիստ և առանց արցունքի մի քանի ազգականների ընկերակցությամբ տարավ գերեզմանոց, թաղեց և վերադարձավ: Սիրտ առնողները, երբ տունը լցվեցին, Ավետիս Ամուճան ինքը բաց արավ պահարանը, դուրս բերեց օղիի շիշը և իր ձեռքով լցրեց բաժակները, հրամցրեց բոլորին և ասաց.

— Է՛հ, աշխարհք է, կյա՛նք ըլ կա, մա՛հ ըլ կա:

Դրսում աշնան քամին էր սուլում, դեղնած և կարմրած տերևներն էին թափվում ծառերից: Գերեզմանոցում Գուվար Քորոյի թարմ հողակույտը մինչև երեկո ծածկվեց աշնան տերևներով:

Ավետիս Ամուճան, տանը նստած, սիրտ առնողների հետ զրույց էր անում, հին-հին բաներ պատմում և խմում օղին: Նրա մոտից դուրս եկողներն ասում էին.

— Հեչ ումուռեն[18] չէ:

Մի քանի ազգական կանայք մի քանի օր մնացին Ավետիս Ամուճայի տանը, այդպես էր սովորությունը, մեռելատիրոջը մի քանի օր մենակ չէին թողնում: Վերջին ազգականուհին հեռացավ Գուվար Քորոյի թաղման ութերորդ օրը, և Ավետիս Ամուճան մնաց բոլորովին մենակ:

Առաջին գիշերը տարօրինակ թվաց մենակությունը, բայց ինքն իրեն մխիթարեց.

— Սեպէ քի՝ ջերմուկ գացեր է,— մտածեց և սովորականից մի քիչ ավելի օղի քաշեց, պառկեց և քնեց:

Առավոտյան, առաջին անգամ իր կյանքում, Ավետիս Ամուճան ավելն առավ և ավլեց աշնան դեղնած տերևները, որ քամին քշել, բերել դիզել էր տան ետևի դռան առաջը և դուռը դժվարությամբ էր բացվում:

Նա մինչև անգամ կարծեց, որ որևէ տարի այդպես բան չէր պատահել, միայն այս տարի է պատահել, նրա մտքիցն անգամ չանցավ, որ ամեն տարի էլ միևնույնը պատահում էր, բայց Գուվար Քորոն ավլում, մաքրում էր և երբ ինքը քնից զարթնում էր, չէր տեսնում:

Ավլեց տերևները, մաքրեց ճանապարհը, եկավ ներս, մի երկու օղի տնկեց և առանց նախաճաշի դուրս եկավ տնից դեպի խանութ:

Նախաճաշ չանելն էլ նրան տարօրինակ թվաց, բայց էլի մխիթարեց իրեն.

— Սեպե քի՝ կռիվ ըրի, դուրս ելա:

Խանութի հարևանները անսովոր ոչինչ չնկատեցին նրա վրա։ Ավետիս Ամուճան, սովորականին պես, ինչպես տարիներ և տարիներ, բարևեց հարևաններին, բաց արավ խանութը, ներս մտավ, կապեց կաշվե գոգնոցը, կրակ շինեց, նստեց և սկսեց ձևավորել թիթեղը:

Կեսօրի մոտ դիմացի մսագործը նոր մորթած ոչխար բերեց, կախ արավ և սկսեց աղաղակել.

— Հե՜, հե՜, հե... ծախածս ոչխարի միս չէ, աղվընիկի միս է, աղվընիկի՜...

Ավետիս Ամուճան գլուխը բարձրացրեց՝ իսկապես թարմ և յուղոտ միս, վեր կացավ, գոգնոցը վրան, ականջներից թելով կապված ակնոցը քթին, մոտեցավ մսագործի խանութին և կախված ոչխարը տնտղելով և հիանալով ասաց.

— Ըրկե օհա մը կըյրե, տեսնամ:

Միսը բերեց խանութը, մի քիչ էլ աշխատեց, հետո վեր կացավ, խանութը փակեց և միսն առնելով՝ գնաց տուն:

Երբ բանալին խրեց կղպանքի ծակը, հանկարծ հիշեց՝ Գուվարը ներսը չէ:

Մտավ ներս, միսը դրեց սովորական տեղը, նստեց, մի քանի անգամ չորս կողմը նայեց և հանկարծ բարձրաձայն պոռաց.

— Աղջի Գուվա՜ր...

Ո՜չ մի պատասխան:

Մի անգամ էլ պոռաց, բայց այս անգամ իր ձայնից սիրտը փլվեց և սկսեց լաց լինել։ Լաց էր լինում Ավետիս Ամուճան մի կնոջ համար, որի հետ կես դարից մի քիչ պակաս կռվել էր գրեթե ամեն օր:

— Գուվա՜ր, աղջի՜, ո՞ւր ես գացեր, եկո՜, է՜...

Կարծես ուզում էր իրեն խոցել, ներքին զգացածն ասում էր բարձրաձայն, ազդվում էր ձայնից և լաց լինում:

— Գուվա՜ր, քուզո՜ւմ[19], միս եմ բերեր, եփե՜, ուտեմ...

Որովհետև սովոր չէր լաց լինելու, անճոռնի կերպով հեկեկում էր և, խեղճացած, մենակ ու ծերացած, նայում էր լուռ պատերին և ասում.

— Գուվա՜ր, անունդ սիրեմ, եկո՜, է՜, ո՞ւր գացիր...

Վեր կացավ, գնաց ներսի օդան, պահարանի ներքևի աչքից հանեց Գուվար Քորոյի շալ գոտին, մոտեցրեց քթին, հոտ քաշեց և երկար հեկեկաց:

Հետո բերած միսը թողեց դրած տեղը, դուրս եկավ տնից, փակեց դուռը, գնաց նորից շուկա, խանութ չհասած, փռից մի հաց վերցրեց, մի քանի քայլ հեռու գտնված մի կրպակից ձիթապտուղ գնեց, գնաց խանութ, բերած հացն ու ձիթապտուղը դրեց թիթեղի մի մաքուր թերթի վրա և սկսեց ուտել՝ լուռ արցունք թափելով հացի և ձիթապտուղի վրա:

Հարևան խանութպանը՝ Թումուճան Ախպարը, մոտեցավ նրան, չնշմարեց, որ Ավետիս Ամուճան լուռ լաց էր լինում և ծամում հացը, ասաց.

— Է՜հ, լուսահոգին չիկա, հիմա խանութը կճաշես:

Ավետիս Ամուճան ուզեց խոսել, բայց շրթունքները կարկամեցին, ջանաց զսպել իրեն, բայց չկարողացավ և, կես ծամած հացը բերանում, սկսեց բարձրաձայն լաց լինել:

Թումուճան Ախպարն էլ զգացվեց, երկու տարի առաջ նա էլ իր կինն էր կորցրել, միացավ լացին, բայց նրա լացը մեղմ էր, ժամանակը մաշել էր մորմոքի սրությունը: Ավետիս Ամուճան ձեռքը գրպանը տարավ թաշկինակը վերցնելու համար, բայց չկար: Լացով և հեկեկալով ասաց.

— Դահա հեչ չէր եղեր՝ մենդիլ չունենայի, լուսահոգին միշտ ճեպս կդներ հատ մը, Թումուճան Ախպար:

Երկարեց, կաշվե գոգնոցը քաշեց և դրանով սրբեց արցունքով ողողված քիթը, հետո հարցրեց հարևանին.

— Դուն ըլ հետը կկռվեի՞ր:

— Է՜հ, աշխարիք էր, բազի-բազի կըլլեր:

— Ես աստուծու օրը բայրախ կբանայի:

Մինչև հարևանի հեռանալը էլ չխոսեց, միայն լաց եղավ:

Չանցավ մի շաբաթ, տունն ամբողջովին և հիմնովին կերպարանափոխվեց, կեղտոտվեց, բոլոր իրերի վրա թանձր փոշի նստեց, սպիտակեղենները դեղնեցին, ո՞վ պիտի լվանար, ինքն էր լվանում, պատերից և առաստաղից չանչուլներ կախվեցին, ինքն էր կերակուր եփում, շատ պարզ կերակուրներ, որ ամեն մի մարդ էլ կարող է եփել, ամաններն օրերով չէր լվանում, թղթով սրբում էր և նորից գործածում:

Գուվար Քորոն ահավոր դատարկություն էր թողել տան մեջ և Ավետիս Ամուճայի հոգում:

Քանի օրերն անցան, Ավետիս Ամուճայի թախիծն այնքան խորացավ, նա Գուվար Քորոյին փնտրում էր այնպես, ինչպես մայր թռչունը՝ իր կորցրած ծիտին, անընդհատ ման էր գալիս փոքրիկ տարածություն ունեցող իր տան մեջ, մենակ, և բարձրաձայն աղաղակում.

— Գուվա՛ր, աղջի՛ Գուվար, ո՞ւր գացիր, եկո՛, է՛, եկո՛...

Գրեթե ամեն երեկո բաց էր անում Գուվար Քորոյի սնդուկը, դուրս էր բերում շորերը, քսում երեսին և լաց լինում: Լացը վերածվում էր դառը ողբի, երբ հիշում էր, թե ո՛ր շորը հագած օրը ինչ բանի մասին կռիվ էր եղել:

— Գուվա՛ր, քըզի կ՚ըսիմ, նորե՛ն եկո, հետս կռիվ ըրե՛, աչքս քոռնա՝ բան չեմ ըսեր, եկո՛, է՛, եկո՛... — կանչում էր Ավետիս Ամուճան:

Հաջորդող ձմռան հիվանդացավ:

Գիշերը բաց էր մնացել, մրսել էր: Ոչ ոք չկար, որ մի բաժակ ջուր տար: Հազիվ կարողացավ վեր կենալ, պահարանից օղի վերցրեց մարմինը շփելու և տաքացնելու: Մարմնի ամեն տեղը մի կերպ քսեց, բայց կռնակը չկարողացավ, մարմնի այն մասը, որ ամենից շատ էր կոտրատվում և ցավում: Ավետիս Ամուճան խեղճացած նայեց տարածության մեջ և կանչեց:

— Գուվա՛ր, ելի՛ր, մեջքս արաղ քսե՛, մսեր իմ:

Այն մարդը, որ Գուվարի ողջության, երբ նրա մասին խոսք էր լինում, նեղանում էր, թե՝ ուրիշ խոսելիք չունիք, այժմ ինքը հանդիպած բարեկամին, ազգականին, ծանոթին և խանութի հարևաններին խոսում էր լուսահոգիի մասին: Թվում էր նրա առաքինությունները, մինչև անգամ նրա թերությունները ներկայացնելով իբրև առաքինություններ:

Հաճախ ուրախությամբ հիշում էր.

— Լուսահոգիի հետ օր մը անանկ կռիվ ըրի, անանկ կռիվ ըրի, արար աշխարհքը թոզ ու դուման բռնեց:

Ամենափոքրիկ դեպքն անգամ հիշեցնում էր նրան մեռած կնոջը: Երբ տան հաստ և խռպոտ աքլորը մի թևը գետինն ավլելով՝ դառնում էր հավերից մեկի շուրջը, Ավետիս Ամուճան շշնջում էր.

— Կտեսնաս՝ խորոզը հավ ունի, ես չունիմ:

Թթի առաջին հատիկը և առաջին ծիրանը բերանը դնելիս հիշում էր Գուվար Քորոյին, և արցունքը չէր թողնում, որ հալալ կուլ տա:

Մի անգամ հիշեց, որ տարիներ, տարիներ առաջ Գուվար Քորոն նրան առաջարկել էր գնալ լուսանկարչի մոտ և միասին պատկերը քաշել և ինքը մերժել էր՝ համարելով դա ամոթ բան: Քրքրեց պահարանը, գտավ Գուվար Քորոյի աղջկության մի նկարը, իր երիտասարդության նկարի հետ միասին տարավ լուսանկարչին և խնդրեց, որ միացնի իրար և մեծացնի: Երբ այդ նկարը տուն բերեց, կախեց պատից, նայեց երկար և ասաց.

— Մեռար, զացիր՝ հետո միացանք, Գուվա՛րս...

Բոլորն ապշեցին, չէին հավատում, երբ լուր տարածվեց, որ Ավետիս Ամուճան գնացել է գերեզմանոց և Գուվար Քորոյի վրա երկար, կուշտուկուռ լաց է եղել:

Ավետիս Ամուճան մնացել էր մենակ այս աշխարհում, մենակ, ծերացած և լքված, մխիթարական ո՛չ մի կետ չէր գտնում իր կյանքում, հույսի և ուրախության ո՛չ մի առկայծ չէր պլպլում ծերության մութ հորիզոնի վրա:

Մի գիշեր պահարանից օղի վերցնելիս աչքին կպավ մի փոքրիկ ծրար պահարանի անկյունում: Որոշեց բաց չանել: «Լուսահոգին դրած կըլլի, թող մնա»,— մտածեց և փակեց պահարանի դուռը:

Բայց քնելուց առաջ նորից միտքն ընկավ ծրարը, վեր կացավ,

դողդողալով վերցրեց, բերեց լամպի մոտ և բաց արավ: Ավետիս Ամուճան երբ տեսավ բովանդակությունը, սկսեց ողբալ բարձրաձայն.

— Գուվա՛րս, ես քու հոգուն դուրբան ըլլիմ, լեզուս չորնա՛ր, աչքս քոռնա՛ր...

Խփում էր ծնկներին Ավետիս Ամուճան և ողբում՝ կարծես նոր էր մեռել կինը և դագաղը դրված էր առաջը: Ծրարի մեջ գտել էր մի տեսակ ծաղիկ, որ հրաշալի դարման է հազի համար և շատ դժվարությամբ է ձեռք բերվում: Գուվար Քորոն ընկել էր սարուձոր, հավաքել էր այդ ծաղիկը, չորացրել, որպեսզի Ավետիս Ամուճան ձմեռը խմի և չհազա: Այդ ծրարը Գուվար Քորոյի վերջին հոգատարությունն էր ամուսնու համար:

— Գուվա՛ր, մատնե՛րդ սիրեմ, աս ծաղիկը ինտո՞ր ժողվեցիր...

Ո՛չ ոք չկար, որ մի քանի մխիթարական խոսք ասեր, ծրարը հեռացներ աչքիցը և հանգստացներ, մենակ էր, նայում էր չորացած ծաղիկներին, հոտ քաշում և հեկեկում:

Գ

Մի առավոտ Ավետիս Ամուճան խանութը բաց անելիս նկատեց, որ Թումուճան Ախպարի խանութը փակ է: Խանութի փակ լինելը տարօրինակ թվաց, որովհետև Թումուճան ախպարը միշտ իրենից առաջ էր խանութը բաց անում: Մինչև կեսօր սպասեց, Թումուճան Ախպարի խանութը չբացվեց:

— Կերևա հիվընդցեր է,— մտածեց Ավետիս Ամուճան:

Բայց մինչև իրիկուն պարզվեց, որ Թումուճան Ախպարը խանութը չի բաց արել, որովհետև պսակվել է:

— Վա՛յ, շունշանորդի՛, վա՛յ,— բացականչեց Ավետիս Ամուճան, երբ առաջին անգամ լուրն ստացավ:

— Ծո՛, մարդ կնիկ մը թաղե ու նորեն կարգվի՞... Ի՛նչ աշխարհք մնացինք:

Երկու օր հետո Թումուճան Ախպարը եկավ խանութ:

— Ի՞նչ ընեի, տանը մեջ մինակ՝ շվաքիս հետ կխաղայի՛...— պատճառաբանեց Թումուճան Ախպարը:

Ավետիս Ամուճան տարակուսանքով օրորեց գլուխը:

Այդ օրերից մեկում նա հանդիպեց մի ծանոթի: Ծանոթը տեսավ, որ Ավետիս Ամուճան շատ տխուր է, ասաց.

— Է՛, Ավետի՛ս Ամուճա, շատ մի՛ մտմտա, դուն ըլ արդեն ծեր ես, ասկեց ետքը կնիկն ի՞նչ տենես:

Ավետիս Ամուճան պատասխանեց:

— Ծո՛, սարսախ, կնիկը վաթցունեն վերջը պետք է:

— Հա՞:

— Թումուճան Ախպարը կճանչնա՞ս:
— Հա՛, կճանչնամ:
— Իշտե վաթցունին վերջը կարգվավ մարդը:
— Եթե էդպես է, դո՛ւն ըլ կարգվիր, կնիկը կնիկ է,— խրատեց ծանոթը:
Ավետիս Ամուճան ցնցվեց.
— Կարգվի՞մ:
— Կարգվիր յա՛:
— Նոր կնիկ բերիմ, հա՞:
— Հա՛:
Ավետիս Ամուճային դուր եկավ այս խրատը, բայց երբ բաժանվեց և տուն գնաց, չկարողացավ մոռանալ: Մի քանի օր հետո նա նորից հանդիպեց նույն ծանոթին փողոցում, կանգնեցրեց նրան և ասաց.
— Գիտե՞ս, դուն գլխուս մեջը ճրագ վառեցիր:
Ծանոթը մոռացել էր, գլխի չընկավ:
— Ի՞նչ կըսես, չի՛մ հասկնար:
— Ըսիր քի՝ նորեն կարգվիր:
— Հա յա՛, նորեն կըսիմ, նոր կնիկ ա՛ռ, նոր կնիկը ավելի քաղցր կըլլի:
— Ավելի քա՞ղցր:
— Յա՛...
Երբ Ավետիս Ամուճան Թումուճան Ախպարին հարցրեց, թե՝
— Նոր կնիկդ ինտո՞ր է:
Թումուճան Ախպարը պատասխանեց.
— Շեքերի պես:
Ավետիս Ամուճայի մտքում մեխվեց նորից ամուսնանալու գաղափարը: Դրանից հետո նա զգալապես աշխուժացավ: Երկար ժամանակ էր մորուքը չէր կտրել, գնաց և մաքուր սափրվեց և նոր, չուխայից շալվար կարել տվեց, մեկ-մեկ սրճարաններում սկսեց երևալ և կիրակի օրերն էլ՝ ժամի բակը:
Նրան հաճախ տեսնում էին քաղաքի Վարի թաղը: Սա բոլորովին անսովոր երևույթ էր: Այդ թաղում նա ո՛չ ազգական ուներ, ո՛չ էլ բարեկամ:
Վարի թաղում մենակ, փոքրիկ և խարխուլ մի խրճիթում ապրում էր Թագուկ Տուտուն, մի այրի, որի ամուսնուն տարիներ, տարիներ առաջ Ավետիս Ամուճան ծանոթ էր եղել և պատահել էր մի քանի անգամ, որ Ավետիս Ամուճան նրա կնոջ ձեռքից օղի էր խմել, երբ նրանք ապրում էին Վարի թաղում:
Ավետիս Ամուճայի Վարի թաղում քսվռտվելու, ինչպես ասում էին, պատճառը Թագուկ Տուտուն էր, որին տեսել էր ժամից դուրս գալիս և հիշել, որ նրա ամուսինն ահա մի քանի տարի է, որ չկա:

Վարի թաղում մեկ-երկու շաբաթ քսվռտվելուց հետո մի օր տեսավ Թագուկ Տուտուին խարխուլ խրճիթի դռան շեմքին կանգնած, ձեռքերը ծալած և գոգնոցի տակով դրած փորի վրա:

Ավետիս Ամուճան մոտեցավ նրան և հարցրեց.

— Հալըդ, վախտդ ինտո՞ր է:

— Հալ ու վախտ կհարցնե՞ս, հալ ու վա՞խտ է մնացել,— պատասխանեց Թագուկ Տուտուն և տխրորեն նայեց երկնքին, որ սկսել էր սևանալ անձրևով ծոցվորված ամպերով:

— Արզև[20] տի գա:

— Թող գա, ի՞նչ զերեր[21]:

— Տեներնիս[22] ծակերն ըլ ըիը ամեն մեկը,— պատասխանեց Թագուկ Տուտուն, մատներով ցույց տալով կտուրի ճեղքերի չափը:

— Էդի հե՛չ, մեռնել է, ճա՞ր չիկա, ատոր ճարը կա, մեյ մը վեր ելլամ, նայիմ,— ասաց Ավետիս Ամուճան և ուղիղ քշեց դեպի կտուրի աստիճանները: Մի ժամից ավելի նա չարչարվեց, փակեց ճեղքերը, ոտներով կոխկռտեց, ժրացրեց և իջավ ներքև, երբ արդեն անձրևի խոշոր կաթիլները սկսել էին թափվել երկնքից:

Թագուկ Տուտուն, խորապես զգացված այս բարեկամությունից, թույլ չտվեց, որ Ավետիս Ամուճան անմիջապես հեռանա, աթոռ տվեց, նստեցրեց և, բանալով պահարանը, նրան երկու բաժակ օղի հրամցրեց:

Ավետիս Ամուճան երկար ժամանակ էր, ինչ կնոջ հետ չէր խոսել, ուղղակի հեշտանք զգաց և ուզեց մի քիչ ավելի մնալ:

— Կուզիմ քիչ մըլ կենալ, տեսնամ պիտի կաթե՞, թե չէ,— ասաց և նայեց առաստաղին:

— Հա՛, աղեկ ըսիր, դուրսն ըլ արզևը կշռշռա:

Եվ Ավետիս Ամուճան նրան ասաց,

— Է՛հ, Թագուկ Տուտու, ես ըլ, դուն ըլ էս աշխարհքի մեջ մնացինք մինակ:

— Քա, ի՞նչ կըսես:

— Յա՛, Գուլվարս մեռավ...

Եվ Թագուկ Տուտուն իր աչքերով տեսավ, որ այդ վաթսուն և հինգ տարեկան ծերունին, այդ կոպիտ մարդը մանկան նման լաց էր լինում իր մեռած կնոջ վրա:

Այդ իրողությունը խորը, խորը տպավորություն թողեց Թագուկ Տուտուի վրա և ինքն էլ ձայնակցեց լացին:

Հաջորդ առավոտյան Թագուկ Տուտուն բոլոր հարևանուհիներին պատմեց դեպքը և ասաց.

— Կնկա բախտն էլ էն է, որ էրիկմարդուն առաջը մեռնի, ինքը չի լա մարդուն վրա, մարդը լա իրեն վրա:

Այդ օրվանից Ավետիս Ամուճան հաճախ էր երևում Վարի թաղում և հատկապես Թագուկ Տուտուի խրճիթում:

Այն օրն անձրևը չէր կարողացել թափանցել Թագուկ Տուտուի կտուրը:

— Հեչ չպիտի թողում, որ կաթիլ մի վար գա,— վճռականորեն ասաց Ավետիս Ամուձան:

— Սաղ ըլլիս, Ավետիս Ամուձա,— պատասխանեց Թագուկ Տուտուն:

Երբ անձրևներից հետո ձյունը թափվեց, Ավետիս Ամուձան սկսեց գնալ և Թագուկ Տուտույի կտուրի ձյունը մաքրել:

Առաջին ձյունը երբ թափվեց և առավոտյան դեմ կտրվեց, Ավետիս Ամուձան գնաց Թագուկ Տուտույի տունը, առանց նրան լուր տալու բարձրացավ կտուրը, կտուրի աստիճանները դրսից էին, և սկսեց մաքրել ձյունը։ Թագուկ Տուտուն դեռ չէր զարթնել, հենց Ավետիս Ամուձայի՝ կտուրի վրա գնալ-գալուց էլ զարթնեց:

— Քա, վո՞վ է տեները ելլեր, ձոնը կմաքրե,— ասաց Թագուկ Տուտուն ինքնիրեն և դուրս ելավ։

— Ե՛ս իմ, Թագուկ Տուտո՛ւ:

— Քա՛, ի՛նչ նեղություն:

Ավետիս Ամուձան էլ չպատասխանեց և փայտե թիի կոթը փորին դրած՝ քշեց ձյունը դեպի փողոցը:

Թագուկ Տուտուն ներս եկավ։ Էլ նրա մեջ ո՛չ մի կասկած չմնաց, թե ինչ էր Ավետիս Ամուձայի միտքը։ Երբ Թագուկ Տուտուն եկավ այդ եզրակացության՝ խորը ուրախություն զգաց, նրան պաշարեց մի այնպիսի զգացում, որ ամուսնու մեռնելուց հետո չէր ունեցել։ Չհամբերեց, նորից դուրս եկավ և բարձր ձայնով կանչեց.

— Ավետիս Ամուձա՛, Ավետիս Ամուձա՛...

Ավետիս Ամուձան նորից եկավ կտրի ծայրը, կանգնեց և ցուցադրական ձևով քրտինքը սրբեց:

— Ավետիս Ամուձա խալըսել[23] են ետքը վար եկո՛, բան մը պիտի ըսեմ:

— Փե՛ք աղեկ, փե՛ք աղեկ, կուգամ:

Թագուկ Տուտուն պատրաստություն տեսավ, որ նրան նախաճաշ տա:

Քիչ անց Ավետիս Ամուձան հայտնվեց ներքևում:

— Քա՛, շնորհակալ եմ, ընձի համար նեղություն քաշեցիր:

— Բան մը չէ:

Թագուկը նորից նրան հրամցրեց երկու բաժակ օղի և ձվածեղ եփեց այս անգամ:

— Նեղություն մի քաշեր, Թագուկ Տուտու:

— Քա՛, նեղությունս ի՞նչ է, քըզի նման բարեկամի համար պարտականությունս է զառնուկ մորթել, ամա չունիմ:

— Մեկ խոսքդ հազար գառնուկ արժե, Թագո՛ւկ Տուտու,— ջերմագին ասաց Ավետիս Ամուճան:

Ձյունը մաքրելու օրերից մեկում, ձմռան կեսերին, Ավետիս Ամուճան Թագուկ Տուտուի առաջ բաց արավ իր սիրտը:

Եվ ձմռան կեսերին Թագուկ Տուտուն տանտեղ որոնող մի մարդու ծախեց իր խրճիթը, ինքն էլ փոխադրվեց Ավետիս Ամուճայի տունը, իբրև օրինավոր կինը՝ եկեղեցիով թագ ու պսակ եղած: Թե Ավետիս Ամուճան ինչպես վերջացրեց այդ հարցը, ո՛չ ոք չիմացավ:

Ավետիս Ամուճայի համար սկսվեց նոր մի կյանք, ինչպես գիշերից հետո լուսաբացը, աշխույժ, ոգևորված և ուրախ:

— Աշխարհքն աղեկ բան է եղեր, ես չէի գիտեր,— ասում էր նա բոլորին:

Մի քանի օրվա ընթացքում Թագուկ Տուտուն վերականգնեց հին տունը, մաքրեց, դարսեց, լվաց, արդուկեց, կարկատեց: Տան ամեն մի առարկան սկսեց ծիծաղել, ինչպես առաջ, ամաններն ստացան իրենց նախկին փայլը:

— Ամա՛ն, Թագուկս, հոգուդ դուրբան ըլլիմ, դուն էզիյեթ[24] մի՛ քաշեր, ե՛ս կենիմ:

Եվ շտապում էր նա օգնելու Թագուկ Տուտուին, չթողնելով որ, գեթ իր ներկայության, ամենաթեթև իրն անգամ վերցնի և տեղափոխի, այն մարդը, որ կես դարից քիչ պակաս ապրել էր մի ուրիշ կնոջ հետ և, ինչպես ասում են, մատը մատին չէր թաթխել:

Նրա թախիծին ծանոթները երբ հանդիպում էին նրան և չիմանալով, որ ամուսնացել է, զարմանում էին՝ տեսնելով նրա փոփոխությունը, հարց էին տալիս.

— Ի՞նչ եղավ, որ էսպես...

— Չե՛ս ըսեր՝ կարգվա:

— Հա՞: Ինտո՞ր է:

— Խայմախի[25] պես:

Ավետիս Ամուճան, թեև զգալիորեն կզած, բայց կարծես թռչկոտում էր, այնքան բարձր տրամադրության մեջ էր:

Երբ Թագուկ Տուտուն օղին բերում էր, դնում Ավետիս Ամուճայի առաջը, նստում կողքին և ասում՝ «Անուշ ըրե», Ավետիս Ամուճան իրեն զգում էր երջանկության յոթերորդ երկնքում, աճապարում էր իր թևի տակի կակուղ բարձը վերցնել և դնել Թագուկ Տուտուի կողքին, որ վրան հենվի:

— Կողերդ չցավի, մեղք ես, Թագո՛ւկս,— շշնջում էր նա:

Եվ ակնարկելով բարձի բրդին, ավելացնում էր.

— Լուսահոգին է չփխեր: Հակառակ այնքան գուրգուրանքներին, Թագուկ Տուտուին դուր չէր գալիս, որ լուսահոգիի մասին մի բան էր ասում Ավետիս Ամուճան կամ որևէ առիթով հիշում էր նրան, թեև ոչինչ չէր ասում և ճիգ էր թափում ոչինչ ցույց չտար: Ժամանակի ընթարցքում Ավետիս Ամուճան գլխի ընկավ և այլևս չհիշեց և չխոսեց նրա մասին, և Գուվար Քորոն բոլորովին մոռացվեց այդ տանը:

Մի օր, գրեթե պատահաբար, Ավետիս Ամուճան հարցրեց Թագուկ Տուտուին,

— Ինչո՞ւ անպտուղ մնացիր:

Թագուկ Տուտուն չկարողացավ անմիջապես պատասխանել, աչքերը թացացան և ապա արցունքի խոշոր կաթիլներ կախվեցին նրա կոպերից.

— Լուսահոգին Ստամբոլ գացեր էր, կըսեին քի՝ հիվնդցեր է,— ի վերջո շշնջաց Թագուկ Տուտուն մռայլագույն թախիծով:

Ավետիս Ամուճան բռնեց նրա գլուխը և ասաց.

— Ընծի ըռաստ գայի՜ր...

Թագուկ Տուտուի աչքերը պայծառացան:

— Տղա մի, աղջիկ մի, էվել չէ,— շշնջաց նա:

— Հա՜, յա՜,— բացականչեց Ավետիս Ամուճան հպարտությամբ:

Մի օր Ավետիս Ամուճան տուն մտնելիս լսեց, որ Թագուկ Տուտուն ինքնիրեն զանգատվում էր. «Էս հավերն ըլ հոգիս հանեցին, քը՜շ, քը՜շ, քըշա՜ ա՜...»:

Այդ օրվանից Ավետիս Ամուճան սկսեց հավերը մեկիկ-մեկիկ մորթել: Տասն և հինգ օր նրանք ամեն օր հավ կերան, որպեսզի վերջացնեն:

— Քա՜, մա՜րդ,— ասում էր Թագուկ Տուտուն,— մի՛ մորթեր, մեղք են:

— Դո՞ւն մեղք ես, թե հավերը, անոնց խե՜րն անիծեմ,— ասաց Ավետիս Ամուճան:

Հարևան կանայք, տեսնելով Ավետիս Ամուճայի գուրգուրանքը նոր կնոջ հանդեպ և հիշելով Գուվար Քորոյին, ասում էին.

— Անտե՜ր մնար Գուվարը, արևոտ օր չի տեսավ, հիմա կնկանը Թագուկ մըլ կըսե, Թագուկ մըլ բերն են կըյնի:

Եվ օրերը թռչում էին ուրախ: Ավետիս Ամուճան այնքան երիտասարդություն էր զգում իր մեջ, որ խանութում մեկ աշխատանքի տեղը տասն էր անում:

Ժամանակի ընթացքում Թագուկ Տուտուն, որն սկզբում բավական տատանվել էր իր խրճիթը ծախելու և ճակատագիրը կապելու Ավետիս Ամուճայի հետ, գտավ, որ այդ չէչոտ և տափակ քթով, մազակալած ականջներով, մեծ բեղերով, ֆիզիկապես գրեթե այլանդակ մարդու մեջ կար ջերմագին մի սիրտ:

Երբ Թագուկ Տուտուն ձավար կամ այլ բան փռում էր կտուրը, որ չորանա, Ավետիս Ամուճան ժամերով նստում էր կտրի ծայրին, ծխում և հսկում, որ ճնճղուկներն ավերումներ չանեն: Եվ դա անում էր ուրախ սրտով, առանց ջղայնանալու: Իրերը շալակում էր, բարձրանում կտուրը, կտուրից վար բերում, էլի բարձրանում, էլի վար բերում, և՝ ո՛չ մի հոգնություն, ո՛չ մի սրտնեղություն:

Եթե պատահեր, որ Թագուկ Տուտուն բաժակը ջուր լցներ խմելու և մի ումպ կուլ տալուց հետո կանգ առներ, թե՝ տաքացել է, Ավետիս Ամուճան անմիջապես ձեռքիցն առնում էր բաժակը և չէր թողնում, որ խմի.

— Քիչ մը բեքլեմիշ ըրե, երթամ թաժա ջուր բերիմ:

— Չէ՛, թող խմիմ, ջեննե՛մ...

— Չէ՛, երթամ բերիմ:

Եվ ծերունին վազում էր աղբյուր՝ մանրիկ քայլերով, ուրախ և աշխույժ, թարմ և սառը ջուր բերում, որ Թագուկը խմի:

— Էս ջրին պես երկար ըլլիս, մա՛րդ,— ասում էր Թագուկ Տուտուն խմելուց և կռթալուց հետո:

— Բերանդ պագնիմ, Թագո՛ւկս,— բացականչում էր Ավետիս Ամուճան:

Շատ անգամ էր պատահում, որ Ավետիս Ամուճան ժամանակից առաջ խանութը փակեր և տուն վազեր:

— Ո՞ւր էսպես,— հարցնում էին խանութի հարևանները:

— Երթամ տեսնամ կնիկս ի՞նչ կենե, հազար տարի է չիմ տեսեր,— պատասխանում էր Ավետիս Ամուճան և շտապում դեպի տուն: Հարևանները ետևից ծիծաղում էին և ասում.

— Թամա՛մ խենթըցեր է:

Թագուկ Տուտուն, ամեն անգամ որ ցանկություն էր հայտնել այսինչ կամ այնինչ բանը լիներ՝ ուտեր, զղջացել էր, որովհետև տարվա այդ եղանակին այդ բանը գրեթե անկարելի էր ճարել, բայց բավական էր, որ Թագուկ Տուտուն ցանկություն հայտներ ուտելու՝ Ավետիս Ամուճան անպայման պիտի գտներ: Նա խփում էր իր ծերացած գլուխը ամեն մի քարի, որպեսզի ճարի և իր Թագուկին կերցնի:

— Ամա՛ն, մուրազը փորը չմնա,— ասում էր Ավետիս Ամուճան:

Մի ձմեռ գիշեր, երբ երկուսը տաք քուրսիի շուրջը նստած՝ զրույց էին անում, ինչպես եղավ, Թագուկ Տուտուի բերնիցը թռավ.

— Սամա[26] խավող ըլլեր՝ ուտեինք:

Ավետիս Ամուճան դիտմամբ արձագանք չտվեց, որպեսզի Թագուկ Տուտուն արգելք չլինի իր մտադրության: Քիչ անց նա վեր կացավ և սկսեց դուրս գնալ:

— Քա՛, ո՞ւր:

— Ոտաց ճամփա[27]:

— Քա՛, ես ըլ, — էլ չշարունակեց Թագուկը, այն մտահոգությամբ, որ Ավետիս Ամուճայի միտքը բան չգցի:

Ավետիս Ամուճան դուրս եկավ փողոց, որպեսզի գնա խաղող գտնի: Դրսում քամին, սառնաշունչ և դաժան, ոռնում էր, հեռագրական թելերը սուլում էին, և բարձր չոր բարդիները խոնարհվում էին կես մեջքով և ուղղվում:

Ավետիս Ամուձան ուղղակի դիմեց թուրքերի թաղը, որովհետև միայն թուրքերն ասմա խաղող կպահեին: Ծեծեց մի դուռ: Երկու, երեք, չորս: Հինգերորդ դուռն արձագանքեց՝ ո՞վ է:

— Հիվանդ ունիմ, կմեռնի, խավող կուզե,— աղաչեց Ավետիս Ամուձան:

Բաց արին դուռը, տվին խաղողը:

Տուն մտնելիս Ավետիս Ամուձայի բեղերից լուլաներ էին կախվել: Թագուկ Տուտուն ուրախության արցունքներով փաթաթվեց նրա վզովը և ասաց.

— Քա՛, ո՞ւր գացիր, կարծեցի քի կինե[28] աշխըրքի մեջ մինակ մնացի:

— Գացի ասմա խաղող բերի, որ ուտես, Թագո՛ւկս,— ասաց Ավետիս Ամուձան և հպարտությամբ խաղողը դրեց նրա առաջը:

— Քա՛, —բացականչեց Թագուկ Տուտուն:

Ձմռան կեսգիշերին, փոքրիկ խրճիթի մի սենյակում, լամպի աղոտ լույսի տակ, ծաղկում էր մի սեր, որ ավելի խորն էր, քան որևէ երիտասարդ զույգի սերը:

Երբ Ավետիս Ամուձան փորձեց ձեռքով պոկել բեղերի սառույցի կտորները, Թագուկ Տուտուն չթողեց.

— Բեղերդ կցավի, քիչ մի բեքլեմիշ ըրե[29], կլկի:

Ավետիս Ամուձան ականջ չկախեց, պոկեց սառույցը, թաշկինակով չորացրեց բեղը և ասաց.

— Կե՛ր, տեսնամ:

— Դո՛ւն ըլ կեր:

— Հըլա դո՛ւն կեր:

Ավետիս Ամուձան անսահման հրճվանքով դիտում էր Թագուկին, որ ամքած, բայց շաքարի պես քաղցրացած խաղողի հատիկները հատիկ-հատիկ դնում էր բերանը, ծամում:

— Քեֆդ եկա՞վ, Թագո՛ւկս,— ի վերջո հարցրեց Ավետիս Ամուձան:

— Էն էլ ինչպե՛ս...

Ավետիս Ամուձան մոտեցավ նրան, մի ձեռքը դրավ նրա գլխի ետևը, մյուս ձեռքով բռնեց և վեր բարձրացրեց ալեխառն մազերի մի փնջիկ և ասաց.

— Աս մազը կա՞յա, աս մազը քսան տարեկան աղջկան մազերի հետ չեմ փոխեր, կե՛ր, Թագո՛ւկս, կե՛ր:

Երբ Թագուկ Տուտուն խաղողը կերավ և վերջացրեց՝ ի տրիտուր Ավետիս Ամուձայի հերոսական սիրո, զգուշության համար չորս կողմը նայելով, որպեսզի ոչ ոք չլսի, ասաց.

— Աս գիշեր ծոցդ գամ...

Դ

Կյանքի դաժան օրենքը, սակայն, չթողեց, որ այս ծերունիները սպիտակ մազերից հետո նորից ծաղկեին, ինչպես գարունն էր ծաղկում՝ սևանային նրանց մազերը, կնճիռներն անհետանային, մեջքերն ուղղվեին և աչքերը, պայծառացած, թարթեին կանաչ դաշտերի և կակաչներով վառվող արտերի վրա:

Թագուկ Տուտուն հիվանդացավ, հազում էր սաստիկ, հազը երբ բռներ, աղիքները դուրս էին թափվում:

— Հեքի՛մ էֆենդի,— աղաչում էր Ավետիս Ամուճան,— ճար մի ըրե՛, փրկե մեկ հատիկս, քու եսիրդ ըլլիմ:

Բայց ո՛չ մի ճար չեղավ:

Գարնան սկզբին, երբ ուռենին հազիվ էր կանաչ ոստեր տվել, Թագուկ Տուտուն փակեց իր աչքերն ընդմիշտ:

Վերջին անգամ նա ասաց Ավետիս Ամուճային, զարմանալիորեն պայծառացած, խոշորացած աչքերը հառելով նրան.

— Մա՛րդ, դուն ըլ ետևես եկո՛, աշխըրքի մեջ մինակ մի՛ մնար:

Խորտակվեց փիրուզյա և աստղերով ծածկված գմբեթը Ավետիս Ամուճայի սպիտակած գլխի վրա:

Նորից հավաքվեցին ազգականներ և ծանոթներ, վերցրին Թագուկ Տուտուի դագաղը և շտկվեցին դեպի հին գերեզմանոցը:

Մինչև գերեզմանոց Ավետիս Ամուճան ձեռքը դրել էր Թագուկ Տուտուի սառը ճակատի վրա, լաց էր լինում և ասում.

— Ո՞ւր կերթաս, ընծի մինա՞կ կթողուս:

Մարդիկ զարմանում էին, թե ինչո՞ւ մի ծերունու այդքան վիշտ պիտի պատճառեր մի պառավի մահը:

Երբ դագաղը դրին փորված փոսից գոյացած հողակույտի վրա, Ավետիս Ամուճան կռացավ դագաղի վրա, բարձր լաց եղավ և ասաց.

— Թագո՛ւկս, Գուվարին բարև ըրե՛, ասոր, վաղը ե՛ս ըլ կուգամ, Թագո՛ւկս, իլք բահարի[30] ծաղի՛կս...

Արցունքը խեղդեց ծերունու կոկորդը, չկարողացավ շարունակել: Դագաղը իջեցրին փոսը և սկսեցին հողը լցնել:

Ավետիս Ամուճան էլ չկարողացավ նայել, ետ քաշվեց, աչքերը հառեց երկնքին, ինչ-որ շշնջաց դողդոջուն շրթունքներով, ապա աչքին զարկավ Գուվար Քորոյի գերեզմանը, որ գտնվում էր հիսուն քայլ հեռու, նայեց, նայեց և սկսեց քայլել դեպի նրան: Գնաց, չոքեց Գուվար Քորոյի հողակույտի վրա, արցունքի մի նոր ուղխ ողողեց նրա աչքերն ու հոգին, և ասաց.

— Թագո՛ւկս ըլ մեռավ, Գուվա՛ր, իրարու աղեկ նայեցեք, մինչև ես ըլ գամ:

Մինչ այդ հուղարկավորներն անտարբեր էին, թաղում էին մի

պառավ կին, բայց երբ Ավետիս Ամուձան գնաց և սկսեց ողբը շարունակել Գուվար Քորոյի հողակույտի վրա, բոլորի աչքերն էլ խոնավացան:

Երբ տուն բերին Ավետիս Ամուձային, տանն ավելի ողբագին շարունակեց լացը և ասաց.

— Աշխըրքի մեջ մինակ երկու գերեզման ունիմ, ուրիշ բան չունիմ...

1934 թ.

1. հորեղբայր
2. քույր
3. նորից
4. միջանցք
5. ամործիք
6. թաշկինակ
7. կկտրեմ
8. դրոշակ պարզել՝ կռիվ անել (բայրախ՝ դրոշակ)
9. իբր
10. ձյունածաղիկ
11. այստեղ
12. փշուր-փշուր
13. ընծա
14. շնորհքը
15. սրածայր
16. տախտակի մի կտոր, որի վրա գրված կլիներ այբբենարանը իբրև մանուկի առաջին դասագիրք
17. ուժ, կարողություն
18. հոգը չէ
19. գառնուկս
20. անձրև
21. վնաս
22. կտուր
23. վերջացնելու
24. նեղություն
25. կաթնասեր
26. կախան
27. արտաքնոց

28. դարձյալ, կրկին, նորից
29. համբերե
30. զարնան

Գևոն

Ա

— Հե՜յ, հե՜յ, հե՜յ, սաթթըղըմ քեհլան[1], քեհլան, քեհլան...

Անկըճմուկենց Գևոյին ձայնն է, որ քաղաքին կեսը արձագանք կուտա, կը պոռա, կը կանչե, կը մոնչե:

Գևոն ձի կը ծախե:

* * *

Մեր տեղերը ձի ծախելը ամենավարնոց արհեստն էր, որուն համահավասարը միայն աղվնիկ խաղցնելն էր:

Ձիու ճամպազի[2] աղջիկ տալը կնշանակեր քրիստոնեական կանոնե քչիկ մը հրաժարիլ և նեզենիմ[3] աղջիկը կրակը ձգել:

Բայց ամեն արհեստ իր հերոսությունն ունի: Ձիու ճամպազին ալ հերոսը կար:

Գևոն ձիու ճամպազության հերոսն էր:

Կը զներ որևէ տեսակի ձի, որովհետև գիտեր, թե ինչպես պիտի ծախեր:

Ձիու ճամպազը իր հերոսիկն ունի: Այդ արհեստը երկու հոգիով կդառնա:

Բ

Գևոն նստած է տանը դռան առջև խաչաձևած չորս փայտերով շինված ցած աթոռի մը վրա և ներկյուլե կը քաշե: Շատ խոր մտածմունքներու մեջ է, մերթ կը նայի գետնին, մերթ երկնքին, աչքերը կը դարձնե և կը խորհի, բայց նայվածքի մեջ խորություն չկա, միայն իր պզտիկ ուղեղ ունեցողի ձևերն են, որ հանդիսավորություն կուտան իր խորհելուն:

Օվիկը, իր հերոսիկը, պըպըզած է իր դեմը երկյուղածությամբ և սիգարեթը պահած է ափին մեջ, որպեսզի իր վարպետը չի նշմարե իր ներկայության ծխելու անպատկառությունը և համարձակությունը, թեև վարպետը բացեն կը տեսնե ծուխը, որ կը բարձրանա Օվիկի բերնեն և քթի ծակերեն, բայց չտեսնելու կը զարնե, բավական է, որ Օվիկը կզգուշանա սիկարեթը ցուցնելէ:

— Օվի՜կ— առաջինը կսկի խոսիլ Գևոն,— Խըրը ինչպե՞ս է, վաղը ծախենք որ երթա:

Օվիկը մեղմիվ կը հազա, քիչ մը բարձրանալու պես բան մը կ՚ընե ու նորեն կը պըպըզի, ֆեսը կը շտկե և կպատասխանե.

— Խըրին բանը պաշխա[4] է, աղա՛, քանի կերթա կը կատղի,— դարձյալ կը կիսաբարձրանա ու կը պըպըզի, սիգարեթը նետելով իր ոտքին տակ աննշմար:

— Հեչ լուսուն ցուցուցի՞ր,— կը հարցնէ խորհրդավոր կերպով Գևոն:

— Լուս չէ օր, քիպրիթ չէ տեսեր, աղա՛:

Օվիկը կուզէ բան մը ավելի ըսել, բայց չի համարձակիր: Գևոն կզգա Օվիկի անհանգստությունը:

— Գիտես քի բան մը ունիս:

— Հալա, հալա,— կը հազա, խռչափողը կմաքրե,— հալա վաղը շուտ է, մեկ քանի օր ըլ թող խըզմիշ ըլլի[5], աղեկ է:

— Փեք[6] աղեկ, փեք աղեկ, Օվիկ,— կը պատասխանե Գևոն ոտքը ոտքին վրա նետելով և ավելի ցուցադրելով իր աղտոտած վարտիկի փաչաները[7],— ես դիտմամբ ըսի վաղը ծախենք, տեսնամ դուն ինչ կըսես, կամաց-կամաց կը սովրիս, արհեստեն կը հասկնաս:

Օվիկը երջանիկ է, փղձկելու չափ ուրա՛խ...

— Օվիկ, ես քեզ մարդ պիտի շինեմ, պապուղ քով օր մնայիր՝ էշ կը դառնայիր, հը...,— գոռոզությամբ կարտասանե,— էշ՛ պիտի դառնայիր, էշ՛, կը հասկնա՞ս:

— Էվալլա՛, աղա՛, էվալլա՛, իմ հույսս ըլ դուն ես,— հազիվ շնորհակալություն հայտնելու կը համարձակի Օվիկը:

Օվիկը ավելի և ավելի բախտավոր կզգար ինքզինքը իր սողոսկող ստրկության մեջ:

Օվիկը Գևոյին քով դնելուն համար տանը մեջ իր հոր և մոր միջև պաղություն ինկեր էր: Մայրը, խեղճ ու կրակ գավառացի կին մը, խելքին փչեր էր, որ Օվիկը եթե դպրոցը շարունակեր, ավելի լավ կըլլար, բայց հայրը ընդդիմացեր էր և պնդեր, որ ավելի աղեկ էր արհեստի դնեին և ինքն իրեն որոշած էր Օվիկը ձիու ճամպազ դարձնել, որովհետև իր արհեստը ապերախտ արհեստ էր, խալաձությամբ[8] ո՞վ կըցեր էր հարուստ ըլլալ:

Օվիկը վեց տարիե ի վեր Գևոյին կը ծառայեր, ձիերը ջրելու կըտաներ, թիմար կըներ, թրիքները կը մաքրեր, կենդանիներուն վերքերը կը լվար և ատեն-ատեն ալ ձիու պոչ կը բռներ, որովհետև էգ ձիու տերը քառորդ մը կուտար անպայման իբրև պախշիշ:

Այս դրամով Օվիկը շիշ մը օղի կը տաներ իր հորը:

— Պապա, պախշիշի փարա է, խմե՛,— գոհունակությամբ կը հայտարարեր Օվիկը:

— Տեսա՞ր, կնիկ,— կը դառնար Օվիկի հայրը իր կնոջ,— տեսա՞ր, վարժատունը պախշի՞շ պիտի տայի՛ն, աֆերիմ, տղաս, աֆերիմ, վարձքդ կատար:

Օվիկի վարձքը ձիու պոչ բռնելն էր:

— Վաղը,— կը շարունակեր խոսակցությունը ճամպազ Գևոն,— վաղը Տոռին ծախենք, հը՛, ի՞նչ կըսես ասոր, Օվի՛կ, հա՛յ գիտի թերես, մա՛րդ եղար, մա՛րդ...

— Ատոր խոսք չի կա, աղա,— կը մլավեր Օվիկը:

Գ

Երկրորդ օրն է: Տոռին դուրս են հանած ծախելու:

Տոռին գնված էր ծախվելե տասն և յոթն օր առաջ: Բոլորը Գևոյին վրա ծիծաղեցան:

— Ի՞նչ ձի է, որ կառնե:

Բայց ամեն անոնք, որոնք Գևոյի ճամպազական հեղինակության վրա գաղափար ունեին, գլուխնին երերցուցին և ըսին.

— Գևոն սատկածն ալ կրնա ծախել, ոչ թե միայն շնչող ձին:

Տոռին գնված ատենը միայն ոսկոր էր: Տերը փոխանակ ազատ թողնելու ձին՝ բերած էր հրապարակ իբրև կաշի ծախելու: Գևոն վճարեց երեք մեճիտե:

Տոռին բերին տուն և պահեցին տասն և յոթն օր մութ ախոռին մեջ, դուռն անգամ զգուշությամբ բանալով և գոցելով, որպեսզի չըլլա թե լույսի շող մը իյնա Տոռի աչքերեն ներս: Օվիկը խնամեց ուշիուշով, համաձայն իր վարպետին տված հրահանգներուն:

Գևոյի տված հրահանգներեն ամենեն կարևորը այն էր, որ Օվիկը օրական մեկ քանի անգամ պիտի մտներ մութ ախոռը և զանազան ձայներով և հպումներով պիտի ջղայնացներ ձին, որպեսզի լույս աշխարհ բերած օրերնին արդեն կենդանին կատաղած ըլլալու վիճակին հասած ըլլար՝ ցատկելու, անհանգիստ շարժումներ ընելու համար:

Օվիկը հեծած է Տոռին վրա, հաճախորդները դատապարտյալի պես կանգնած են և կը դիտեն:

Օվիկը մեկ վար, մեկ վեր կերթա ու կուգա սարսափելի աղմուկներով, Գևոն կանգնած է հաճախորդներու միջև և մերթ ընդ մերթ խոսք կը նետե:

— Արաբական ճինս է, ամմա լավ չեն նայած:

Հետո կը կեցնե Օվիկը և ինք կը հեծնե վերջին անգամ ըլլալով հանդիսավորություն տալու Տոռի քայլքին, որպեսզի հետո կարենա պետք եղածին պես խոսիլ:

— Հե՛յ, հե՛յ, հե՛յ, քեհլա՛ն, քեհլա՛ն, ծախածս քեհլա՛ն է...

Տոռին անհասկանալի ջղային շարժումներ կընե երբ մեկը կա վրան հեծած, բայց երբ կիջնե, հանդարտ կը կանգնի և գլուխը կը կախե: Արդեն անցավ մութեն դեպի առատ միջօրեի լույսը հանկարծակի դուրս գալու ջղայնությունը: Բայց Գնոն չի թողուր, որ Տոռին հանդարտ մնա, Օվիկը միշտ վրան է, միշտ դեպի վար և վեր:

— Հե՜յ, հե՜յ, հե՜յ, արապիստան ջեօլլերտեն[9], արապիստան...

Հինգ ոսկիեն Գնոն կիջնա մինչև մեկուկես ոսկիի և հաճախորդներեն մեկը կը համաձայնի գնել:

Օվիկը կիջնե վար, ձին կը հանձնե գնողին և կը բռնե իր վարպետին և գնողին ձեռքերը, կը միացնե իրարու և թոթվելով, հանդիսավոր կերպով կը հայտարարե.

— Տեօնենոն...

Գնողը ձին կառնե և կը հեռանա:

— Օվիկ, լավ քշեցինք, եթե վաղը փյուզյուր[10] մը դուրս չի գա նե:

— Բան մը չըլլիր, աղա, մի վախնար,— կը պատասխանե Օվիկը:

Մյուս օրը փյուզյուրը դուրս կուգա: Ձին ետ են բերած:

— Իշու պես բան է,— կը հայտարարե Տոռին գնողը,— ականջները թիզ ու կես կը կախե, կը կանգնի:

— Դուք ձին հեծնալ չեք գիտեր, Օվի՛կ,— կը պոռա Գնոն,— մեր փալանը բեր:

Օվիկը մագնիսական, մոգական փալանը կըբերե, կը փոխե գնողի ձիուն վրա անցուցած փալանին հետ:

Գնոն կը հեծնե և նույնհետայն կը սկսին Տոռիի եռանդուն շարժումները: Կը ցատկե, կը վրնջե, բերան են փրփուրներ դուրս կուտա: Գնոն կը բերե ետ, կիջնե վար.

— Ես չըսի՞ օր ձի հեծնել չեք գիտեր, պետք է սովրիք, յավրում, սովրի՛ք:

Գնողը գլուխը կախ և խորապես համոզված, որ ձի հեծնել չի գիտեր, ձիուն սանձեն կը բռնե ու կը մեկնի առանց դույզն կասկածն ունենալու միամիտը, որ Գնոյին մոգությունը, մագնիսական ուժը ձին լավ հեծնելու մեջ չէր կայանար, այլ այն սուր գամերուն, որոնք տեղավորված էին Գնոյի փալանի տակը և որոնք կը ծակեին խեղճ անասունի կռնակը, և անասունը կը ցատկեր, անհանգիստ և ջղային շարժումներ կըներ:

Դ

Եվ ճամպազ Գնոն օր մըն ալ ինք չարաչար և աննախնթաց կերպով խաբվեցավ և այդ խաբվիլը ճակատագրական դարձավ իր կյանքին համար:

Ամեն վարպետին վարպետը կա. Գնոյին վարպետը երևան ելավ:

Տիգրանակերտեն ճամպազ Ֆիրիկը Խարբերդ բերած էր ձի մը և հանած էր շուկայի մեծ հրապարակը:

Գնոն գործի վրա է:

— Օվի՛կ եկուր տեսնամ, Ֆիրիկին թեք մը պիտի նետեմ: Խըրը դուրս հանէ:— Եվ իբրև վերջին հրահանգ, ավելցուց.— աչքին ուշադրություն դարձուր:

Օվիկը պետք էր աչքին ուշադրություն դարձներ, Խըրին մեկ աչքը քոռ էր:

Ֆիրիկն ու Գնոն մոտեցան իրարու:

— Ալիդ խոսք չի կա,— սկսավ Գնոն:

Իսկապես Ալը նշանավոր ձի էր՝ բարձր, աղջկա նման կուրծքով և արսլանի նման վզի բռնվածքով, մեկ ոտքը ճերմակ, իսկ մնացածները կարմիր, ճակատին վրա ալ հավկթաձև փոքրիկ սպիտակ մը, ականջները փոքր, բաշը ջրվեժի նման ծփո՛ւն, խրոխտ, ասպետական և ազնվական ըլլալու բոլոր նշաններով:

— Քու Խըրդ ալ շատ դիմացկուն է,— պատասխանեց Ֆիրիկը:

Երկուքն ալ կարճ կը խոսեին զգուշությամբ, հազար կը չափեին, մեկ կարտաասանեին:

Օվիկը զբաղված էր Խըրը դարձնելով աջեն ձախ, ձախեն ալ աջ՝ նայած Ֆիրիկի ըրած շարժումներուն: Ֆիրիկը Խըրին աջ կողմը չպիտի տեսներ, ահա՛ Օվիկի մտահոգությունը:

Օվիկը իր վերջին գովեստն պիտի ստանար և Գնոյի կողմե պիտի հռչակվեր վարպետ:

Գնոն այնքան միամիտ չէր չմտածելու, որ ինչո՛ւ Ֆիրիկը Ալը կը ծախեր, երբ ամեն կերպով անիկա ազնվական ճինսէ ըլլալը հաստատելը դյուրին էր: Վերջապես Գնոն գտավ, որ Ալին պոչի բռնվածքը լավ չէր, և Ֆիրիկը, սիրահար ըլլալով ամեն կերպով անարատ ձիու, կը ծախեր:

Գնոն երկու ոսկի տվավ Խըրին վրա և Ալին հետ փոխեց:

Ֆիրիկը Խըրը ծախեց Խարբերդի մեջ չորս ոսկիի և մեկնեցավ Տիգրանակերտ: Ուրեմն Ալը ծախեց վեց ոսկիի:

Ֆիրիկը Օվիկի շարժումներեն հասկցավ, որ Խըրին մեկ աչքը քոռ էր և երբեք այն տեղերը չեղավ: Գնոն կարծեց, որ Ֆիրիկը ոչինչ չնկատեց:

Վարպետին վարպետը կա: Ֆիրիկը ավելի վարպետ էր:

Գնոն ինք հեծավ Ալին վրա և բերավ տուն: Ախոռը մտած ատեն Ալին առջի ոտքը դպավ ախոռի սեմին: Գնոն մտահոգվեցավ: Գիշերը ամբողջ մտածեր և եկավ այն եզրակացության, որ «կերևա քի խամ տեղ էր, թեքերլեմիշ եղավ[11]»:

Երկրորդ օրը կեսօրին դուրս հանեց ձին, հեծավ և ուղղվեցավ դեպի քաղաքեն դուրս:

Պատահեցավ առու մը, Ալը ուղիղ գնաց և կոխեց առուին մեջ, փոխանակ հեշտությամբ ցատկելու վրայեն:

Գնոյին սիրտը դող ինկավ: Անմիջապես ցատկեց ձիեն և, գալով կենդանիին դեմը, ձեռքերու ահաբեկիչ շարժումներ ըրավ անոր աչքերուն առջև, ձին երբեք չցնցվեցավ: Այն ատեն նշմարեց, որ Ալի աչքերուն մեջ լույսի թրթռումներ չի կային:

Ալը քոռ էր երկու աչքերեն: Գևոն կոտրվավ:

Հեծավ ձին և ամենայն զգուշությամբ եկավ տուն, որպեսզի չըլլա թե ուրիշը նշմարե՝ ճանապարհին ինքնիրեն մրմնջելով.

— Գևո՛, խաբվար, հարա՛մ ըլլի ճամպազությունդ:

Տուն հասնելուն, ձին քաշեց ներս: Չէր խոսեր: Օվիկը մոտեցավ վարպետին, ինքն ալ վարպետ այլևս.

— Աղա՛, ի՞նչ կա քի,— հարցուց Օվիկը:

— Ալը քոռ է երկու աչքերեն, Օվիկ: Տիարպեքիրցին լավ նետեց մեզի, աղեկ տոլապ էր:

Օվիկը գլուխը ծռեց և չխոսեցավ:

— Օվիկ, ուշանալ չըլլիր, Ալը վաղը պետք է քշենք,— հարեց Գևոն:

— Քշե՛նք,— պատասխանեց Օվիկը:

Երկրորդ օրը ամենայն հեշտությամբ ծախեցին Ալը թուրք սպայի մը:

Անցավ մեկ-երկու շաբաթ: Թուրք սպան Ալը ետ բերավ: Այդ արաբական ազնիվ ձին տասը Օսմանյան ոսկիի ծախելու գաղտնիքը իմացված էր:

Թուրք սպան տասը ոսկին կուզեր: Աղմուկ, իրարանցում:

Գևոն կը ջանար հաստատել, որ երկու շաբաթ անցած է, երևի գլխուն զարկեր են, իսկ անասնաբույժները հաստատեցին, որ Ալին քոռությունը տարիներու խնդիր էր:

Ալը զարմանալի կուրություն ուներ, աչքերը բաց էին, կանոնավորապես կը թարթեր, բայց լույս չի կար մեջը: Ճերմակ չէր իջած վրան, ջուր չէր վազեր, մաքուր աչքեր ուներ, բայց չէր տեսներ:

Պախար քոռ էր:

Գևոն ընդդիմացավ և չուզեց տասը ոսկին ետ տալ:

— Աղա,— ըսավ Օվիկը,— տուր օր երթա, նորեն կը ծախենք:

— Չէ՛, չէ՛, Օվիկ, արդեն բոլոր տեղը ձայն գնաց, եթե առանց աղմուկի, սուս-փուս բերեր ետ տար, կառնեի, մյուս օրն ալ կը ծախեի,— հառաչանքով պատասխանեց Գևոն:

— Ես կը տանիմ Սվազ, կը ծախեմ, կուգամ,— առաջարկեց Օվիկը:

— Ո՞վ մինչև Սվազ սոլուխ պիտի առնե, չեմ տար:

Թուրք սպան այդ օրը գնաց և պատվիրեց, որ մտածե և պատասխան տա իրեն մյուս օրը:

Օվիկը և Գևոյի կինը շատ խնդրեցին իրիկունը, բայց Գևոն չհամոզվեցավ:

Գևոյին օրհասը մոտեցեր էր:

Առավոտուն թուրք սպան եկավ, տասը ոսկին ուզեց, Գևոն վերջնականապես մերժեց:

— Ալ՛ սանա[12],— ըսավ սպան և ատրճանակի մեկ հարվածով գետին փռեց Գնոն իր տան դռան առջև:

Օվիկը փախավ: Կինը դուրս ցատկեց ներսեն, բռնեց ճակատը, որ արյունը կանգնեցնե, բայց ճամպազ Գնոն չիկար, անիկա մեռեր էր անդարձ:

1921 թ.

1. ծախածս ընտիր է
2. առուծախով զբաղվող
3. քնքուշ, նուրբ
4. ուրիշ
5. տաքանալ, բարկանալ
6. շատ
7. փողք
8. կլայեկություն
9. արաբական անապատներից
10. անհամություն, համը դուրս գալ
11. անիվի պես դառնալ, գլորվել
12. ա՛ռ քեզ

Իմ հորաքույրը

1

Տասը տարուց ի վեր նրա մասին ոչ մի տեղեկություն չունեմ: Ո՞ւր գնաց, ի՞նչ եղավ իր կյանքի կմախքացած, բայց փոթորկոտ նավը ո՞ր ափին զարնվեց: Մինչև անգամ չեմ իմանում՝ ո՞ղջ է, թե մեռած:

Բայց հիշում եմ նրան իր ողջ կերպարանքով, իր բոլոր պառավությամբ:

Մեր սերունդից տակավին շա՜տ շատերը ճանաչում և հիշում են նրան՝ իմ հորաքրոջ, որ ամեն տեղ էր՝ մեռելտանը, հարսանիքներում, կռվի և բամբասանքի մեջ, շուկայում, տանիքի վրա, աղբյուրը, պարտեզը, հիվանդի գլխուն վրա, տղացկան մոր ոտների տակը, ժառանգությունների բաժանման մեջ, դատարանի դռանը, բաղնիսում, ժամի բակը, դպրոցի հոգաբարձուների մոտ, նշանտուքի և խոսքկապի հազար ու մի շղթաների մեջ:

Նա մի կին էր, որ երբեք սիրած չէր: Նրա արտահայտությունը նման էր այն էգ կատվին, որ մայիսը առանց արու կատվի անցկացնելուց հետո՝ ման է գալիս տանիքներն ու տան անկյունները կծու նայվածքներով և ամեն մի փոքրիկ աղմուկից անգամ պատրաստ է ցցելու իր ստեվները:

Իմ հորաքույրը անց էր կացրել մոտ յոթանասուն մայիսներ առանց արուի և ման էր գալիս մեր տանը և մեր փողոցներում դառնացած և իր դառնությունների համար օրերին, իրերին և մարդկանց դեմ չարացած:

Պարտված այս էգը թշնամի էր ամեն ընտանեկան խաղաղության, բոլոր բարի ժպիտների, բոլոր արևոտ արտահայտությունների:

Իր մարմնի բոլոր մասերը բուրում էին կծվություն և բարկություն: Բարկացած էր բոլորի դեմ:

Նա երբեք չէր սիրել:

2

Իմ հորաքույրը ձմեռները կաղ էր, վույվույով երաժշտագին, իսկ ամառները՝ առողջ: Նրա կաղությունը մեր աչքերին ձմեռը ավելի շեշտակի էր դառնում, որովհետև ձմեռները տանն էինք, և դատապարտված լսել նրա վույվույներն ու ողբերը: Մենք այն տպավորությունն ստացել էինք, որ նա միշտ էլ կաղ էր, որովհետև ո՞վ էր մտիկ տալիս ամառը տան ներսում անցած դարձածներին: Բայց ես տարիներ հետո նկատեցի նրա ամառնային կերպարանափոխությունը և մի օր էլ հարց տվի մայրիկիս.

— Ինչպե՞ս է, մայրի՛կ, որ հորքուրիս ոսկորները ամառները կը շտկին և ձմեռները կը ծռին:

— Ձմեռը ջղերը ցուրտեն կը քաշվին,— պատասխանեց մայրիկս,— իսկ ամառները կը թուլնան:

Այն ժամանակ հասկացա, որ կաղությունը միայն ոսկորների հետ չէր, որ կապ կարող էր ունենալ, այլև ջղերի հետ:

Ջիղը՝ ահա՛ իմ հորաքրոջ ուրիշ կանանցից զանազանելու գաղտնիքը: Ջիղը միայն սրունքներին վրա չէր, որ ազդում էր, այլ ջիղն էր, որ կառավարում էր նրա մարդկային ողջ գնացքը: Նրա մեջ ամենաակտիվը ջիղն էր:

Իմ հորաքույրը սև, չորացած մարմին ուներ, գլխի վրա կարճ և նոսրացած մազերով, աչքերը խավարակուռ գիշերվան նման խոր, մատները երկար և ուռած երակներով. ճակատը ծուռ ու մուռ, կուրծքը ներս անցած, փոր՝ երբեք չուներ, կուրծքի անմիջապես տակից սկսում էին իր բնութենափոխ սրունքները, որոնք այնքան էլ երկար վար չէին վազում, այլ շուտով հասնում էին գետին: Ոտների փոքրության և մեծության մասին ես որոշ բան չեմ կարող հայտնել, որովհետև ամառ և ձմեռ քաշում էր մի խրիկ[1] իր ոտներին մի քանի բրդե հաստ գուլպաներ հագնելուց հետո, կոնակը՝ Թեփերիզի զառիվերը ձեզ օրինակ, որի վերջացած կետից ցցվում էր իր շուշուլիկ գլուխը առանց վզի, քթի վրայի մասը՝ ճակատի ստորոտը, աչքերի սրածայրությունից սեղմված՝ նման էր մահմեդական անդեականի մազե կամուրջին, քիթը, վերի կողմը բռնադատված լինելով նեղանալու, ինքն իրան թույլ էր տվել վարի կողմը ընդարձակվելու թե՛ բարձրությամբ և թե՛ լայնությամբ, որի ծայրը, իբրև զազաթ, ամեն ամիս ուռչում էր, կարմրում, հետո դեղնում և հուսկ, ապա պայթո՛ւմ: Ես չեմ կարող նկարագրել նրա բերանը, որովհետև մշտական ձև ու բնավորություն չուներ: Եթե տանն էր նա, ընտանիքի անդամների ներկայության, նրա բերանն առանձին ձև ուներ, եթե հյուրեր գային, տարբեր ձև էր ստանում, հայրիկիս ներկայության՝ տարբեր, իսկ մայրիկիս հետ բամբասանք արած ժամանակ, բոլորովին այլ ձև էր ստանում, վա՛յ թե քներ, այն ժամանակ բերանը իրը չէր՝ մի անտեր և ավերակ խոռոչ, ուր ամեն ինչ մտնում էր ու ելնում, և այս ավերակ խոռոչից դուրս էին ցցվում իր մի կամ երկու մնացած ատամները, ինչպես ցամաքը նետված հին և փչացած նավի կայմեր:

Իր հագուստը միշտ հին էր: Երջանիկ էր ցնցոտիներում: Նա նախանձում էր մինչև անգամ բնության շռայլության: Ատում էր լավ հագնվողներին, ատում էր գեղեցիկներին:

Հիմա երբ հիշում եմ նրան, մեր բարեկեցիկ տան տպավորություններիս մեջ, ցցվում են իմ աչքի առաջ նրա կարկատանները, նրա խունացած վերարկուն, նրա հազար ու մի գույներով կպցրած շապիկը, մանավանդ նրա գլխի շալը, որ մի հիմար անգլիացի փորձեց դնել իբրև անտիկ ձեռագործ:

3

Հորաքույրս թեև չէր սիրել, բայց մի պահ ամուսնացած էր եղել: Այդ անցյալ իրողության հետ մենք չէինք կարող հաշտվել, եթե այդ կյանքի թանձրացյալ հետքը՝ իր որդին չլիներ այս աշխարհի վրա: Բացի դրանից, մայրիկս էլ վկայում էր: Ի՞նչպես կարելի էր մորս վկայությունը կասկածի տակ դնել:

— Ա՛յ օձ կին քեզի,— ասում էր հայրիկս շատ անգամ իր քրոջ,— գլխավորդ հողին տակ դրիր և վրան նստար:

Այս խոսքը իմ մեջ զարթեցրել էր խոր հետաքրքրություն հասկանալու համար, թե ինչպե՞ս մի կին կարող էր իր ամուսնուն դնել հողի տակը և վրան էլ նստել: Մի օր հարց տվի մայրիկիս.

— Մայրի՛կ, հայրիկը կըսէ, որ հորաքույրը իր մարդուն դրեր է հողին տակ և նստեր է վրան, այդ ինչպե՞ս կըլլա, ըսէ՛ ինծի:

— Հայրիկդ, որ բարկանա, ըսածը չըսածը չի գիտեր, տղա՛ս,— պատասխանեց բարի մայրիկս:

Բայց մի ուրիշ օր ես ստիպեցի մայրիկիս պատմելու, թե ինչպես հորաքույրը իր մարդին դրավ հողի տակ և նստեց վրան:

— Մինչև չպատմես, չեմ քնանար,— ասացի մայրիկիս վճռական կերպով:

Եվ մայրիկս պատմեց.

— Երբ որ ես ձեր տունը հարս եկա, հորաքույրդ նոր էր ամուսնացել: Գլխավորը շատ աղեկ մարդ էր, սուս ու փուս, խեղճին գլուխը միշտ ուսին վրա, ամեն ատեն մեր տունը կուգար ու կըսեր. «Վա՛յ, այս կնիկը, վա՛խ այս կնիկը, իմ գլուխս պիտի ուտե»: Օր մըն ալ եկան թե՝ Հաջին հիվանդ է (Հաջին հորաքրոջս ամուսինն էր): Վազեցի, գացի, ի՞նչ տեսնամ. կրակներուն մեջ կը վառի: «Հորքոր, ի՞նչ է եղեր, դոկտորի ետևեն մարդ ղրկե»,— ըսի:

«Ի՞նչ դոկտոր, ի՞նչ բան, թող սատկի»,— ըսավ և ... մի քանի օր հետո խեղճ Հաջին մեռավ: Խաչերը (հորաքրոջս որդին) հորը մահից հետո ծնվեց:

Մայրիկս այս փոքրիկ պատմությունը պատմեց և լռեց: Ես սկսա վախենալ:

— Մայրի՛կ,— ասացի,— ալ չեմ թողուր, որ հորքորը գա գիշերը և ծոցս պառկի, ամեն գիշեր կուգա, «մսեր ե՛մ» կըսե ու ծոցս կմտնա, որ տաքցնեմ, ալ չեմ թողուր:

— Քեզի բան չըներ, տղաս, մի վախենար,— պատասխանեց մայրիկս:

Հետո երբ խելքս գլուխս եկավ և սկսեցի մարդն ու կինը իրարից զանազանել՝ այն ժամանակ հասկացա, թե ինչպես մի կին կարող է իր մարդին հողին տակ դնել և նստել վրան:

Հորաքույրս ինքը շա՜տ քիչ էր պատմում իր գլխավորի մասին, բայց մեծ գոհունակությամբ պատմում էր, լավ եմ հիշում, իր գլխավորի մահից հետո իրան կնության ուզողների մասին:

Մինչև հիմա էլ պայծառորեն հիշում եմ Նազար էֆենդիին, այն մարդը, որ հորաքրոջս առաջարկել էր, և նա մերժել էր ամուսնանալ:

Ամեն անգամ, որ Նազար էֆենդին մեր դռան առջևից էր անցնում, հորաքույրս խոր հառաչ էր արձակում և ասում:

— Ի՜նչ դմբոն էի այն ժամանակ, որ ատ մարդը չառի, փոխանակ եղբորս տունը մնալու, Նազար էֆենդիի տունը խանում-խաթուն կըլլեյի:

Այս ասելուց հետո հորաքույրս խորունկ «ա՜խ» էր քաշում, և երկու կեղծ և պատրաստի արցունքի կաթիլներ վազում էին իր սև և ծալքոտած երեսների վրա:

Շատ լավ եմ հիշում Նազար էֆենդին: Ամառ և ձմեռ կախ ընկած վարտիքի նման մի անձրևանոց էր կրում՝ չոր, ցից-ցից մազերով, յուղոտ ֆեսով: Նրա երկու աչքերն իրարից տարբեր ուղղությամբ էին հառում, կարծես նրանք տարբեր նպատակների էին ձգտում կամ տարբեր-տարբեր գանգեր էին նրանց հրամայում: Նազար էֆենդու քայլվածքը նման էր այն իշու քայլվածքին, որի ծանր բեռը, տիրոջը անհոգության պատճառով, քսվում, գալիս հասնում է մինչև պոչին վրա, ծանրանալով միայն հետևի երկու սրունքներին, և խեղճ էշը ստիպված է գառիվեր բարձրանալ:

Բայց իմ հորաքույրս այդպե՞ս էր տեսնում Նազար էֆենդուն: Ո՜չ: Նրա աչքին Նազարը ուրիշ կերպ էր ներկայանում: Նա հաճախ ասում էր.

— Մա՜րդ, ի՜նչ մարդ... բոյը, բոսը տեղը, շարժվածքը, օլըրտվածքը, լուրջ, քիչ խոսող, չխմող, կնկանը Ալմաս մը կըսե, Ալմաս մըլ բերնեն կըյնի, տունը տեղը լեցուն, վաստակը տեղը, խանութ ու մուշտարի ունի:

Նազար էֆենդու բոյը, ճիշտ է, այնքան էր երկարած, որ այլևս պատճառաբանված չէր և դրա համար էլ կռացել էր նա, ամաչելով, երևի իր raison d'etre-ի չգոյությունից, բայց խանութ և մուշտարի ունենալու հայտարարությունը շատ էր չափազանցված:

Նազար էֆենդին երեսուն տարուց ի վեր մեր քաղաքի մի խեղճ անկյունում ուներ մի փոքրիկ եռանկյունի կրպակ, ուր առավոտից մինչև իրիկուն զինվորների համար պատրաստի նամակներ էր գրում: Իր ողջ «գրասենյակի» կահ-կարասին՝ մի խարխուլ սեղան, մի աթոռ, որ հազար ու մի չվաններով իր կայունությունն էր պահում, մի թանաքաման, թուրքերեն գրելու համար մի քանի եղեգե գրիչներ, մի հողե ջրաման, մի բաժակ, որ այլևս թափանցիկ չէր, այնքան էր փոշոտած, ապա մոռացա ասելու՝ մի ավել, որ անգործածելի լինելուն համար դառել էր սարդի բույն:

Նազար էֆենդին, պետք է լինեմ արդար, ժառանգական և ամուսնալուծական դատերի համար էլ աղերսագրեր էր գրում, որ պարզապես արտագրում էր մի հին հաստափոր գրքից, փոխելով անունները և թվականները, և երբեմն էլ մի փոքրիկ հավելված էր հանդգնում՝ նայած նոր աղերսանքի էության: Նազար էֆենդին ամեն մի աղերսագրի համար ստանում էր 60 փարա, իսկ պատրաստի նամակների՝ 10 փարա:

Այսպիսով էր Նազարը՝ էֆենդի՛ն, «տունը տեղը լեցուն» պահում :

Նազարը օրեկան 50 տրեմ միս էր ուղարկում իր տունը և նոր միրգ դուրս գալուն պես՝ փաթթում էր իր նոր թաշկինակում և Ալմասին ու երեխաներին համար, ժպտուն դեմքով, տանում էր տուն:

Հիշում եմ՝ գարունքից սկսած, ամեն 15 օրը, Նազարը նստեցնում էր Ալմասին իշու վրա և տանում էր Ս. Նշան՝ ուխտի:

Այս ուխտը խոր նպատակներ ուներ՝ Ալմասը միշտ ունենում էր աղջիկ զավակ: Խեղճ ծնողների աչքը ջուր դառավ և մի տղա զավակ դուրս չընկավ: Նազարը մտահոգվում էր, որ, մի՛ գուցե, մի որդի չունենար իր երջանիկ սերունդը շարունակելու... նա հաճախ ասում էր իր կնոջը.

— Վաղը մյուս օր փիճ[2] մը դուրս կուգա՝ աղջիկներնուս մեկը կառնե կերթա, ուրիշ օր մը ուրիշ մը՝ երկրորդս կառնե կը կորսվի, մենք կը մնանք մեր տան պատերու մեջը, հարս մը չենք ունենար, որ մեզ խնամե:

Բայց Ս. Նշանը ի՞նչ կապ ուներ առհասարակ կանանց սեռային ընդունակությունների հետ, մանավանդ որ Նազար էֆենդին երբեք չէր թողնում իր կնոջը մենակ, որպեսզի գեթ Ս. Նշանի սուրբերը մոտենային նրան:

Ահա՛ Նազար էֆենդին:

Արդյոք Նազարը մի՛ օր մտածե՞լ էր հորաքրոջս մասին՝ դա հարց է, որովհետև այդ մարդը, մեր պատուհանի առջևից անցնելիս՝ քիթը վեր չէր առնում և հորաքրոջս փնտրում:

Մի անգամ այդ մասին հարց տվի մայրիկիս: Նա ասաց.

— Լավ չեմ հիշեր, տղա՛ս, 30 տարի առաջ օր մը այդպես խոսք եղավ, բայց խոսքն ըլ խոսք մնաց և ոչ ոք առաջարկություն չըրավ:

4

Հորաքույրս ընկույզից շինված մի խոշոր սնդուկ ուներ, երեք հոգի կարող էր ծալապատիկ նստել մեջը, որի բովանդակությունը միայն տան փոքրիկներն էին իմանում, որովհետև նրանց կարևորություն չէր տալիս և բաց անելիս չէր հեռացնում նրանց իր մոտից:

Դժվար թե ես հիմա կարողանամ վերհիշել այն բոլորը, ինչ կար այդ հնամյա սնդուկում՝ 30 տարվա հին ոճով կարված մետաքսե շորեր, կոշիկներ, զանազան գույնի կոճի և խառնված թելեր, երեսսրբիչներ, ծածկոցներ, գուլպաներ, գլխանոցներ, վարտիքներ, շապիկներ, ասեղ, գնդասեղ, զանազան կերպասեղենի կտորներ, հին, ծռած ոսկիներ, մարգարիտներ, տեսակ-տեսակ քարեղեններ, փոքրիկ մետաքսե խալիչաներ, արծաթե թաս, ծխամորճեր, համրիչներ, գոտիներ, օդեկոլոնի շշեր, պատկերների շրջանակներ, փիանկոյի[3] թղթեր, հին թղթադրամներ, հին դրամներ, ոսկեկոթ գրիչներ, թանաքամաններ, հին ավետարաններ, երուսաղեմյան կարմիր խաչեր, կոճակներ, գդակներ, ֆեսի ծոպեր, մատնոցներ, վերջապես զանազան իրեղեններ...

Դա հորաքրոջս համար սնդուկ էր, իսկ հորս համար՝ ցավ:

Մի օր լսեցի, որ հայրիկս խոր վշտով իր քրոջը ասում էր.

— Քո՛ւրս, հին բաները կը պահես, պահե՛, բայց գոնե նոր բերածներս հագիր, որպեսզի դուրսերը վրաս չի ծիծաղին, թե այս մարդը իր քույրը ցնցոտիներու մեջ կը պահե:

Հորաքույրս պատասխանեց դրան.

— Ես ջահել հարս չեմ, որ հագվիմ-սըքվիմ և դուրս գամ, թո՛ղ կնիկդ հագվի:

— Գոնե դուրս որ կերթաս, դուրս չերթաս բարով,— ասաց հայրիկս,— նոր չարշաֆդ վրադ քաշե, բզիկ-բզիկ եղած չարշաֆովդ մի՛ պտտիր:

Հորաքույրս դարձյալ մի անհարկի պատասխան տվեց և քը՛ս, քը՛ս հեռացավ սենյակից բերանի և աչքերի դիվային ծամածռություններով:

Մի օր մեծ քույրս վերի սենյակից վար՝ հորս մոտ եկավ և ասաց.

— Հայրի՛կ, հորքորը մեր հյուրի ներկայության կըսե, որ ոչինչ չունիմ հագնելիք:

— Ո՞վ է հյուրը, — հարց տվեց հայրիկս:

— Սարգիս էֆենդին է,— պատասխանեց մեծ քույրս:

Սարգիս էֆենդին այնքան էլ մեր տան մոտ մարդ չէր, որպեսզի հորաքրոջս ստախոսության տեղյակ լիներ, դրա համար էլ հայրիկս վրդովվեց: Նա գնաց ուղղակի հյուրանոց, բարևեց Սարգիս էֆենդիին և անմիջապես կանչել տվեց մեր երկու ծառաներին և պատվիրեց հյուրանոց բերել հորաքրոջս ընկույզից շինված մեծ սնդուկը: Հորաքույրս այս պատվերի վրա սփրթնեց, սկսեց դողդողալ, մի կերպ փորձեց ծառաներին արգելել, բայց հորս մի խոժոռ նայվածքը բավական էր, որ նրան պատին գամեր, և... նա գամվեց: Կես ժամ քաշեց մինչև ծառաները, դրսից երկու մշակների օգնությամբ, սդուկը հասցրին հյուրանոցը և դրին սենյակի ճիշտ մեջտեղը:

Մայրս պարտեզում զբաղված էր և ոչնչից ոչինչ չէր իմանում. բայց երբ քույրերս լուր տվին նրան, թե սնդուկը վեր կը տարվեր՝ եկավ տեսնելու:

— Վարդե՛ր,— հրամայեց հայրիկս իմ հորաքրոջ,— բա՛ց սնդուկը:

Հորաքույրս դողդղալով և արցունքոտ աչքերով բացավ սնդուկը: Հայրս իր ձեռքովը ինչ որ կար սնդուկում դուրս թափեց և դառնալով Սարգիս էֆենդիին՝ ասաց.

— Ներեցե՛ք, Սարգիս էֆենդի, այսքան բան ունի հագնելու, ասոր պես յոթն անգամ ալ ծախեր է և քիչ առաջ լսեցի, որ ձեզի ըսեր է, թե ոչինչ չունի հագնելու:

— Թո՛ւ երեսիդ, ամո՛թ քեզ, անիծյա՛լ կին,— ասաց հայրս և դուրս եկավ հյուրասրահից:

Բոլորս էլ իրար երես նայեցինք և լռեցինք, բայց մայրիկս խզեց լռությունը,

— Գոհարի պես եղբայր ունիս,— ասաց,— բավական է վշտացնես, ջուրի պես ոսկի կը ծախսե, իսկ քեզ համար արժեք չունի, հետո գերեզմա՞ն պիտի տանես, ինչո՞ւ չես հագնիր:

Հորաքույրս չսիրված էգի նման զայրացած՝ բազուկները բացավ, աչքերը չռեց և անիծեց մեր տունը՝ բոլորիս:

5

Երբ դեռ ես մանուկ էի՝ մեր տան կանանց հետ գնում էի բաղնիս: Մինչև հիմա էլ չեմ սիրում արևելյան բաղնիսը, հիշում եմ կոշմարը կավերի հոտի, գոլորշիների, սիրտ մարեցնող տաքի և խըշխըշ ջրի:

Արևելյան բաղնիսը՝ այն վայրը, ուր հորաքույրս կարող էր երևան գալ իր բոլոր ընդունակություններով և պառավի բոլոր չարություններով:

Հորաքույրս բաղնիսում միայն լողանալով զբաղված չէր, նա դիտում էր այն աղջկան, որ հարսնացու էր կամ թեկնածու հարսնության, որպեսզի բաղնիսից դուրս գալուց հետո խոսեր-բամբասեր նրա մասին: Բաղնիսից անմիջապես հետո չէր կարող այցելություններ անել իր «տեսածները» կամ տեսնել ցանկացածները պատմելու բաղնիսում հանդիպած աղջիկների կամ հարսնացուների մասին, որովհետև այնքան չեչքար էր քսում մարմնին և այնքան վառող-թափող դեղեր էր գործ ածում, որ սարսափելի հոգնած էր լինում և բերանը բաց՝ պառկում ու քնում էր:

Բայց մյուս օրը հորաքրոջս օրն էր: Ցուղոտում էր ծնոտները, ոտին քաշում էր մի խրիկ, գլխին՝ մի կիսամաշ շալ և ընկնում էր հարևանների տները, մեկից մյուսը, ամեն լսած խոսք և տեսած բան կարգապահորեն իր տեղը հասցնելու կամ «խոսքը իր տեղը կողելու»՝ ինչպես ինքը սովոր էր արտահայտվել:

Մտնում էր Եղիս հանըմի մոտ: Եղիս հանըմը մի կին էր, որ իր շվաքից էր վախենում, որի լուսամուտների վարագույրները ոչ ոք տակավին կիսաբաց չէր տեսել, խոսում էր նոր ծնած հորթի նման, առանց արտասանելու մի ուրիշի անունը՝ միգուցե բամբասանքի նմաներ։ Երեք որդի ուներ, մեծը՝ Ալեքը, կը լիներ 41 տարեկան, բայց չէր ամուսնացել, որպեսզի «խոսք-զրուց» չլիներ քաղաքում։ Եղիս հանըմը մի կին էր, որ միայն եկեղեցի էր գնում և եկեղեցուց ուղիղ տուն էր վերադառնում և զբաղվում էր մինչև իրիկուն իր տան պարտեզի ծառերով, մարգերով և խոտերի վրա արածող կենդանիներով։ Մեր տեղում Եղիս հանըմը մի տիպար կին էր, նրա մեկ հատիկ աղջիկը զատկին միայն դուրս էր գնում՝ այն էլ եկեղեցի, որի երեսը ոչ ոք բաց չէր տեսել։ Մայրը նրան կանգնեցնում էր եկեղեցու վերնատան ամենից ետևը և հազիվ թույլ էր տալիս քիթը և աչքերի միայն մին ազատագրելու իր երեսի քողից:

Հորաքույրս գնում էր Եղիս հանըմի մոտ և սկսում բամբասել Գուհար հանըմին աղջիկը, որին առջի օրը տեսել էր բաղնիսում մերկ:

— Կռնակին վրա երկու մատ դանակի նշան կա, ո՜վ գիտե ի՞նչ հիվանդություն ունի, լսեր եմ, որ Ալեքիդ համար ուզեր ես, չեն տվեր,— ասում էր նա:

— Սխալ ես լսեր, Վարդեր հորքոր,— մեղմագին մայում էր Եղիս հանըմը,— Ալեքս հալա կարգվելու չէ:

— Ի՜նչ գիտեմ, կը խոսին, ես ալ իմ պարտքս սեպեցի գալու և քեզի լուր տալու:

— Շա՜տ, շա՜տ շնորհակալ եմ, Վարդեր հորքոր, ես կը սեպեմ, որ դուն մեր բարեկամն ես, բարեկամ ըսածդ այդպես կըլլի:

Եղիս հանըմը կարճ էր կապում՝ միգուցե Գուհար հանըմը լսեր այդ խոսակցությունը և հորաքրոջս խոսքերի պատասխանատուն իրան բռներ:

Երբ հորաքույրս խոսքը վերջացուցած՝ դուրս էր գալիս մի ուրիշ դուռ բախելու ավելի ոգևորված, Եղիս հանըմը սենյակի մեջտեղում կանգնած՝ իր ցողունի նման, պառաված բազուկները վեր էր բարձրացնում, խաչակնքում երեք անգամ և ասում.

— Տե՜ր, դու պահյա՜ զմեզ ի փորձութենե, Տե՜ր, Տե՜ր անոխակալ և երկայնամիտ:

Դրանից հետո հորաքույրս մտնում էր Մեմիկ հանըմի տունը։ Նա վարպետ էր խոսք բանալու մեջ, ինչ նյութի մասին էլ խոսվեր, նա կարող էր խոսքը ավտոմոբիլի պես շուռ տալ և բերել գցել իր ուզած ուղին։ Մեմիկ հանըմի տունը մտնելու պատճառն էր բամբասել Հազարխան խաթունի աղջկան, որ զրույց կար, թե պետք է նշանվեր Մեմիկ հանըմի քրոջը ամուսնու քրոջը թոռան հետ:

— Գիտե՞ս, Մեմիկ հանըմ,— սկսում էր պառավը,— իմ գործս չէ թեև, բայց որովհետև ես քեզ շա՜տ կը հավնիմ, կուզեմ որ ձեր տունը լավ հարս գա։ Երեկ բաղնիքն էի և, ի՜նչպես եղավ, մտա Հազարխան խաթունի օդան, և ի՞նչ տեսնամ՝ աղջըկան ճովները[4] դեղ կը քսեր, ո՞վ գիտե, ըսի մտքես մեջ, ի՞նչ հիվանդություն ունի, մտմտացի, թե Մեմիկ հանըմը սախա՞տ[5] պիտի բերե իր տունը:

Մեմիկ հանըմի տունը չպետք էր զար հարսը: Մեմիկ հանըմը ամուսնու քրոջը թոռանը հետ որևէ կապ չուներ, բայց Մեմիկ հանըմի համար էլ այդ խոսակցությունը քաղցր էր, որովհետև Սարգիսին (իր ամուսնու քրոջ թոռը) ամուսնացնելու մտադրություն կար, բայց Մեմիկ հանըմին «շան տեղ» չէին դրել և իրեն ոչինչ չէին հարցրել: Հորաքրոջս խոսակցության նյութը չափից դուրս շահագրգռեց նրան և աճեցրեց նրա անտեղի հետաքրքրությունը: Սրունքներին դեղ գործածել բաղնիսում... ուրեմն անպայման մի ջղային անբուժելի հիվանդություն գոյություն ունի: Մեմիկ հանըմը, առանց հորաքրոջս ճամբու դնելու, շալը քաշեց գլխին, որպեսզի գնա և գեթ Սարգիսին հայտնի իր «անձնական քննության» արդյունքը: Հորաքույրս կաղ-կաղ վազեց նրա ետևից մինչև դուրսի դուռը և իբր վերջին խոսք՝ ասաց.

— Աղջիկ եղած ատենս իմ ճոկլներս ըլ այդպես էին, ատոր համար այս հալին ընկա:

Ուրիշ ժամանակ ասում էր, որ իր սրունքներին ցավը վերջեն ժառանգած ցավ էր, բայց այս պարագային իր խոսքի՝ բամբասանքի կշիռը պահելու համար իր կաղության պատճառները տարավ և կապեց մինչև աղջիկության շրջանին:

Այս երկու տներից հետո նա կարգով մտնում էր զանազան ուրիշ տներ իր «տեսածները» իրենց տեղերը հասցնելու: Օրինակ՝ մեկի համար ասում էր.

— Երեսը տեղն է, բայց մարմինը չորցած է, իմ մարմինս քեզի օրինակ:

Իր կմախքը օրինակ էր բերում 17-18 տարեկան մի աղջկա մարմնին, որ եթե դագաղում էլ լիներ, ավելի թարմություն ուներ, քան հորաքույրս իր կենդանությանը:

Մի ուրիշ աղջկա համար ասում էր.

— Մարմնին վրա տղամարդու պես մազ ունի, ի՞նչ աղջիկ է որ...

Այս բոլորը բաղնիսից դուրս, բայց նա երբեմն ողբերգություններ էր խաղում բաղնիսի ներսում:

Շատ լավ եմ հիշում՝ մի օր բաղնիսի դուրսի ընդհանուր սրահից մի ծանոթ կին մեր սենյակը եկավ և մայրիկից խնդրեց մեր ջրից օգտվել: Մայրիկս ուրախությամբ արտոնեց և ասաց.

— Խնդրելու պետք չկա, Օղաբեր հանըմ, հրամեցե՛ք:

Մայրիկս ասաց և գնաց դուրս մի քիչ ցուրտ օդ շնչելու:

Հորաքույրս ներս եկավ և տեսավ, որ Օղաբեր հանըմը լվացվում է:

— Մեր սենյակեն դո՛ւրս գնա,— հրամայեց նա:

— Վարդեր խաթուն,— ասաց Օղաբեր հանըմը,— խանըմը արդեն հրաման տվեր է:

— Խանըմ-մանըմ չեմ ճանչնար, գնա՛ դուրս,— կրկին հրամայեց մեր պառավը:

Օղաբերը զայրացավ: Սա էլ այնպես մեղմ կանանցից չէր: Երկուքը սկսեցին իրար խոսքեր կանչել՝ գնա՛,չե՛մ գնա , դուն ո՞ր շունն ես՝ հալա կը խոսիս՝ դիպան իրար: Օղաբերի ազգականները հավաքվեցին մեր սենյակը, երկու կողմի տաքության աստիճանները իրենց սահմանները անց կացան, և բաց արվեց ողբերգության վարագույրը: Օղաբերը և իր մեկ-երկու ազգականները վար առին իրենց եվայությունը ծածկող շորերը, բաղնիսի կոպիտ թասերը փաթաթեցին շորերի մեջ և հորաքրոջս ձգեցին սենյակի մեջտեղում և՝ տո՛ւր թե կտաս: Պարզվեց մի անհունապես տգեղ տեսարան. Ճարպոտ կանանց ծիծերը կատաղած շան գլուխների նման սկսեցին վեր-վար ելլել և իջնել, մեկի ոտերը սլլացին և ամբողջ հասակովը և մսերովը զարնվեց սալին և էլի ոտի կանգնեց ավելի կատաղած: Հորաքույրս թասի հարվածներին պատասխանում էր իր փոքրիկ աթոռով, որը վերջին անգամ, հուսահատած, նետեց Օղաբերին, ճեղքեց նրա ծիծերից մեկը, բայց ինքն էլ փռվեց գետին և ուշաթափվեց: Քույրերս վախեցած արդեն վազել էին և լուր տվել մայրիկիս, որ հազիվ հասավ և դադարեցրեց կռիվը, քաշեց վարագույրը: Իմ ձեռքիցս բռնեց մայրիկս, բերեց դուրս, հագվեցրեց և պատվիրեց գնալ անմիջապես տուն և ասել մեր ծառային, որ էշը բերի և հորաքրոջս տուն տանի: Մինչև ես իշուն հետ բաղնիս վերադարձա, բոլորն էլ հագվել էին, մայրիկս տխուր էր, իսկ հորաքույրս, աչքերը փակած, բերանը բաց արած, ատամները ցցած, պառկել էր փոքրիկ գորգի վրա և հազիվ կարողանում էր տնքալ:

6

Երկար տարիներ համբերություն ունենալուց հետո հորս համբերությունը վերջ էր գտնում՝ անկարելի էր հանդուրժել հորաքրոջս ներկայության մեր տան մեջ:

Հայրս մի օր տանը հաղորդեց իր վերջնական որոշումներից մեկը՝ Վարդերը դուրս պետք է գա մեր տնից: Հայրս չորս սենյականոց մի տուն էր վարձել և ուզում էր, որ հորաքույրս գնա և այնտեղ բնակի իր համար: Մայրս նախ ընդդիմացավ:

— Ատքա՛ն տարի քաշեր ենք, հիմա՞ չպիտի քաշենք,— ասաց մայրիկս:

Բայց հորս որոշումը որոշում էր:

— Ես, որ մինչև հիմա այդ կնիկը կը պահեի, այն տղու խաթեր համար էր, մինչև կոկորդս եկեր հասեր է, համբերանք չմնաց, դուրս պիտի ելլա, դո՛ւրս, չեմ ուզեր, մազերս ճերմկցուց:

Այն տղան հորաքրոջս որդի Խաչերն էր։ Խաչերը դպրոցում ամենից ուշիմ և աչքող աշակերտն էր։ Երբ հայկական ծխականը ավարտեց, հայրս նրան ուղարկեց թրքական Պետական բարձրագույն վարժարան՝ Իտատիեն, և դրանից էլ հետո ուղարկեց Պոլիս, բժշկական վարժարան։ Հորս խոսքին վրա ուրիշ խոսք դնել անկարելի էր, հետևաբար մայրս թույլ տվեց, որ հայրս կանչի հորաքրոջին և հաղորդի իր որոշումը, միայն մայրս, զալիք պատասխանատվությունից խուսափելու համար, Պիղատոսի պես ձեռքերը լվաց և դուրս եկավ:

— Վերջեն որ զղջաս, ես մեջը բաժին չունիմ,— ասաց մայրիկս հայրիկիս դուրս ելլալեն հետո,— այնպիսի բաներ ընե, այնպիսի օյիններ խաղա, որ տեսնես:

Բայց հայրս կանչեց իր հարազատ քրոջը և շատ կտրուկ կերպով ասաց.

— Երեսուն տարի է ինձի հետ ես, առաջ ջահել էիր, մենակ չէիր կրնար ապրիլ, բայց հիմա տարիքդ առեր ես, մարդ թելիդ չի կրնար դպչիլ, պետք է իմ տունես ելլաս և առանձին բնակիս, ես քեզի համար տուն եմ, — հայրս չի կարողացավ խոսքը վերջացնել, հորաքույրս արձակեց մի այնպիսի ահռելի ճիչ, որ կարծես երեսուն տարուց ի վեր պահեստի դրած լիներ։ Այս ահռելի ճչից մեր հարևանները վազեցին ներս, կարծելով, որ մի արտակարգ բան է պատահել մեր տան մեջ։ Մայրս սենյակից դուրս էր։ Նա, որ ամենափոքրիկ աղմուկից ցնցվում էր, ոչինչ չզգաց, որովհետև սպասում էր դրան:

Հայրս այլայլվեց, մինչև անգամ չկարողացավ խոսել, մի մարդ, որ քաղաքում կատաղածի համբավ էր վայելում:

Մայրս մի քանի ստերով հարևաններին ճամփու զցեց, թե հորքորը լսել է, որ Խաչերը Սև ծովու մեջ խեղդվել է։ Թեև բոլոր հարևանները լսել էին, որ Խաչերի Պոլիս հասնելուն՝ հեռագիր էր ստացվել։ Հորաքույրս ոչինչ չկարողացավ ասել, ոչ մի լուսաբանություն չէր կարող տալ, որովհետև «ուշաթափվել էր»: Ավելի լավ էր սուտ պատճառներ տային, քան թույլ տար, որ իր «ուշաթափվելու արվեստը» տապալվեր, քանի որ վերջերս մոդայից ընկել էր այդ։

Ուշաթափվել... ահա՛ հորաքրոջս ուժեղ զենքերից մեկը։ Տարիներ առաջ տան բոլոր անդամները վախենում էին հորաքրոջ ուշաթափվելուց՝ բժիշկ, դեղ, սառը ջուր, քթին՝ ռուհիներ[6], բայց վերջ ի վերջո իմացվեց նրա ուշաթափվելու արվեստը:

— Երեսուն տարի առավ,— ասում էր խեղճ մայրիկս,— որ հասկացա, թե սուտ կը մարի:

Ճչից բավականին հետո զարթնեց հորաքույրս, բայց մինչև իրիկուն չդադրեց լաց լինելուց:

Երկրորդ օրը հայրս խոստովանեց իր անզորությունը:

— Եթե դուրս գա տունեն՝ ինձ ալամին առջև խաղք ու խայտառակ կընե, Մարգարիտ,— ասաց հայրիկս:

— Պետք է տանենք մինչև ետքը,— պատասխանեց մայրիկս,— այդ կնիկը մեր տան խարղան[7] է ,քանի քշես խարղան, այնքան չար խաբարներ կը բերե:

— Աղջի՛— հարց տվեց հայրիկս,— մինչև ետքը որ կըսես, այդ մինչև ետքը ե՞րբ է, այս կնիկը բոլորիս գլուխը կուտե:

— Թո՛ղ մեր գլուխը ուտե, բայց ո՛չ քուկդ,— պատասխանեց հորս կինը:

— Իմ ու քուկիդ խնդիր չկա, ես կուզեմ, որ կատվին գլուխն անգամ չուտե, բայց բոլորիսն ալ պիտի ուտե, — վերջացրեց հայրիկս:

Հորաքույրս մնաց մեր տանը:

7

Հայրս մի ազգական ուներ, որի անունն էր Հաջի Մայր: Մենք բոլորս էլ Հաջի Մայր էինք ասում այն քաղցր պառավին, որի ներկայությունը որևէ տան մեջ խաղաղություն էր: Մի պայծառ, ալեզարդ պառավ, որի ձեռքերը շուշանի սպիտակություն ունեին, որին մոտենալիս՝ նոր լվացված և արդուկված ճերմակեղենի մաքուր բույր էր գալիս, նիհար, բայց ոչ ոսկրուտ: Նա մեզ միշտ պատմում էր Երուսաղեմ քաղաքի պատմությունները, ուր այցելել էր իբրև ուխտավոր, մի տասնյակ տարի առաջ: Նա ուներ մի կարմիր մարջանից խաչ, մեջտեղում մի փոքրիկ ապակյա ծակ, որի մեջ նայելիս երևում էր Քրիստոսի խաչելության պատկերը: Այդ պատկերը, ասեղի ծակի չափ փոքրիկ ծակից երևցած, իմ մանկական մտքիս վրա ավելի մեծ տպավորություն էր թողել, քան հետագայի իմ տեսած սինեմաները, ռադիոֆոները և ուրիշ գիտական հրաշալիքներ: Ես Երուսաղեմի մասին միայն մի բան գիտեի: Երբ երկրաշարժը օրորում էր մեր տները, ամեն մարդ պոռում էր՝ «Սյունն Երուսաղմա», ես կարծում էի, թե Երուսաղեմի մեջ մի սյուն կա, որ երկրից մինչև երկինքը երկարած է, և այդ սյունն է, որ կարող է հանդարտեցնել երկրի կատաղությունը: Այդ խաչի պատկերը ուրիշ հորիզոններ բացավ իմ աչքիս, միշտ էլ փնտրում էի Երուսաղեմի սյունը և Քրիստոսի խաչելությունը: Հաջի Մայրը իմ մտքում միշտ կապվել էր խաչելության և այդ սյունի հետ, և միշտ մտածում էի, թե ինչպես այդ խորին բարի պառավը կարող էր կապ ունենալ խաչելության գործիքի և այդ վիթխարի սյունի հետ:

Մի օր Հաջի Մայրը էլի մեզ մոտ էր և խոսք կար, որ նա պիտի հեռանար մեր քաղաքից: Հայրս երկար խորհրդակցության նստեց նրա հետ:

Հայրս համոզում էր Հաջի Մորը, որ հորաքրոջս հետը տանի Պոլիս:

— Ես կը վախնամ այդ կնիկեն,— ասում էր Հաջի Մայրը,— ճամբան գլխուս օյին կը բերե:

— Չէ՛,— առարկում էր հայրս,— դուն գիտես, որ քեզմե կը քաշվի:

— Նա միայն Աստուծմե կը քաշվի, մարդոցմե քաշվիլ չունի,— պնդում էր Հաջի Մայրը:

Վերջապես հայրս աջողեց Հաջի Մորը համոզել, որ հորաքրոջս հետը տանի:

Հիմա հարց էր ծագում, թե ի՞նչ կերպով կարելի պիտի լիներ հորաքրոջս համոզել գնալու: Հայրս մի քանի օրեր ծանր մտածելուց հետո՝ իր մոտ կանչեց իր քրոջը և ասաց.

— Տղաղ քեզ Պոլսեն ուզեր է, պիտի ղրկեմ որ երթաս տեսնաս:

Այս խոսքը դառավ մի նոր և ահավոր ցավ: Հորաքույրս մեկնաբանեց, որ Խաչերը հիվանդ է և դրա համար են ուղարկում: Մինչև մեկնելու օրը գովեց ու լաց եղավ, լաց եղավ ու գովեց իր տղին՝ կարծես թե նրա դագաղը դրված լիներ իր առջև: Ամբողջ մեր ընտանիքը Հոբի համբերությամբ համբերեց այն մեծ հույսով, որ որքան լաց և շիվան, այնքան մեկնելու մտքի խորացում:

Ութը մարդ հազիվ կարողացավ հորաքրոջս տնից դուրս բերել և կառք նստեցնել ոտները իրար էր զարնում լաց լինելով և ճչելով:

— Խաչե՜րս, Խաչե՜րս, քոռնայի, քեզ այս օրին չի տեսնեի:

Հաջի Մայրը Պոլսում մի աղջիկ թոռ ուներ, որ պատկերով նշանվել էր Եգիպտոսում ապրող մի հարուստ վաճառականի հետ: Հաջի Մայրը գնում էր Պոլիս, որպեսզի իր թոռը տանի Եգիպտոս և ամուսնացնի: Հորաքույրս պիտի մնար Պոլսում, Խաչերի մոտ:

Ճանապարհին հորաքույրս մի քանի կռիվներ կը սարքի Հաջի Մոր հետ:

— Վա՜յ, դուն այսպես ըսիր, վա՜յ, դուն այնպես ըսիր:

— Վարդե՛ր,— աղաչում է Հաջի Մայրը,— սիրտդ հանգիստ պահե, ծով պիտի անցնենք, Աստուծո բարկությունը մի հրավիրեր մեր վրա:

— Շիտակ բանին Աստված չի բարկանար,— պատասխանում է հորաքույրս:

Մենք լսեցինք, որ Պոլսում Խաչերը մի կերպ աջողացնում է իր մորը ճանապարհ դնել Հաջի Մորը և նրա թոռանը հետ դեպի Եգիպտոս: Թե ինչպես էր եղել, որ այդ կռիվներից հետո Հաջի Մայրը համաձայնվել էր, ես չգիտեմ:

Հորաքրոջս մեր տնից դուրս գալուց հետո՝ մեծ քրոջս բախտը ժպտաց: Նրա բախտը սկսեց վարդի կոկոնի նման բացվել: Քույրս 17 տարեկան էր՝ սիրուն, սև աչքերով և հասակով: Ըստ մեր Խարբերդի սովորության՝ նա պետք էր բերնի ծամոն դառնար արդեն երկու տարուց ի վեր: Պետք էր, որ մի քանի անգամ հարսնության ուզեին նրան, ծնողները մերժեին, պետք էր՝ ողջ քաղաքում խոսքի և զրույցի առարկա դառնար, բայց որի՞ բերնին էր ընկել մոտենալ մեր տանը և աղջիկ ուզել, հորաքույրս անմիջապես պիտի լիներ իր դերում, գործի վրա և անպայման խանգարեր: Եթե մինչև անգամ չի խանգարեր, այնուամենայնիվ այդ էր դրսի տպավորությունը:

Հորաքույրս դեռևս Սև ծովու վրա էր, երբ մեծ քրոջս նշանեցինք, մի տարի հետո ամուսնացնելու երկուստեք խոստումներով: Քույրս, զարմանալի՛ չէ, դառավ հետաքրքրության առարկա նշանվելուց հետո: Ամեն ներս մտնելուն և դուրս գնալուն, եկեղեցի կամ բաղնիս հաճախելուն, նրա մասին մանրամասն պատմություններ էին պտտվում քաղաքում: Հորս և մորս՝ նրան տալիք դրամօժիտի մասին չիմացածը քաղաքը իմանում էր: Առասպելներ էին հյուսվում նրա դրամօժիտի շուրջը: Դրամօժիտի չափերը այնքան էին բարձրացվում, որ մոտավորապես գալիս էր հավասարվելու հորս ունեցած հարստության:

Հորաքույրս այլևս չկար, մայրս դառել էր մեր տան իրական և տիրական տիրուհին, մանավանդ՝ աղջիկների մայրը:

Խաղաղ էր մեր տան կյանքը, այնպես խաղաղ, ինչպես կապույտ ու անդորր երկինքը մեր ամառների: Առաջին անգամն էինք տեսնում, որ մայրս լաց չի լինում, տան մեջ անհամություններ չկան, բամբասանքները դադրեցան, ագռավը, սև և անողոք ագռավը, չէր կանգ առնում մեր կտրի քիվերի վրա, մեր տան պատերը մի ժպտուն լռություն էին պահում:

Հորաքրոջս մեկնելուց վեց ամիս հետո լսեցինք, որ Եգիպտոսում մեռել է Հաջի Մայրը, որովհետև իր թոռը մերժել էր ամուսնանալ իր նշանածի հետ հորաքրոջս թելադրությամբ և փախել էր Փարիզ, ամուսնացել մի ուրիշի հետ: Այս դեպքից հետո Հաջի Մայրը կաթվածք էր տարել և մեռել: Իսկ Հաջի Մոր մահից հետո հորաքույրս եկավ, բորո՛ս, կանգնեց... մեր տանը դռան առաջ:

Նա էլի վերադարձավ մեր առաստաղի տակ՝ իր հետ բերելով գորշ և սպառնական ամպեր: Մեր երկինքը էլի մթնեց, կարկուտի նշան կար:

Անպա յման մեր տանը պիտի պատահեր մի ահեղ և մութ բան:

Մի աշունի ցուրտ օր մայրս, վերադառնալով պարտեզից, ղժգունած և այլայլված, իր ջինջ աչքերում մի քանի կաթիլ արցունքով, ողբագին ասաց.

— Երեք սև ագռավ մեկանց կկանչեն մեր կտրի վրա,— և չի կարողացավ գուշակություն անել:

Երեկոյան հայրիկս սովորական ժամից ավելի շուտ տուն եկավ և անմիջապես մտավ անկողին:

— Մարգարի՛տ,— ասաց նա մորս թուլացած և դժգունած,— հիվանդ եմ, սիրտս կը ցավի:

Հայրս այդ օրվանից ոտքի չկանգնեց, անկողնում հիվանդ մնաց մինչև կաղանդի կեսգիշերը:

Հորս հուղարկավորությունը տեղի ունեցավ այն նոր տարվա ցուրտ առավոտը:

Տեղի էր ունեցել ահեղ բան՝ հայրիկս չկար:

8

Հորաքույրս գտավ իր անխորտակելի պարանը՝ վրան խաղալու, պար գալու: Հայրիկիս վախը չկար, իսկ տան մյուս անդամներն էլ հորս մահվան վշտով էին տարվել: Նրա առաջին գործը եղավ ընկնել մեր նոր փեսայի ետևից, որի ամուսնությունը արդեն մոտ էր: Հորաքույրս որևէ պատճառ չուներ մեր փեսային թշնամի լինելու, իսկ քույրս էլ խենթի նման սիրում էր իր նշանածին և փոխադարձաբար:

— Առանց ինձ նշանե՛ն, ինձ մարդու տեղ չդնե՛ն , ես այս տան մեջ ո՛չ աղախին եմ և ո՛չ էլ շուն,— մտածում էր հորաքույրս, ավելի ճիշտ՝ դավադրում:

Առաջին գործը եղավ մորս միտքը պղտորել, բայց չօգնեց, հետո մեծ եղբորս գրգռեց փեսայի դեմ և պատճառ եղավ մի շարք անհամ և անհարկի կռիվների, մինչև անգամ, ապտակ, ամաններ իրար գլխի և այլն:

— Հակո՛բ, զառնո՛ւկս,— գաղտնի փսփսում էր հորաքույրս մեծ եղբորս ականջին,— փեսադ աղին անդին, գլխեն դուրս խոսեր է, որ իբր թե դուն չես կրնար հորդ տեղը բռնել, շռայլ ես, պատիվ չես բերեր տանը, թե հորդ հին բարեկամները կամաց-կամաց կը հեռանան և փուշտերու[8] հետ գործ ունիս:

Եղբորս միամտությունը և հորաքրոջս ինտրիգի աջողությունը հասան մինչև այն աստիճանին, որ մի օր եղբայրս դուրս վռնդեց տնից մեր փեսային:

Քույրս լաց եղավ, մայրս զգայնությունից հիվանդացավ, մենք էլ սկսանք չսիրել փեսային, որ «պատճառ» էր մեր տան վրա թափած նոր կրակե կարկուտին: Փեսան հանդարտաբարո բնավորությամբ մի երիտասարդ էր և չկարողացավ ավելի ճիգ և կամք հանդես բերել:

— Հերի՛ք է,— ասում էր վշտագին մայրիկս հորաքրոջս,— հերի՛ք է սև սատանի դեր կատարես այս տան մեջ, ի՞նչ ունիս աղջկանս մոտ, որ չես կրնար ետ առնել:

— Ես ի՞նչ բան ունիմ,— պատասխանում էր հորաքույրս,— խելառ տղադ է ընողը, ամեն բան ըրեք, վերջեն ելեք իմ վրաս նետեցեք հանցանքը, Աստծու ահեն չե՞ք վախնար, շատ ըլ մի գուրգուրար փեսայիդ վրա, չգտնվելիք չէր, մեր ոտը թող պագնեն ու մեր աղջիկը առնեն:

Մայրիկս, ինչպես երեսուն տարի, այս անգամ էլ լռեց՝ առիթ չտալու համար նրան ավելի սատանայական մեքենայությունների, բայց մեր տան փեսայի հետ կռիվները այնքան հաճախակի դառան, որ փեսան ստիպվեց իր տված նշանը ետ պահանջել։ Նշանը ակամա ետ ուղարկվեց, բայց խեղճ երիտասարդը վշտից հիվանդացավ, ուժասպառվեց և մի օր էլ մեռավ։ Քույրս, աներևակայելի ջանքերի շնորհիվ՝ Եվրոպա, ամառանոց և ջերմուկներ, հազիվ փրկվեց մահվան վտանգից:

Մինչև հիմա էլ հիշում եմ մեր ժամանակավոր փեսային՝ շատ սիրուն դեմքով և կազմվածքով, բարի և հիմար:

Խեղճ տղան քաշվում էր իր սերը պաշտպանելուց:

9

Եգիպտոսի վրայով՝ Ամերիկայից մեր քաղաքը հասավ մի մարդ, որ աչքի զարնվեց միայն այն բանի համար, որ առջևի ատամների երկուսը ոսկուց էին շինված և ապա ասում էին, որ շատ հարուստ էր։ Այս մարդը խարբերդցի էր, բայց նրան միայն ծերունիներն էին հիշում:

Ջինջիլյան էֆենդի՝ այս էր նրա ազգանունը։

Հորաքույրս Եգիպտոսում պատահել էր այս ոսկե ատամներով պարոնին և խոստացել էր երկիր վերադարձին ցույց տալ իր եղբոր աղջիկը:

Ահա թե ինչպես Ջինջիլյան էֆենդին մուտք գործեց մեր տունը և էլ դուրս չեկավ:

Թե հորաքույրս ինչպես և որպեսզի աջողությամբ տարավ թելլալ[9] կնիկի այս գործը, դժվար թե ես կարողանամ պատմել այստեղ մանրամասնորեն և ճշգրտորեն, որովհետև այս պատմությունը հորաքրոջս ամենածածուկ, մութ և լռին գործերից մեկն է:

— Չեմ գիտեր, թե աղջիկդ պահես-պահես, որի՞ն պիտի տաս, — ասում էր մորս, — բոլորն ալ կը խոսին, որ թոքախտավոր է, բարակ ցավ ունի, և ինչե՛ր, մեյ մը ականջդ դուրս բրե՛ և լսե՛, թրո՞ւն պիտի դնես:

— Բայց շատ տարիք ունի, ինձմե մեծ է, պատասխանում էր մայրիկս ոսկի ատամներով մարդու համար, գլխուն վրա ճերմակ մազերու համրանքը չկա, աղջիկս ծերի՞ պիտի տամ:

— Ոո՛ւհ, գլուխդ հողիմ,— ասում էր հորաքույրս, բոլորը Ջինջիլյան մը կըսեն հինգ Ջինջիլյան ալ պոկունքներեն կը կախվին, ի՛նչ պատիվներ կուտա խալխը աղջիկները անոր շալակը հանելու, բայց բախտը տես, որ իր ոտքովը ընկեր է մեր դուռը:

Վերջապես հորաքույրս բոլորին համաձայնացրեց:

Մինչև ամուսնություն՝ մի կերպ մենք նոր փեսային տարինք, բայց ամուսնությունից հետո մեծ եղբայրս մտավ իր դերում, որովհետև փեսան դուրս եկավ իր դերից:

Ջինջիյան էֆենդին սկսեց եղբորս անձնական գործերին խառնվել։ Եղբայրս անցել էր հորս տեղը և չէր տանում, որ որևէ մեկը միջամտի իր խելքին:

Մենք մի մեծ պարտեզ ունեինք քաղաքից քիչ դուրս, որ չորս բոլորը փշենիներով ցանկապատ ուներ։ Մեծ եղբայրս ցանկացավ ցանկապատի տեղ աղյուսով պատ կանգնեցնել։ Շատերը եղբորս խորհուրդ տվին չանել այդ, որովհետև ծախսը շատ է և չարժե։

— Գառնո՛ւկս, մոռցիր, որ երթա, խրատում էր մեր ալևոր ազգականներից մեկը:

— Տղա՛ս, մի ըներ, ասում էր մայրս:

— Պիտի ընեմ, մեկ անգամ խոսքը բերնես թռեր է, պիտի կատարվի,— համառում էր եղբայրս:

Մի երեկո Ջինջիյան էֆենդին մեր տանն էր՝ ընթրիքի։ Ճաշի ժամանակ էլի, ինչպես միշտ, խոսքը բացվեց պատի մասին։ Վերջին երկու ամիսների ընթացքին արդեն մեր տան մեջ պատի խոսակցությունից դուրս ուրիշ խոսակցություն գրեթե չկար։ Մի շարք համոզիչ խոսքեր ասվելուց հետո, երբ եղբայրս շարունակեց պնդել պատը կանգնեցնելու մասին, փեսան սկսեց բղավել.

— Առնվազն սարսաղություն է, հիմա՛ր...

Ջինջիյան էֆենդին դեռևս չէր լրացրել իր խոսքը՝ եղբայրս իր առաջ դրված կանաչ լոբու ամանը առավ և խփեց փեսայի ոսկե ատամներին։ Բոլորս էլ սեղանից թռանք, քրոջս սիրտը գնաց, մայրս զայրացավ, որ փեսան խոսքի խառնվեց և վիրավորեց եղբորս, հորաքույրս փախավ դուրս, իսկ փեսան և եղբայրս ինկան իրար կոկորդի։ Ոչ ոք չկար, որ բաժաներ, երկուքն էլ սպասում էին, որ մեկը միջամտի։ Վերջ ի վերջո մայրս հրամայեց:

— Հակո՛բ, բավական է:

Հակոբը բաց թողեց փեսայի վիզը:

Երեք օր հետո պատը սկսեց կառուցվել, բայց մեր տան և Ջինջիյան էֆենդու միջև պատի խնդիրը միշտ մնաց դաժան խնդիր:

Հորաքույրս շատ աշխատեց փեսան նորից մեր տուն բերել, բայց այդ նրան երբեք չաջողվեց:

10

Հորս մահվանից մի քանի տարիներ անցել էին, մենք արդեն բավական մեծացել էինք, երբ մեր տան մոտիկ ազգականներ խորհուրդ տվին բաժանել հորենական ժառանգությունը, որ տարիներ հետո «մութ կողմեր» չմնան:

— Ինչո՛ւ պետք խառնակ բան,— ասաց մեր մեծ հայրը՝ մորս հայրը,— ա՛ս իմս, ա՛ս քուկդ, նորեն եղբայր ու քույր, արյունը ջուր չի դառնար:

— Մաքուր հաշիվը աղեկ բան է, ասաց ուրիշ մի ազնվաշուք ազգական, ի՞նչ պետք կա տարիներ հետո կռվի և ծեծի, քանի որ հիմա ամեն բան մեջտեղն է, մեկ՝ քեզ, մեկ՝ անոր, մեկ՝ մյուսին, մեկ ըլ՝ մյուսին, խնդիրը կվերջանա:

Մայրս, եղբայրներս և քույրերս համաձայնվեցին և ժառանգի բաժանման գործը սկսվեց և ընթանում էր շատ խաղաղ, երբ հանկա՛րծ, հորաքույրս կախվեց մեջտեղում:

— Երեսուն տարի է ես այս տան մեջ կաշխատեմ, առանց ինձի չեք կրնար ասեղ մը իսկ բաժանել, հայտարարեց նա:

Մյուս առավոտ մենք լսեցինք, որ նախքան այդ հայտարարությունը, զարմանալի էր, որ մինչև այդ լռել էր, գնացել և փաստաբանների հետ խորհրդակցել էր, գտել էր մի քանի պնակալեզներ, որոնք պիտի ջանային մի բան կորզել մեզանից:

Մեծ եղբայրս նախ կանչեց իր մոտը հորաքրոջս և հորդորեց, որպեսզի այդ սիրուց հրաժարվի:

— Հրաժարվի՛ր այդ խելքից, ասաց եղբայրս, եթե ոչ քեզ ըլ կը ձգեմ փեսա Ջինջիլյանի օրին:

— Իմ արյանս իրավունքն է,— պատասխանեց հորաքույրս:

— Քու արյանդ մեջը, — հարեց մեծ եղբայրս և կատաղեց:

Վե՛ր, վա՛ր, հարևանները էլի հավաքվեցին:

— Կուզեմ, իմ բաժինս կուզեմ, իմ հարազատ եղբորս մալն է, ճչում էր պառավը:

— Դուն որ ասեղ մը առիր այս տեղեն՝ ըիր՛,— պատասխանում էր եղբայրս և հինգ մատներով բռնում բեխը և ցույց տալիս:

Առաջին անգամ լինելով՝ հորաքույրս չուշաթափվեց: Վերջին գործն էր, որ մեզ հետ ունենում էր և ուշաթափվելով գործը գլուխ չէր գա:

Մի քանի օր հետո, ահավոր լացուկոծի մեջ, հորաքույրս դուրս էր գնում մեր տնից օրինական միջոցներով, և ծառաները դուրս էին բերում իր պատմական ընկույզե մեծ սնդուկը:

1916 թ.

1. կարկատաններով հաստացած մի կոշիկ
2. ապօրինի զավակ, պոռնկորդի
3. վիճակախաղի

4. սրունքները
5. հաշմանդամ
6. ուշաբեր հեղուկ
7. ագռավը,
8. սրիկա, խարդախ
9. միջնորդ

Կյուրեղ աղայի մահը

Կյուրեղ աղան բոլորովին առողջ էր, երբ առավոտյան զարթնեց, նախաճաշեց, խաչակնքեց, բաց արավ երկաթե արկղը, որտեղ փողերն էր պահում, վերցրեց 50 օսմանյան ոսկի և դուրս եկավ սենյակից խանութ գնալու, երբ հանկարծ, լսեց, որ երեխաները պոռում են.

— Հաջի Քորո՛ն... Հաջի Քորո՛ն...

Կյուրեղ աղան ցնցվեց, մի թեթև սարսուռ փշաքաղեց մարմինը, մի պահ կանգ առավ շեմքի վրա, ապա ներս մտավ և նորից լսեց երեխաների աղաղակը.

— Հաջի Քորո՛ն... Հաջի Քորո՛ն...

Միևնույն տեսակի սարսուռը, այս անգամ ավելի ցուրտ, բայց էլեկտրական հոսանքի արագությամբ, ճեղքեց անցավ նրա ամբողջ մարմնով, կարծես չոր սառնամանիքին նրան մերկացրին քամու առաջ և մի դույլ սառը ջուր լցրին մարմնի վրա:

Նա մոտեցավ պահարանին, գլուխը կոխեց մեջը, իրար ետևից մի քանի գավաթ օղի լցրեց և խմեց:

Կարծես մի քիչ տաքացավ:

Նորից առաջացավ դեպի սենյակի դուռը և դրան արանքից խռպոտ և կերկերուն ձայնով բղավեց:

— Աղջի՛, Հազարխա՛ն...

Ոչ ոք չպատասխանեց:

— Հազարխա՛ն...

Լռություն:

Հազարխան խաթունը Կյուրեղ աղայի կինն էր: Ինչո՞ւ չէր պատասխանում: Ո՞ւր էր գնացել:

Քիչ առաջ նա կրակտանն[1] էր, հենց որ Կյուրեղ աղան պատրաստվում էր խանութ գնալու՝ լսվում էր նրա փարչիշի[2] քսքսոցը:

Կյուրեղ աղան նորից մոտեցավ դրան և արանքից ահռելի ձայնով բղավեց.

— Հազարխա՛ն:

Այս անգամ Հազարխան խաթունը, աճապարանքով և ոտներն իրար փաթաթելով, վեր վազեց.

— Ո՞ւր ես գացեր, երկու ժամ է կը ճաթռտիմ:

— Բախչան էի, չլսեցի:

— Չոջուխները Հաջի Քորու, մաջի Քորո կպոռայի՛ն:

— Հա՛:

— Հա, ի՞նչ:

— Հաջի Քորոն է:

— Ի՞նչ կըսե:

— Կըսե՝ պզտախպորս հետ խոսելիք ունիմ:

Կյուրեղ աղան նորից ցնցվեց:

— Վախըտ[3] չունիմ, թող իրիկունը գա:

— Շատ աղեկ, կըսիմ:

Կյուրեղ աղան անմիջապես գլխի ընկավ, թե ի՛նչ բանի համար Հաջի Քորոն կարող էր եկած լինել:

«Քածը դահա չի մոռցեր... » ասաց նա իր մտքում, և տեսնելով կնոջը, որ դեռ կանգնել էր և մտադրություն չուներ գնալու, բղավեց.

— Ի՞նչ ես կայներ դեմս, գնա չըսի՞:

Կինը ցատկեց ոչ այնքան ուզենալով, որքան ամուսնու սարսափից։ Բայց երբ Հազարխան խաթունը սենյակի դռան մոտեցավ, Հաջի Քորոն հասել էր շեմքը և, առանց որևէ բան ասելու, ներս մտավ և կանգնեց Կյուրեղ աղայի առաջ:

Սպիտակ գլխով, սպիտակ և արդեն դեղնելու մոտ մորթով, նիհար, բարակ, նուրբ ձեռքերով, սև և թեթև յազման գլխին, հանգելու մոտ աչքերով, որոնց հեռավոր խորքերում կարծես ինչ-որ քաղցրություն է աճում, ձեռքերը ծալած սրտի վրա, կարկատաններով, բայց մաքուր ֆիդանը[4] հագին, գլուխն ուսին թեքած, խեղճ-խեղճ՝ Հաջի Քորոն կանգնեց իր փոքր եղբոր առաջ:

— Հոգեառ հրեշտակն է մտեր տունս,— ասաց Կյուրեղ աղան մտքում:

— Պզտախպար, ոտքդ պագնիմ, մէներ, մըլլիր, ամեն բան մոռցի՛ր, ան փարան տո՛ւր մինչև գերեզման ապրիմ, անոթի իմ, մեղք իմ։— Հաջի Քորոյի այս խոսքերից Հազարխան խաթունի աչքերը խոնավացան, որին ի տես՝ Կյուրեղ աղան աչքերը խոլոռտեց կնոջ վրա և՝

— Ի՞նչ փարա, Հաջի Քորո,— հարցրեց նա:

— Պապուս[5] փարան, միրասի[6] իմ բաժինքը:

— Դահա չե՞ս մոռցեր։

— Մոռցեր էի, ամա հիմա գլխավոր չունիմ, կինե[7] միտքս ընկավ:

Հազարխան խաթունը Կյուրեղ աղային պաղատելու մի փորձ արավ, բայց հանդիպեց նրա զազրելի, պղտոր, մթին աչքերին:

— Տեղդ ծանտր նստե, քեզ ըլ սոխախը[8] կնետիմ,— սաստեց նա կնոջը:

— Պզտախպար, ոտքդ պագնիմ,— աղաչեց Հաջի Քորոն, որի քաղցածությունը իր ձայնի մեջ անգամ շեշտվում էր:

— Փարա-մարա չիկա, ես ըլ խեղճ իմ, էսօր վաղը իմ չոջուխներս ըլ որբանոց կերթան, ընծի վո՞վ տիտա:

Խեղճացած, գլուխը կախ, ողորմելի զոհի նման արտասանեց Կյուրեղ աղան այս խոսքերը և սկսեց քայլել դեպի դուռը:

— Պզտախպա՛ր,— ձայնեց Հաջի Քորոն նրա ետևից պաղատագին և հուսակտուր,— քնծոր[9] պարտք չունիս, քորդ[10] իմ, խեղճ իմ, քանի մը ոսկի տուր ապրիմ, աստծու խոշին[11] ըլ կուգա:

— Հա՛, աղ ուրիշ բան է, պարտք չունիմ, ամա քորս ես՝ կօգնիմ, աղ ընդունակս է, ամա ես ըլ խեղճ իմ, էսօր որ գլուխս դնիմ գետինը, օղլուշաղս վլացք տենե, որ ապրի, ունենայի՝ կուտայի, մեկի տեղը տասը կուտայի:

Կյուրեղ աղան է՛լ չսպասեց և քայլեց ներքև:

— Պզտախպա՛ր...

Ոչ մի պատասխան և ոչ մի շարժում:

— Պզտախպա՛ր, անոթի իմ, կը մեռնիմ, միածին աստծո խաթեր համար:

Լռություն:

— Պզտախպա՛ր... պզտախպա՛ր...

Կյուրեղ աղան վերջին սանդուղն էլ իջավ:

Հազարխան խաթունը բակում կտրեց ամուսնու առաջը, չոքեց և ասաց.

— Լսե՛, մեյ մը խոսքերը լսե՛:

Հազարխան խաթունը բակում, հատակի վրա, Կյուրեղ աղան ականջները տնկած սենյակի դռան, խոր լռության և սարսափի մեջ լսեցին հետևյալ խոսքերը.

«Մինչև իրիկուն զռաս, բառչես ու անանկ մեռնիս... ոսկիներդ ժամուն դուռը թափես ու աստված ձայնդ չի լսե... ծակծկիս ու անանկ տախտակին վրա ելլես... դողախներդ[12] իրարու քով չի գան, որ սատկելեդ առաջ չոջուխներդ պագնես... Տե՛ր, մանո՛ւկ Քրիստոս, մայրի՛կ աստվածածին...»:

Կյուրեղ աղան է՛լ չկարողացավ լսել, ոտը շարժեց, որ քայլի, Հազարխան խաթունը պլլվեց ոտներին:

— Հրեշտակները ուսերուն վրա կայներ են, աստծո խաբար կը տանեն, մէներ, պառավ մեսումին[13] փարան տո՛ւր:

— Պարտք չունիմ, ունենամ ըլ՝ փարա չունիմ:

— Ունիս, շա՛տ ունիս:

— Մի՛ վռվռար:

— Ունիս:

— Չունիմ՝ ըսի, — սրտնեղեց Կյուրեղ աղան, շպրտեց կնոջը գետին, ազատեց ոտները և քայլեց:

— Աս անխղճությունը քըզի չի մնար:

— Մ՛ի հաչեր, սարսաղ կնիկ:

Հազարխան խաթունը վազեց վեր:

Հաջի Քորոն շարունակում էր անեծքը. «Սատկի ու մեկը չըլլի, որ դագաղը վերցնե, դնեն արևի տակ, դարդաներն[14] ուտեն մարմինը...»:

Հազարխան խաթունը աջ ձեռովը բռնեց Հաջի Քորոյի բերանը, ձախովը քաշեց պոկեց իր ճակատի ոսկիները, և, երկարելով մեռելի նման դժգունած պառավին, ասաց.

— Մի՛ անիծեր, Հաջի՛ Քորո, ես քու ոտքիդ տակի հողն իմ, չոջուխներս մեղք են, ա՛ռ աս ոսկիները, դիր պարտքի տեղը, մի՛ անիծիր, ոտքդ պագնիմ:

— Ես քու փարադ չեմ առներ, հա՛րսնուկ:

— Իմս չէ, ախպորդ է, ան է տվեր, մեկ չէ՞, ա՛ռ:

— Չէ՛, ինքը իր ձեռքով տիտար:

Հազարխան խաթունը շատ պաղատեց, բայց Հաջի Քորոն անդրդվելի մնաց և չվերցրեց ոսկիները: Հազարխան խաթունը բռնի ուժով ոսկիները դրեց նրա գրպանը, Հաջի Քորոն դուրս հանեց և նետեց մի կողմ:

— Իմ մեկ ոտքս գերեզմանին մեջն է, մեկ ըլ՝ դուրսը, երկար չեմ ապրիր, երկու խազան ունիմ, կծախիմ, կուտիմ...

Հաջի Քորոն չկարողացավ շարունակել, հանկարծ փշրվեց նրա բարկության պողպատը և հալվեց... Պառավն սկսեց դառնորեն արտասվել: Ո՛չ քսան տարի առաջ մեռած հոր համար և ո՛չ էլ մի քանի տարի առաջ մեռած ամուսնու և նրանից հետո մեռած մի հատիկ որդու համար այնպես այրող արցունքներ չէր թափել, որքան հիմա, այդ չարաբախտ առավոտը, երբ, չիմացավ ինչպես, որոշեց գալ փոքր եղբոր մոտ, որի տունը չէր մտել և երեսը չէր տեսել հորը մահվանից հետո, և պահանջել այն քառասուն և երկու ոսկին, որ իր արդար իրավունքն էր իբրև հայրական ժառանգ:

Հազարխան խաթունը, իբրև իր մեծ տալոջը հարգող և սիրող հարս, փաթաթվեց նրան, իր անկեղծ և դառն արցունքները խառնեց բարի պառավի տաք արցունքներին և ասաց.

— Հաջի՛ Քորո, դուն ընծի լսե՛, ոսկիներս ա՛ռ, ախպորդ ինատին[15] խարջե[16] ու կեր:

— Չէ՛, օղո՛ւլ, չէ՛, անոր փարան բաբա[17] կըլլի փորիս մեջ, ես իմ պապուս փարան կուզեի,— անկեղծորեն պատասխանեց Հաջի Քորոն:

Կյուրեղ աղայի երեխաները՝ տասը տարեկան Գրիգորը և տասն և չորս տարեկան Սրբունը, ապշահար և միաժամանակ դողահար, կանգնել էին պատի տակը և դիտում էին և ոչինչ չէին հասկանում:

Որքան որ Կյուրեղ աղան և Հաջի Քորոն իրար տուն չէին գնում-գալիս և իրար երես չէին տեսնում, բայց երեխաները գրեթե ամեն օր Հաջի Քորոյի տանն էին: Հաջի Քորոն սիրում էր երեխաներին, թեև աղքատ և տխուր, բայց միշտ զվարթադեմ և շաքարեղենի մի կտոր գոգնոցի գրպանում, նրանց դիմավորում էր և գրկում, գգվում և կրծքին սեղմում:

Երբ Հաջի Քորոն նորից յազման քաշեց գլուխը և սկսեց գնալ, երեխաները նրա ետևից աղաղակեցին լացով և գուրգուրանքով.

— Հաջի՛ Քորո, Հաջի՛ Քորո, կեցի՛ր, ո՞ւր կերթաս:

Հաջի Քորոն այս անգամ սիրտ չուներ որևէ ձայն լսելու, առանց ետևը դառնալու, գնաց երերուն, դողդոջ քայլերով և յազմայի տակ բուռ-բուռ արցունք թափելով:

Կյուրեղ աղան, խանութ չհասած, մտաբերեց ամբողջ անցյալը: Հայրը՝ Հաջի Սուքիաս աղան, մեռավ քսան տարի առաջ՝ փոքրիկ ժառանգություն թողնելով իր մեկ հատիկ որդուն և մեկ հատիկ աղջկան: Կյուրեղ աղան մտաբերեց, ամենափոքրիկ մանրամասնություններով, թե ինչ միջոցներով կարողացավ իր քրոջ՝ Հաջի Քորոյի բաժինքը չտալ: Այն ժամանակ Հաջի Քորոն ականջ չկախեց, որովհետև նրա արհեստավոր ամուսինը տունը լավ էր պահում, կարոտ չէր, այն ժամանակ Հաջի Քորոն արդեն տասն և վեց տարեկան տղա ուներ, կը մեծանար, բաբաիգիթ[18] կը դառնար, մտածում էր Հաջի Քորոն, կապրեցներ իրեն, եթե մինչև անգամ ամուսինն էլ չլիներ, բայց մեռավ ամուսինը, մեռավ և նրա որդին, այժմ պառաված, մենակ և աղքատացած, չունենալով ոչ մի հույս ապրելու, եկել էր իր ոտը:

Անցյալի այս մտաբերությունը, սակայն ոչնչով չփափկացրեց Կյուրեղ աղայի սիրտը և մտքում կրկնեց.

— Չպիտի տամ, գլխքումս թո՛ղ առնե:

Կյուրեղ աղան դանդաղ քայլերով շարունակեց ճանապարհը դեպի խանութ: Ճանապարհին որքան որ ջանաց մոռանալ կես ժամ առաջ տանը պատահած դեպքը, չկարողացավ:

Պարզ, ծանր և ուժգին բախումի նման՝ նրա հոգու դռանը զարնվում էին Հաջի Քորոյի խոսքերը՝ «Ծակծկիս ու անանկ տախտակին վրա ելլես»:

Հանդիպեց ծանոթների:

— Բարի լո՛ւ:

— Բարի լո՛ւ, Կյուրեղ աղա, ինտո՞ր ես:

— Շա՛տ աղեկ,— պատասխանեց Կյուրեղ աղան սովորականից ավելի բարձր և զվարթ տոնով, բայց ոչ միայն հետը խոսողին, այլև իրեն անգամ կեղծ թվաց այդ բարձր և զվարթ տոնը:

— Դատդ ի՞նչ եղավ,— հարցրեց Կյուրեղ աղան:

— Է՜հ, կերանք՝ գնաց,— պատասխանեց Սահակ աղան:

Կյուրեղ աղան գիտեր դատի էությունը: Որքան որ դիմացինը հեշտությամբ, առանց խղճի ծանրության, թեթև սրտով ասաց ,թե կերանք գնաց, Կյուրեղ աղան ինքը չկարողացավ հեշտությամբ և թեթևությամբ անդրադառնալ այդ հարցին, որովհետև այդ իսկ պահին նրա հոգու դռանն ավելի պարզ, ավելի ծանր և ուժգին զարնվեց Հաջի Քորոյի խոսքը. «Ծակծկիս ու անանկ տախտակին վրա ելլես...»:

— Տալիր որ երթար, աղեկ չես ըրեր,— նետեց Կյուրեղ աղան:
— Հո՛, հո՛,— ապշեց Սահակ աղան— վա՛յ, ես քու սուրբ փեշերուդ մեռնիմ, խղճմտանքդ արթնցեր է, — հեգնեց նա:
— Հիմա ինադ կէնես, չես տար, ամա տարիներ չես մոռնար,— անկեղծորեն ասաց Կյուրեղ աղան:
Այլևս խոսակցությունը չշարունակվեց, որովհետև Սահակ աղան, կարևորություն չտալով Կյուրեղ աղայի խոսքերին, շարունակեց ճանապարհն անվրդով:
Այդ հարցն էլ մոտավորապես Հաջի Քորոյի հարցի նման էր. Սահակ աղան հաջողել էր, հորեղբոր մահից հետո, թաքցնել նրա փողը և չտալ հորեղբոր որդուն: Վերջինս դիմել էր դատարան և գործը տանուլ էր տվել:
«Երանի քսան տարի առաջ տված լինեի, վերջանար...», — ասաց Կյուրեղ աղան մտքում:
Ճիշտն ասած՝ ինքը չէր ասում, այլ այն ուժգին և ծանր բախումը, որ զարնվում էր նրա հոգու դռանը և ասել տալիս:
Կյուրեղ աղան հասավ խանութ, բաց արավ դուռը և առաջին փեղկը բաց անելուց հետո, երբ խանութի ներքնակողմի մութը փախավ դրսից խուժող լույսի առաջ, ըստ սովորության խաչակնքեց և նորից հիշեց Հաջի Քորոյի խոսքը, կարծես կողքին կանգնած՝ ականջին շշնջաց. «Ծակծկիս ու անանկ տախտակին ելլես»:
Վերջին փեղկը հազիվ էր բաց արել, երբ ներս մտավ Վերի թաղի քահանան:
— Աստված օրհնե, Կյուրե՛ղ աղա:
— Օրհնյա ի տեր, Տեր Պապա,— պատասխանեց Կյուրեղ աղան շրթունքների թեթև դողդողով և մտքում ասաց,— հեչ մարդ չիկար, աս սև սատանա՞ն սիփթա տէներ:
— Կյուրեղ աղա, քանի մի հատ խայֆեի ֆինջան կուզիմ:
— Քեֆիդ ուզածն ա՛ռ, Տեր Պապա, քանի՞ հատ կուզես:
— Տեսնա՛նք, երկու հատ, իրեք հատ...
Երբ քահանան զգաց, որ Կյուրեղ աղան մտադիր է իրենից փող չվերցնել, վեց հատ ջոկեց:
Կյուրեղ աղան էլ, իր կարգին, գլխի ընկավ, որ եթե ձրի չլիներ, վեց հատ չպիտի վերցներ, մտքում ասաց. «Ես գլխու վրա եկող չիմ»: Եվ քահանային դառնալով, ասաց.
— Ան իրեք հատին փարան չիմ առնիր, քըզի հեդիյե, ամա մեկալներուն համար կը վճարես, Տե՛ր Պապա:
— Շա՛տ աղեկ, շա՛տ աղեկ, Կյուրեղ աղա, եթե կուզես, վեցին համար ըլ կը վճարիմ:
— Չէ՛, ես ըսի՝ քըզի հեդիյե:

Քահանան չէր ուզում ոչ մի վճարում անել, բայց էլ չէր կարող հրաժարվել, ծուղակն ընկել էր, ուստի վճարեց և գնաց:

Կյուրեղ աղան, քահանայի գնալուց հետո, քթի տակ թեթև ծիծաղեց, որովհետև նա երեք զավաթի համար այնպիսի գին էր վերցրել, որ եթե քահանան վեցի համար նորմալ գինը վճարեր, ավելի էժան կը լիներ:

Կյուրեղ աղան մի քիչ սպասեց և տեսնելով, որ հաճախորդ չկա, սկսեց պնակների, շշերի, բաժակների, հայելիների փոշին սրբել:

Փոշիները սրբելու ընթացքում մի քանի անգամ հիշեց Հաջի Քորոյի խոսքերը, բայց վերջին անգամ լսեց բարձրաձայն: Այդ վերջին անգամվա հիշողության հետ միասին, հանկա՛րծ, մի խոշոր լամպ ընկավ գետնին և փշրվեց...

Կյուրեղ աղան ցնցվեց, սիրտը տաք ու սառը արավ:

Նա լամպից հեռու էր, հիշեց նաև, որ այդ լամպին ձեռք չտվեց, դեռ այդ կողմը չէր գնացել: Ուրեմն ընկել էր ինքնիրեն:

Կյուրեղ աղան սարսափեց, բայց միաժամանակ կարողացավ զսպել իրեն, խոշոր քիթը կախելով առատ, ամբողջ բերանը ծածկող բեղերի վրա:

Այո՛, լամպի ընկնելու պահին Հաջի Քորոն ասում էր. «Ծակծկիս ու անանկ տախտակի վրա ելլես»:

Եվ ահա նորից է կրկնվում նույն անեծքը:

Առավոտվա սարսուռը, ավելի և ավելի ցուրտ, կտրատեց նրա ողջ մարմինը: Փորձեց շարունակել փոշին սրբելը, բայց այս անգամ, ձեռքերի դողդողալուց, մի քանի բան էլ ինքը կոտրեց:

— Կյուրե՛ղ աղա, չորբայի համար խորունկ քերսի[19] ունի՞ս,— լսվեց մի ձայն խանութի շեմքից:

Կյուրեղ աղան կես մեջքով ետև դարձավ և հազիվ կարողացավ ձեռքով նշան անել, թե՝ չկա:

Հաճախորդը, արդեն միայն նրա դեմքը տեսնելով, սարսափեց և շարունակեց ճանապարհը դեպի կողքի խանութը:

Կյուրեղ աղան, դեպի իր սեղանը քայլելիս, անցավ մեծ հայելու առաջից և, ըստ սովորության, նայեց մեջը: Նայելիս մի ուրիշ տեսակ սարսափ պատեց նրան: Ընդոստ ետև դարձավ: Ոչ ոք չկար ետևում: Նա համոզված էր, որ խանութում մի անծանոթ մարդ կա, եթե ոչ՝ ո՛վ էր այն մարդը, որին նա տեսավ հայելու մեջ:

Նորից նայեց: Էլի՛:

Արդյոք ի՞նքն էր: Ո՛չ, բայց հագուստն իր հագուստն էր՝ ժամացույցի շղթան, մետաքսյա ծաղկավոր ժիլեն, գծավոր շապիկը, ձեռին փոշու ջնջոցը, բոլորն իրենն էին, բայց այդ ո՞ւմ դեմքն էր, ո՞ւմ գլուխը, որ եկել էր և խառնվելով իր հագուստներին, տնկվել էր ուսերի վրա:

Փորձեց ծիծաղել: Այլանդակ մի դեմք:

Շտապով հասավ իր սեղանը, ջնջոցը նետեց, գլուխն առավ ձեռքերի մեջ, արմունկները հենեց սեղանին:

Ամբողջ մարմնով դողում էր: Փակեց աչքերը և լսեց այս անգամ մի ուրիշ ձայն. «Կյուրե՛ղ, օղլո՛ւմ, Հաջի Քորոյիդ աղե՛կ նայիր, քո՛րդ է, յավրո՛ւմ...»:

Հորը ձայնն էր, այնքան մոտիկ, այնքան իրական և կենդանի...

Կյուրեղ աղան ոտի կանգնեց: Հակառակ գարնանավերջի օրերին՝ մրսում էր, օձիքը դարձրեց և փակեց կուրծքը:

— Բարի լո՛ւս, Կյուրեղ աղա,— ներս ընկնելով ասաց հարևան խանութպանը:

Կյուրեղ աղան չպատասխանեց: Նա կծկվել էր ժակետի մեջ և դողում էր:

— Ի՞նչ կա, ի՞նչ չիկա,— շարունակեց հարևան խանութպանը:

Կյուրեղ աղան այս անգամ ուզեց խոսել, բայց երբ փորձեց բերանը բանալ, ատամները կափկափեցին: Թողեց օձիքը և բռնեց ծնոտը: Ատամները, կանոնավոր ռիթմով, խփվում էին իրար և չխկչխկում:

— Ամա՛ն, Կյուրեղ աղա, ի՞նչ կըլլիս:

— Դողղցուուցիիի, — հազիվ կարողացավ արտասանել Կյուրեղ աղան:

Հարևան խանութպանն ավելի մոտեցավ:

Կյուրեղ աղայի դեմքը բոլորովին փոխվել էր, կարծես կիրով էին ծեփել, դողում էր ամբողջ մարմնով, և ատամները չխկչխկում էին:

— Աս ի՞նչ է, Կյուրեղ աղա, գույնը երեսեդ գացեր է,— ասաց հարևան խանութպանը:

— Մարմինս հլոս-հլոս[20] կըլլի:

— Կնկանդ բան մի ըրեր ես...

— Ի՞նչ տէնիմ, ջանըմ, շախայի[21] վախըտ չէ:

— Շախա չեմ ըներ, ծեծե՞լ-մեծե՞լ...

— Չէ՛, ջանըմ, ծեծելու գա՝ Հազարխանն ընծիս կը ծեծէ...

Դողն ավելի սաստկացավ: Ծնոտը գործում էր ընդհանուր մարմնի համակարգությունից անկախ:

Բավական լռությունից հետո Կյուրեղ աղան կմկմաց.

— Ըըընծիիիս տուուն տաարեեեք...

Հարևան խանութպանն անմիջապես ֆայտոն բերեց:

Տուն վերադառնալիս, ֆայտոնից նա տեսավ մի մարդ, որ կռացած, փայտը ձեռին, հազիվ ոտները քաշ էր տալիս իր ետնից:

«Աստված խզմիշ[22] է եղեր,— ասաց Կյուրեղ աղան իր մտքում,— քանի տարի էր չէի տեսեր աղ փեզեվենկը...»: Կռացած մարդն այն մարդն էր, որից Կյուրեղ աղան փող էր յուրացրել, և մարդը, չկարողանալով հաստատել, կաթված էր ստացել. Կյուրեղ աղան կարծում էր, որ մարդը դեռ անկողնում էր: Իսկապես խեղճ մարդն առաջին անգամն էր, որ դուրս էր եկել անկողնից և հանդիպեց Կյուրեղ աղային:

Հասավ տուն:

Հարևան խանութպանը և կառապանը գրեթե շալակելով նրան վեր տարան:

Երբ Հազարխան խաթունը տեսավ, որ ամուսնուն շալակելով ներս են բերում, բացականչեց.

— Վա՜յ, քոռանամ, Հաջի՛ Քորո, աստված ձայնդ լսեց...

Կյուրեղ աղային հասցրին սենյակ:

— Հազարխա՛ն, յաթաղս[23] բաց, արաղ բեր,— դողդողացրեց Կյուրեղ աղան:

Արաղն իրար ետևից քաշեց և փաթաթվեց վերմակում:

— Քիրամիդ տաքցուր, չաբո՛ւխ[24] ...

Մինչև Հազարխան խաթունը կղմինդր տաքացրեց և բերեց, Կյուրեղ աղան ամբողջովին քրտինքի մեջ էր: Կինը ձեռքը տարավ ամուսնու ճակատին՝ սառը քրտինք:

— Մահվան թասս[25] է ,— կմկմաց Կյուրեղ աղան:

Կինը տաք կղմինդրը դրեց ոտին:

— Մեջքի՛ս դիր,— ասաց Կյուրեղ աղան:

— Քա՜, ի՞նչ եղավ քըզի:

— Ի՞նչ տըլլի, անեծք է:

— Վա՜յ, Հաջի Քորո, ինտո՞ր բերանդ բացիր:

— Հազարխա՛ն, մտի՛կ ըրե, չաբուխ աս իթսուն ոսկին Սրբուհին հետ Հաջի Քորոյին ղրկե՛, թող ըսե քի՝ ես քեզ մեղա՜...

— Առտուն տայիր, ասպես չէր ըլլի...

— Հա՜, շիտակ ես, զիբիլ կերա...

Հազարխան խաթունն անմիջապես հիսուն ոսկին վազցրեց Հաջի Քորոյին:

— Ոսկիները կուտաս ու կըսես քի...

Ո՛չ միայն Կյուրեղ աղայի ասածը կրկնեց, այլ մի շարք բաներ էլ ավելացրեց իր կողմից:

Սրբունը թռավ:

Հազարխան խաթունը վազեց վեր, աստիճանների վրա կրկնելով՝ «Տե՛ր, չիիշես, առտուն արինը երեսը քսեր էր, Տե՛ր, չիիշես, Միածի՛ն Աստված»:

Երբ սենյակ մտավ, Հազարխան խաթունը տակավին կրկնում էր՝ «Տե՛ր, չիիշես»:

Կյուրեղ աղան լսեց:

— Հա՜, հա՜ չիիշես, տե՛ր... աղջի՛, սի՛րտս... սիրտս դուրս կը թափի:

— Քա՜, ի՞նչ եղար:

— Հազարխա՛ն, ճեպես[26] կացցային բալլին վերցո՛ւր ու բաց տեսնամ հլա:

Հազարխան խաթունը մոտեցավ կասսին:

Առաջին անգամն էր, որ այդ երկաթե արկղի բանալուն ձեռք էր տալիս Հազարխանը և բաց էր անում: Կյուրեղ աղան, կասսը բաց անելիս, մինչև անգամ չէր թողնում, որ իր կինը նայի մեջը: Պատահեց մի անգամ, որ կինը ոտները կախ գցեր մեջը նայելու համար, Կյուրեղ աղան բարկացավ.

— Մեջը ճիվե՞րս[27] կա որ տեսնես, տեսնա՞լ կուզես, հը՛, տե՛ս,— գոռաց Կյուրեղ աղան և դարձրեց քամակը:

Հազարխան խաթունը չէր իմ անում, թե ամուսինն ինչքան հարստություն ուներ, առաջին անգամ տեսնում էր ոսկիները, մեջիդիեները, մահմուդիեները իրար վրա դարսած փոքրիկ սյուների պես, այնպես որ չկարողացավ իր զարմանքը զսպել և բացականչեց,

— Քա՛...

— Աղջի՛, հարուր ոսկի վերցուր ու էն շանը ղրկե, էն ըլ թո՛ղ ըսե քի՝ ես քեզ մեղա՛...

Կարիք չկար հարցնելու թե ով էր «էն շունը», Հազարխան խաթունը գիտեր: «էն շունը» այն կռացած մարդն էր, որին տեսավ Կյուրեղ աղան կառքով տուն վերադառնալիս:

— Սրբունը Հաջի Քորոյենց գնաց, թո՛ղ գա, ղրկեմ,— ասաց կինը:

— Հա՛, աղեկ, գալուն պես վազցո՛ւր:

— Աղեկ, աղեկ:

— Աղջի՛, — նորից սկսեց Կյուրեղ աղան տնքոց հանելով,— աջալս[28] մոտիկցեր է:

— Այդպես բաներ մըսեր:

— Չըսելով չըլլիր, տի սատկիմ:

Սրբունը ետ եկավ:

— Տարի՞ր:

— Տարա:

— Ի՞նչ ըսավ:

— Ըսավ քի՝ էդ փարան տա՛ր, պատանքի, թաղման պետք կըլլի, — ասաց Սրբունը:

— Ու՛յ, բերանս չորնա, ան ըսավ, դո՞ւն ինչու կըսես,— բարկացավ Հազարխան խաթունը:

— Աղջի՛, չոջուխին մի՛ հերսոտիր[29] , չաբուխ էն շանը փարան ղրկե, ոսկիներս hլոս-hլոս կըլլին...

Հազարխան խաթունը նորից վազցրեց Սրբունին: Ներքևում, դռնից, կանչեց նրա ետևից.

— Սրբո՛ւն, չտնտնաս, շո՛ւտ եկո:

Մինչև Հազարխան խաթունը վեր բարձրացավ, գրեթե չճանաչեց ամուսնուն, բոլորովին այլակերպվել էր:

— Պատա՛նք...թաղու՛մ,— կրկնում էր Կյուրեղ աղան անընդհատ և չխկչխկացնում ատամները:

— Էս ի՜նչ բան էր եկավ մեր գլխուն, Տե՛ր Աստված,— կրկնում էր Հազարխան խաթունը:

— Պատա՜նք... թաղո՜ւմ... անկչովդ լսեցիր, չէ՞:

Հազարխան խաթունը չպատասխանեց, որովհետև նա տարված էր իր ամուսնու կերպարանքով, երեսի գույնը ամեն րոպե փոխվում էր, աչքերն ավելի փաթլախցան (ուռչել) և դուրս ընկան, կոպերի կարմիրը բացվեց:

— Բա՜, ի՞նչ կըլլիս, հեքիմ բերիմ:

— Հեքիմի բան չէ, տի սատկիմ:

Մի պահ ապշահար երևույթից հետո՝ Կյուրեղ աղան ուժեղ ցնցվեց, աչքերը հառեց մի կետի և սկսեց անթարթ նայել: Նրա աչքերում գնալով խորանում էր ահը:

— Ի՞նչ կը տեսնաս, վո՞վ կը տեսնաս,— հարցրեց Հազարխան խաթունը:

— Էն եթիմն ի՞նչ գործ ունի հոս:

— Ո՞ր եթիմը:

— Աբգարին եթիմը:

— Աբգարի՞ն:

— Չե՞ս տեսնար, դեմս տնկվեր է: Ծո, ի՞նչ կուզես:

Լռություն:

Սարսափ:

Կյուրեղ աղան, ահաբեկված աչքերով և կափկափող ծնոտով, կրկնեց.

— Ծո՜, ի՞նչ կուզես, ըսե՜, տամ՝ խալըսիմ:

— Կերևա էն ութը ոսկին կուզե,— հիշեցրեց Հազարխան խաթունը:

— Հա՜, միտքս ընկավ, դրկե՜, աղջի՜, թող ըսե՝ ես քեզ մեղա՜...

— Էն վախտը ըսի քի՝ եթիմին փարան մուտեր:

— Կերա՜, զիբիլ ուտեի, կերա՜,— բղավեց Կյուրեղ աղան և խփեց ծնկներին:

Քիչ անց Կյուրեղ աղան էլի ցնցվելով, սարսափած աչքերն ուղղեց մի կետի:

— Հա՜ջ աղա, ես քեզ մեղա՜, ես քեզ մեղա՜, Հա՜ջ աղա, ես ըրի, դուն մէներ:

Կյուրեղ աղան ուղղակի բառաչում էր, ինչպես մորթվող կովը:

Հազարխան խաթունը «Հաջ աղա» անունը լսելիս անմիջապես գլխի ընկավ, թե ո՛ւմ էր ակնարկում:

— Հա՜ջ աղա, փարադ որո՞ւ տամ,— աղաչում էր Կյուրեղ աղան:

— Մորքրոջ աղջիկ մի ունի, էնոր տանք,— առաջարկեց Հազարխան խաթունը, որի ձայնը ևս սկսեց կերկերալ:

— Հա՜ջ աղա, ո՜տքդ պագնիմ...

Հաջի աղան եղել էր մի ծերունի մարդ, որի 70 ոսկին Կյուրեղ աղայի մոտ էր մնացել, երբ ծերունին հանկարծակի վախճանվել էր: Կյուրեղ աղան ձայն-ձուն չէր հանել, ո՛չ ոքին չէր ասել, և երբ դպրոցի հոգաբարձության մի անդամը նրան ասել էր, թե լսել է, որ այդպիսի մի գումար մնացել է մոտը, լավ կը լինի հատկացնի «ի պետս դպրոցաց», Կյուրեղ աղան երդում արել էր, որ այդպիսի գումար չկա մոտը:

— Ճիշտ է, էդ փարան քովս էր, ամա մահվանից առաջ լուսահոգին ուզեց, տվի, կոտրտվիմ, հլոս-հլոս ըլլիմ քի՝ էդ փարան քովս է,— ասել էր Կյուրեղ աղան:

— Հա՛ջ աղա, ժամուն կուտամ, էս իրկուն կը ղրկիմ,— խոսում էր Կյուրեղ աղան, դեմը քարի նման կանգնած տեսիլքին:

— Հազարխա՛ն, կասսայեն հարյուր ոսկի վերցո՛ւր, ղրկե՛ Տեր Համբարձումին, թող բաժնե տնանկ աղքատներուն, ընծի համար ըլ պատարագ թող ընե:

— Քա՛, ինչո՞ւ Վերի թաղի տերտերին, մե՛ր տերտերին կը ղրկեմ:

— Չէ՛, Հազարխան, չէ՛, ես բան մը գիտեմ, որ կըսիմ, առտուն Տեր Համբարձումը խանութս եկավ քնծոր իրեք հատ ֆինջան հեդիյե տվի, ամա մեկալ իրեքի համար էնքան փարա առի, որ... ա՛լ մի՛ հարցներ... մեղքերս շատ են: Տեր Համբարձումին ղրկե, կեսը ի՛նքը կուտե, կեսն ըլ ուրիշին կուտա, մեղքերուս տեղը կուգա:

— Քա՛, տերտերի՞ն ըլ խաբեցիր:

— Ա՛լ մի հարցներ, ա՛լ մի հարցներ, մեղքերս շատ են, շա՛տ են, շա՛տ են...

Հազարխան խաթունը հարյուր ոսկի համրեց և լցրեց գոգնոցին գրպանը:

Սրբունը վերադարձավ:

— Տարի՞ր:

— Տարա:

— Ի՞նչ ըսավ:

— Ըսավ քի՝ սատկելը եկեր է, որ փարան ղրկեց,— ասաց Սրբունը:

— Վո՞վ ըսավ:

— Կնիկը:

— Վա՛յ, փաչավըռա[30] , վա՛յ...

Հազարխան խաթունը մտածեց, որ այդ բոլորը դատարկ բաներ են, զուր տեղը բոլոր դրամները պիտի գնան, եթե Հաջի Քորոն գա, անեծքը ետ վերցնի, ամեն ինչ լավ կը լինի, ուստի առաջարկեց ամուսնուն.

— Սրբունը թող երթա, նորեն Հաջի Քորոն կանչե, աստված էնոր ձայնը կը լսե:

— Թո՛ղ երթա, թո՛ղ երթա, թող ըսե՝ ես քեզ մեղա՛...

Սրբունը թռա՛վ:

Մի պահ հանգստություն տիրեց. Հազարխան խաթունը վայրկենական աշխուժացավ, վազեց, փոքրիկ մանկան գրկեց և բերեց ամուսնու առաջը:

— Տե՛ս, Գ՛րիգորը, տե՛ս, հովացի՛ր:

— Հա՛, Գրիգոր, յավրում, գիտե՞ս, պապդ գող է:

— Էդպես բաներ մըսեր չոջուխին:

— Թո՛ղ գիտենա: Ազգի՛, ես պզտիկ գող չիմ, մենծ գող իմ, մե՛նծ:

Հանկարծ Կյուրեղ աղան վեր թռավ: Հազարխան խաթունը երեխային փախցրեց: Կյուրեղ աղան ոչ մարդկային մի ձայն արձակեց և սկսեց բղավել.

— Տե՛ս, տե՛ս, տե՛ս...

— Վո՞վ է, վո՞վ է:

— Պապս է, մեռած օրվան պես, Հաջի Քորոն գրկած՝ ներս բերեց:

— Վո՛ւյ, քոռանամ...

Կարծես տունը շուռ եկավ Հազարխան խաթունի գլխի վրա: Կյուրեղ աղան սարսափից վերմակը քաշեց գլուխը: Վերմակի տակից լսվում էր նրա անասնական հռնդյունը, բայց երկար չկարողացավ մնալ վերմակի տակը, բաց արավ, կանգնեց, ուզում էր փախչել սենյակից, բայց հազիվ մի քայլ փորձեց, ամբողջ հասակով ընկավ հատակին:

— Զա՛ր սատանա, էս ի՞նչ բան եղավ,— ճչաց Հազարխան խաթունը և փորձեց բարձրացնել և պառկեցնել անկողնում, բայց մինչև անգամ մի թևը չկարողացավ շարժել, ծանրացել և կապարացել էր:

Ահաբեկված վազեց դուրս:

— Եկե՛ք, եկե՛ք, շուտ հասե՛ք, Կյուրեղ աղաս ափուցս կերթա...

Հազարխան խաթունը հարևաններին էր կանչում:

Հարևաններր եկան, վերցրին Կյուրեղ աղային և պառկեցրին անկողնում:

Կամաց-կամաց Կյուրեղ աղան աչքերը բաց արավ և սկսեց նայել բոլորին անթարթ, սառած, կես ահաբեկված և կես ապուշացած աչքերով:

— Քա՛, ի՞նչ է եղեր,— հարցրեց հարևանուհի Սըրմա խաթունը:

— Չեմ գիտեր, առտուն Հաջի Քորոն հոս էր, քիչ մի առին-տվին, էսպես եղավ:

— Դոկտոր բերի՞ք,— հարցրեց Ավետիս էֆենդին:

— Չէ՛, դոկտոր չեմ ուզեր,— լեզուն բաց արավ Կյուրեղ աղան,— մեղքերի համար դոկտորն ի՞նչ պիտի ընե:

— Կյուրե՛ղ աղա, քիչ մը դուն քեզ բռնե:

— Չեմ կրնար, մեղքերս շա՛տ են, Ավետիս էֆենդի, էնքան տուն իմ մրեղեր, որ հեսաբը չի կա...

Կյուրեղ աղան նորից ահաբեկված սկսեց մի կետի հառել:

Հազարխան խաթունը, ձեռքերը ջղաձգորեն իրար շփելով, շշնջաց հարևաններին.

— Եկա՛ն...
— Ո՞վ:
— Եսի՞մ, դեմը մարդիկ կուզան, կինե եկա՛ն...
Կյուրեղ աղան սկսեց բառաչել: Հարևանները սարսափեցին:
— Պարո՛ն Թորոս, փարայիդ կեսը Սարգիս աղային քովն է, բոլորը ես չի կերա, ես քեզ մեղա՛...
Պարոն Թորոսը մի քանի տարի առաջ թաղային վարժարանում ուսուցիչ էր եղել, չորս ամիս հիվանդ էր պառկել, դպրոց չէր հաճախել, և Կյուրեղ աղան և Սարգիս աղան, իբրև թաղային վարժարանի հոգաբարձուներ, որոշել էին ամսականները չտալ և իրենց մեջ բաժանել:
— Տե՛ս, տե՛ս ի՞նչ կընե, բերանը կը ծռմռտե, պարո՛ն Թորոս, ոտքդ պագնիմ, փարադ տամ՝ գնա՛...,— աղաչում էր Կյուրեղ աղան:
Բայց, ըստ երևույթին, պարոն Թորոսը չէր հեռանում, կանգնել էր Կյուրեղ աղայի դիմացը և, բերանը ծամածռելով, ծաղր էր զցում նրան: Կյուրեղ աղայի երևակայությունը բոցավառվել էր, նրա հիշողության ամենամութ ծալքերի տակից բարձրանում էին դեմքեր, որոնց վաղուց մոռացել էր, բայց ահա բոլորն էլ կենդանի, այնպես, ինչպես իրականության մեջ, ներս էին մտնում, գալիս, համառորեն, անդրդվելի և սառած ցցվում էին նրա մտքի էկրանի առաջ:
Սրբունը նորից ետ եկավ, բայց այս անգամ չմոտեցավ հորը, կանգնեց պատի տակ և խուսափեց որևէ բան ասելուց:
Կյուրեղ աղան, սակայն, տեսավ նրան:
— Աղջի՛, Սրբո՛ւն, քովս եկո:
Սրբունը վախվխելով մոտեցավ:
— Գացի՞ր Հաջի Քորոյենց:
— Գացի:
— Ի՞նչ ըսավ:
— Ըսավ՝ չեմ գար:
— Չէ՛, սուտ կը խոսիս, շիտակն ըսե՛:
Սրբունը խրատվել էր և համառեց,
— Ըսավ՝ չեմ գար:
Կյուրեղ աղան այս անգամ այնպես բղավեց, որ բոլորն էլ ցնցվեցին:
— Շիտակն ըսե՛, շա՛ն աղջիկ:
Հազարխան խաթունը գրկեց Սրբունին, շոյեց և ասաց,
— Ըսե՛, ըսե՛, զարար[31] չունի, ըսե՛:
Սրբունը լացակումած ասաց.
— Ըսավ քի՝ եբոր սատկի, խաբար տվեք, գամ թաղիմ:
— Վա՛յ, քոռանա՛մ...
— Վա՛յ, խալթա՛ղ[32], վա՛յ,— բացականչեց Կյուրեղ աղան:
Կյուրեղ աղան սկսեց գալարվել, այրում էր նրա խղճմտանքը:
— Վա՛յ, վա՛յ, վա՛յ...

Հարևանները բռնեցին նրան, որպեսզի հանգստանա:

— Կյուրե՛ղ աղա, հեչ կտրիճ չես եղեր,— ասաց Ավետիս էֆենդին:

Կյուրեղ աղան սկսեց սիրտը թափել, վերմակը և ողջ անկողինը կեղտոտվեց մաղձային փորամիջով:

— Կը խեղդվի՜մ, կը խեղդվի՜մ...

— Հեքիմի վազեցե՛ք,— ճչաց Հազարխան խաթունը:

— Չէ՛, հեքիմ պետք չէ, մեղքերս թեթևցուցեք, ալ բան չեմ ուզեր, մեղքե՜րս... մեղքե՜րս...

— Դոկտորը դեղ մը կուտա, կանցնի, Կյուրեղ աղա,— միջնորդեց Ավետիս էֆենդին:

— Չէ՛, Ավետիս էֆենդի, չէ՛, ես գիտեմ գլխուս ի՛նչ եկավ, մեղավոր իմ, մենծ ախպարս, գող իմ, մենծ գող իմ, հեքիմն ի՞նչ տ՝էնե:

— Քիչ մը հիվընդցեր ես, էդպես կըսես,— ասաց Ավետիս էֆենդին մի բան ասած լինելու համար:

Կյուրեղ աղան դարձավ Հազարխանին.

— Հազարխա՛ն, ազգի՛, կասսային բոլոր փարան ոռխախը թափե, թող աղքատները կշտանան, հոգիս ազատվի... Տե՛ս, տե՛ս, եկա՜վ, եկա՜վ, եկա՜վ... Ծո՛, դուն էնդի աշխարհին էիր գացեր, ինտո՛ր եղավ, որ եկար, ինչո՞ւ եկար... հա՛, ընդունակս է, ես կերա, լեզուս կտրեն քի սուտ խոսամ, ես կերա, հիմա երկու անգամը տամ, յախաս թող: Հազարխա՛ն, Հաղարխա՛ն, քառսուն ոսկի տուր ընծի, չաբուխ, հիմա վզիս կը չոքի...

Հազարխան խաթունն անմիջապես ավելի-պակաս քառսուն ոսկին հասցրեց ամուսնուն, որը հափշտակելով փողը, ափի մեջ կշռելու պես մի շարժում արավ և հանկարծ ամբողջ փողը շպրտեց օդի մեջ և բղավեց.

— Ես իմ ձեռքովը կուտամ, քսան ոսկու տեղ՝ քառսուն ոսկի կուտամ, առ ու գնա՛...

Ներկաներն ահաբեկվեցին:

Կյուրեղ աղան խոսում էր ինչ որ դեմը կեցած մի կենդանի մարդու հետ, որին, իհարկե, ո՛չ ոք չէր տեսնում:

— Ավետիս էֆենդի, քովս եկո՛,— խնդրեց Կյուրեղ աղան:

Ավետիս էֆենդին մոտեցավ և նստեց Կյուրեղ աղայի անկողնի ոռնկին:

— Ավետիս էֆենդի,— սկսեց Կյուրեղ աղան,— աջալս մոտիկցեր է, տի սատկիմ, աս գիշեր չեմ հաներ, ինչ որ ըրեր իմ, ես պատմիմ, դուն լսե, բալքի ըսելով մեղքերս թեթևնան:

Կարճ լռություն:

— Երբ պապս մեռավ,— վերսկսեց Կյուրեղ աղան,— միրասը[33] բաժնեցինք, Հաջի Քորոյին քառսուն երկու ոսկի ընկավ, էդ փարան, շիտակը՝ չտվի: Ըսե ինչո՞ւ:

— Ինչո՞ւ, Կյուրեղ աղա:

— Էֆենդիմ, պապս Հաջի Քորոյիս մատնի էր տվեր, մահմուդի էր

տվեր, ի՞նչ գիտեմ, շատ բաներ էր տվեր, ըսի քի՝ էդ առածներըդ բեր, միրասին մեջ խառնենք, էնպես բաժնենք, էս աղջիկը քի՝ չէ, չէ ու չէ, ես էլ ինադ ընկա, էդպես մնաց, նե ինքն ուզեց վերջը, նե ես ըլ տվի, հիմա եկեր է, քի՝ տո՛ւր, չտվի: Անիծե՛ց... անիծե՛ց... ամա ինչպե՛ս անիծեց...

Կյուրեղ աղայի աչքերը նորից սարսափ զգեցան անեծքի հիշողությունից, նրա ականջին պարզ, որոշակի հնչեց պառավի ձայնը՝ «Ծակծկվիս ու անանկ տախտակին վրա ելլես»:

— Շիտակն ըսիմ, Կյուրեղ աղա,— համարձակվեց Ավետիս էֆենդին,—ինչ որ պապդ իր ողջության աղջկան տվեր էր, միրասին մեջ չի մտնի:

— Շիտակն ես, ատոր համար է, որ հիմա կը վառիմ...

Ապա Կյուրեղ աղան շարունակեց պատմել իր արածները խորագույն անկեղծությամբ՝ կողոպտել էր ամեն տեսակի մարդկանց, անօգնական, կռնակ չունեցող մարդկանց, անխղճորեն, առանց մի վայրկյան իրեն հաշիվ տալու, պլոկել էր որբերի, այրիների, ծերունիների, չէր պատահել մի մշակ, որի հախը կերած չլիներ:

Ինչքան պատմում էր, կարծես այնքան թեթևանում էր, ուստի սկսեց ավելի մանրամասնությամբ պատմել:

Հազարխան խաթունին դուր չեկավ ամուսնու անկեղծությունը:

— Հերի՛ք է պատմես,— ասաց նա,— սրտիդ աղեկ չէ:

Կյուրեղ աղան զայրացկոտ աչքերը ման ածեց կնոջ վրա:

— Թող պատմե, Հազարխան խաթուն, ֆերահլամիշ[34] կըլլի,— միջամտեց Ավետիս էֆենդին:

— Բերանդ պագնիմ, շիտակ է, ֆերահլամիշ կըլլիմ,— դարձավ Կյուրեղ աղան Ավետիս էֆենդիին և շարունակեց,— պատվական դրացիիս ըսեմ՝ Աբգարը կար, կը հիշե՞ս, Կուզին տղան:

— Հա՛, ինչպե՞ս չէ, աղեկ կը հիշիմ:

— Էդ սարսախը երբոր մեռավ, խանութիս մեջ դերի[35] թողուցեր էր, ծախեցի, ութը ոսկի բռնեց, ալ եթիմին չտվի:

Երբ Կյուրեղ աղան եթիմի խոսքն արավ, Ավետիս էֆենդին սկսեց վատ զգալ:

— Եթիմը չէր գիտեր, թե իմ քովս դերի կա, քանի անգամ որոշեցի տամ, սատանան ձեռքս բռնեց:

Ավետիս էֆենդին ջուր ուզեց, բռնեց ճակատը, կարծես տաքություն ուներ:

— Գիշերը կորոշեի տամ, առտվուն սատանան դեմս կտնկվեր, ձեռքս կբռներ, չէր թողուր ու չէր թողուր:

Ավետիս էֆենդին ջուրը խմեց, բայց ոչ մի ազդեցություն չարավ:

Ներկաները նշմարեցին նրա տանջանքը:

— Քա՛, դո՞ւն ինչ եղար, Ավետիս էֆենդի,— հարցրեց Հազարխան խաթունը:

Ավետիս էֆենդին ոչինչ չպատասխանեց:

Նրա առաջ էլ, հին հուշերի մթին խորությունից, բարձրացավ և կանգնեց մի որբ, կենդանի և պայծառ, մի որբ, գլխիկոր և խեղճ, որի արդար իրավունքը կուլ էր տվել ինքը՝ Ավետիս էֆենդին:

— Կյուրեղ աղա, Հազարխան խաթունը շիտակ է, սրտիդ աղեկ չէ, հերիք է պատմես, ամեն մարդ ըլ իր կենաց օրերուն մեջ պզտիկ-մզտիկ անարդարություններ ըրեր է,— ասաց Ավետիս էֆենդին:

— Չ՛է, Ավետիս էֆենդի, չէ՛, իմ ըրածները պզտիկ չեն,— պատասխանեց Կյուրեղ աղան և սկսեց աղաղակել.

— Եկա՛վ, եկա՛վ, կինե[36] եկավ:

— Վո՞վ եկավ,— հարցրեց կինը ձեռքը բռնելով:

— Աբգարին եթիմը եկավ:

Ավետիս էֆենդին, ահաբեկված, գրեթե լեղապատառ, մեկ երկու անգամ սայթաքելով տախտակամածի վրա, հազիվ կարողացավ իրեն դուրս գցել:

— Հազարխա՛ն, սատկի՛ս դուն, կերևա ութը ոսկին լըրկեցիր,— բղավեց Կյուրեղ աղան:

Հազարխան խաթունն էլ վախեցավ և ցնցվեց, իսկապես չէր ուղարկել, դրել էր գոգնոցի գրպանը:

— Հիմա, հիմա կը ղրկեմ... Սրբո՛ւն, չըլլեի՛ք, ի՞նչ եղար:

Սրբունը, որ բակում խաղում էր, վեր վազեց:

— Սրբո՛ւն, օղո՛ւլ, էս տասը ոսկին տար Աբգար աղայենց Մկրտիչին տուր, ըսե պապս ըսավ քի՝...

— Պապս ըսավ քի՝ ես քեզ մեղա՛,— լրացրեց Կյուրեղ աղան:

Սրբունը թռավ:

Հանկա՛րծ Կյուրեղ աղան ժպտաց:

— Հը՛, եթիմը Արբունին ետևեն գնաց, որ ոսկիներն առնե:

— Հա՛, հա՛, թող առնե ու հանդարտի:

— Ես ըլ հանդարտիմ:

— Ան որ հանդարտի, դուն ըլ կհանդարտիս,— վստահացրեց Հազարխան խաթունը:

Մի պահ իսկապես հանգստություն տիրեց: Խոշորացած աչքերով Կյուրեղ աղան նայեց շուրջը: Ոչ ոք չկար: Ավետիս էֆենդիի ետևից գնացել էին և մյուս հարևանները:

— Ավետիս էֆենդին ո՞ւր գնաց:

— Չգնաց, փախավ:

— Փախավ, հա՛:

— Ինչո՞ւ:

— Վո՞վ գիտե, էնոր տակն ըլ շատ բան կա:

— Որո՞ւ տակը չիկա, բոլորն էլ գող ին, ամա մենակ ես էսպես եղա:

Տիրող հանգստությունը երկար չտևեց, որովհետև Կյուրեղ աղան նորից սկսեց բղավել, այս անգամ է՛լ ավելի բարձր և սարսափած.

— Քըզի ի՞նչ եմ ըրեր, որ եկար, քըզի ի՞նչ եմ ըրեր...

Հազարխան խաթունը ետև դարձավ և ինքն էլ ճչաց.

— Վո՛ւյ, մայրիկ՛ աստվածածին...

Ներս եկողը վերի թաղի քահանան էր՝ Տեր Համբարձումը, բայց Կյուրեղ աղան նրան տեսիլքի տեղ դրեց, նա այլևս չէր կարողանում զանազանել իրականությունը տեսիլքից, խղճի առաջ ցցվող պատկերը՝ բնական պատկերից, իսկ Հազարխան խաթունը, բոլորովին չսպասելով տերտերին, կարծեց, թե տերտերը չէր, այլ Կյուրեղ աղայի տեսիլքը, որ սկսեց իրեն էլ երևալ:

— Տերն մեր Հիսուս Քրիստոս հանգստացունե զձեզ,— ասաց Տեր Համբարձումը և, կրծքի գրպանից հանելով խաչը, երեք անգամ խաչակնքեց Կյուրեղ աղայի և Հազարխան խաթունի վրա, մորուքից ներքև բառեր թափելով:

— Տե՛ր, ողորմեա, տե՛ր, ողորմեա, տե՛ր, ողորմեա...

Հազարխան խաթունն անմիջապես հանգստացավ և ինքն էլ խաչակնքեց, նրա համար պարզ եղավ, որ տերտերը ուրվական չէր, այլ կենդանի մարդ, բայց Կյուրեղ աղայի հոգու վերջին սյուները խորտակվեցին, որովհետև քահանայի երևալն արդեն մահվան ստույգ գալուստը համարեց:

Տեր Համբարձումը եկել էր շատ քնքուշ ձևով հասկացնելու Կյուրեղ աղային, որ առավոտյան իր վճարած երեք գավաթի գինն ավելի էր, քան եթե վեցի համար սովորական գինը վճարած լիներ, բայց փողոցում հանդիպելով հարևաններին և իմանալով նրանցից, որ Կյուրեղ աղան իր վերջին ժամերն էր ապրում, ներս էր մտել, իբրև թե հիվանդին մխիթարելու համար էր եկել:

— Տե՛ր պապա, գողացածներս ետ տվի, ըսե՛, կը փրկվի՞մ,— հարցրեց Կյուրեղ աղան:

— Ծառա Հիսուս Քրիստոսի, ամենը տվի՞ր:

— Տեր պապա, ինչ որ միտս էր՝ տվի:

— Ամենը, ամենը ետ պիտի տաս:

— Մահս ուշացուր, Տեր պապա, ամենքն ըլ հիշիմ ու տամ:

— Աստված ըլլա օգնական:

— Հազարխա՛ն, ինչ ունիմ-չունիմ հանե՛, տերտերին տուր:

Հազարխան խաթունը կասսից մի քանի ոսկի վերցուց և տվեց Տեր Համբարձումին:

— Տո՛ւր, բոլո՛րը տուր,— բղավեց Կյուրեղ աղան:

Հազարխան խաթունը տատանվեց:

Կյուրեղ աղան նորից գոռաց.

— Տո՛ւր կըսեմ:

— Քա՛, Տեր պապան ծակ աչք չէ, հերիք է:

— Չէ՛, տո՛ւր, բոլորը տուր, մեկ փարային կարոտը թող մնամ, որ ազատվիմ էս կրակեն:

Հազարխան խաթունը տատանվեց. ինչպե՞ս բոլոր եղած-չեղած փողերը հաներ և լցներ տերտերի բուռը:

— Տո՛ւր, Հազարխան խաթուն, տո՛ւր, թող խեղճին հոգին թեթևանա,— ասաց Տեր Համբարձումը:

Հազարխան խաթունն զգաց, որ տերտերը պատեհությունը գտել էր ամուսնուն կողոպտելու, մի քանի ոսկի էլ սահեցրեց նրա ափի մեջ և ասաց.

— Էսքանով ըլ տեր պապան կը բարեխոսի աստուծո առաջ:

Կյուրեղ աղան կատաղեց, որովհետև կարծում էր, որ կինը խնայում է, որպեսզի իր մեռնելուց հետո իրեն մնա, սկսեց գոռալ.

— Դուն չե՛ս ուզեր, որ կրակեն ազատվիմ, տո՛ւր կըսեմ, տո՛ւր, տո՛ւր, տո՛ւր...

Տերտերը բարձր ձայնով արտասանեց.

— Երանի անոնց, որոնք աղքատ են, վասնզի անոնցն է երկնի թագավորությունը:

— Հա՛, շիտակ է, երկնի թագավորությունը, ես վաղ անցա աշխարհիքեն, երկինքը, տո՛ւր, Հազարխա՛ն, տո՛ւր:

Կյուրեղ աղան տեսավ, որ կինը համառում է, փորձեց վեր կենալ, որ ինքը տա, չկարողացավ, նորից ընկավ երեսի վրա, բայց խելագար ճչերով սկսեց աղաղակել.

— Ինչո՞ւ չես տար, կը պահես, որ սատկելես վերջը տակդ դնես ու ուտե՞ս, տո՛ւր, իմ գողցած փարաս չէ՞, տո՛ւր կըսիմ:

— Կուտա, Կյուրեղ աղա, կուտա,— ասաց տերտերը և մոտենալով նրան, գրկեց և նստեցրեց, գլխի տակ բարձ դրեց և ավելացրեց,— կուտա կոր, կուտա կոր:

Հազարխան խաթունն էլ չկարողացավ դիմադրել և բոլոր ոսկիները հանձնեց Տեր Համբարձումին, որ տենդագին արագությամբ լցրեց ֆարաջայի խորը և լայն գրպանները:

Կյուրեղ աղան տեսնելով այս, հանգստացավ:

— Էհ՛, ունեցածս-չունեցածս էս էր, քըզի տվի, դե՛, գնա՛, գնա՛ աստուծու խոսք մը հասկացուր, թե չի սատկիմ, թե կյանքըս ընծի խնայե, տունս, խանութս կը ծախեմ, խանութիս ապրանքը կը ծախեմ և պզտիկ ժամ մը շինել կուտամ:

— Քու մեղքեղ շատ ավելի ահավոր մեղքեր Տերն մեր Հիսուս Քրիստոս ներեր է,— ասաց Տեր Համբարձումը:

— Ըսել է քի՝ ինծմե ավելի մեղք գործող կա՞, Տեր պապա,— հարցրեր Կյուրեղ աղան զարմանալի հետաքրքրությամբ:

— Բազում են մեղավորները, ես ինքս քեզմե ավելի մեղավոր եմ:

— Չէ՛, ջանը՛մ...

— Այո՛, այո , կը խոստովանիմ:

— Քանի որ այդպես է, աստված մինակ ինծի՞ տեսավ, Տեր հայր, անարդարություն չէ՞:

— Չէ՛, որդյակ, չէ՛, կարգը ամենքին ալ պիտի գա, Կյուրեղ աղա, վաղ կամ ուշ պիտի գա, աստված ամենքին ալ քթեն պիտի բռնե:

— Տե՛ր պապա, ըսել է դո՞ւն ըլ մեղավոր իս:

— Տիրոջը առաջ ամենեն մեծ մեղավորը ես իմ:

— Ինչո՞ւ ընծի պես չեղար, Տե՛ր պապա:

— Որդյակ, ըսի քըզի, ժամանակը կա,— պատասխանեց Տեր Համբարձումը և այլևս չուզեց խոսակցությունը շարունակել, ոտի կանգնեց, բաց արավ գրպանի փոքրիկ ավետարանը և սկսեց կարդալ բարձրաձայն:

Կյուրեղ աղան կամաց-կամաց գլուխը հանգչեցրեց բարձի վրա, ավելի խրվեց անկողնի մեջ, աչքերը միաժամանակ սառած մնացին, բայց քիչ հետո փակվեցին, բերնի ծռմռված լինելը չէր նշմարվում, որովհետև բեղերը, խիտ ճյուղի նման, փակել էին:

Կյուրեղ աղան սկսեց միայն խռխռալ և երբեմն-երբեմն ոչ զորեղ կերպով ցնցվել:

Հազարխան խաթունը խնդրեց տերտերից ընթերցումը դադարեցնել, որովհետև ամուսինը հանգստացավ և լավ կլիներ, որ լռություն լիներ: Տերտերը դադարեցրեց և ավետարանը երկարացրեց Հազարխան խաթունին, որ համբուրեց և խաչակնքեց:

Տեր Համբարձումը մտածեց, որ լավ ժամանակ էր կծկելու:

— Մնաք խաղաղությամբ,— ասաց տերտերը և դուրս եկավ սենյակից:

Հազարխան խաթունը գնաց ետևից և բակում կտրելով նրա առաջն սկսեց.

— Տե՛ր հայր, կուզեմ աջդ պագնեմ ու բան մը ըսիմ:

— Ըսե՛, աղջիկս, ըսե՛:

Հազարխան խաթունը համբուրեց նրա ձեռքը և ասաց.

— Տե՛ր հայր, էդ բոլոր փարաներն առիր, մըզի հեչ բան մը չմնաց:

— Ընծի համար չըպիտի պահեմ, աղջիկս, տի տանիմ աստծո հանձնեմ, կը կարծես ճե՞պս տի դնիմ:

Հազարխան խաթունը չհամարձակվեց որևէ մի բան ավելացնել, երբ տերտերն Աստուծո խոսքը զգեց մեջտեղ:

Տեր Համբարձումը դուրս եկավ և քայլեց տուն: Բոլոր նրան տեսնողներն զարմանում էին նրա անսովոր արագ քայլերին: Ոչ ոք չէր կարող գուշակել, որ նա մի քանի րոպե առաջ կողոպտել էր քաղաքի ամենամեծ գողերից մեկին՝ Կյուրեղ աղային:

Երբ Տեր Համբարձումը ոսկիները թափեց տիրուհու առաջ, նա զարմացած հարցրեց.

— Էս ի՞նչ փարա է:

— Հե՜չ, ասօրվա իրեք ֆինջանին փարան է, ետ առի:

— Քա՛,— բացականչեց տիրուհին:

Հազարխան խաթունը կանչեց երեխաներին, գրպանները չամիչ լցրեց և ուղարկեց իր քրոջ մոտ:

— Մորքուրիդ ըսե՝ էս գիշեր հոս պառկինք, առտուն մարս կուգա կր տանե,— պատվիրեց նա Սրբունին:

Հազարխան խաթունը երեխաներին ուղարկեց, որպեսզի թեթևանա նրանց հոգսերից և կարողանա հիվանդի բոլոր կարիքներին հասնել:

Երբ սենյակ բարձրացավ, արդեն մութն էր, վառեց լամպը և նայեց Կյուրեղ աղային: Խռխռում էր, բայց հանգիստ էր: Հոգնած և ուժասպառ օրվա սարսափից, նստեց Կյուրեղ աղայի անկողնի ծայրին, գլուխը թեքեց վերմակի վրա մի քիչ հանգստանալու, քնել էր:

Գրեթե մի անգամ միայն աչքը բաց արավ գիշերը, այն էլ կես քուն կես արթուն, ոչ մի ձայն չկար: Կյուրեղ աղան էլ խաղաղ և հանգստավետ քնում էր:

— Փա՜ռք քեզ, աստվա՛ծ,— շշնջաց Հազարխան խաթունը և էլի գլուխը կռացրեց և քնեց:

Արևածագի հետ միասին Հազարխան խաթունը աչքերը բաց արավ: Ուսերը փայտացել էին, կարծես մի քիչ մրսել էր, ամբողջ գիշերը քնել էր առանց վրան ծածկելու, բայց չդժգոհեց. Կյուրեղ աղան հանգիստ և անխռով քնում էր:

— Չար սատանան էր, անցավ, Տե՜ր, ա՛լ չիիշես,— մրթմրթաց Հազարխան խաթունը և ոտների մատների վրա կոխելով դուրս եկավ, յազման քաշած գլխին, գնալու քրոջ մոտ և երեխաներին բերելու:

Քույրը ոչինչ չէր իմացել, միայն Սրբունն ասել էր՝ «Պապս հիվանդցավ, մըզի քու քովդ ղրկեց»:

Հազարխան խաթունը մանրամասն պատմեց, թե ինչ էր պատահել:

— Փա՜ռք աստուծո, հիմա հանգիստ կը քնանա,— վերջացրեց նա:

— Քա՜, ի՞նչ կըսես, հանգիստ կը քնանա, հըլե գնանք տեսնանք,— տարակուսանքով բացականչեց քույրը:

— Քա՜, սիրտս վախ մի ձգեր:

— Քա՜, գնա՛նք, մեյ մը տեսնամ փեսաս,— սրտնեղեց քույրը:

Երեխաների հետ միասին երկու քույրերը վերադարձան տուն: Քույրը մեկը երկու չարավ, մոտեցավ Կյուրեղ աղայի անկողնին և քաշեց վերմակը:

— Կը քնանա, հա՛, աղեկ կը քնանա, հուր հավիտյան կը քնանա,— ասաց քույրը:

— Քա՜, ի՞նչ կըսես, հըլե թո՛ղ:

Ինքը, Հազարխանը, մոտեցավ անկողնին և սկսեց կանչել.

— Կյուրեղ աղա՛, քա՛, Կյուրեղ աղա՛...

Ոչ մի ձայն:

Կյուրեղ աղան կլորվել, կծկվել, դեմքն ամբողջովին այլանդակվել էր:

— Քա՛, մեռե՛ր է,— հանկարծ բղավեց Հազարխան խաթունը և ընկավ վրան:

Երկու քույրերը և երեխաներն սկսեցին ողբը: Հարևանները թափվեցին ներս:

Հազարխան խաթունը, ծնկներին զարնելով, լաց էր լինում, ողբում և ասում:

— Գացե՛ք, ըսե՛ք Հաջի Քորոյին, թող գա թաղե, պզտախպարը մեռեր է, աստված ձանը լսեց, թող գա, պատանք շինէ ու թաղե, վա՛յ, վո՛ւյ, վա՛յ...

Հաջի Քորոն առավոտյան, ճիշտ այդ ժամին, դուրս էր գալիս եկեղեցուց: Եկեղեցու բակում անսահման խաղաղություն կար, խաղաղություն կար և ծառների մեջ, տերևների վրա, իսկ ծառերի գագաթներին բազմել էր մի մեծ առավոտ:

Եկեղեցուց դուրս եկողները, որոնք բացառաբար կանայք և ծերունիներ էին, որովհետև կիրակի և տոն օր չէր, դուրս էին բերում իրենց հետ ընտանի որոճացող կենդանիների անդորրությունը և օրորուն նայվածքը:

Հաջի Քորոն մոտեցավ մի քանի պառավների և հարց ու փորձեց նրանց վիճակը, առողջությունը, իսկ բակից դուրս գալիս լսեց նա եղբոր մահը և արցունքոտ աչքերով, անկեղծորեն տխուր, աճապարեց դեպի մեռելատունը:

Հազարխան խաթունը, տեսնելով նրան սենյակի շեմքից ներս մտնելիս, սկսեց լաց լինել և ասել.

— Եկո՛, Հաջի՛ Քորո, եկո՛, աստված ձանդ լսեց, պզտախպարդ չիկա...

Հաջի Քորոն էլ, արցունքներով ողողված, պատասխան տվեց և ասաց.

— Բերանս չորնա՛ր, չըսեի՛...

1934 թ.

1. Խոհանոց

2. հողաթափ, տան չուստ
3. ժամանակ
4. շրջազգեստ
5. հայր
6. ժառանգություն
7. ժառանգություն
8. փողոց
9. իբր թե
10. քույր
11. դուր գալ, հաճո լինել
12. շրթունքներդ
13. խեղճ, անօգնական, որբ
14. ագռավ
15. ջիգրու
16. ծախսե
17. վերք, խոց
18. կտրիճ
19. պնակ
20. փշուր-փշուր
21. կատակ
22. կատաղել, բարկանալ
23. անկողին
24. շուտ
25. քրտինք
26. գրպան
27. սրունքներս
28. օրհաս
29. չարանալ, բարկանալ
30. կեղտոտ ցնցոտի, ջնջոց
31. վնաս
32. փողոցային, պոռնիկ
33. ունեցվածքը, ժառանգությունը
34. զովանալ, հովանալ
35. մորթի
36. նորից

Ներման աղոթքը

Ա

Երբ դեռ մանուկ էի, շատ եկեղեցասեր ու ջերմեռանդ էի։ Իմ քրիստոնյա և աստվածավախ մայրս այնպես դաստիարակած էր։

Գիշեր ու ցորեկ զրուցած էր ինձ՝ կապույտը ցուցնելով։

— Վերը, ամպերու ետին, ճիշտ աստղերուն քովիկը, Աստված կա, որ մեզ կը դիտե, ինչ որ ընենք և զրուցենք՝ կը տեսնե և կը լսե. ա՛յ, վերն է, վերը... Ղուրպան ըլլիմ զորությանը,— և կը խաչակնքեր, որուն կը հետևեի։

Կազդեին ինձ մորս բառերը, որովհետև անկեղծ մայրիկ էր։ Թեև չէի տեսներ այդ Աստվածը, բայց չէի ալ հարցներ՝ «Ապա ո՞ւր է, մայրի՛կ, չեմ տեսներ», որովհետև կապույտին մեջ վեհություն մը կար, աստղերը այնպիսի հանդիսավորություն մունեին, որ կը զգայի թե բան մը կար, քաղցր սարսուռ մը կը բռներ կը կենար, հոգիս կը թռչեր, կը թռչեր...

Ամեն առավոտ մութն ու լուսուն մայրիկիս հետ ժամ կերթայի, որ ատեն միայն ժամկոչը կըլլար հոն։ Մայրս վերնատունը չէր երթար, ձեռքս բռնած կուզար դասը և Մայրիկ Աստվածածնա պատկերին առջև կաղոթեր։ Մոմը, որ կը պլպլար այդ յուղոտ և դժգույն պատկերին առջև՝ երերուն ստվեր մը կը ձգեր շուրջը․ թախծություն էր ու քաղցրություն...

Մայրս կաղոթեր և ներողություն կաղերսեր անաստված հորս համար։

Հայրս 30 տարիե ի վեր պատարագի ձայն չէր լսած։ Ես կամաց-կամաց կը բարձրանայի և կեդրոնի մոմն ալ կը կպցնեի։

— Մայրի՛կ, մայրի՛կ, վեր եկուր։

— Սո՛ւս, սուս, վա՛ր իջիր։

Ես կիջնայի վար։ Մայրս արտորանոք վերնատուն կերթար, որպեսզի տերտերը չտեսներ, թե ինք դասն էր եկեր։ Երբ տուն երթալե ետք պատճառը կը հարցնեի տաճարը չելլելուն՝ ըսավ.

— Գառնուկս, կնիկներուն համար մեղք է խորան ելլելը։

Չէի հասկնար հիմակվան պես Եվայի պատմության նշանակությունը։

Ճրագալույծ գիշեր մը զիս բարձրացուցին վերնատուն։ Այդ սրբազան լռության և մութին մեջ մենակ ես էի, որ վերնատունը կանգնած, սպիտակ շապիկ հագած, դալկահար մոմ մը կը բռնեի ձեռքիս մեջ։

— Քրիստոս հարյավ ի մեռելոց... — իմ երգս բոլորը ծունկի բերել տվավ։

Վերջէն լսեցի, որ մայրս կարտասվէ եղեր, իհարկէ հորս համար, որ իր ամենապզտիկ մանկան երգը չէր լսած։

Բ

Անգամ մը գյուղեն մեկ քանի հատ խնձոր բերած էին, խոշոր և կաս-կարմիր։ Երբ մեր թևերուն վրա կը փայլեցնեինք, պատկերնիս մեջը կերևնար։ Մայրս հյուրերու համար պահած էր այդ մեկ քանի խնձորները։

Ես գողցա երկու հատը և տարի մեր դրացի փոքրիկ Զարուին տալու։ Զարուն երկար, խարտյաշ մազերով, կապույտ աչքերով, կարմիր շրթունքներով և այտերով աղջիկ մըն էր։

Ես տղոց հետ չէի ուզեր խաղալ, միշտ Զարուն էր իմ խաղակիցը։ Զարուի ծնողները մեկ-երկու օրեն Պոլիս պիտի երթային՝ տանելով իրենց հետ Զարուն ալ։

Տրտում, շատ տրտում էի...

Ուզեցի Զարուին վերջին շնորհք մը ընել և գողացա այդ խնձորները։

Բռնեցի Զարուին, քաշեցի, բերի մեր պարտեզը, տարի վարդի թուփերուն ետին, գլտորելով եկավ ետևես, երնջի այդ աղվորիկ, լեզու չունեցող ձագը։ Նստեցուցի խոտերուն վրա, գրպանես հանեցի երկու խնձորները և ցուցուցի իրեն։

Ցատկեց և ուզեց խլել ձեռքես։

Անմիջապես մեկը գրպանս դրի և մյուսը մոտեցուցի շրթունքներուն։

Զարուն խածնելու եղավ թե չէ, ես համբուրեցի զինքը։ Ձեռքես չհանեցի խնձորը, ամեն մեկ խածին համբուրեցի Զարուն։ Երբ հատնելու եղավ, իր քնքուշ թևը երկարեց վզիս, մյուս ձեռքով ալ կամացուկ մեկալ խնձորը հանեց գրպանես։ Ես չգիտնալու տվի։ Թողուց, որ համբուրեմ այտերը, աչքերը, մազերը... խարտյաշ մազերը։

Խնձորը առնելեն ետք... փախավ...

Գ

Ներս գացի։ Մայրս խոժոռ դեմքով մոտեցավ ինձ.

— Ա՛չքդ նայիմ,— ըսավ։

Մայրս կրնար աչքերնես մեր հանցանքը գիտնալ։ Այն տարիքին կը զարմանայի, թե ինչպես մայրս կրնար մեր մեղքերը գուշակել՝ միայն աչքերնուս մեջ նայելով։ Հիմա կը հասկնամ, թե երբ հանցանք ունենայինք, աչքերնիս չէինք բանար․ ա՛յդ էր մորս մոգական արվեստին գաղտնիքը։

Չբացի աչքերս ոչ թե խնձորի գողության համար, այլ Զարուն համբուրելուս վախեն։

— Եկո՛ւր ինձ հետ աղոթե, որ Աստված ներե մեղքդ,— հարեց մայրս:

Գացինք պատշգամբը աղոթելու: Խաչ հանեցի և մտքիս մեջ աղոթեցի.

«Աստված պապա, ոտքդ պագնիմ, մի՛ թողուր, որ Զարուն Պոլիս երթա, ճամբան գայլերը կը փախցնեն զինքը, կամ ծովը կիյնա, Աստվա՛ծ, ի՛նչ կըլլա, Զարուն հոս պահես»:

Սկսա լալ, հեկեկալով լալ... Մայրս կիսատ ձգեց, առավ զիս իր տաքուկ գրկին մեջ.

— Մի՛ լար, գառնուկս, մի՛ լար,— ըսավ,— Աստված կը ներե գողությունդ:

1916 թ.

177

Մի կյանք և մի սեր

Մանկությունից էր այնպես, եթե մի գետնախնձոր տային, թե՝ կեր, խնձոր է, ուտում էր:

Մոտենում էր մեկին, թե՝

— Անոթի իմ:

— Սիրտդ ի՞նչ կուզե, Մոսես,— հարցնում էին:

— Սիրտս փախլավա կուզե:

— Առ քըզի փախլավա,— և տալիս էին սովորական լավաշը, և նա ոչ միայն ուտում էր իբրև փախլավա, այլև իսկական փախլավայի համ էր ստանում:

Երբ մանուկ էր, ոչինչ չէր կարողանում զանազանել իրարից: Միայն մի բանում երբեք չէր սխալվում: Երբ հարցնում էին՝ Մոսես, մո՞ւթ է, թե՞ լուս, պատասխանում էր հիմար-հիմար ժպտալով.

— Լո՛ս է:

Թե որտեղից և ինչպես գավառական փոքրիկ քաղաքն էր ընկել նա, ոչ ոք չէր իմանում, երևի պատահաբար դուրս էր եկել դաշտի գյուղերից մեկից, քայլել էր աննպատակ, ընկել էր քաղաքը և այլևս մոռացել էր հին գյուղը:

Արդեն երիտասարդ էր, երբ երևաց քաղաքում, ցնցոտիներով, կեղտոտ ֆեսով, բոբիկ, ճաքճքած ոտներով, փոքրիկ գլխով, բայց բեխերով և միրուքով, երևում էր, որ ածելի չէր դիպել նրա երեսին. բարձրահասակ էր, փոքրիկ, ապուշ աչքերով, բայց զարմանալիորեն համակրելի նայվածքով, նայվածք, որ կարեկցություն էր առաջացնում:

Շուտով, շատ շուտով նա հայտնի դարձավ շուկայի բոլոր խանութպաններին:

Մի քանի անգամ քաղաքի փողոցային մանուկները, ինչպես և փողոցային մարդիկ, փորձեցին խաղացնել նրան, բայց չհաջողվեց, որովհետև Մոսեսը ոչնչից չնեղացավ, ոչ մի արձագանք չտվեց, սասացին և հեռացան:

Շուտով նա դարձավ ամենապետքական մարդը շուկայի խանութպանների համար, որովհետև բոլորի համար անխտիր ջուր էր կրում:

— Մոսես, գնա սիթիլ[1] մը ջուր բեր:

Մոսեսը առանց որևէ առարկության, վերցնում էր դույլը և գնում ջրի:

Բերելուց հետո էլ ոչ մի բան չէր պահանջում՝ լուռ ու մունջ կանգնում էր պատի տակը և ժպտում: Բարեխիղճները նրան տալիս էին տանից բերած ճաշի ավելցուկը. ուտում էր, բերանը սրբում թևով և նորից կանգնում մի պատի տակ, նայում տարտամ և անորոշ:

Մարդիկ փորձեցին, բացի ջուր կրել տալուց, ուրիշ աշխատանքի մղել նրան, բայց չհաջողվեց. բացի ջուր կրելուց ուրիշ ոչինչ չէր կարող անել, որովհետև մինչև կես ճանապարհը մոռանում էր պատվերը և այլևս չէր վերադառնում պատվիրատուի մոտ, պատվերը մոռացած տեղը կանգնում էր և սպասում:

Երբ տարիքն առավ, նրան սկսեցին «Մոսես ախպար» կանչել: Սկզբներում վարժ չէր այդ անվան, կարծում էր, որ իրեն չեն կանչում, բայց երբ մարդիկ համառորեն շարունակեցին, վարժվեց:

— Մոսես ախպար...

— Ղուրբան...

Սպասում էր, որ մի բան պատվիրեն:

Երբ որևէ բան չկար, որով վարձատրեին նրա աշխատանքը, ճաշի ավելցուկ և այլն, խանութպանները սովորություն դարձրին նրան վարձատրել փողով: Իսկ այդ փողն իսկական չէր, կտրում էին լրագրից մի կտոր և տալիս էին նրան, թե՝

— Մոսես ախպար, էսի փարա է, պահե՛, հաց կառնես:

Մոսես ախպարը խնամքով պահում էր լրագրի կտորն իբրև փող, պահում էր ծոցի մեջ, հենց մարմնի և շապկի արանքում: Բացի լրագրի կտորից՝ տալիս էին և պապիրոսի թղթի շապիկը: Սա արդեն ավելի մեծ փող էր համարվում, որովհետև պատկերազարդ էր լինում և ավելի կանոնավոր կտրված:

Եվ իսկապես, լրագրի այդ կտորները կամ պապիրոսի թղթի շապիկները փող էին Մոսես ախպոր համար, որովհետև իր բոլոր գնումները անում էր այդ լրագրի կտորներով և պապիրոսի թղթի շապիկներով: Մոտենում էր որևէ խանութի, կոշկակարի, նպարեղենի խանութի, վարնոց ճաշարանի, փողոցների անկյունները տժվժիկ եփողների, պաղպաղակ ծախողների և, տալով իր փողը, վերցնում էր ինչ որ ուզենար, բոլորն էլ տալիս էին, որովհետև Մոսես ախպարն իսկապես այդ թղթի կտորներն իրար վրա դիզել էր սեփական և արդար աշխատանքով:

Մի անգամ մտավ մի սափրիչի խանութ և ամբողջ դեմքը մաքրել տվեց և խուզել տվեց գլուխը: Սափրվելուց հետո ծոցից հանեց պապիրոսի թղթի մի շապիկ և տվեց սափրիչին: Սափրիչն ուզեց բարեխիղճ լինել և ետ տվեց պապիրոսի թղթի շապիկը, թե՝

— Մյո՛ւսը տուր, էս շատ է:

Մոսես ախպարը ժպտաց և ետ վերցնելով պապիրոսի թղթի շապիկը՝ տվեց նրան լրագրի կտորը:

Մոսես ախպարը սիրում էր մածունը. մանկությանը, գյուղում, միակ ուտելիքը մածունն էր եղել, բայց, դժբախտաբար, իր փողով չէր կարող մածուն գնել, որովհետև շուկայում մածունը ծախում էին գյուղացիները, որոնք ամեն առավոտ բերում էին, ծախում և գնում, նրանց համար ջուր հարկավոր չէր, որ Մոսես ախպարը կրեր և վարձատրություն ստանար և ապա փոխանակեր մածունի հետ, ուստի, ամեն առավոտ գնում էր շուկայի մեծ հրապարակը և համբերությամբ կանգնում էր մածուն վաճառողների կողքին, որպեսզի երբ շերեփից մածունը թափվեր տախտակի վրա՝ մատովը վերցներ և լիզեր:

— Մոսես ախպար, ի՞նչ կենես էստեղ,— հարցնում էին նրան:

Մոսես ախպարը, ուսերը վեր բարձրացնելով և ժպտալով, պատասխանում էր.

— Հե՛չ, մածուն կլզիմ:

Հրապարակից նա քաշվում էր այն ժամանակ միայն, երբ, բոլոր մածունը ծախած, գյուղացիներն ամանները վերցնում էին և հեռանում:

Իմացականության բացարձակ բացակայությունը երբեք պատճառ չէր, որ սիրտը դադարեր բաբախելուց:

Նա փողոցների անկյունները, բաղնիքի պատի տակը, եկեղեցու բակում կամ խանի թրիքների մեջ երկար ժամանակ գիշերելուց հետո քաղաքի ծայրում գտավ մի խրճիթ, որը բաղկացած էր մի նախասենյակից և մի սենյակից՝ հողե հատակով:

Այդ խրճիթում բնակվում էր մի այրի կին, արդեն հիսունն անց, սպիտակ մազերով, բայց զարմանալիորեն կարմրավուն երեսներով:

Որտեղից որտեղ Մոսես ախպարը լսել էր այրի կնոջ անունը: Մի երեկո, հենց այն ժամանակ, երբ արևը թաղվում էր ծառերի ետևը և դաշտից զով ու թեթև մի քամի էր բարձրանում՝ Մոսես ախպարը մոտեցավ այրի կնոջը, որ ծնկան վրա դրած մատուցարանի վրա մի ափ ցորեն էր մաքրում, և ասաց.

— Խաչխաթուն քորո, եկա՛:

— Եկար, եկար, ա՞չքս կպաղեր:

— Քըզի փարա իմ բերեր:

Այրի Խաչխաթունը զարմացավ:

— Փարա՞:

— Հա՛, ինչքա՞ն կուզես:

— Տեսնամ,— աշխուժացավ Խաչխաթուն քորոն, մատուցարանը դրեց մեկ կողմ, ձեռքերը խաչաձևեց և դրեց փորի վրա:

Մոսես ախպարը հանեց իր բոլոր փողերը և դրեց Խաչխաթուն քորոյի ծնկանը և, չնայելով նրա ապշահար դեմքին՝ ասաց.

— Իշղե բյուդյունը[2] քըզի:

— Ջաննըմի՛ր, խենթ շուն, գազեթայի կտորները բերեր է քի՝ փարա է:

— Խաչխաթուն քորո, թուշղ կրծիմ, փարա է:

— Գնա՛, սարսա՛ղ, բախտ որ ունենայի, քըզի պես խենթերը դեմս չէին տնկվիր:

— Աչքս քոռնա, փարա է,— երդվեց Մոսես ախպարը:

Այրի Խաչխաթուն քորոն չհավատաց, վեր կացավ տեղից, մատուցարանը վերցրեց հետը, գնաց ներս և դուռը կողպեց Մոսես ախպոր երեսին:
Մոսես ախպարը չհուսահատվեց, գնաց շուկա: Գնաց, որպեսզի այդ փողերով բան գնի, բերի Խաչխաթուն քորոյին, որ հավատա, բայց բոլոր խանութները փակ էին: Գլուխը կախեց, մռայլվեց, էլ չժպտաց և կանգնած տեղն էլ նստեց ու քնեց, երբ հոգնությունն աճեց նրա ոսկորների մեջ:
Խաչխաթուն քորոյի հարևանուհիները մոտեցան նրան.
— Էդ խենթն ի՞նչ կըսեր,— հարցրին նրանք:
— Ամա՛ն, խենթ չըլլի՝ քովս կուգա՞:
— Է՛, ի՞նչ կըսեր:
— Ղազեթայի փարչան[3] բերեր է քի՝ փարա է, ա՛ռ:
Հարևանուհիները կուշտ ծիծաղեցին:
— Բախտ ունենայի, անտեր չէի մնար,— ողբաց Խալխաթուն քորոն:
Մոսես ախպարն առավոտյան աչքերը բաց արավ բոլորից առաջ: Մի բան մտքում կար, բայց անմիջապես չհիշեց: Երբ երկու քայլ առավ, հիշեց, Խաչխաթուն քորոն էր: Կանգ առավ: Ժպտաց: Փողոցներում ոտնաձայններ լսվեցին: Ոտնաձայները շատացան: Բացվեցին խանութները: Մոսես ախպարը մտավ մսագործների փողոցը: Առանց իր խնդրելուն՝ նրան տեսնող առաջին մսագործն ասաց.
— Մոսես ախպար...
— Ղուրբան...
— Ի՞նչ տեղեն կուզես, կըյրիմ տամ:
Մոսես ախպարը, անգիտակցորեն մատը դրեց մսի մի մասի վրա:
— Շատ աղեկ, գլխուս վրա,— ասաց մսագործը և կտրեց տվեց:
Մոսես ախպարը հանեց լրագրի մի կտոր և երկարեց մսագործին: Մսագործը լրջորեն վերցրեց լրագրի կտորը և նետեց դախլը:
Մոսես ախպարը մսի կտորը, որ պատահաբար յուղոտ էր և դեռևս տաք, փաթաթեց մաշված ֆրակի փեշի մեջ և գնաց փռերի փողոցը:
Մի փռից հաց վերցրեց, գնաց ներքևի հրապարակը և գնեց մի քանի տեսակ բանջարեղեն, բոլորի համար էլ վճարելով լրագրի կտորներ:
Մաշած ֆրակի երկու փեշերը լիքը՝ նա քայլեց դեպի քաղաքի ծայրը, Խաչխաթուն քորոյի խրճիթը: Թակեց դուռը: Խաչխաթուն քորոն բաց արավ և՝
— Եկա՞ր, խե՛նթ անտեր:
Մոսես ախպարը կարևորություն չտվեց և ուղիղ քշեց ներս, թափեց բերածը խարխուլ մի թախտի վրա և ասաց.
— Կըսեյիր փարա չունիմ, տե՛ս:
Խաչխաթուն քորոն պատրաստվել էր մեծ ձայնով գոռալու, թե ինչո՞ւ ներս մտար, բայց տեսնելով միսը, հացը և բանջարեղենը՝ մատը տարավ բերանը և բացականչեց.

— Քա՛...
— Տեսա՞ր, ինձի Մոսես ախպար կըսեն:
Խաչխաթուն քորոն տնտղեց միսը, հացը և բանջարեղենը և շշնջաց.
— Քա՛, երազ չէ՞,— և դառնալով Մոսես ախպորը՝ ասաց.
— Ձեռքդ դալար...
— Հըլէ շատ փարա ունիմ,— հպարտությամբ հաստատեց Մոսես ախպարը և, նորից ծոցից հանելով լրագրի կտորները և պապիրոսի թղթե շապիկները՝ ցույց տվեց Խաչխաթուն քորոյին:
Խաչխաթուն քորոն էլի ապշեց.
— Մեղա՛, տեր աստված, ե՞ս եմ խենթը, թե դուն:
— Դո՛ւն ես, դո՛ւն,— հայտարարեց Մոսես ախպարը:
Լռությունից հետո Մոսես ախպարը հարցրեց.
— Փատ ունի՞ս:
— Քիչ մը կաղըշնա (վայրի բույս, փշոտ և անպետք) ունիմ:
— Կաղըշնայով բան չեփիր, երթամ փատ բերիմ,— ասաց Մոսես ախպարը և քայլեց դուրս:
— Կեցի՛ր, ես ըլ հետդ գամ:
— Եկո՛ւր, դուրբան, եկո՛ւր:
Երբ դուրս էին ելնում, Մոսես ախպարը ձեռքը հպեց Խաչխաթուն քորոյի ուսին: Խաչխաթուն քորոն ոչ միայն չնեղացավ, այլև ներողամտությամբ ժպտաց նրան:
— Վա՛, թուշդ կոծիմ,— բացականչեց Մոսես ախպարը:
— Դե՛ խե՛նթ շուն, մի լպստվիր, առաջս ընկիր,— սաստեց Խաչխաթուն քորոն, բայց խորագույն հաճույք զգաց նա Մոսես ախպոր խոսքից:
Նրանք գնացին շուկա: Մոսես ախպարն ուղիղ քշեց կոտրտած փայտ ծախողների շարքը: Խաչխաթուն քորոն էլ ետևից:
— Մոսես ախպար, ի՞նչ կուզես:
— Փատ կուզիմ, դուրբա՛ն:
Փայտավաճառը կշռեց մի զիրկ փայտ և տվեց:
Մոսես ախպարը ծոցից հանեց մի լրագրի կտոր և վճարեց փայտի համար: Խաչխաթուն քորոն ապշեց: Փայտերն ինքը Քորոն դարսեց թևի վրա:
— Է՛հ, դուն տուն գնա, ես գործ ունիմ,— ասաց Մոսես ախպարը:
— Կեսօրին եկուր, մեկտեղ ուտինք:
— Հա՛, դուրբան, հա՛:
Խաչխաթուն քորոն գնաց, իսկ Մոսես ախպարը կանգնեց մի պատի տակ:
Խաչխաթուն քորոն հարևանուհիներին կանչեց ներս:
— Տեսե՛ք, տեսե՛ք, իշտե ղազեթայի փարչայով (կտորտանք) առավ:
— Քա՛, վո՞վ:

— Խե՛նթը, վո՞վ:

Բոլորը մատ խածին:

Խաչխաթուն քորոն ցույց տվեց Մոսես ախպոր բերած միսը, հացը և բանջարեղենը:

— Քա՛, ղազեթայի փարչայո՞վ առիք:

— Հա՛:

— Քա՛, ձեր մեջ վո՞վ է խենթը, Մոսե՞սը, թե դուն:

— Չըլնի՞ թե ես եմ խենթը,— տարակուսեց Խաչխաթուն քորոն, բայց շուտով զգաստացավ, չէ՛, խենթը Մոսես ախպարն էր, բայց ի՞նչն էր այդ մթին զաղտնիքը:

Իսկ Մոսես ախպարը շարունակեց իր աշխատանքը շուկայում:

— Մոսես ախպար:

— Ղուրբա՛ն:

— Գնա, սիթիլ մը ջուր բեր:

Եվ Մոսես ախպարը փութկոտությամբ ու աշխուժությամբ վազեց աղբյուր:

Կեսօրին Մոսես ախպարը գնաց Խաչխաթուն քորոյի խրճիթը և մտավ ներս համարձակորեն:

— Էնպես բան եփեր իմ, մատներդ հետը կուտես,— ասաց Խաչխաթուն քորոն:

— Ի՞մ մատներս:

— Քո՛ւ մատներդ, յա որո՞ւնը:

— Քո՛ւ մատներդ ուտիմ, ղուրբա՛ն:

— Խե՛նթ,— բացականչեց Խաչխաթուն քորոն՝ խորապես հրճվելով, որ վերջապես, երկար տարիներից հետո, եղավ մեկը, որ ուզում էր իր մատներն ուտել:

Երկուսն էլ նստեցին գետնին փռված կարմիր սփռոցի շուրջը: Խաչխաթուն քորոն վերջին անգամ կերակուրը խառնեց և մոտենալով Մոսես ախպորը՝ ասաց.

— Փարաները ծո՞ցդ են:

— Հա՛, ծոցս են:

— Վաղն ալ միս կբերե՞ս:

— Ասսուն օրը կբերիմ, ղուրբա՛ն, քեզի համար Ասսուն օրը կբերիմ:

Խաչխաթուն քորոն երանությամբ նայեց Մոսես ախպորը:

— Մոսես ախպար,— ասաց նա,— աշխըրքի մեջ ես ըլ մինակ իմ, դուն ըլ:

— Երկուքս ըլ որբ ինք,— պատասխանեց Մոսես ախպարը:

Նա դողում էր, ուզում էր մի բան ևս ասել, իր սրտի մեջ եղածը, բայց չկարողացավ:

— Քա՛, կերակուրը տակը կպավ,— բացականչեց Խաչխաթունը և վազեց դեպի օջախը:

Մոսես ախպարը նայեց նրա մանրիկ քայլերին և թույլ-թույլ մսերին, որ քայլելիս երերվում էին: Նա երկու քայլ առավ առանց մտածելու, բնազդորեն:

Խաչխաթուն քորոն ետ եկավ արդեն կերակրով: Կերակրի գոլորշին փոքրիկ սենյակը լցրեց ախորժալի հոտով. Մոսես ախպոր ռունգները բարձրանում և իջնում էին: Երկու բան նրան զգլխում էին՝ տաք կերակուրը և, թերևս կերակրից ավելի, տաք Խաչխաթուն քորոն:

— Ղուրբա՛ն,— շշնջաց Մոսես ախպարը:

— Ի՞նչ է,— պատասխանեց Խաչխաթունը:

Մոսես ախպարն էլ չկարողացավ ասելիքն ասել, սրտում շատ բան կար, բայց լեզվի ծայրը չէր գալիս, եթե գալիս էլ էր, շուտով փախչում էր վար: Նայեց նրան երկար և լավաշի մեջ մսի մի կտոր փաթաթելով՝ երկարեց Խաչխաթուն քորոյին:

— Կե՛ր:

— Քա՛, ես քըզի տի տամ, դո՞ւն ընձի կուտաս:

— Կե՛ր, ղուրբան, դո՛ւն կեր:

Խաչխաթուն քորոյի աչքերը լցվեցին, հիշեց, որ երեսուն տարի առաջ իր ամուսինն էլ մի օր այդ ձևով իրեն հյուրասիրեց:

— Ղուրբա՛ն, ինչո՞ւ կուլաս:

— Մարդս..., — սկսեց Խաչխաթուն քորոն, բայց չկարողացավ շարունակել:

Մոսես ախպարը չէր իմանում, թե ինչ էր պատահել նրա ամուսնուն, թերևս և ողջ էր:

— Մարդդ հիմի ո՞ւր է,— հարցրեց նա:

— Հիմա բա՞ն մնացեր է, փտեր է անտերը:

Մոսես ախպարը շունչ քաշեց:

Ճաշից հետո Մոսես ախպարը ոտները տնկեց և թախթի վրա երկարեց առանց բարձի: Հազիվ քնել էր, երբ Խաչխաթուն քորոն նրան զարթեցրեց: Մոսեսը վախով բաց արավ աչքերը, նա կարծեց, որ Քորոն պիտի դուրս վռնդի իրեն: Բայց քորոն ասաց.

— Ելիր, բարձը գլխուդ տակը դիր, մեղք ես:

Մոսես ախպարը քիչ մնաց ուշագնաց լիներ, առաջին անգամն էր իր կյանքում, որ մեկը հոգում էր իր չոր գլխի համար:

— Խաչխաթուն քորո, ղուրբա՛ն ըլլիմ քու ոտքերիդ, ոտքերդ լվամ, ջուրը խմիմ,— բացականչեց նա:

Խաչխաթուն քորոն ձայն չհանեց, սրբեց քիթը և կողքին նստեց: Նա ուզում էր, որ Մոսես ախպարը սիրտը վերջապես բաց անի, բայց գլխի չէր ընկնում, որ Մոսես ախպարն արդեն սիրտը բաց էր արել, դրանից ավելի չէր կարող բաց անել:

Երեկոյան Մոսես ախպարը սպասում էր, որ Խաչխաթուն քորոն իրեն պահի տանը, իսկ Խաչխաթուն քորոն էլ սպասում էր, որ Մոսես ախպարն արդեն կմնա իր մոտ, բայց Մոսես ախպարը մութն իջնելուց առաջ ասաց.

— Երթամ շուկա:

— Վաղ կուգաս:

— Հա, դուրբա՛ն, կուգամ:

Մոսես ախպարը գնաց շուկա և մի պատի տակ կանգնեց:

Առավոտյան կանուխ միս ու հաց առնելով՝ գնաց խրճիթ: Խաչխաթուն քորոն անկողնից դեռ վեր չէր կացել: Մոսես ախպարը լուսամուտից ներս նայեց և տեսավ, որ Խաչխաթուն քորոն վրան մի շոր է քաշում, որ գա դուռը բաց անի: Մոսես ախպարը տեսավ նրա բաց սրունքները և բաց թևերը:

— Քա՛, դո՞ւն ես:

— Հա՛, դուրբա՛ն, միս ու հաց բերեր իմ:

Երբ Խաչխաթուն քորոն տեսավ միսն ու հացը, չկարողացավ իրեն պահել և կողքովն ընկավ Մոսես ախպոր վրա: Մոսես ախպարը գրկեց նրան, բարձրացրեց թևերի վրա և տարավ ներս, դրեց անկողնին: Խաչխաթուն քորոն այնպիսի ձայներ հանեց, ինչպես տարիներ առաջ: Մոսես ախպարը չէր իմանում, թե ինչ անի, մի քանի անգամ բարձրացրեց նրան, պինդ սեղմեց և նորից դրեց անկողնում, հետո շրթունքները մոտեցրեց նրա բաց թևերին և կծեց:

Խաչխաթուն քորոն ճչաց.

— Խե՛նթ շուն, էդպես կխածնե՞ն:

— Հըպը ի՞նչ էնիմ, դուրբա՛ն,— անկեղծորեն, միամտորեն բացականչեց Մոսես ախպարը, որ առաջին անգամն էր հպում որևէ կնոջ:

Այդ գիշեր Մոսես ախպարը մնաց Խաչխաթուն քորոյի խրճիթում, և հաջորդող բոլոր գիշերները:

Մյուս առավոտն իսկ Խաչխաթուն քորոն հպարտությամբ խոսեց իր մարդու՝ Մոսես ախպոր մասին:

— Ճեպը, ծոցը փարա է,— ասաց նա:

Եվ իսկապես, եթե փող չունենար, որտեղի՞ց էր այն բարիքը, որ Մոսես ախպարը տունն էր լցնում ամեն օր: Խաչխաթուն քորոն այլևս ազատվեց ուրիշների համար լվացք անելուց, թոնիր վառելուց և մուրացկանություն անելուց, որ երբեմն անում էր, երբ աշխատանք չէր լինում: Նա այնքան աղքատ էր ապրել, որ ստիպված էր եղել ուրիշների մաքրած ցորենի ավելցուկը վերցնել և նորից մաքրել՝ մի ափ ցորեն գոնե ձեռք բերելու համար: Իսկ հիմա: Հիմա թող ողջ մնա իր ասլանը՝ Մոսես ախպարը, որը ինչ վաճառվում էր շուկայում՝ կարող էր գնել և տունը լցնել հենց լրագրի կտորներով, մի երևույթ, որը հրաշք էր թվում նրան: Խաչխաթուն քորոն բոլոր պատռված դոշակները վերաշինեց, ճերմակեղենը կարեց, սովորեցրեց Մոսես ախպորը թաշկինակ գործածել.

— Երբ գետինը կխնչես, քիթդ թնով մի սրբեր, մանդիլով[4] սրբե,— խրատեց նա:

Իսկ խանութպանները, տեսնելով Մոսես ախպորը բոլորովին փոխված, վրան-գլուխը մաքուր, գուլպայով, զարմանում էին և ասում.

— Աֆերի՛մ, Մոսես ախպար, քյալլե դուլախդ[5] շիտկեցիր:

— Կնիկ զտա, ղուրբա՛ն,— պատասխանում էր Մոսես ախպարը և դույլերը վերցնում, վազում ջրի:

Եվ քանի ժամանակն անցնում էր, Խաչխաթուն քորոն այնքան մտաբերում էր իր նախկին ամուսնուն, որ արհեստավոր էր, վաստակը տեղը, բայց մեկ-մեկ գժվում էր, կռիվ սարքում տանը և իրեն էլ մի քանի ապտակ հասցնում, իսկ Մոսես ախպարը, նրա հետ դեռ մեկ հատիկ տարաձայնություն չէր ունեցել, ինչ որ ասեր, ինչ որ պատվիրեր՝ նույն միապաղաղ պատասխանն էր ստանում՝ «Հա՛, ղուրբա՛ն»

Եվ Խաչխաթուն քորոն ասում էր հարևաններին.

— Էնպես սուս ու փուս է, էնպես խելոք, քնձոր հորթը կապես տունդ:

Բայց զարմանալի է բնության քմահաճույքը: Երբ Մոսես ախպարն ազատվեց փողոցների անկյունները, խաների թրիքներում և բաղնիքի մոխիրներում քնելուց, ազատվեց ձմեռվա սառնամանիքից և սկսեց քնել բրդե անկողնում, մաքուր սավաններով, սկսեց և արագորեն քայքայվել.

— Վա՛յ, փորս կցավի, վա՛յ, մեջքս, վա՛յ, ճովներս...

Եվ մի օր էլ տուն եկավ, հազիվ խանութներից առած բաները տուն հասցնելով, պառկեց, թե՝

— Ղուրբա՛ն, Խաչխաթուն, ընձի բան մի եղավ, կերևա քի՝ տի փչիմ:

Եվ իսկապես, մինչև առավոտ Մոսես ախպարը «փչեց»:

Կյանքի վերջին պահին, երբ Խաչխաթուն քորոն, հուսահատ և տրտում ձեռքը դրել էր Մոսես ախպոր ճակատին, նա աչքերը բաց արավ, ժպտաց և հազիվ շշնջաց.

— Է՛հ, փա՛ռք աստծո, վրաս լացող կա...

Եվ փակվեցին նրա աչքերը:

Խաչխաթուն քորոն, խոշոր-խոշոր արցունքները սրբելով, Մոսես ախպոր ծոցից վերցրեց նրա բոլոր փողերը և դրեց իր ծոցի մեջ, քանի հարևանները չէին լցվել խրճիթը, և ապա սկսեց բարձր ճչալ.

— Մոսես ախպարս չի կա, Մոսես ախպարս գնաց Աստու քովը..

Հարևանները եկան, մխիթարեցին նրան և բոլոր օրն ու հաջորդող գիշերը մնացին մոտը:

Խաչխաթուն քորոն պատմում էր գիշերը.

— Օր մըլ տեսա, Մոսես ախպարը եկավ, կայնեց դրանս առաջ, ըսի՝ քա՛, էս ինչ ասլան էր դեմս տնկվեց, ըսաց՝ է՛ս իմ, ըսի՝ եկուր ներս, էդ ներս գալն էր, ալ դուրս չի գնաց, եփած ապուրներս կուտեր ու կըսեր՝ Խաչխաթուն, մատներդ հետը ուտիմ:

Եկեղեցուց մի հասարակաց դագաղ տվին Մոսես ախպոր համար:

Տերտերը և տիրացուն թաղման արարողությանը լպրտեցին, ինչպես քաղցած շունը լպրտում է գաղջ ապուրը: Խաչխաթուն քորոն հազիվ մի քանի կաթիլ արցունք էր թափել՝ թաղումը վերջացավ: Դեռևս բոլոր հողը չէին լցրել փոսը, երբ տերտերն ասաց.

— Օրհնա՛ծ, մեր վարձքը տուր, երթանք:

Խաչխաթուն քորոն ծոցից հանեց երեք հատ լրագրի կտոր, մեկը տվեց տերտերին, մեկը տիրացուին և երրորդն էլ ժամկոչին: Տերտերը թուղթը նետեց իր փարաջայի լայն և անհատակ գրպանը, բայց տիրացուն գլխի ընկավ:

— Էս ի՞նչ տվիր,— հարցրեց նա լրագրի կտորի վրա նայելով ապշանքով և քմծիծաղով:

— Փարա տվի:

— Էս փարա՞ է:

— Քա՛ , փարա՛ է, Մոսես ախպորը փարան է,— ասաց Խաչխաթուն քորոն:

Տերտերը կարծելով, որ իրեն տվածը իսկական փող է, իսկ տիրացուինը լրագրի կտոր՝ կշտամբեց նրան.

— Մեռելի կշտին ատանկ խոսքեր չեն ըսեր, ծո՛, հա՛յդե:

Տիրացուն, ինչպես և ժամկոչը գլխահակ դուրս եկան գերեզմանոցից:

Երբ Խաչխաթուն քորոն տուն եկավ, մի մեծ շիվան փրցրեց.

— Մոսես ախպա՛ րս, Մոսես ախպա՛րս..., — ճչում էր նա և զարնում ծնկներին:

Հարևանները, մխիթարելու համար, ասացին.

— Աստված իրեն հավնածը կտանե...

— Ամա՛ն, Մոսես ախպարին ինչի՞ն հավնեց, որ տարավ, վա՛յ, վա՛յ, վա՛յ:

Հաջորդ առավոտը Խաչխաթուն քորոն, Մոսես ախպոր փողերը ծոցը, գնաց շուկա: Առաջին անգամ կանգնեց փռի առջև, վերցրեց հացը, վճարեց և մի քայլ հազիվ էր փոխել, հացագործը ետևից կանչեց.

— Քո՛րս, էս ի՞նչ է, փարա՛ տուր:

— Քա՛, փարա չէ՞:

— Ի՛նչ փարա, դուն սարսաղ ես, կը կարծես մե՞նք ըլ սարսաղ ենք:

Խաչխաթուն քորոն ուզեց վիճել, բայց հացագործը խլեց տված հացը և վռնդեց նրան:

Խաչխաթուն քորոն կանգնեց մսագործի առաջ, տնտղեց մսերը և մի օխա միս վերցրեց:

Փողի վերաբերմամբ նույնը պատահեց և մսագործի հետ:

— Չէ՛, քորս, չէ՛, էդ փարա չէ, փարա՛ բեր:

— Մոսես ախպարը...

— Մոսես ախպարն ուրիշ էր, քորս, ան գնաց...

Որը բոլոր Խաչխաթուն քորոն փորձեց մի բան գնել՝ չհաջողեց, բոլորն էլ վռնդեցին:

Երեկոյան քաղցած, հոգնած, հուսահատ ու մռայլ, խրճիթ վերադարձավ և թերևս նոր զգաց, թե ինչ էր կորցրել:

— Վա՜յ Մոսես ախպարս,— արցունք թափելով ողբում էր նա,— դուն ուրիշ էիր, անտեր մնացի, ընծի ըլ ետնեղ տար, Մոսես ախպարս, ոտքերուդ դուրբան ըլլիմ:

Կես գիշերին, քաղաքի ծայրին կուչ եկած խրճիթում՝ Խաչխաթուն քորոն, կրկին այրիացած, հեկեկում էր և ողբում՝ հոտոտելով Մոսես ախպոր վերջին անգամ հագած շապիկը:

1934 թ.

1. բոլորը
2. լրագրի կտորտանք
3. թաշկինակ, աղլուխ
4. դույլ
5. մեջք, գլուխ

Ցըլդըզ

Ա

Հանկարծ թնդում էր փողոցը, պայտը խփվում էր սալահատակին, և մետաղի զիլ հնչյունը զրնգում էր ջինջ օդում:

— Արմենա՛կն է... Արմենա՛կն է..., — ձայնում էին բոլորը:

Ոչ միայն մանուկները, այլև ամեն հասակի մարդիկ և՛ տներից, և՛ խանութներից թափվում էին փողոցը, կանայք և աղջիկները թռչում էին լուսամուտները, մինչև անգամ անկողիններում հիվանդ պառկածները պաղատում էին մի կերպ իրենց մոտիկացնել լուսամուտներին:

Կողմնակի փողոցներից մարդիկ վազում էին հևասպառ, լցվում քաղաքի գլխավոր փողոցի երկու երկայնքով:

— Ծո՛, Արմենա՛կն է..., — լսվում էր քաղաքի զանազան կետերից:

Մշակները գետին էին դնում բեռները և սապատավոր ուղտերի նման այլանդակորեն վազում, իսկ բեռների տերերը, ճարահատ, մնում էին իրենց սեփականության մոտ և սպասում մինչև մշակները վերադառնան:

Սափրվողները, օճառով փրփրակալած կամ արդեն կես սափրված, սպիտակ շորը կրծքերի վրա, վեր էին թռչում աթոռներից և վազում:

Խելագար մի իրարանցում ողջ փոքրիկ, գավառական քաղաքում: Վազելիս մեկը մյուսի վրա էր կոխոտում, հրում, ձգում, որպեսզի շուտ հասնի գլխավոր փողոցը, որտեղ Արմենակն, իր ձիու վրա նստած, սլանում էր դեպի զարնանային նոր հերկած, փխրուն, քիչ տաքացած և արձակ դաշտը:

Բ

Արմենակը բարձրահասակ և գեղեցիկ մի տղամարդ էր, ճակատի վրա ստվերում էր մազերի գանգուր մի փունջ, ֆեսը ետև նետած, հագնում էր մուգ կարմիր թավշյա մի ժիլետ, շապիկի թևերը վեր քշտած, կանաչ չուխայե մի շալվար, որ սեղմորեն փաթաթվելով մարմնին՝ ցուցադրում էր սրունքների բարեձևությունը, աչքերի բիբերին ձգտող բեղ, կարմիր, արյունալից շրթունքներով, սուր ծնոտով, երկնագույն աչքեր՝ սև հոնքերով կիսաշրջանակված:

Արմենակի հայրը հյուսն էր, հռչակ ունեցող վարպետ, իր մեկ հատիկ արու զավակին ոչինչ չէր խնայում, այնպես որ, երբ նրա սերը կտրվեց դպրոցից և սկսեց չհաճախել, հայրը՝ ուստա Օվանեսը, չկշտամբեց նրան:

— Թող սաղ ըլլի, անկիրթ ըլլի, ես ըլ ուսում չառի, համա մարդ դարձա,— ասաց նա:

Արմենակը, սակայն, ինքն էլ հոր արհեստը սովորեց և վարպետ դարձավ, բայց արհեստանոցում գրեթե չէր աշխատում, որովհետև նրան այրում էր մի սեր, որ խելագարության էր հասնում:

Նա սիրում էր ձի:

Ամեն ուրբաթ օր Արմենակը վազում էր Գյուլ-Օվան, ընդարձակ մի դաշտ, հերկած և փխրուն, որտեղ ճիրիդ[1] էին խաղում, և դիտում էր ձիերի վազքը, նետախաղին մասնակցող ամեն մի ձիավորը նրա աչքին հեքիաթային հերոս էր:

Ամեն առավոտ գնում էր Վարի հրապարակը, որտեղ ձիու ճամբազները ձի էին վաճառում և գնում:

— Ո՞ւր էիր, ծո՛,— հարցնում է հայրը:

— Աղջկա պես ձի մը ծախեցի հինգ ոսկով,— թուքը կուլ տալով պատասխանում էր Արմենակը:

Սա մինչև անգամ կանգ էր առնում և դիտում մի քոսոտ ձիու պայտումը:

Արմենակի համար ձին կյանքի նպատակն էր:

Ուստա Օվանեսը, երկար ժամանակ իր կնոջը՝ Աննա Քորոյին, անսաց և ձի չգնեց Արմենակի համար, որովհետև Աննա Քորոն, գիշեր և ցերեկ, որդուց զաղտնի, լաց էր լինում և պաղատում ամուսնուն.

— Ինչ կընես, ըրե՛, ձի մի առներ:

Աննա Քորոն կարծում էր, որ ձին որդուն մոռացնել կտար ծնողներին, երկու քույրերին, ապա և կարող էր չիրականանալ մայրերի համար գերագույն երազը՝ ամուսնացնել որդուն և սիրուն մի հարս բերել տուն:

Իսկ որդին, ամեն անգամ, երբ հորը տեսներ մենակ, մանավանդ լավ տրամադրության մեջ, գլուխը կախ ասում էր.

— Հայրի՛կ, ձի մը չառեր ընձի համար:

— Կառնի՛մ, յավրո՛ւս, կառնի՛մ...

Ուստա Օվանեսի համար խոր տառապանք էր տեսնել որդուն գլուխը կախ, խեղճացած:

— Պապա իգիթ է, մեղք է,— մտածում էր նա:

Եվ մի օր էլ Ուստա Օվանեսը մի երազ տեսավ. Արմենակը իշու վրա նստած, բզելով և փորին քացիներ տալով, իբր թե ձիարշավ էր գնում:

Վեր կացավ կեսգիշերին, մի սուրճ եփեց իր համար, սկսեց խմել, ծխել և մտածել:

Աննա Քորոն էլ զարթնեց:

— Քա՛, ինչո՞ւ ես արթնցեր:

— Երազ տեսա:

— Բարին ըլլի:

Եվ Ուստա Օվանեսը պատմեց իր երազը:
— Քա՛, ի՞նչ կըսես...
— Յա՜...
Աննա Քորոն լաց եղավ:
— Քա՛, Արմենակս իշու վրա նստի՞...
— Աչքովս տեսա, կնի՛կ:
Առավոտյան Ուստա Օվանեսը զրկեց որդուն և ասաց.
— Ուզած ձիյըդ հավանիր, առնիմ, հա՛յդե, յավրո՛ւմ:
Արմենակը թռավ Վարի հրապարակը:
Աննա Քորոն լաց եղավ, բայց չդիմադրեց այլևս:
Արմենակի երկու քույրերը թռչկոտում էին, որովհետև նա երկուսին էլ զրկեց, ցավացնելու չափ սեղմեց և համբուրեց:
Երեք օրվա ընթացքում Արմենակը գտավ մի ձի, և Ուստա Օվանեսը ութ օսմանյան ոսկի համրեց վաճառականի ափի մեջ:
Արմենակն այլևս հոր արհեստանոցում չերևաց:
— Թող պոռթկոտա ու քեֆ ընե, աշակերտներ շատ ունիմ,— ասաց հայրը:
Այս ժամանակ Արմենակը քսանմեկ տարեկան էր:
Գնած ձին մի արատ ուներ՝ առաջի ոտները իրար էր խփում: Արմենակը երկու ոսկի վրա տալով փոխեց մի ուրիշ ձիու հետ:
Մի օր հայրը լսեց, որ Արմենակը ճիրիդի էր մասնակցել, կնոջը բան չհայտնեց այդ մասին, բայց կինն իր ուրույն ճանապարհով լսել էր և ահ ու սարսափով բռնվել: Ճիրիդում նետ էին գործածում, հազար ու մի թշնամություններ էին պատահում, զարնում էին գլխին և սպանում: Ճիրիդում սպանվածի համար ոչ մի պատասխանատվություն չկար:
Մայրը կանչեց իր որդուն, բռնեց նրա գլուխը, սեղմեց իր բուրումնավետ կրծքի վրա և ասաց.
— Ճիրիդ մերթար, յավրո՛ւմ, ի՞նչ կըլլի, տես, կաթս հարամ կընեմ:
Արմենակը մորը խոստացավ ճիրիդի չմասնակցել:

Գ

Կամաց-կամաց Արմենակը փայլուն հաջողություններ ձեռք բերեց ձի նստելու ասպարեզում:
— Տղադ ձիու ճամբազ դարձավ,— ասում էին Ուստա Օվանեսի բարեկամները:
— Ջինսին մեջ եղեր է,— պատասխանում էր Ուստա Օվանեսը,— մեծ ամուձաս ըլ ձիու մարախլի էր, ձիու ուղուրն ըլ գնաց[2]:
Արմենակի ձիու սիրահարությունից ամենախոր հրճվողները նրա քույրերն էին, որոնց անմեղ հպարտությունը քաղաքում աչքի ընկնող երևույթ էր:

— Երեկ ախպարդ տեսա ձիու վրա, քնձոր[3] թագավոր ըլլեր, — ասում էր քույրերի ընկերուհիներից մեկը։
— Ո՞ւր տեսար։
— Վերի մահլեն։
Երկու քույրերն էլ հնդկահավի նման ուռչում էին, այն աստիճան, որ ընկերուհին զղջում էր ասած լինելուն։
— Իշտե ախպորս պես չիկա, աշխըրքի մեջ մեկ հատիկ է։
Մի տարի Ուստա Օվանեսը կառավարական մի մեծ շենքի փայտե աշխատանքի կապալը վերցրեց և մեծ փող վաստակեց։
— Աղջի՛, Աննա, Արմենակին կարգենք, փարա շատ կա,— ասաց Ուստա Օվանեսը։
Աննա Քորոն ուրախությունից չկարողացավ պատասխանել։
— Կերևա քի ձիու հավասը առավ, աղջիկ մը փաթթենք գլխուն, քընթին հովը կիջնա, ձին ըլ կմոռնա,— շարունակեց Ուստա Օվանեսը։
— Հա՛, հա՛, աղեկ կ'ըսես,— հիացմունքով կախվեց Աննա Քորոն ամուսնու շրթունքներից։
Մի քանի օր հետո, երբ Արմենակն արհեստանոցում հորն էր օգնում մի նուրբ պահարան շինելիս, Ուստա Օվանեսը Արմենակին պատմեց ծեր հոր հեքիաթը։ «Կըլլի, չըլլիր, ըխտիյար՝[4] հայր մը կըլլի. էս հայրը մեկ հատիկ զավակ մը կունենա, էս զավակը մարախ կուզա[5] շունի, որսորդության ու չի կարգվի, հայրը կկանչե զավակն ու կըսե. «Օղլո՛ւմ, ես պիտի մեռնիմ, ամա աչքս ետիս է, էկեր[6] դուն կարգվիս ու զավակ ունենաս, աչքս ետիս չի մնար։ Տղան կըսե՝ թե որ էդպես է, կը կարգվիմ։ Ըխտիյար հայրը կօրշնե զավակը, կը կարգե, զավակ կունենա, հայրն ըլ հանգիստ կը մեռնի»։
— Առակս զի՞նչ ցուցանե,— հարցրեց Արմենակը բարեմտորեն ժպտալով։
— Առակս կը ցուցանե, տղա՛ս, որ վախտդ եկեր է, կարգվե՛։
— Ես կուզիմ, որ երթամ երկրներ տեսնամ գամ, վերջը կարգվիմ։
Ուստա Օվանեսն այս անգամ էլ զիջեց որդուն, մեծ փող տվեց և ուղարկեց նրան Ադանա, Հալեպ, Դամասկոս։
Ճանապարհ դնելիս Ուստա Օվանեսը նրան համբուրեց և ասաց.
— Կիտերսեն ուղուր օլա,դյուզ օվայոլին օլա[7]։
Մայրը գրկեր նրա գլուխը, լաց եղավ և ասաց.
— Չինար բոյիդ դուրբան ըլլիմ, մայրիկի՛դ մեկ հատիկը։
Քույրերը համբուրեցին նրան և միայն լաց եղան։
Արմենակը առաջին անգամ իր կյանքում ծխեց ծնողների ներկայությամբ։
Երբ Ուստա Օվանեսը վերադարձավ տուն, ասաց.
— Իշտե Արմենակիս ճղարա քաշելը քեֆս բերեց։
— Էնոր ճղարան սիրեմ,— ճռթկվեց[8] Աննա Քորոն։

Արմենակի մեկնելու հաջորդ առավոտը Ուստա Օվանեսի տունը մեռելի տան նման էր, կարծես երկար լաց լինելուց հոգնած՝ ամեն մարդ լռել էր, իրերն անգամ տխուր էին, թոկի մի կտոր, որ դուրս էր հանվել պահարանից Արմենակի ճամփորդության համար և ավելորդ էր համարվել, տխրորեն գալարվել էր և ընկել միջանցքում:

Երրորդ օրը Աննա Քորոն սենյակում հանկարծ մի լաց սկսեց: Աղջիկները վազեցին և տեսան, որ բարձի տակից մայրը Արմենակի թաշկինակն էր գտել:

— Մի՛ մտմտա, կնի՛կ, ճամփորդութենեն ըլ թող հավասն առնե, բան մը կընենք,— ասում էր Ուստա Օվանեսը և առավոտ կանուխ վազում արհեստանոց:

Իսկ ամեն երեկո Ուստա Օվանեսը և Աննա Քորոն նստում էին և զրուցում Արմենակի մասին:

— Աղջի՛, Արմենակիս երթալը քանի՞ օր է,— հարցնում էր Ուստա Օվանեսը:

— Հինգ օր:

— Ասօր կը հասնի...

Երկար մտածում էր Ուստա Օվանեսը և ասում մի տեղի անուն:

Եվ այսպես ամեն օր:

Դ

Մի իրիկուն, այն պահին, երբ վարդագույն լույս է լինում, Ուստա Օվանեսը, սենյակի լուսամուտի մոտ նստած, նորից հարց տվեց.

— Արմենակիս երթալը քանի՞ օր է:

Մեծ աղջիկը՝ Հաջիխասը, պատասխանեց.

— Քսանութ օր է:

Ուստա Օվանեսը երկար մտածեց և ասաց.

— Արմենակս ասօր կըլլի Ադանա:

Դեռ խոսքը հազիվ էր վերջացրել, երբ մի ձիավոր կանգնեց դռան առաջ, արաբական տարազով մի մարդ, սպիտակ ձիու վրա նստած:

Ուստա Օվանեսի լեզուն կլորվեց, հազիվ կարողացավ արտասանել.

— Ար-մե-նա-կես գիր է եկեր...

Հաջիխասը վազեց լուսամուտը և պոռաց.

— Քա՛, Արմենակն է, ախպարս է...

Եվ իսկապես Արմենակն էր:

Սպիտակ ձին վրնջում էր, ինչպես արույրե զանգակը լուսաբացին, ծառս էր ելնում և դառնում ետևի ոտների վրա, ինչպես երիտասարդ մի պարուհի պիրուետ անելիս:

Հաջիխասն առաջինն էր, որ դուռը բաց արավ և հափշտակված կանգնեց, իսկ նրանից փոքրը՝ Հազարթերթը, հեռվից աղաղակեց.

— Վա՜յ, մեծ ախպա՜րս...

— Քիչ մը շեքեր բեր,— ասաց Արմենակը մեծ քրոջը:

Հաջիխասը վազեց շաքար բերելու:

Դռան շեմքին կանգնեցին Ուստա Օվանեսը և Աննա Քորոն: Հաջիխասը շաքարը բերեց և վախվխելով տվեց եղբորը: Արմենակը կռացավ ձիու վզի վրա և ափով շաքարը երկարեց ձիուն: Շաքարը խռխռտացնելուց հետո ձին հանդարտվեց, այն ժամանակ Արմենակը վար ցատկեց: Քույրերը փաթաթվեցին նրա վզովը, Արմենակը հազիվ ազատվեց նրանցից՝ փաթաթվելու ծնողներին:

Մայրը լաց եղավ:

Ուստա Օվանեսը, չհասկանալով ուրախության համար թափված արցունքները, բարկացավ և ասաց.

— Ա՜յ կնիկ, գնաց՝ լացիր, եկավ՝ կուլաս:

Արմենակը ձին տեղավորեց ախոռում և բարձրացավ վեր:

Հայրը հարցրեց.

— Էս ինտո՞ր եղավ:

— Գնացի Հալաբ, քանի մօր ֆռլամիշ եղա, էս ձին տեսա, բյութուն (ամբողջ) փարան ատոր պառկցուցի, ելա եկա:

— Կըսեիր քի՝ տղաս խելացի չէ, տեսա՞ր,— դարձավ Ուստա Օվանեսը իր կնոջը:

Աննա Քորոն ապշեց, որովհետև այդպես բան երբեք ասած չէր:

Արմենակը գլխին փաթաթել էր ազնիվ բրդից հյուսված արաբական գլխանոց, վրան թեթև մի աբա, փոթռտուն մի շալվար և ոտին կարմիր ճտքավոր մի կոշիկ:

— Շամ[9] չգացի՞ր, ծո՛:

— Չէ՛, փարաս հատավ:

— Բյութուն փարան ձիո՞ւն տվիր:

— Մենշուր[10] ձի է, մայրը անգլիացի է, հայրը՝ արաբ, հարուր ոսկի տան, չեմ տար,— հպարտությամբ հայտարարեց Արմենակը:

— Մաշշալա՛, ծո՛...

— Անունն ի՞նչ է,— հարցրեց Հաջիխասը:

— Ցըլդըզ...

— Քա՛,— բացականչեց Հազարթերթը:

— Ցըլդըզիդ դուրբան ըլլիմ, օղո՛ւլ,— շշնջաց Աննա Քորոն:

Ե

Հաջորդ օրն իսկ կայծակի արագությամբ լուր տարածվեց գավառական փոքրիկ քաղաքում, թե Ուստա Օվանեսի տղան Հալեբեն ձի մի բերեր է, որ նախապես պատկաներ է եղեր Մարա խտիվի տղուն, ասում էին նաև, որ մենակ շեքեր ու չամիչ կուտե, ուրիշ բան չուտեր:

Անցավ մի քանի օր, հաջորդող առաջին կիրակին, այն պահին, երբ պատարագը վերջանում էր և բոլոր ժողովուրդը դուրս էր թափվում մայր եկեղեցուց, Արմենակը դուրս հանեց Ցըլղըզը:

Նրա զիլ խրխնջոցը բռնեց կիրակնօրյա առավոտի խաղաղ, զարմանալիորեն հանգստավետ մթնոլորտը:

— Էս տեսակ ձի իթցուն տարի առաջ Մուստաֆա փաշան ուներ, նմանը ա՛լ չի եղեր,— ասում էին բոլորը և դիտում Արմենակը, որ Ցըլղըզի քամակին քկած, սլանում էր թռչունի արագությամբ, գլխավոր փողոցում:

Ուստա Օվանեսի, Աննա Քորոյի և Արմենակի քույրերի ուրախության չափ ու սահման չկար: Կիրակնօրյա այդ առավոտը քանի՛-քանի՛ աղջիկներ ասացին իրենց նշանածներին.

— Քա, դուն ըլ կյոյա[11] էրիկմարդ ես, հլե Արմենակը տես, ալան կլմանի:

Իսկապես, Արմենակը հեքիաթի այն իգիթն էր, որ մազերը տված հովին, ճախրում էր օդում, նա այն դյուցազն էր, որ հանկարծ հայտնվել էր հրեղեն ձիու վրա նստած, եկել էր մուրազ բաժանելու բոլոր նրանց, որոնք տառապել էին իրենց անկարելի երազների համար:

— Զիուղ նալին դուրբան,— շշնջում էր Արմենակի մայրը, երբ լսում էր Ցլըղըզի պայտերի զրնգոցը, որ պայթում էր սալահատակի սպիտակ քարերի վրա և փշրվում, ինչպես արևի ոսկյա ծնծղան կապույտ լեռների և անտառների բարձրաբերձ և մուգ ծառերի գագաթների վրա:

Այդ օրը հարյուրավոր աղջիկներ սիրահարվեցին Արմենակին: Մինչև անգամ մի աղջիկ այնքան համարձակ եղավ, որ մոտեցավ Արմենակի քրոջը և ականջին շշնջաց.

— Մեկ անգամ ախպորդ ծոցը պառկեի, տանեին թաղեի՛ն...

Զ

Եվ ամեն կիրակի ու տոն օրերը Արմենակը դուրս էր բերում իր ձին, կրծքից կախած մի փիրուզյա խոշոր քար, որ աչք չտան, թնդացնում էր փողոցը, պայտը խփում էր սալահատակին, մետաղի զիլ հնչյունը զրնգում էր ջինջ օդում:

— Արմենա՛կը, Արմենա՛կը...

Ցըլղըզը, ամբողջովին սպիտակ, ածուխի նման սմբակներով, ազնվագույն գլուխը բռնած բարձր և հպարտ, անպայման զգում էր, որ ահա ողջ քաղաքը հանդիսատես է իր վազքին:

Օրը դառնում էր խելահեղ ողջ գավառական քաղաքի համար, իսկական տոնական և համայնական ուրախության օր:

Այդ իրիկուն բոլոր գինի խմողները, ծանոթ թե անծանոթ, պարտք էին համարում խմել Արմենակի և նրա ձիու կենացը.

— Ողջ ըլլին երկուսն ըլ, մեր քաղաքը փառլաթըմիշ[12] ընեն...

— Փեզեվենկի տղուն ձիյը ինչ ըսես արժե, մաշշալա՜հ...

Այդ իրիկուն, գրեթե ամեն տան մեջ խոսակցությունը դառնում էր Արմենակի և նրա ձիու շուրջը:

— Քա՛, տեսա՞ր...

— Յա չի տեսա՞...

— Ես առուեն անցած ատեն տեսա, աչքս խառալմիշ եղավ[13]...

— Ես դաշտը կայներ էի, տեսա հրեղեն ամպի պես կուզա կոր...

Եվ ոմանք պատմում էին բաներ, որ չէին տեսել, բայց հավանորեն կարող էին պատահած լինել: Ով ինչքան շատ բան «տեսած լիներ», այնքան իրեն հպարտ էր զգում և պատմելով, պատմելով, իրենք էլ հավատում էին իրենց պատմածներին:

— Դաշտին միջի էն թեք ծառը կա՞ յա, իշտե էն ծառի վրայեն թռա՜վ...

— Չէ՛, ջանը՛մ,— չհավատալով և ապշահար գալիս է պատասխանը մեկից, բայց լավ է զգում, որ դիմացինը փչում է:

— Սոխախին (փողոց) մեջ կնիկ մի դեմը ելավ՝ Ցըլդըզը վրայեն թռավ անցավ ու կնիկը հեչ բան մընալ չի գիտցավ:

— Դուք էդ կըսեսւ, իմ գլխուս վրայեն թռա՜վ, — բոլորովին հավատացած և անկեղծորեն փչում էր մի չորրորդը:

Կային մարդիկ, քաղաքի ամենադատարկապորտները, որոնց ֆեսը միշտ ծուռ է և որոնք ժաքեթի միայն մի թևը հագած են ման գալիս, այդ միևնույն տեսակի փչոցները ավելի գունավորված և առասպելական պատմում էին հենց իրեն՝ Արմենակին:

— Քուզում Արմենակ, դուն վրան ես, չես տեսնար, սոխախին վերևը էն աղքատ Մարտիրոսին տունը կա յա, էդ տեղը եբոր հասար, Ցըլդըզը չոլըվավ[14], ոտքերը դրեց տեների վրա ու յալլա՜...

— Աճայի՞բ[15], — զարմանում էր Արմենակը:

Եվ որպեսզի սառը ջուր լցրած չլինի ձիու համբավի վրա, ինքն էլ մի քիչ հափշտակված հեքիաթային զրույցներից, ասում էր.

— Եբոր կը քշիմ, աչքիս վրա կարծես բուլուղ կիջնա, հեչ բան չեմ տեսնար:

Եվ բոլորն հավատում էին, որովհետև նախ և առաջ հավատացել էին իրենց իսկ ստերին:

Քաղաքի բոլոր մարդկանց այրում էր մի ցանկություն՝ մոտենալ Ցըլդըզին և շոշափել նրան, գեթ շատ մոտիկից զգալ նրա շունչը:

Ոչ մի մարդու համար, սակայն, այդ ցանկությունը չիրականացավ, որովհետև անկարելի էր, որ Ցըլդըզը բացի Արմենակից որևէ մեկին թույլ տար իրեն մոտենալու: Հենց որ մեկը փորձում էր այդ՝ Ցըլդըզը կատաղում էր, վրնջում և ծառս լինում: Ինքը՝ Արմենակը, շատ ջանաց, որ նրան ընտելացնի տան անդամների հետ, չկարողացավ, միայն այն օրերը, երբ Արմենակը տանը չէր լինում և գարի տալու ժամն էր լինում, Հաջիխասը մի ձեռին գարի, մյուսին շաքար, մոտենում էր, շաքարը տալիս, գարին թափում մսուրի մեջ և փախչում:

— Շատ աղե՜կ,— ասում էր Ուստա Օվանեսը,— էս ինտո՞ր եղավ, որ քեզ թողուց մոտը:

— Հենց առաջին օրը ինձ շատ սիրեց,— պատասխանում էր Արմենակը:

— Անասունները մարդու կաթը կը ճանչնան,— եզրակացնում էր Աննա Քորոն:

Է

Ամիսներ անցան: Եղավ մի տարի: Եղավ երկու տարի:

Ցըլղըզի համբավը գնալով աճեց, նրա շուրջ ստեղծված զրույցները ավելի գունավորվեցին և բազմացան:

Քաղաքում լույս ընկավ սրիկաների մի խումբ, որ սկսեց Ցըլղըզը գողանալու միջոցներ որոնել: Այդ խումբը կազմված էր ուրիշ քաղաքից եկած ձիու մի սիրահարի ջանքերով: Լսել էր նա Ցըլղըզի համբավը, գոտին ամբողջ լցրել էր փողով և եկել էր Արմենակի ձին հափշտակելու:

— Ծո՛, էդ փուշտը[16], ո՞վ է, որ իմ ձիես աղեկը պիտի ունենա,— հայտարարել էր այդ սրիկան:

Տեղացիներից միացել էին նրան այն մի քանի երիտասարդները, որոնց նշանածները, Արմենակին սիրահարված լինելով՝ լքել էին նրանց:

Արմենակը, կռահելով այս խմբի գոյությունը, իր անկողինը փոխադրել էր ախոռը և գիշերները այնտեղ էր քնում: Ախոռի մի կողմում՝ ձի և թրիք, մյուս կողմում՝ մաքուր սպիտակեղենով մի անկողին, Արմենակի քույրերի սքանչելի ձեռագործներով պատած:

Արմենակի ախոռ փոխադրվելուց հետո Ուստա Օվանեսը ինքը անձամբ ախոռի համար կրկնակ լուսամուտներ շինեց և երկաթյա ճաղերով պատեց, դռան ետևն էլ երկաթներով ամրացրեց, մինչև անգամ առաստաղը քանդեց, կրկնակ սյուներ դրավ և նորից ծածկեց:

— Դե՛ հիմա ճիվերս[17] կը փախցնեն,— ասաց Ուստա Օվանեսը աշխատանքը վերջացնելուց հետո:

Արդեն եկել հասել էր այն ժամը, երբ Ուստա Օվանեսը և Աննա Քորոն համոզել էին իրենց մեկ հատիկ որդուն ամուսնանալ, բայց ահա այս ախոռ փոխադրվելն ամեն ծրագիր տակնուվրա էր անում:

— Աղջիկը բերիմ, տանիմ ախո՞ռը պառկեցնեմ,— առարկում էր Արմենակը:

Ուստա Օվանեսը չէր կարող ուրիշ առարկություն բերել, որովհետև

հաստատ համոզված էր, որ եթե Արմենակը ախոռում չքներ՝ ատրճանակը բարձի տակ և դանակը պատյանից հանած և դրած անկողնի կողքին, սրիկաներն անպայման կը հափշտակեին ձին և դա Արմենակի համար մահ կլիներ:

— Կնի՛կ,— համոզում էր Ուստա Օվանեսն իր կնոջը,— ավելի աղեկ է տղաս ողջ մնա, ախոռը քնանա, քան թե հարս բերի ու մեռնի:

— Հարսն ըլ թող ախոռը պառկի,— ասում էր Աննա Քորոն:

— Կնի՛կ, էնպես բան ըսե, քի եփած հավը չխնդա:

Մայրը միամտորեն փորձեց մի օր համոզել Արմենակին, որ ձին ծախի ու շեն ու շնորհքով ապրի:

— Զաթե[18] ձիեն հավսդ առիր,— ասաց Աննա Քորոն:

Արմենակը պատասխանեց նրան.

— Քառասուն աղջիկ ձիուս դռնաղին[19] հետ չեմ փոխեր:

Քույրերը նպաստում էին Արմենակի ամուրի մնալուն, նրանք նախանձում էին, որ տունը մի աղջիկ գար և ամբողջովին գրավեր իրենց եղբորը:

Ինչքան ծնողները ամուսնության խոսքն էին անում, Արմենակն այնքան խոր սիրահարվում էր իր ձիուն և ամեն մի խոսակցությունից հետո դուրս բերում ձին ու թնդացնում փողոցը:

Աննա Քորոն, հակառակ խոնավացած աչքերին, երբ լսում էր Ցըլդըզի խրխնջոցը, բացականչում էր.

— Զա՛նըդ սիրեմ...

Ցըլդըզը գնալով ավելի փարթամացավ և ավելի կատաղեց:

Արմենակն ապրում էր գերագույն երջանկության մեջ, ախոռի թրիքի հոտը նրան թվում էր խոր բուրումնավետ: Երբեմն գիշերները վեր էր կենում, մոտենում Ցըլդըզին, շոյում, համբուրում նրա աչքերը, որ լամպի լույսին հառելիս՝ անսահման փայլ ու խորություն էին ստանում, հետո գալիս էր անկողին, մի սիգարեթ քաշում և քնում: Պատահում էր, որ Արմենակն ուշանար գալ քնելու, Ցըլդըզն անհանգիստ էր լինում, և երբ ներս էր մտնում Արմենակը, ձին այնպես էր խրխնջում, որ ախոռի լուսամուտի ապակիները թրթռում էին:

Ը

Բայց խոր երջանկությունը, այսպես է կարծես բնության անիմանալի օրենքը, երկար չի տևում, հորդուն տեղատարափը կարճ է լինում, երբ ծառի վրա պտուղները մեծ և փարթամ են աճում, թվով քիչ են լինում, այդպես է և լույսով վարարուն առավոտը, հանկարծ ամպեր են հասնում, գորշ, մթին և ծանր ամպեր, և ծածկում են երկնքի անսահման կապույտը:

Արմենակը հանկարծ հիվանդացավ, մեկ ձայնի վրա սկսեց բղավել.

— Փո՜րս... փո՜րս...
Անմիջապես փոխադրեցին նրան ախոռից տուն, իր նախկին սենյակը։ Տաք ջուր, տաքացրած կղմինդր։ Կեսգիշերին բժիշկ եկավ, դեղ, կոմպրես՝ ոչինչ չօգնեց։
— Բաղարսըղ ղեռմմեսի[20] է,— հայտարարեց բժիշկը։
Գավառական փոքրիկ քաղաքի բժիշկը հայտարարելով նրա հիվանդությունը, ձեռքերը ծալեց և քաշվեց մի կողմ։ Անզոր էր նրա գիտությունը։
Արմենակը ձայնը չկտրեց։
Հաջորդ գիշերը նա հազիվ կարողացավ խնդրել հորը, որպեսզի ինքը գնա և ախոռում գիշերի։
— Շուն շանորդիները բան մը չըսե՞ն ձիուս,— ասաց նա։
Ուստա Օվանեսն այդ գիշերն անցկացրեց ախոռում։
Առավոտյան Արմենակի դրությունն ավելի վատացավ, երեսի գույնն ամբողջովին փոխվեց, սիրտն անընդհատ թափում էր, մինչև անգամ արտաթորումն սկսեց բերանից գալ։ Հանգուցվել էր նրա աղիքը և բոլոր բնական ճանապարհները փակել։
Մահամերձ այդ րոպեին Արմենակը չմոռացավ իր ձին և մյուս գիշերն էլ մի կերպ հասկացրեց հորը՝ գնալ և ախոռում գիշերել։
Ուստա Օվանեսը նորից գնաց ախոռ, նորից ստուգեց բարձի տակը, ատրճանակն այնտեղ էր։ Պառկեց քնելու, բայց Յըլդըզը չթողեց, որ քնի, անընդհատ դոփում էր գետինը միօրինակ ռիթմով։
Ուստա Օվանեսը վեր կացավ, մոտեցավ ձիուն։ Յըլդըզն ոչ մի կատաղություն ցույց չտվեց այդ գիշեր, միայն անընդհատ և համառորեն դոփում էր գետինը։ Ուստա Օվանեսը ափով շաքար տվեց, ձին չկերավ և շարունակեց դոփել։
Ուստա Օվանեսը չքնեց, անկողնի վրա նստած՝ ծխում էր և մտածում։ Տխուր էին նրա մտքերը, երբեմն՝ այլանդակ։ Գիշերը նրան բերում էր չարագուշակ տեսիլներ։
Առավոտյան դեմ, երբ դեռ ախոռի փոքրիկ լուսամուտները հազիվ էին կապույտ ներկվել, ձին դոփումն արագացրեց, որը հազիվ մի քանի րոպե տևեց, հանկարծ կանգ առավ, այլևս ոչ մի շարժում, միայն մի տնքոց հանեց և գլուխը կախեց տխուր և մռայլ։ Ուստա Օվանեսը մոտեցավ նրան, նայեց նրա աչքերի մեջ, ինչ-որ մարդկային բան կար նրա նայվածքում, ազատորեն, առանց վախի շոյեց նա անասունի վիզը, գլուխը։ Յըլդըզը ոչ մի շարժում չփորձեց, միայն մի անգամ տխուր նայեց Արմենակի հորը։ Կարծես մեկը խոցեց Ուստա Օվանեսին, դաշույնի նման մեխվեց նրա ուղեղում մի չար և զարհուրելի միտք։ Վազեց դուրս։
Նա պետք է անցներ շատ փոքրիկ պարտեզը ախոռից տուն հասնելու համար։ Հազիվ մի քանի քայլ՝ նա լսեց արդեն կնոջ և աղջիկների շիվանը։ Ոտները ծալվեցին, չոքեց, նորից բարձրացավ և, օրորվելով, ծառերը և թփերը բռնոտելով, առաջ շարժվեց։

Այն րոպեին, երբ ձին դադարեցրել էր դոփումը, Արմենակը փակել էր աչքերն ընդմիշտ։

Լացից և շիվանից զարթնեց ողջ թաղը և լցվեց Ուստա Օվանեսի տունը։

Թ

Երբ հուղարկավոր թափորը կանգնեց դռան առաջ և դագաղը երկար երևաց փողոցում, Ուստա Օվանեսը գնաց ախոռը, քանդեց Ցըլդըզի սանձը և բաց թողեց։ Ձին տխուր, դանդաղ, երերուն քայլերով, ինչպես քայլերը մարդ-հուղարկավորի, եկավ, մտավ թափորի մեջ, մոտեցավ Արմենակի դագաղին, դունչը հպեց փայտին և կանգ առավ։

Թափորն սկսեց շարժվել։

Որքան թափորն առաջ շարժվեց, այնքան մեծացավ, գրեթե ողջ քաղաքը մասնակցում էր հուղարկավորության։ Ձին գնում էր թափորի հետ համաչափ՝ դունչը երբեք չհեռացնելով Արմենակի դագաղից։

Գերեզմանոցում, երբ դագաղն իջեցրին և դրին փորված փոսից գոյացած հողակույտի վրա, Ցըլդըզը գլուխը կախեց Արմենակի դեմքի վրա, և մարդիկ տեսան նրա արցունքները՝ խոշոր-խոշոր կաթիլներով, տաք և կարոտագին, որ թափվում էին Արմենակի սառած դեմքի վրա։

— Մարդու պես կուլա կոր,— շշնջում էին հուղարկավորները։

— Աւլա՜ նս, ձիուդ նալին դուրբան ըլիմ,— ողբում էր մայրը։

Քույրերն ուշագնաց եղան և տարվեցին մի կողմ, իսկ Ուստա Օվանեսը մի ձեռքով ձիու վիզն էր բռնել և մյուս ձեռքով Արմենակի ձեռքը և կոծում էր.

— Չինա՜րս, Ցըլդըզը որբ մնաց,— ասում էր նա և իր արցունքները խառնում ազնիվ անասունի արցունքներին։

Երբ դագաղն իջեցրին խոր փոսը, Ցըլդըզը դունչը դրեց փոսի եզրին ու մնաց այդպես, մինչև հողը լցվեց, հավասարվեց գետնին և բարձրացավ վեր։

Երբ հուղարկավոր թափորը շարժվեց դեպի ետ, Ցըլդըզը նորից ճեղքեց բազմությունը, մոտեցավ Արմենակի մորը, կռացրեց գլուխը, դրեց նրա թևի տակ և այդպես հասավ մինչև տուն։

Ամբողջ ճանապարհին Ցըլդըզը քայլում էր տխուր, մարդկային տխրությամբ։

Ողջ քաղաքը լաց էր լինում Արմենակի և որբ մնացած ձիու համար։

— Անասունն ըլ մարդու պես սիրտ ունի եղեր,— ասում էին բոլորը։

1934 թ.

1. նետ, նետախաղ
2. մեծ հորեղբայրս էլ ձիու սիրահար էր, ձիու խաթեր էլ մեռավ։
3. ոնց որ, ասես
4. ծեր
5. իրապուրվել, տարվել
6. եթե
7. Որ գնաս՝ քեզ բարի ճանապարհ, ուղիղ դաշտը քեզ ճանապարհ։
8. արցունք թափել
9. Դամասկոս
10. հոչակավոր
11. իբրև թե
12. փայլ տալ
13. սնացավ, մթնեց
14. դառնալ
15. մի՞թե
16. սրիկա
17. ոտներ
18. արդեն
19. եղունգ
20. աղիքների հանգրիճում

Ցանկ

www.ingramcontent.com/pod-product-compliance
Lightning Source LLC
Chambersburg PA
CBHW030524020726
47494CB00004B/1217
9781604447767